Anne Sievers · Mondfels

Anne Sievers

Mondfels

Roman

Moments Premia

Die Autorin ist Mitglied bei DeLiA, der ersten Vereinigung Deutschsprachiger Liebesromanautorinnen und -autoren: www.delia-online.de

Besuchen Sie auch die Homepage von Anne Sievers: www.evavoeller.de

Anne Sievers: Mondfels

Einbandgestaltung: agilmedien, Köln
Einbandabbildung: Mauritius
Satz & Layout: Andreas Paqué, Ramstein
Druck und Bindung: Ueberreuter GesmbH, Korneuburg
Printed in Austria 2004
ISBN 3-937670-08-4

www.moments-verlag.de

Für meine fünf Kinder.
Sie sind die Säulen meines Lebens,
Quellen der Freude und Inspiration.

Ein schönes und schreckliches
Monstrum wirft die Ketten ab,
Läuft über die Ozeane,
Läuft über die Erde:

Glühend und rauchend
Wie die Vulkane
Überwindet es die Berge,
Verschlingt es die Täler;

Überfliegt es die Abgründe;
Dann verbirgt es sich
In unbekannten Höhlen,
In tiefen Wegen;

Und kommt heraus; und ungezähmt
Von Strand zu Strand
Wie ein Wirbelwind
Stößt es seinen Schrei aus,

Wie ein Wirbelwind
Verbreitet es den Atem:
Er geht vorüber, o Völker,
Satan der Große.

(Giosué Carducci aus: ›A Satana‹,
Bologna 1869)

Prolog

»Komm, tanz mit uns«, wisperten die Stimmen. Es klang lockend und weich, wie Blättergeraschel im Herbstwind. »Tanz mit uns, komm mit!« Das leise, wispernde Rascheln der Stimmen steigerte sich, wurde heller, lauter, ein raunender, zischelnder Gesang.

Er registrierte die Laute, die an seine Ohren drangen, mit seltener Bewusstseinsschärfe. Jeder Klang, jeder Ton erreichte ihn mit glockenklarer Reinheit. »Komm mit, komm mit, komm mit!« Verführerisch, sanft und schön waren diese Stimmen; ihr gleichförmiger Klang war betörend.

Er hatte nicht gewusst, dass es so sein würde. Seine Sinne hatten eine andere Bewusstseinsebene erreicht, und alles, was sie ihm vorher gesagt hatten, war die Wahrheit.

»Tanz mit uns, komm, tanz mit uns!« flüsterten, sangen sie. Die verheißungsvollen Töne umwoben ihn, füllten ihn aus. Verzückt lauschte er. Er würde mit ihnen tanzen. Heute Nacht war es so weit. Der große Ritus hatte begonnen, und er nahm daran teil. Sie hatten ihn zu ihrem Tanz eingeladen. »Tanz mit uns, tanz mit uns …«, lockten sie.

Schlag's nicht ab, ach, sag nicht nein!
Weißfisch bittet schön.
Willst du nicht noch heut mit mir
hin zum andern Ufer gehn?

Warum kam ihm jetzt dieses komische kleine Gedicht aus *Alice im Wunderland* in den Sinn? Seine Schwester hatte die Geschichte von der Hummerquadrille immer so gern gemocht, und als sie klein war, hatte er ihr Lewis Carrolls

Verse unzählige Male vorlesen müssen. Er versuchte sich vorzustellen, was seine Schwester zu all dem sagen würde, aber seine Gedanken wirbelten durcheinander wie Schneekristalle.

Zier dich nicht, mein süßer Schneck,
nimm jetzt meinen Arm,
so tanzen wir, so fliegen wir,
ich halte dich ganz warm.
Sage ja, ach, sage ja –
Auf zum Feste, heissassa!

Vage nahm er nun einen anderen Gedanken wahr, der wie ein störender, kantiger Gegenstand träge in dem glatten, gleißenden See seiner Empfindungen schwamm, die sanfte Oberfläche kräuselte und störende Wellen schlug. Er versuchte, es zu verdrängen, zu vergessen, aber es wollte ihm nicht gelingen. Was war es nur, woran sich die Fühler seines Bewusstseins klammerten, es nicht loslassen wollten? Es war wichtig, oder? Er grübelte eine Zeitlang, Sekunden, Minuten oder Jahre – wer konnte das schon sagen? Dann war der kantige, sperrige Gedankengegenstand versunken, und der See war wieder still und spiegelnd.

Der gleichförmige Gesang veränderte sich, wurde härter, abgehackter. Dann verstummten die Stimmen schlagartig. In der einsetzenden Stille hörte man das entfernte Rauschen der Brandung, das dumpfe Rollen der Brecher an den Klippen. Sekunden später begann die Hohepriesterin des Covens mit der Beschwörung der Göttin. Ihre Stimme klang süß und bittend. Er lauschte der Invokation mit verzweifelter Aufmerksamkeit, denn er wusste mit einem Mal, dass er die folgenden Ereignisse auf einer anderen Ebene als der jetzigen genau erkennen und speichern musste. Die weibliche Stimme beendete schließlich die Beschwörung mit einem flehenden, durchdringenden Schrei, und er versuchte, seinen Blick auf den Platz zu richten, eine Veränderung festzustellen, aber außer dem schwarzen Wogen der Kutten vor dem flackernden Feuerschein vermochte er nichts auszumachen. Eine einzelne männliche Stimme begann Augenblicke später mit einer erneuten Beschwörung, volltönend und sonor. Er erkannte diese Stimme und auch, was sie sagte. Es war das Beschwörungsritual des Gottes. Der Mann invozierte in klarem, einschmeichelndem Tonfall den Großen Gehörnten Gott, der heute, in der Walpurgisnacht, zum Großen Ritus am Beltaine erscheinen würde.

Jetzt erinnerte er sich wieder, warum er hier war. Heute war *die* Nacht, und er musste aufpassen. Aber diese Erkenntnis wurde sofort verdrängt von heftiger Erregung, als er feststellte, was mit ihm passierte. Das war doch nicht möglich! Aber es geschah tatsächlich. Er stieß einen erschreckten Laut aus. Er flog! Großer Gott, er konnte fliegen! Der Boden bewegte sich unter seinen Füßen auf und ab, schwankte, zitterte, und plötzlich war er nicht mehr zu spüren. Er hob ab, schwebte mehrere Meter hoch über dem Tanzplatz, erkannte das scharfgezeichnete, weißleuchtende Pentagramm, erhellt vom zuckenden Flammenschein des Beltaine. Die nächtliche, mondlose Schwärze um ihn herum schimmerte, waberte, schien sich aufzuladen mit mächtiger Magie. Er lachte entzückt, atemlos vor kindlicher Begeisterung. Auf einer anderen, weit entfernten Bewusstseinsebene fühlte er die Feuchtigkeit, verursacht von der feinen, silbrigen Gischt, die der heulende Wind von den Wellenkämmen vor der Steilküste fetzte und als kühlen, dunstigen Sprühnebel über den Klippenrand hin zum Tanzplatz wirbeln ließ.

Der Besen zuckte und vibrierte zwischen seinen Beinen, heiß und hart. Erstaunt blickte er an sich herab, dann grinste er belustigt. Das war kein Besen, was da zwischen seinen Schenkeln herausragte und den schwarzen Umhang hervorstehen ließ. Er stieß erregt die Luft aus, zog sie keuchend durch die Nasenlöcher wieder ein. Die Dämpfe und der Geruch der stinkenden grünen Salbe, mit der sie ihn eingerieben hatten, stieg als bitterer Odem in seine Nase, und plötzlich sackte er zurück, dem Boden entgegen, wurde wieder emporgeworfen, diesmal noch höher, bis er den Altar sah, der im Norden des kreisförmigen Platzes aufgebaut war, unweit des Feuers, um das sich die anderen Mitglieder des Covens herumbewegten. Die Stimme war verstummt. War der Große Gehörnte Gott erschienen? Er blickte nach unten, erkannte die weißen Gesichter, die ihm zugewandt waren, dunkel glänzende Augen, die ihn – ja, wie nur? – anblickten. Die Lider zusammenkneifend, um den Schleier wegzublinzeln, der mit einem Mal seine Sicht trübte, erkannte er plötzlich den Ausdruck in den dunklen Augen. Starr, glitzernd, ekstatisch – und bösartig. Etwas stimmte hier nicht. Er blinzelte abermals, aber die Augen unter ihm waren unverändert, von tückischer, abgrundtiefer Boshaftigkeit erfüllt, sengend vor wildem Hass. Dann hörte er ein leises Knurren, verursacht von etwas, das außerhalb seines Blickfeldes lag. Das Knurren wurde lauter, Furcht einflößend, von rasselnden, hechelnden Geräuschen unterbrochen.

Er begriff sofort. Es war zu spät. Sie hatten es irgendwie herausbekommen. Vielleicht war er zu sorglos gewesen, hatte einen dummen Fehler gemacht. Sein Schicksal stand klar umrissen vor ihm, so unausweichlich deutlich wie das weiße fünfzackige Zeichen der dunklen Macht. Er erkannte es mit lähmender Hellsichtigkeit, spürte es mit den bloßliegenden Nervenfasern seiner Haut, hörte es an dem knurrenden, schlabbernden Geräusch unter ihm. Verzweifelt versuchte er, aus dem Einflussbereich des magischen Zirkels zu entkommen, machte hilflos paddelnde Bewegungen mit den Armen, so, als könnte er aus dem Kraftkegel über dem Kreis herausschwimmen. Aber natürlich konnte er nicht wegschwimmen und auch nicht mehr fliegen. Die weißen Gesichter waren plötzlich nicht mehr unter ihm, sondern befanden sich auf gleicher Höhe mit ihm, und als er heftig auf dem Boden aufschlug, waren sie über ihm, seltsam verzerrt und unbeweglich, die wilden bösen Augen und die rot klaffenden Münder wie tiefe Löcher darin. Jetzt sah er auch, wer das Knurren ausgestoßen hatte. Es kam tief und grollend aus der Kehle eines Wesens aus einer anderen Welt, einer anderen Zeit, lange, bevor Menschen Begriffe wie Fluch und Verdammnis kannten. Es war ein

Wesen aus dem Hades, von den Gestaden der Finsternis, entsprungen aus einem uralten, unvergänglichen Gemälde von Bosheit und Verderben, aus den grässlichsten Alpträumen eines Hieronymus Bosch – eine Ausgeburt der Hölle, ein Geschöpf der Finsternis.

Er erkannte direkt über sich die dämonische Fratze mit den triefenden Fängen, von denen der Geifer ätzend auf sein Gesicht tropfte, auf seine Wangen, seine Lider, wo er eine brennende Spur schwelenden Giftes hinterließ. Der schnaubende Atem des Wesens schlug ihm heiß und stinkend aus tiefschwarzen, schleimigen Nüstern entgegen, den Geruch von Tod und Fäulnis verbreitend. Pochende, breite Pranken legten sich auf seine Brust, messerscharfe Krallen bohrten sich glühend durch den seidigen Stoff der Kutte in seine Haut. Doch das war es nicht, was ihn am meisten entsetzte und ihn bewegungslos erstarren ließ. Die unumstößliche Gewissheit seines bevorstehenden Todes funkelte aus den *Augen* dieses Höllenwesens, die über ihm brannten wie glimmende runde Laternen, faszinierend schillerten und rollten, in blutigem, entsetzlichem Wahnsinn gebrochen.

Das Wesen zog hechelnd und sabbernd die feuchten Lefzen zurück, entblößte die gelblichen Fänge und senkte den zottigen Kopf tiefer, wühlte mit der Schnauze nach der ungeschützten Kehle.

Der Gesang setzte wieder ein, aber jetzt war er schrill und aufpeitschend, von heidnischer, unmenschlicher Rachsucht durchströmt.

Er spürte, wie sich das geifernde Maul über seiner Kehle weit öffnete, wie die gebleckten Fänge sich in seine Haut gruben, in seinen Hals bohrten, wie sie schlitzten und zerrten. Seltsamerweise fühlte er keinen Schmerz – ein gnädiger Nebeneffekt der Halluzinogene in der Hexensalbe? Oder war es ein Aspekt des Tranceaktes, der traumgleichen Abwesenheit körperlicher Empfindung? Er wusste es nicht, und es spielte keine Rolle mehr. Mit seinem Blut sickerten auch die Reste seines Bewusstseins aus ihm heraus, bis auf eine schmerzhafte Wehmut, eine tief empfundene Trauer, dass er hier sterben musste, an diesem dunklen, verwunschenen Ort, umgeben von Hass und bösen, fremden Mächten, dass er niemandem auf Wiedersehen sagen konnte, auch nicht den Menschen, die er liebte. Sein letzter Gedanke galt der Frau, die immer einen besonderen Platz in seinem Herzen eingenommen hatte. Er beschwor ihr Bild herauf, ihr süßes, junges Gesicht, ihr liebliches Lächeln.

Ihm wurde mit einem Mal sehr kalt. Seine Fingerspitzen waren gefrorenes Fleisch, und die dünne Schicht aus Gischt, Tränen und Blut auf seinen Wangen bildete einen Eisfilm. Wie seltsam, dachte er. Wie kalt es wird, wenn man sterben muss. Die Dämonenfratze war verschwunden, und darüber war er froh. Es war das Gesicht seiner Schwester, das er zuletzt gesehen hatte. Ihm war so, als sei sie plötzlich da. Sie stand vor ihm, ihre moosgrünen Augen waren traurig, ja verzweifelt, als sie sein Gesicht in beide Hände nahm, sich zu ihm beugte und ihn sanft küsste. Er streckte beide Arme nach ihr aus, umschlang sie und drückte sie mit aller Kraft an sich. Ihr Körper zitterte an seiner Brust, und er merkte, dass sie weinte. Er wollte ihr sagen, dass sie nicht traurig sein sollte, nicht um ihn weinen sollte. Aber das war nicht von Bedeutung. Es kam nur darauf an, dass er von ihr, die ihm von allen Menschen am wichtigsten war, doch noch Abschied nehmen konnte.

Leb wohl. Vergiss mich nicht. Er war sehr glücklich, dass er es ihr hatte sagen können. Ihm wurde kälter. Dann spürte er nichts mehr.

I

Ein scharfer Wind trieb einen prasselnden Regenschauer gegen die Bürofenster, drückte die herabrollenden Tropfen an den Scheiben flach und verteilte sie auf der glatten Fläche. Der auf den Fenstern haftende Staub löste sich unter dem Wasserschleier des Mairegens auf, verbreitete sich langsam in Schlieren über den Lettern des an der Scheibe angebrachten Firmenaufdrucks und wurde schließlich von einem weiteren, kräftigeren Regenguss endgültig aufgeweicht und fortgespült. Die Scheiben waren nun beinahe sauber, zumindest von außen, und die Aufschrift »Röder & Partner, Priv. Ermittlungen, Sicherheitsberatung« glänzte in frischem Schwarz.

Benjamin Röder starrte trübsinnig durch die perlenden Tropfen auf die Straße und musterte die spiegelverkehrten Buchstaben, hinter denen ab und zu ein verschwommen erkennbares Auto vorbeifuhr. Er zählte dreißig Wagen in fünf Minuten. Merkwürdigerweise schienen sie fast ausnahmslos dunkel zu sein. Offenbar wirkte sich seine miserable Stimmung bereits auf den Straßenverkehr aus. Er sollte besser woanders hinschauen. Seufzend schwang er seinen Drehsessel herum zum Schreibtisch, nur um festzustellen, dass der Anblick des Aktenstapels vor ihm seine Laune eher verschlimmerte. Dieser Stapel verkörperte all das, was einen guten, erfolgreichen, angesehenen Privatdetektiv ausmachte – kurz, alles, was er nicht war. Die Akten waren nämlich nicht echt, sondern nur Attrappen, potemkinsche Dörfer, nichts als Vorspiegelung falscher Tatsachen. Sie bestanden aus leeren Hüllen jungfräulicher Pappe, die sehnsüchtig besseren Zeiten entgegenträumten,

Zeiten, in denen sie solche Vorgänge beherbergen dürften, die erst mit dem Erscheinen eines in diesem Büro bislang unbekannten Wesens anbrechen würden – des *Klienten*. Benjamin, der zugleich auch der »& Partner« aus dem Firmenaufdruck war, legte die Hand auf den Aktenstapel, schloss die Augen und dachte darüber nach, ob sein Wunsch – besser: sein verzweifeltes Bedürfnis – nach Kundschaft, die Tatsache des fehlenden *Klienten*, sich auf diesen Raum und die Gegenstände darin übertragen könnte, ob sich die enttäuschte Erwartung gleichsam manifestieren könnte in einer Art unsichtbaren, aber dennoch für jeden erkennbaren Dunstglocke, die über dem Büro hing und jeden vorübergehenden potentiellen *Klienten* deutlich hörbar anbimmelte und ihm verkündete: ›Hier geht sowieso niemand rein, vergiss es, hau lieber ganz schnell ab, bevor du dein Geld bei diesem Röder für nichts und wieder nichts rausschmeißt!‹

Vielleicht hatte seine negative Einstellung den Effekt einer überholenden Kausalität – die Befürchtung, dass das Geschäft schlecht ging, ließ es erst recht schlecht gehen. Eine Art *self-fulfilling prophecy* oder so etwas wie ein selbsterzeugter Schadenszauber.

Woran sollte es sonst liegen? Die Lage des Büros konnte es nicht sein. Es war zwar nicht die beste Gegend in München, aber doch eine annehmbare Straße in einem annehmbaren Viertel. Es war alles andere als Hinterhausmilieu; es gab einen anständigen, sauberen Vordereingang zur Straße hin, und das Büro befand sich in einem zehnstöckigen Gebäude, das außer seiner Detektei auch etliche andere Firmen und Praxen beherbergte – Ärzte, Rechtsanwälte, Steuerberater, eine Werbeagentur, einen Makler und dergleichen mehr –, alles angesehene Geschäfte. Die Leute strömten nur so durch den Eingang, Tag für Tag, aber zur Firma Röder & Partner hatte sich noch nie jemand verirrt. Es konnte nicht daran liegen, dass sich sein Büro im vierten Stock befand, denn der Lift war seines Wissens noch nie außer Betrieb gewesen. Außerdem war das Treppenhaus immer sauber und gepflegt; jeder Treppenabsatz war mit sündhaft teuren Kübeln von Palmen, Farnen und ähnlichem Zeug geschmückt, was seinen Umlagenanteil für die Nebenkosten in schwindelerregende Höhen trieb. Zugegeben, er hatte zwar ein Vorzimmer, aber keine Sekretärin – noch nicht –, und das mochte auf den *Klienten* dürftig wirken, doch selbst daran konnte es nicht liegen, dass der *Klient* sich nicht einstellen wollte – schließlich sah man dem Büro die fehlende Sekretärin von außen nicht an. Die Ausstattung des Büros selbst war im Übrigen zwar nicht luxuriös, aber doch ohne weiteres akzeptabel. Tapeten, Vorhänge und Teppichboden waren unaufdringlich anthrazitfarben. Schreibtisch, Regale und Aktenschränke glänzten in funktionellem Weiß und waren zudem so gut wie neu. Ursprünglich hatten sie sicher ein hübsches Sümmchen gekostet. Ben hatte sie zwar billig aus einem Geschäftskonkurs erstanden, aber auch das konnte der *Klient* nicht wissen.

Abermals seufzend schwang Ben den Stuhl wieder herum zum Fenster, um in den Regen zu starren. Er zählte eine Weile die Autos, eingelullt durch das monotone Geräusch des sanft gegen die Scheibe pochenden Regens, hypnotisiert durch das bewegte, ungleichmäßige, von Wasserperlen durchsetzte Muster aus kreuz und quer herabrinnenden glasklaren Tropfen. Nach einer Weile schweiften seine Gedanken ab, und seine Hände begannen zu zittern. Er saß noch in seinem Büro, aber es schrumpfte hinter ihm zu einem dunklen, bedeutungslosen kleinen Loch zusammen. Er fühlte, wie die Erinnerungen aus dem Bodensatz seines Gedächtnisses stiegen, wie sie hervortröpfelten, langsam, unmerklich, aber ebenso beständig wie die Wassertropfen, die sachte vom Wind gegen das Fenster getrieben wurden. Damals hatte es ebenfalls geregnet. Ben schloss die Augen, aber es regnete dennoch weiter; er hörte das stetige Prasseln des Regens, und es war diesmal nicht sein Bürofenster, sondern eine Windschutzscheibe, auf der die Regentropfen in verrückten, umherzuckenden Bahnen wie gläserne Blitze vom Fahrtwind hin- und hergefegt wurden.

Ben ballte die zitternden Hände zu Fäusten und stand ruckartig auf. Der reißende Schmerz brachte ihn wieder zur Besinnung, und stöhnend presste er seine Hand gegen den rechten Oberschenkel. Er wusste genau, dass er sich nicht so hastig wie gerade eben bewegen sollte, aber jetzt war er dankbar für den Schmerz. Mit zusammengebissenen Zähnen schob er den Stuhl an den Schreibtisch und lehnte sich einen Moment dagegen und rieb heftig sein Bein. Der Schmerz ging langsam zurück, mäßigte sich zu dem dumpfen, unangenehmen Ziehen, das seit dem Unfall sein ständiger Begleiter war.

Ihm fiel ein, dass er Paddy noch anrufen musste. Wahrscheinlich war er irgendwo bei einer neuen Frau versackt, denn er war das letzte Mal nicht zu dem Kneipenabend gekommen, den sie einmal die Woche zusammen verbrachten. Das Rufzeichen ertönte, aber Paddy schien nicht zu Hause zu sein. Ben legte den Hörer wieder auf die Gabel, schaltete den Anrufbeantworter ein und stand auf.

Es war an der Zeit, für heute hier zu verschwinden, bevor der Tag rettungslos verloren war und er selbst in einem Meer aus Regen, Erinnerungen, Schmerz und schlechter Laune versank.

Er humpelte ins Vorzimmer, das durch eine Milchglastür mit seinem Büro verbunden war und zugleich als Wartezimmer fungierte – für den unwahrscheinlichen Fall, dass der *Klient* jemals in der Mehrzahl erscheinen sollte. Er nahm seine Jacke vom Garderobenhaken, streifte sie über und zog die Tür hinter sich ins Schloss. Wie immer betrachtete er das Firmenschild nicht ohne gewissen Stolz – zwanzig mal fünfunddreißig Zentimeter poliertes Aluminium auf Edelholzfurnier, ein Anblick, der das Herz des *Klienten* bestimmt höher schlagen ließ – vorausgesetzt, er käme irgendwann.

Im Aufzug musterte Ben unauffällig die auf der Fahrt nach unten zusteigenden Klienten, Patienten und Mandanten, die die Dienste der anderen Firmen hier im Haus in Anspruch genommen hatten. Er versuchte zu ergründen, ob jemand von ihnen die gut frequentierte Anwaltskanzlei besucht hatte. Aus den Reihen dieser Leute rekrutierten sich erfahrungsgemäß oft die *Klienten,* an denen ihm gelegen war. Jedenfalls hatte er gehört, dass es so sein sollte. Und er hatte schon ein paar Mal *Ein Fall für zwei* gesehen.

Als Ben vor den Eingang trat, zog er die Schultern hoch. Wie immer hatte er keinen Schirm, wenn es regnete. Auch auf seinen Schirmen schien ein Unglückszauber zu liegen. Er wusste genau, dass er schon viele gekauft hatte, kleine Taschenschirme ebenso wie Stockschirme, schlichte und auch auffällige. Einmal hatte er einen schreiend pinkfarbenen Schirm erworben, in der Meinung, dieses auffällige Monstrum ließe sich nicht so schnell vergessen. Aber auch dieser Schirm war irgendwann verschwunden. Offenbar waren alle seine Schirme verhext, denn sobald er einen brauchte, war keiner verfügbar, gleichgültig ob zu Hause oder in seinem Büro. Sie schienen sich alle in der Zeit zwischen dem Kauf und dem nächsten Regen zu verflüchtigen, in ein unbekanntes Land zu verschwinden, in die fünfte Dimension, wo sich Regenschirme, linke Socken und rechte Manschettenknöpfe ein Stelldichein gaben.

Ben klappte die Kragenenden seiner Jacke nach oben und überquerte humpelnd die Straße. Nach wenigen Schritten war er bereits völlig durchnässt. Der Regen war stärker geworden. Er klatschte gegen sein Gesicht, seine Hände, lief durch seine dichten Locken in den Nacken und über den Hals. Fluchend erreichte er schließlich seinen Wagen, den er auf dem gegenüberliegenden Parkplatz abgestellt hatte. Er öffnete die Fahrertür und fluchte lauter, als sie gegen sein Bein schlug. Vor Schmerz ächzend ließ er sich auf den Sitz fallen und zog die Tür hinter sich zu. Als sein Blick durch die regenüberströmte Windschutzscheibe fiel, zuckte er zusammen und stieß erneut einen gotteslästerlichen Fluch aus. Er umklammerte das Lenkrad mit beiden Händen, starrte mit brennenden Augen in den Regen und schluckte heftig. Es regnete, und er dachte an den Unfall, an den Tag heute vor drei Jahren, den Tag, an dem es auch geregnet hatte, den Tag, an dem er alles verloren hatte, den Tag, an dem sein Leben aufgehört hatte.

Patrick Donner stand auf dem schmalen Schild neben dem Klingelknopf, genau wie unten an der Haustür. Penny blickte das Schild an, schob zögernd den Schlüssel in das Sicherheitsschloss und drehte ihn langsam. Er passte natürlich, ebenso wie er auch unten gepasst hatte. Sie schloss auf, wobei sie feststellte, dass die Tür richtig abgeschlossen war, nicht nur einfach zugezogen. Sie musste den Schlüssel zweimal drehen, um sie zu öffnen. Die geöffnete Tür schwang nach innen auf, in einen langen, dämmerigen Flur. Penny hob ihre Reisetasche auf und warf einen unsicheren Blick in die Wohnung. »Paddy?«, rief sie leise. Ihre Stimme schien ein schwaches, klägliches Echo in der dunklen Wohnung zu verursachen. »Paddy!« rief sie erneut, diesmal energischer. Wieder gab der kaum wahrnehmbare Nachhall ihrer eigenen Stimme ihr eine hohl klingende Antwort. Entschlossen betrat Penny mit ihrer Tasche den Flur, der nur durch das vom Treppenhaus einfallende Tageslicht erhellt wurde. Sie stellte die Tasche an der Garderobe ab und zog die nächstbeste Tür in der Wohnung auf. In dem Zimmer dahinter war es stockfinster, und ein muffiger Geruch schlug ihr entgegen. Sie tastete nach dem Lichtschalter, und als die Beleuchtung aufflammte, sah sie, dass sie sich in Paddys Schlafzimmer befand. Der muffige Geruch kam von einem Berg ungewaschener Wäsche, in erster Linie vermutlich Männersocken, der mitten im Zimmer lag und vor sich hinstank. Die Läden waren geschlossen, ebenso wie das Fenster. Naserümpfend stieg Penny über die Schmutzwäsche hinweg und öffnete die Läden und das Fenster. Der Wind peitschte sofort den Regen hinein, aber das war immer noch besser als der Mief hier drin. »Paddy, Paddy«, murmelte sie kopfschüttelnd, während sie von Zimmer zu Zimmer ging, um zu lüften. Abgesehen von der schmutzigen Wäsche im Schlafzimmer und einem nicht allzu großen Stapel gebrauchten Geschirrs in der Küche war die Wohnung in einem für Paddys Verhältnisse normalen Zustand. Penny fuhr mit dem Finger über die alte Kommode im Wohnzimmer. Sie begutachtete den Staub auf ihrer Fingerkuppe. Vier Wochen, schätzte sie. Sinnend ließ sie erneut die Finger über das dunkel gemaserte Holz der Kommode gleiten. Sie erinnerte sich, wie sie das gute Stück vor acht Jahren zusammen mit Paddy auf dem Flohmarkt für ein Taschengeld erstanden hatte. Sie hatten es zu zweit keuchend und schwitzend zu Paddys Wagen geschleppt, nur um festzustellen, dass es weder hinten noch vorne hineinpasste. Paddy hatte ein unglaublich dummes Gesicht gemacht, er hatte nicht glauben wollen, dass es nicht klappte, und er musste es mindestens ein halbes Dutzend Mal versuchen, bevor er es endlich einsah. Penny hatte sich schließlich wütend auf die Rückbank des klapprigen alten Citroëns geworfen und sich geweigert, weiterhin das schwere Ding herumzuwuchten. Sie sah Paddys Gesicht wieder vor sich, den fassungslosen, ungläubigen Ausdruck des unbekümmerten großen Jungen, der anscheinend vor einer klobigen Kommode kapitulieren musste. Er hatte mit zusammengepressten Lippen auf das widerspenstige Möbelstück gestarrt, etwas wie »Na, warte!« gemurmelt und dann kurzerhand die Füße abgeschraubt, die – welch glücklicher Zufall – mit einem Gewinde an der Kommode befestigt waren. Danach passte das Ding anstandslos in den Kofferraum, so, als wäre es eigens dafür gemacht worden. Sogar der Deckel hatte sich problemlos zuklappen lassen. In der Welt des damals zwanzigjährigen strahlenden Siegers gab es viele solcher glücklicher Zufälle, die Penny stets das Gefühl vermittelten, das Leben mühe sich ab, um Patrick Donner gefällig zu sein, während die Umstände ihres eigenen Lebens ihr zu dieser Zeit als eine nie abreißende Kette von Unbequemlichkeiten und Missgeschicken erschienen. Damals, als Paddy ein hinreißender zwanzigjähriger Held war und sie selbst eine dürre Zwölfjährige mit schlaksigen Gliedern, abgebissenen Fingernägeln und Zahnspange, bestand ihr Leben in ihren Augen nur aus Fehlschlägen. Ihr Bruder war ein verwegener, hübscher Bursche, dem die Frauen in Scharen hinterherliefen, und er brachte stets Freunde mit ins Haus, die ihm in nichts nachstanden. Sie glaubte manchmal heute noch die atemlose Beklemmung zu spüren, die sie stets befallen hatte, wenn ein ganz bestimmter dieser gutaussehenden, draufgängerischen jungen Männer plötzlich vor ihr stand, ihre kleine Welt von einem Moment auf den nächsten ausfüllte, auf den Kopf stellte, obwohl er sie gar nicht als Person wahrnahm, sondern nur als Paddys rothaarige, verhuschte kleine Schwester, die blinzelnd von einem Fuß auf den anderen trat und kurzsichtig die Augen zusammenkniff, weil sie sich ihrer dicken Brille schämte, aber die Kontaktlinsen wieder einmal verlegt hatte. Jetzt war sie selbst fast zwanzig, aber sie gehörte immer noch nicht zu den Siegertypen. Sie brauchte zwar keine Zahnspange mehr, aber sie war dicker, als ihr lieb war. Sie kaute immer noch an den Fingernägeln und verschlampte ständig ihre Kontaktlinsen.

Penny legte beide Hände auf die Kommode, nahm sie wieder weg und betrachtete die Abdrücke ihrer zehn Finger in der Staubschicht.

»Wo bist du, Paddy?«, flüsterte sie. Diesmal schien ihre Stimme wieder mit einem Sekundenbruchteil Verzögerung als Echo zurückzukehren, ein trockener, wispernder Hauch in der nachmittäglichen Stille der Wohnung. Penny zuckte zusammen, stieß sich von der Kommode ab und ging in die Küche. Sie öffnete den Kühlschrank und inspizierte den Inhalt. Es waren einige Vorräte da, aber sie erkannte sofort, dass alles, was nicht abgepackt war, verdorben war. Sie nahm die Butterdose heraus und roch daran – seit einer Woche ranzig, mindestens. Die Wurst in der aufgerissenen Zellophanhülle – ebenfalls vor reichlich einer Woche geöffnet, schätzte Penny. Sie ging durch den Flur zurück ins Wohnzimmer und befühlte die Erde der Topfpflanzen, zweier Philodendron-Ranken, die aus Schalen links und rechts neben einer Zimmerpalme herauswucherten und sich um deren hölzernen Stamm wanden. Alle drei Pflanzen waren staubtrocken, ebenso wie die Töpfe von zwei kleinen Bubiköpfen. Vor dem breiten Fenster stand auch ein Hibiskusstock, dessen Blätter verdorrt waren. Einige vertrocknete, trompetenförmige Blüten lagen neben dem Übertopf auf der Fensterbank. Penny steckte den Zeigefinger in das Substrat. Dieser Hibiskus war seit mindestens einer Woche nicht gegossen worden. Penny nahm eine der verwelkten Blütenkelche auf und betrachtete ihn in ihrer ausgestreckten Handfläche; sein verblasster Purpur schloss sich um die faserigen, goldgelben Stempel im Inneren der Dolde. In plötzlicher Verzweiflung krampfte sie die Hand über der zerfallenen Blüte zur Faust und starrte durch den Perlenvorhang der Regentropfen, der die Fensterscheibe bedeckte, hinaus in den kleinen Garten hinter dem Haus. »Was ist passiert, Paddy?«, flüsterte sie.

Wieder ertönte dieses merkwürdige, zischelnde Echo, kaum wahrnehmbar, so leise, als wäre es gar nicht da, nur eine Täuschung, wie ein unvermutetes seltenes Ohrenrauschen oder wie ein Schaben der Fußsohlen auf dem Teppich. Penny hob den Kopf und lauschte angestrengt. Aber sie hörte nur ihren eigenen Herzschlag, der denselben Takt zu haben schien wie eine Uhr, die irgendwo in der Stille tickte. Penny hielt den Atem an. Das Klopfen ihres Herzens und das Ticken dieser Uhr wurden lauter, erklangen mit einem Mal in versetztem Rhythmus, sich steigernd und gegenseitig aufladend und verstärkend zu einem dumpfen, pochenden, hämmernden Geräusch, erst entfernt, dann immer näher kommend. Penny krampfte die Hände ineinander, und der Staub der welken Hibiskusblüte fiel in roten Flocken auf ihre Füße. Sie holte Luft und stieß den Atem aus. Ihre Sinne spielten ihr einen Streich. Es ist nur eine Täuschung, dachte sie, eine verrückte Akustik, die es in manchen Wohnungen eben gibt.

Penny hatte das schon mehrmals erlebt.

Aber nur in leeren Zimmern ohne Möbel.

Das Klopfen kam näher. Es klang hohl und dumpf, untermalt von tappenden, leise schlurfenden Geräuschen. Penny trat rasch einen Schritt vor, blickte in den Flur, vergewisserte sich, dass die Wohnungstür geschlossen war. Das Tappen und Pochen war nun ganz nah, vor der Wohnungstür. Penny glaubte, ein leichtes Kratzen am Holz der Tür wahrzunehmen. Ihr Herz schlug so laut, dass sie außer dem Rauschen ihres eigenen Pulses nichts anderes mehr hörte. Dann war das Klopfen wieder da, so deutlich hörbar, dass es ihr rasendes Herz übertönte, und diesmal war es begleitet von einem anderen Geräusch. Als sie erkannte, was sie da hörte, setzte ihr Herz einen Schlag aus, um dann mit der Wucht eines Schmiedehammers wieder einzusetzen. Es war das metallisch klickende Geräusch, das ein Schlüssel verursacht, der sich in einem Schloss bewegt. Penny reagierte instinktiv, ohne nachzudenken. Sie rannte hinaus in den Flur, blieb aber einige Meter vor der Tür stehen. Mit allen Sinnen spürte sie, dass etwas hier nicht stimmte. Wer immer diese Wohnung gerade betreten wollte – es war ganz gewiss nicht ihr Bruder, sondern jemand, der … ja, wer? Ein Eishauch schien vom Treppenhaus in die Wohnung zu dringen, sie zu umhüllen. Die feinen Härchen in ihrem Nacken stellten sich auf, und eine Gänsehaut überzog ihre nackten Arme. Sie schluckte und wollte etwas sagen, brachte aber nur ein ohnmächtiges Krächzen heraus. Die Tür öffnete sich einen Spalt breit, und Penny sah eine geisterhaft bleiche, langfingrige Hand, die sich an der Türfüllung abstützte. Im nächsten Augenblick fand sie ihre Stimme wieder. »Wer ist da?«, brüllte sie aus voller Kehle. Ihr Atem stockte, als die blasse Hand zurückzuckte und verschwand. Einen Augenblick später schlug die Tür mit einem Knall zu, ein klirrendes Rasseln ertönte, und dann setzte unvermittelt das Klopfen und Tappen wieder ein, so laut wie vorher, nur viel schneller. Penny sog zischend die Luft ein; ihre Brust hob und senkte sich fieberhaft, während sie dem Geräusch vor der Tür lauschte. Ihre geballten Fäuste entkrampften sich zitternd, denn das Klopfen wurde leiser und entfernte sich. Sie legte den Kopf auf die Seite und horchte endlose Sekunden lang, bis sie nicht mehr den geringsten Laut hörte, nur noch das Pochen ihres Herzens und die Uhr, die irgendwo in der Wohnung die Sekunden zerteilte. Sie hatte das Gefühl, dem unbarmherzigen Ticken der Uhr mehrere Minuten gelauscht zu haben, als sie endlich in der Lage war, sich wieder zu bewegen. Sie ging langsam auf die Tür zu und legte eine Hand auf die Klinke. Verstört riss sie die Hand zurück, denn die Klinke hatte sich angefühlt wie etwas Lebendiges, etwas, das unter ihrer Hand pulsierte. Sie schüttelte den Kopf und berührte die Klinke erneut, diesmal zögernd und tastend, aber da war nichts, nicht das Geringste. Es fühlte sich an wie normales, glattes, kühles Metall. Sie seufzte laut und öffnete entschlossen die Tür. Auf dem Gang und der Treppe war niemand zu sehen. Wer immer auch hier gewesen war – jetzt war er längst verschwunden. Auf dem Terrazzo-Fußboden blinkte etwas. Penny trat näher und blickte fassungslos den Gegenstand an, der dort lag. Es war Paddys Schlüsselbund. Penny hob ihn auf und umklammerte ihn. Wieder schien ihre Hand etwas Lebendiges zu berühren. Es war wie ein kurzer, elektrischer Schlag, aber sie krampfte ihre Finger noch fester um die Schlüssel, weigerte sich, sie loszulassen, und im nächsten Moment fühlten sie sich völlig normal an, wie der Schlüsselbund ihres Bruders, mit dem Anhänger, den sie ihm zu seinem letzten Geburtstag geschenkt hatte. *Drehe ich jetzt durch? Was bilde ich mir bloß die ganze Zeit ein? Sind das die Nerven oder die Zeitverschiebung?*

Sie ließ mutlos den Kopf hängen, als sie zurück in die Wohnung ging und die Tür hinter sich ins Schloss zog. Wahrscheinlich war es nur irgendeine nette Nachbarin gewesen, die für Paddy nach dem rechten sehen sollte, und die von Pennys Gebrüll einen Heidenschreck bekommen und wie von Furien gehetzt das Weite gesucht hatte. Ja, das war die plausibelste Erklärung. Sie stieß zutiefst erleichtert den Atem aus. Warum war sie nicht sofort darauf gekommen? Wieso hatte sie gleich so hysterisch reagiert? Über ihre Ängstlichkeit den Kopf schüttelnd, ließ sie den Schlüsselbund in ihre Handtasche gleiten.

Ihre Erleichterung verwandelte sich mit einem Mal in tiefe Ermattung. Sie hatte seit über zwanzig Stunden nicht geschlafen. Auf dem Flug von New York nach München hatte sie kein Auge zugemacht. Normalerweise gehörte sie zu den Menschen, die auf Flügen jederzeit einschlafen können und am Ende der Reise wunderbar ausgeruht wieder aufwachen; diese Fähigkeit war in ihrem Beruf eher eine Notwendigkeit als ein Luxus. Aber diesmal hatte sie nicht schlafen können und wollen, denn sie hatte Angst vor den Träumen gehabt, die unausweichlich folgen würden, und sie dachte nicht daran, vor den Augen ihrer Mitpassagiere und der Crew als kreischende, um sich schlagende Irre aus einem Alptraum aufzuwachen.

Pennys Augen brannten vor Müdigkeit. Sie hob die Hand, um das Brennen wegzureiben, besann sich aber rechtzeitig und ging stattdessen ins Bad, wusch sich die Hände und entfernte mit geübten Griffen ihre Kontaktlinsen vor dem Spiegel. Grimmig streckte sie ihrem verschwommenen Spiegelbild die Zunge heraus, bevor sie sich das Gesicht mit eiskaltem Wasser abwusch. Das Brennen hatte aufgehört, aber die Müdigkeit war eher noch stärker als vorher. Penny ging mit hängenden Schultern und schlechtem Gewissen in die Küche, zum Kühlschrank. Vorhin hatte sie bei ihrer Inspektion der Lebensmittel etwas entdeckt, das sie jetzt unbedingt brauchte. Zwischen einer Margarineschachtel und einem zweifelhaft aussehenden Stück Käse lag eine Tafel Schokolade. Die Verpackung war unversehrt, die Schokolade würde sicher nicht nach schimmeligem Käse schmecken. Sie riss eilig das Papier ab und hasste sich für ihre Hemmungslosigkeit, als sie ihre Zähne in das süße Zeug schlug und Riesenstücke davon abbiss, sie flüchtig kaute und hinunterschlang. Während sie aß, kommentierte eine bösartige innere Stimme ihre Gier. *Musst du dir das so reinziehen, du gierige Schlampe? Kannst du nicht wenigstens langsam und manierlich davon essen, Stück für Stück? Dann könntest du vielleicht damit aufhören, bevor alles weg ist! Aber nein, du willst es ja nicht besser. Selbst Schuld. Sieh dir morgen im Spiegel die Pickel an, die du davon kriegst, und vergiss bloß nicht, dich auf die Waage zu stellen!*

Aber es war sinnlos; ihr Verlangen war stärker als die Stimme der Vernunft, die stets jederzeit und mitleidlos jedes Stück Schokolade, jedes Eis und jedes Glas Sekt in Mitesser und Pfunde umrechnete. Innerhalb von wenigen Sekunden war die ganze Tafel verschwunden, und Penny starrte verstört die zerknitterte Folie in ihrer schokoladeverschmierten Hand an. Sie knüllte das Papier zu einem Ball zusammen und drückte mit dem Fuß den Trethebel des Abfalleimers nach unten. Der Gestank, der ihr im nächsten Augenblick aus dem geöffneten Eimer entgegenschlug, löste bei ihr einen Brechreiz aus, und sie schlug hastig die Hand vor den Mund, rannte ins Bad und beugte sich über die Toilette. Sie würgte ein paar Mal, aber die Schokolade blieb drin.

Schade, dachte Penny ironisch.

Nachdem sie zwei-, dreimal tief durchgeatmet hatte, fühlte sie sich wieder stark genug, um zurück in die Küche zu gehen, jedoch nicht ohne vorher ein Handtuch anzufeuchten und es sich vor Mund und Nase zu pressen. Mit spitzen Fingern holte sie den Beutel aus dem Abfalleimer, verknotete ihn sorgfältig und brachte ihn vor die Wohnungstür, wo sie ihn vorläufig abstellte. Danach kramte sie aus dem Inneren des Küchenschrankes zwischen Konservenbüchsen und Reinigungsmitteln eine frische Abfalltüte hervor, die sie mit den verdorbenen Essensresten aus dem Kühlschrank füllte und dann ebenfalls hinaustrug. Nach dieser Prozedur wusch sie sich im Bad erneut die Hände und spülte sich gründlich den Mund aus, um den Schokoladengeschmack loszuwerden, der sie sonst noch stundenlang an ihre Missetat erinnern würde. Beunruhigt blickte sie ihr Gesicht im Spiegel an, aber sie sah nicht genug, selbst wenn sie so nah heranging, dass sie mit der Nasenspitze anstieß. Sie überlegte einen Moment, ob sie die Linsen wieder einsetzen sollte, entschloss sich aber dann, ihre Brille aus der Tasche zu holen. Sie setzte sie auf, ging wieder ins Bad und musterte sich durch die dicken Gläser aufmerksam im Spiegel, begutachtete argwöhnisch jeden sichtbaren Quadratzentimeter Haut, so, als würde die vorhin genossene Schokolade bereits in Form von blühenden Pickeln aus den Poren ihrer Haut wieder hervorsprießen. Sie kniff die Augen zusammen und trat näher an den Spiegel, untersuchte ihren glatten, porzellanweißen Pfirsichteint mit gnadenloser Akribie. Begann da nicht schon ein riesiger Mitesser sich am Kinn abzuzeichnen? Sie hatte während des Fluges ein Glas Sekt getrunken, das waren mit der Schokolade also zwei Todsünden an einem Tag. Penny berührte vorsichtig mit zitternden Fingern die verdächtige Stelle und stellte erleichtert fest, dass es nur ein Schokoladenkrümel war. *Warte nur bis morgen, dann siehst du sicher aus wie ein Streuselkuchen! Und du wirst mindestens ein Pfund mehr auf die Waage bringen!*

Bei diesem Gedanken blickte sie sich um, aber sie sah keine Waage. Paddy würde doch wohl ... Das fehlte noch, dass es hier keine Waage gab! Sie wäre aufgeschmissen. Gleich morgen müsste sie loslaufen und sich eine Waage kaufen, in jedem Fall noch vor dem Frühstück, bevor sie auch nur einen Bissen gegessen oder einen einzigen Schluck getrunken hatte.

Manche Leute hatten ihre Waage auch unter dem Bett im Schlafzimmer, überlegte Penny. Schnell lief sie hinüber und bückte sich, um nachzusehen. Sie stöhnte, gleichzeitig zufrieden und ängstlich, als sie unter dem Bett tatsächlich eine Waage entdeckte. Einen Augenblick erwog sie, sich erst am nächsten Tag zu wiegen, aber die Stimme der Vernunft redete ihr eindringlich ins Gewissen. *Vergiss es, du Fettkloß. Wenn du dich jetzt nicht wiegst, wirst du bestimmt heute Abend noch was essen wollen, und das wäre dann dein endgültiger Ruin, verlass dich drauf. Du wirst auf den Fotos beim nächsten Shooting wie ein rothaariger Sumo-Ringer in den letzten Zügen aussehen, darauf kannst du Gift nehmen. Stell dich sofort auf die Waage, mach schon!*

Penny zog zaudernd die Waage unter dem Bett hervor und starrte sie unschlüssig an. Wenn sie nun nicht richtig anzeigte? Gab sie weniger als das tatsächliche Gewicht an, wäre das fatal, noch schlimmer, als wenn sie mehr anzeigen würde. Womöglich würde in ihr der Eindruck entstehen, noch etwas essen zu dürfen, vielleicht sogar ein *Eis!* Sie sollte vielleicht mit dem Wiegen warten und es doch besser morgen in einer Apotheke erledigen, dort gab es angeblich sehr genaue Waagen.

Stell dich drauf!!

Sie könnte auch später noch nach einer geöffneten Apotheke Ausschau halten; Penny wusste, dass immer mindestens eine Apotheke in der Stadt Notdienst hatte.

Klar, du klingelst heute Abend den Apotheker aus dem Bett. Entschuldigen Sie, aber ich weiß nicht, ob meine Waage zu Hause richtig wiegt. Ich müsste mich dringend mal wiegen. Der denkt sofort, du bist bescheuert.

Natürlich hätte das Wiegen in der Apotheke den Nachteil, dass sie ihre Sachen nicht ausziehen könnte. Sie würde ein zweites Mal hingehen müssen, um ihre Sachen separat zu wiegen und dann die Differenz ausrechnen. Spätestens dann würde der Apotheker sie in jedem Fall für bescheuert halten.

Stell dich endlich drauf! Seufzend gab Penny ihrer inneren Stimme nach. Sie zog sich mit schleppenden Bewegungen aus. Gott sei Dank begann das Shooting erst morgen Nachmittag, so dass sie wenigstens vernünftig ausschlafen konnte bis dahin. Viel schlimmer als dreihundert Gramm Gewichtszunahme oder ein Mitesser am Kinn waren dunkle Ringe unter den Augen, geschwollene Lider, übernächtigte Gesichtszüge. Der Termin wäre sofort gestorben, wenn sie so ankäme, wie sie jetzt aussah – erschöpft, ausgelaugt und todmüde. Gewissenhaft legte sie ihre Armbanduhr und jeglichen Schmuck ab, bevor sie auf die Waage stieg. Gold war ziemlich schwer; eine durchschnittliche Kette brachte mindestens fünfzig Gramm auf die Waage. Die Uhr mochte gut und gerne dreißig Gramm wiegen, das Armband weitere zwanzig. Das waren schon hundert Gramm – genauso viel wog eine Tafel Schokolade!

Mit unbestechlichem Blick prüfte Penny, ob der Zeiger der Waage exakt auf der Null stand. Jetzt kam der Moment der Wahrheit. Sie pustete heftig und lang gezogen die Luft aus und stieg auf die Waage. Ihr lagen zwar keine gesicherten Erkenntnisse darüber vor, ob die Luft in ihren Lungen ein nennenswertes Gewicht besaß, aber man konnte ja nie wissen. Aus dem Physikunterricht hatte sie dumpfe Erinnerungen an dergleichen, es hatte irgendwie mit dem spezifischen Gewicht der Gase zu tun. Immerhin war Luft wohl auch so eine Art Gas, vermutete Penny, so dass man nicht ausschließen konnte, dass sie auch etwas wog. Sie würde daher in jedem Fall besser fahren, wenn sie vor dem Wiegen aus- statt einatmete, auch wenn es nur ein paar Gramm waren. Eine Erdnuss wog nur ein Gramm, vielleicht so viel wie ein Atemzug, hatte aber dafür fünf Kalorien und war extrem pickelverursachend. Penny öffnete widerwillig die zusammengekniffenen Augen, um auf die Gewichtsanzeige zu blicken. Ihre Augen flogen auf und wurden kugelrund. Nein, das war doch nicht möglich! Großer Gott, nur das nicht!

Siehst du, ich habe es dir gleich gesagt. Jetzt hast du den Schlamassel. Fünfundfünfzigkommafünf, und kein Gramm weniger. Aber du musstest dich ja wieder mit Sekt voll schütten und mit Schokolade voll stopfen, gerade so, als hättest du drei Wochen Urlaub und nicht ein wichtiges Shooting vor dir.

Penny brachte die Stimme der Vernunft zum Verstummen. Es musste ein Irrtum sein. Die Waage ging falsch, tröstete sich Penny. Sie war an den schweren Körper ihres Bruders gewöhnt, fünfundachtzig Kilo Knochen und Muskeln. So was leierte selbst die beste, zuverlässigste Waage schnell aus.

Mach dir nichts vor.

Penny stand auf der Waage und nagte an ihrer Unterlippe. Verzweifelt versuchte sie, den *Zeiger* durch Gewichtsverlagerung auf ein Bein *(ein abgedroschener Trick, mach dir nichts vor!)* um ein halbes Kilo zurückzuschubsen, aber es klappte nicht. Plötzlich wirkte ihr Gesicht durch eine Art himmlischer Eingebung wie verklärt. Sie klatschte begeistert in die Hände wie ein kleines Mädchen, als ihr einfiel, dass sie vor dem Wiegen das Wichtigste überhaupt vergessen hatte. Sie sprang von der Waage, rannte ins Bad und setzte sich triumphierend auf die Toilette, um Wasser zu lassen. Das waren mindestens zweihundertfünfzig Gramm, schätzte sie, als sie dem fröhlich plätschernden Urinstrahl lauschte. Außerdem stellte sie hocherfreut fest, dass sie die Brille noch trug. Ha! Fünfzig Gramm! Sie nahm sie augenblicklich ab und legte sie neben ihre Kontaktlinsen auf die Ablage unter dem Badezimmerspiegel. Zufrieden wog sie sich anschließend abermals. Fünfundfünfzig, und kein Gramm mehr. Das war nicht allzu schlecht, vorausgesetzt, die Waage ging einigermaßen richtig. Penny bückte sich nach ihren Sachen, um sich wieder anzuziehen. Sie hatte gerade ihren weißen Seidenbody übergestreift, als ihre aufgeräumte Stimmung, in die sie ihr passables Gewicht versetzt hatte, schlagartig abriss, und diesmal konnte sie es *nicht* mit der Zeitverschiebung und ihrer Müdigkeit erklären.

Sie hörte es wieder, das Geräusch im Treppenhaus, das Klopfen, das Tappen, genau wie vorhin. In ihrer Unterwäsche rannte sie aus dem Schlafzimmer in den Flur, wühlte hektisch in ihrer Handtasche herum, während das klackende, tappende Geräusch immer näher kam. *Tok-tap, tok-tap, tok-tap,* immer lauter. Jetzt war es direkt vor der Tür. Penny merkte, dass sie die ganze Zeit den Atem angehalten hatte. Sie rang keuchend nach Luft, als das Klopfen verstummte und stattdessen im nächsten Moment das leise, metallische Klicken eines Schlüssels zu hören war, der sich im Schloss der Wohnungstür drehte.

II

Penny wartete mit rasendem Puls auf das Erscheinen der geisterhaft bleichen Hand im Türspalt, aber sie erschien nicht. Stattdessen schob sich eine große, breite Gestalt langsam in den dämmerigen Flur. Einmal erklang noch ein kurzes *Tok-tap,* und im selben Augenblick sprang Penny mit gezückter Pistole aus der Ecke neben der Wohnungstür hervor und schrie aus Leibeskräften: *»Okay, Buster, gotcha! Gettup ya dirty haaands!«*

Eine Sekunde später lag sie flach auf dem Rücken, unfähig zu atmen, weil der Aufprall ihr mit einem Schlag jedes einzelne Gramm Luft aus den Lungen gepresst hatte und weil ein Klotz von ungefähr hundert Kilo auf ihr lag.

»Was zum Teufel …« hörte sie eine ärgerliche männliche Stimme aus weiter Entfernung.

Ihre Hand mit der Zweiundzwanziger wurde von einem Schraubstock zermalmt, und ihre Rippen knackten bedenklich unter dem schweren Gewicht, das auf ihnen lastete.

Penny blinzelte ein paar Mal und versuchte auszumachen, wovon sie da im Halbschatten des Flurs zerquetscht wurde, während sie ruckartig ein- und wieder ausatmete. Ihre kurzsichtigen Augen stellten sich nur allmählich auf das Gesicht ein, das über ihr schwebte. Schließlich war sie halbwegs in der Lage, die Umrisse zu fokussieren, und sie schloss augenblicklich die Augen. Sie musste nicht länger hinstarren, um zu wissen, wer da auf ihr lag. Es war *sein* Gesicht, das Gesicht, das sie vor Jahren hundertmal in ihren Träumen gesehen hatte, sowohl in ihren Tagträumen als auch nachts. Wie hatte sie dieses Gesicht nur vergessen können? Entschlossen öffnete sie die Augen wieder, um sich zu vergewissern, dass Ben noch genauso aussah wie früher. Ihr Blick glitt über seine breite, klare Stirn, um die sich die schwarzen Locken ringelten, das eckige energische Kinn mit der kleinen Kerbe in der Mitte, die schmale, leicht gebogene Nase. Die vollen, sinnlichen Lippen, die sie um manche Stunde Schlaf gebracht hatten, weil sie in ihren Tagträumen stets eine besondere Rolle gespielt hatten, waren im Augenblick zu einer misstrauischen Linie zusammengepresst, und über der Nasenwurzel stand eine steile Falte.

»Was um alles in der Welt hat das zu bedeuten? Wieso fällst du mit einer Knarre über mich her?«, fragte Ben, halb verwirrt, halb ärgerlich. Dieses Weibsbild hätte ihn abknallen können, wenn er nicht aufgepasst hätte! Er drückte ihre Hand, die die Waffe noch umklammerte, zusammen, und mit einem Wehlaut ließ Penny sie los. Ben nahm die Pistole und schaute sie an. Sie war nicht entsichert. Sein Groll gegen diese Lady, die ihn mit wüsten Amerikanismen in bester Starsky & Hutch-Manier empfangen hatte, legte sich etwas.

»Na schön, Clausewitz«, meinte er aufmunternd. »Ich hoffe, du hast eine vernünftige Erklärung für das hier parat!«

Das *hier* musste die Pistole sein, die er ihr anklagend entgegenhielt, aber wer war Clausewitz? Penny konnte sich nicht erinnern, den Namen jemals gehört zu haben. Oder doch? Aus ihrem Geschichtsunterricht, der ebenso wie der Physikunterricht ungefähr hundert Jahre zurückzuliegen schien, kam der Hauch eines Erinnerungsfetzens hoch. War das nicht irgendein General, der den Spruch erfunden hatte, dass Krieg die Fortsetzung der Politik mit anderen Mitteln sei? Und hatte er nicht irgendwie mal den Vorzug von Überraschungsangriffen hervorgehoben? Vielleicht wollte Ben darauf hinaus. Oder verwechselte er sie mit jemandem, den er kannte, vielleicht mit einer Frau, die Clausewitz hieß? *Verdammt, du bist konfus. Das sind die Zeitverschiebung und der Schlafmangel, in Kombination mit der Schokolade und dem unheimlichen Klopfen.*

»Kennst du mich nicht mehr, Ben?« fragte sie zaghaft.

Der Blick seiner leuchtend blauen Augen, die einen verblüffenden Kontrast zu seinen lächerlich langen, rußschwarzen Wimpern bildeten, durchbohrte sie einige Sekunden lang. Dann stützte er sich mit den Armen zu beiden Seiten ihres Körpers auf, um sie genauer betrachten zu können.

»He, du bist Paddys kleine Schwester.« Er grinste erfreut und rollte sich von ihr herunter, setzte sich neben ihr auf und ließ seine Blicke an ihr herabwandern. »Du bist ganz schön gewachsen, seit ich dich das letzte Mal gesehen habe!« Das war sie tatsächlich, und zwar genau an den richtigen Stellen, die in dem seidenen weißen Nichts, das sie trug, nicht zu übersehen waren. Mit dem dünnen, schüchternen Teenager aus seiner Erinnerung hatte diese bildhübsche junge Frau nicht das Geringste gemeinsam.

»Wie lange habe ich dich nicht mehr gesehen, Penny?«

»Sechs Jahre. Ich war zweimal hier in den letzten Jahren, aber da haben wir uns wohl verpasst.«

»Scheint so.« Ben konnte die Augen nicht von ihr abwenden. Er versuchte sich vorzustellen, wie und wann aus dem mageren, unauffälligen kleinen Ding diese Schönheit mit den vollen Brüsten, dem glänzenden dunkelroten Haar und der cremeweißen, perlmuttartig schimmernden Haut geworden war. Er erhob sich steifbeinig, eisern den Schmerz in seinem rechten Bein ignorierend, der ihn plagte, seit er Penny aufs Kreuz gelegt hatte.

»Du bist mir noch eine Erklärung schuldig«, sagte er. »Warum die Pistole? Was ist hier los? Wo ist Patrick?«

Sie stand ebenfalls auf und ging ins Schlafzimmer. Über die Schulter zurückblickend, meinte sie: »Keine Ahnung. Das wüsste ich selbst gern. Und wenn ich gewusst hätte, dass du es bist, hätte ich dich bestimmt nicht mit der Pistole überfallen.« Ben folgte ihr humpelnd und stützte sich im Türrahmen ab. Penny zog ihre Jeans und ihr T-Shirt über. Er schaute ihr interessiert dabei zu. Sie schlüpfte in ihre Turnschuhe, setzte sich aufs Bett und schnürte sie zu. »Sag mal, Ben, bist du vorhin schon mal die Treppe raufgekommen?«

»Was? Wie kommst du denn darauf?«

Sie musterte ihn nachdenklich. »Weil ich dich gehört habe. Oder vielmehr habe ich etwas gehört, was sich genauso angehört hat wie du im Treppenhaus.«

»Wie denn?«

»Dieses komische Klopfen und Klacken. Es war so unheimlich, richtig verrückt. Was war das bloß?«

»Das war mein Stock.«

»Stock?« Sie sah ihn entgeistert an.

Seine Lippen kräuselten sich zu einem kleinen bitteren Lächeln. »Ja. Ich gehe am Stock, weißt du. Mein Bein ist kaputt, und wenn ich Treppen steigen muss, brauche ich einen Stock.«

»O Ben!« Sie sprang auf und trat näher auf ihn zu. »Das tut mir so leid!« Scheu blickte sie auf seine Beine. Ihr herrlicher, makelloser Ben! Vorsichtig griff sie nach seiner Hand, hielt sie mit beiden Händen fest. »Wie ist das passiert? Hattest du einen Unfall? Bist du operiert worden? Hast du große Schmerzen? Ob sich das wieder gibt? Ach, du hast dir vorhin wehgetan, ich sehe es dir an, und es ist meine Schuld, warum habe ich die Pistole rausgeholt! Bitte verzeih mir! Soll ich dein Bein einreiben? Ich habe eine gute Salbe gegen Verspannungen, die wirkt Wunder!«

Ben verzog abwehrend das Gesicht bei ihrem Redestrom. »Schon gut, ich kann es auch so aushalten. Erzähl mir noch mal von dem Geräusch, das du gehört hast, bevor ich gekommen bin.«

»Ja, wie war das nur?«, meinte Penny stirnrunzelnd. »Na, es hat sich haargenau so angehört wie bei dir ... ich meine, wirklich *ganz* genauso, *tok-tap, tok-tap,* wenn du verstehst, was ich meine. Die Tür ging einen Spalt auf, und dann kam diese weiße Hand um die Ecke. Mir wurde richtig schlecht, so unheimlich war das. Wie in einem Gruselkrimi, ehrlich. Aber ich war total cool. Ich springe in den Flur ...«

»So wie bei mir, mit der Pistole?«

»Äh ... nein, die war ja noch in meiner Handtasche.«

»Wo hast du das Ding überhaupt her? Und wie zum Henker hast du es durch den Zoll geschmuggelt? Du bist doch aus den Staaten gekommen, oder?«

Penny war erschrocken. »Darf ich hier keine Waffe haben? Mom hat sie mir in New York gekauft, letztes Jahr schon. Ich trage sie immer in meiner Handtasche. Beim Zoll haben sie nicht reingeguckt. Ich bin doch so viel unterwegs, und Mom ist einfach viel beruhigter, wenn ich eine Waffe dabeihabe. Und ich auch, weißt du.«

»Da kann man mal sehen«, meinte Ben, mehr für sich. »Lass dich nicht mit dem Ding erwischen«, sagte er dann zu ihr. »Du machst dich nach deutschem Recht strafbar, wenn du keine Waffenbesitzkarte hast, und die kriegst du hierzulande nicht so ohne weiteres. Jetzt erzähl mir, was dann passiert ist ... ich meine, als du so cool in den Flur gesprungen bist.«

»Komm, wir setzen uns ins Wohnzimmer«, sagte sie mitfühlend. »Dein Bein muss geschont werden. Hattest du einen Unfall?«

»Ja, ich hatte einen Unfall, aber das ist schon drei Jahre her. Jetzt erzähl mir von der Hand im Türspalt.« Er folgte ihr humpelnd ins Wohnzimmer und wehrte ihren Arm ab, mit dem sie ihn stützten wollte. Sie setzte sich im Schneidersitz auf das abgeschabte alte Sofa und wartete, bis Ben auf einem der Sessel Platz genommen hatte.

»Also, da springe ich in den Flur und warte, was sich tut, und als ich diese Hand sehe, brülle ich: Wer ist da? Richtig laut. Und ehe ich auch nur richtig zum Hinschauen kam, war die Hand weg und die Tür zu. Auf dem Fußboden im Treppenhaus lag dann Paddys Schlüssel. Ich dachte dann, dass es vielleicht eine Nachbarin war, die von meinem Gebrüll einen Schreck bekommen hat und abgehauen ist, und dass sie in ihrer Panik dabei den Schlüssel verloren hat. Und keine fünf Minuten später bist du dann aufgekreuzt.« Sie blickte ihn strahlend an. »Dann kannst du das beim ersten Mal ja gar nicht gewesen sein, oder? Sonst müsstest du ja zwei Schlüssel haben!« Penny lobte sich selbst für ihre Kombinationsgabe.

»Ja, das müsste ich dann wohl«, erwiderte Ben geistesabwesend. »Und das Geräusch ... ich meine, das Klopfen und das ... äh?«

»Tok-tap, tok-tap.«

»Ja, das. Hat sich das genau gleich angehört, wirklich genauso wie bei mir?«

»Ja, im Ernst. Meine Ohren sind sehr gut, ehrlich, ganz im Gegensatz zu meinen ...« Sie verstummte verlegen.

»Schon gut, ich weiß, dass du ein Blindfisch bist«, erklärte er ungalant.

Penny wurde knallrot und ärgerte sich. Ben schien es nicht zu bemerken. »Wenn es sich genauso angehört hat wie bei mir, dann kann das nur eins bedeuten: Jemand, der ebenfalls einen Stock benutzt, hat versucht, die Wohnung zu betreten.« Er starrte sie mit zusammengezogenen Brauen an. »Seit wann bist du schon hier, Penny?«

»In Deutschland? Seit heute Nachmittag. Ich bin noch ganz erschossen von dem Flug. Ich habe nicht eine Minute geschlafen, weißt du. Am liebsten würde ich mich sofort aufs Ohr hauen. Lange sollte ich nicht mehr damit warten. Morgen habe ich ein total wichtiges Shooting, *Zähne,* und wenn ich Zähne mache, muss das Gesicht frisch aussehen ... ich meine, wie würde das wirken, frage ich dich: weiße, glänzende Zähne und das Gesicht drumrum teigig und schlaff, müde bis zum Abwinken. Das hat keinen Wert, Ben, ehrlich nicht.«

Ben, der sich auf ihre verworrenen Ausführungen nicht den geringsten Reim machen konnte, blickte sie mit offenem Mund an.

Penny plauderte locker weiter. »Dann bin ich gleich hergekommen, mit einer Taxe, versteht sich. Ich war so froh, dass ich mal wieder eine Session in Europa machen kann, und dazu noch in München! Oh, Junge, habe ich mich gefreut! Endlich konnte ich Paddy mal wieder besuchen. Leider ist er überhaupt nicht da. Aber ich habe ja den Schlüssel. Hat er mir sofort gegeben, als er diese Bude gekriegt hatte. Penny, hat er gesagt, wenn du mich jemals brauchst, steht dir mein Heim offen, jederzeit, auch, wenn ich mal nicht da bin. Du kannst kommen, wann immer du willst. Und da bin ich also, oder? So oft komme ich ja wirklich nicht nach Deutschland. Manchmal kommt es mir so vor, als hätte ich nie hier gelebt, und dabei habe ich doch fast dreizehn *Jahre* hier gelebt, das sind … eh … mehr als zwei Drittel meines Lebens!«

Sie blickte ihn triumphierend an, so als erwartete sie irgendeine zustimmende Bemerkung. Ben bewegte ruckartig den Kopf, wie um eine Art Betäubung abzuschütteln. Er hatte den Eindruck, dass etwas nicht stimmte, und als er weiter darüber nachdachte, kam er sofort darauf, was es war: Er saß hier mit einem total überspannten Frauenzimmer im Wohnzimmer seines besten Freundes und wurde einer Gehirnwäsche unterzogen, während er in genau dieser Sekunde in seiner Kneipe ein schönes kühles Bier trinken und den unnachahmlichen Jazz-Klängen seiner Lieblingscombo lauschen oder ein entspannendes Vollbad nehmen sollte. Mit einem leisen Ächzen stemmte er sich aus dem Sessel hoch und ging zur Tür. Penny starrte verständnislos auf seinen breiten Rücken. Was war denn nun schon wieder los? Wollte er etwa gehen? Oder hatte er Durst und brauchte etwas zu trinken aus dem Kühlschrank?

»Schau nicht in den Kühlschrank!«, rief sie eifrig. »Da drin stinkt es grässlich, und alles ist schlecht!«

Er drehte sich um, blickte sie mit leicht glasigen Augen an und ruckte abermals mit einer heftigen Bewegung den Kopf zur Seite.

Penny überlegte, ob er bei dem Unfall auch einen Hirnschaden davongetragen hatte. Vielleicht eine Art spastischer Lähmung? Oder hatte er Kopfweh? Wenn es ein Autounfall gewesen war, könnte er auch einfach nur unter chronischen Kopfschmerzen leiden. Sie hatte gehört, dass Menschen bei solchen Unfällen manchmal ein Schleudertrauma erlitten, das noch lange Zeit Schmerzen verursachen konnte.

»Ich habe auch Aspirin!« Sie sprang vom Sofa auf, lief flink zu ihm und griff nach seinem Arm. »Willst du ein Aspirin?«

Er starrte sie stumm an. Dann brüllte er plötzlich unvermittelt: »Bist du irre, oder was ist los? Du hast damals schon einen Stich gehabt, so wie du mich immer angeglotzt hast! Verdammt, ich will überhaupt nichts! Ich will bloß wieder gehen! Weiß der Himmel, wieso ich überhaupt raufgekommen bin. Warum hast du das Fenster im Schlafzimmer aufgelassen? Ich könnte jetzt mein Bier trinken oder in der Wanne sitzen, wenn du nicht das blöde Fenster aufgemacht hättest! Dann wäre ich auch nicht auf die Idee gekommen, Paddy könnte hier sein!« Schnaubend wandte er sich ab und hinkte mit schnellen Schritten aus dem Zimmer. Vor der Wohnungstür drehte er sich noch einmal zu ihr um und blickte sie grimmig an. Im nächsten Moment fiel die Tür zu, und Ben war gegangen.

Penny stand mitten im Flur. Die Wohnungstür verschwamm vor ihren Augen zu einem umrisslosen Fleck in der Wand, und sie war außerstande, sich zu bewegen, ja sogar, zu denken. Sie spürte nur die grässliche Demütigung, eine Enttäuschung jenseits aller Vorstellungskraft. Ihre Knie zitterten, und ihre Beine gaben unter ihr nach. Sie setzte sich auf den Fußboden, um nicht hinzufallen, legte ihre Arme um die angezogenen Knie und umklammerte sie mit krampfhaftem Griff, während sie kurzsichtig und mit tränenüberströmten Augen auf die Tür starrte und zu fassen versuchte, was eben geschehen war. Dann hörte sie im Treppenhaus näher kommende Schritte. Es hörte sich ganz anders an als vorhin, deshalb war sie im ersten Moment restlos verwirrt, als sich der Schlüssel im Schloss drehte und Ben wieder die Wohnung betrat. Er blieb in der Tür stehen und schaute sie düster an. Dann hob er seinen Stock auf, den er vergessen hatte. Penny registrierte es kaum, so sehr flossen die Tränen. Ben seufzte, humpelte auf sie zu und streckte ihr seine Hand hin. Sie ergriff sie, zog sich hoch und fiel in seine Arme, wo sie an seiner Brust sofort anfing, ungehemmt zu schluchzen. »Wo kann er denn bloß sein? Vielleicht ist ihm was passiert!«

Er hielt sie unbeholfen fest und tätschelte ihren Rücken. »Ist ja gut. Komm schon, ist ja okay. Es tut mir Leid, ehrlich. Du hast eine lange Reise hinter dir und bist groggy. Ich hätte das merken müssen. Mit Paddy ist bestimmt alles in Ordnung. Wir kriegen schon raus, wo er steckt. Jetzt hör schon mit dem Geflenne auf.«

Sie schluckte und schniefte in seine Jacke, umklammerte die Aufschläge und schob ihre feuchte Nase darunter.

»Prima. Braves Mädchen! Wir müssen jetzt vernünftig reden. Und zwar *richtig* vernünftig. Das heißt, ich rede, und du hältst die Klappe, bis ich dich zum Reden auffordere. Und dann antwortest du nur in Drei-Wort-Sätzen. Mit *einer* Antwort auf *eine* Frage. Meinst du, das könntest du schaffen?«

He, dieser Typ ist ein Macho! Lässt du dir dieses bescheuerte Gerede gefallen? Das hast du doch gar nicht nötig! Du weißt doch, was diese Kerle sich einbilden, wenn du solche Sprüche schluckst! Sie ignorierte die Stimme der Vernunft, grub ihre Nase noch tiefer in die Wärme unter seiner Jacke und nickte schweigend. Sie war einfach zu müde, um sich jetzt auf einen Streit einzulassen.

»Wunderbar. Also, das Wichtigste zuerst: Ich muss was essen, und vor allem muss ich ein Bier trinken. Da es hier nichts zu essen gibt, schlage ich vor, du ziehst dir was über und kommst mit. Ich müsste ja sowieso schon längst zu Hause sein. Mein Vater wartet auf mich. Du kannst mit zu uns zum Abendessen kommen, da haben wir genug Zeit, um uns zu unterhalten. Was hältst du davon?«

Er lud sie zum Essen ein! Ihre Tränen versiegten augenblicklich. Sie drückte ihre Nase noch einmal in sein Hemd, sog seinen Geruch ein und nickte dann begeistert. Mit einem halb resignierten, halb nachsichtigen Ausdruck beobachtete Ben die Schwester seines Freundes, wie sie eine schicke schwarze Lederjacke überstreifte und die langen roten Haare aus dem Nacken hob und über den Rücken warf. Sie hängte ihre Handtasche über die Schulter und kickte mit einer raschen Fußbewegung die Pistole ins Schlafzimmer unter das Bett, bevor sie mit geschickten Griffen ihre Kontaktlinsen einsetzte.

Freudestrahlend blickte sie zu ihm auf. »Fertig!«

»Dann lass uns gehen. Diesen widerwärtig stinkenden Müll hier im Flur musst du tragen, fürchte ich.« Er stützte sich auf seinen Stock und hielt sich mit der anderen Hand am Geländer fest, als sie die Treppe hinabstiegen. Das Haus hatte nur vier Stockwerke und daher keinen Aufzug. Treppen waren Gift für sein Bein, aber sie ließen sich eben manchmal nicht umgehen. Penny trug mit ausgestrecktem Arm die Mülltüten. Sie hatte sie zwar sorgfältig verknotet, doch es stank trotzdem abscheulich.

»Was ist mit deinem Bein passiert?« Pennys Stimme klang ruhig und teilnahmsvoll, und es gab keinen Grund, warum er ihr nicht antworten sollte.

»Gebrochen. Ein komplizierter Trümmerbruch. Der Knochen war praktisch Mus. Das *Bein* war Mus.«

»Wann war das?«

»Heute genau vor drei Jahren.«

»O Ben! Das muss grauenvoll gewesen sein, wenn du jetzt noch solche Beschwerden hast.«

»Ich war fast ein Jahr im Krankenhaus nach dem Unfall. Fünf Operationen. Sie haben es wirklich gut hingekriegt. Am Anfang war nicht klar, ob ich das Bein überhaupt behalten würde. Ich habe noch ziemlich viel Metall da drin, und das meiste davon werde ich wohl auch behalten ... aber mein Bein auch, und das ist die Hauptsache.«

»Wirst du immer ...«

»Hinken? Sicher. Das Bein wird vielleicht noch etwas beweglicher werden im Laufe der Zeit, wenn ich es richtig trainiere, aber dem sind Grenzen gesetzt.« Er stieß die Tür auf und wartete, bis Penny vor den Eingang des Hauses getreten war.

»Das habe ich nicht gemeint«, erklärte sie sanft. »Ich meinte, ob du immer Schmerzen haben wirst.«

Er blickte sie überrascht an. »Wie kommst du darauf, dass ich Schmerzen habe?«

»Weil ich es dir anmerke, Ben.«

»Wieso? Mache ich so ein saures Gesicht? Komm, da vorne steht mein Wagen.« Auf den Stock gestützt ging er voraus und schloss die Fahrertür auf. Er ließ sich auf den Sitz fallen und zog dann erst die Beine unter das Lenkrad; diese Methode des Einsteigens war für sein Bein die angenehmste. Penny versenkte die Müllbeutel in dem Container vor dem Haus, bevor sie ihm folgte und auf der Beifahrerseite einstieg. »Nein, du machst kein saures Gesicht«, versicherte sie, »nicht die Spur. Du siehst überhaupt genauso aus wie vor sechs Jahren. Damals hast du aber längere Haare gehabt, diese tollen dunklen Locken, bis auf die Schultern, das sah Spitze aus. Heute ist das wieder in, ich meine, für den Fall, dass du sie wieder wachsen lassen willst … Und du hattest damals auch einen Ohrring. Wo ist der geblieben? Das sah irgendwie gefährlich aus, richtig süß. Findest du, dass du jetzt zu alt für so was bist? Ich finde, man ist immer so alt wie man sich fühlt. Außerdem bist du doch erst neunundzwanzig. Natürlich hast du ein paar Falten gekriegt, aber das macht nichts, ehrlich. Ich meine, du siehst gut aus, das heißt, so gut wie früher …«

Er wandte ihr das Gesicht zu, und als sie sah, wie sich seine leuchtend blauen Augen verdüsterten, meinte sie hastig: »Schon gut, ich bin ja still.«

Ben blickte durch die Windschutzscheibe. Der Regen hatte aufgehört, aber der Wind peitschte die Pfützen und trieb die Rinnsale am Straßenrand vor sich her. Der Asphalt war dunkel vor Nässe und überschattet von der hereinbrechenden Dämmerung.

Ben machte keine Anstalten, den Wagen zu starten. »Penelope, wir müssen jetzt über Paddy reden. Ich habe den Eindruck, du weißt ebenso gut wie ich, dass hier etwas nicht stimmt. Dieser Müll war mindestens eine Woche alt, eher zwei, so wie das gestunken hat. War da auch das vergammelte Zeug aus dem Kühlschrank dabei, von dem du mir vorhin oben erzählt hast?«

Sie nickte. »Es hat so gemein gestunken, da habe ich es gleich ausgeräumt. Wieso sagst du Penelope zu mir?«

»So heißt du doch schließlich, oder? Also weiter. Du weißt nicht, wo Paddy ist, hast du gesagt. Wusste er denn überhaupt, dass du nach München kommen wolltest?«

»Nein. Ich habe diesen Termin selbst ganz kurzfristig gekriegt, ich springe für jemanden ein, weißt du.«

»Nein, ich weiß überhaupt nichts. Du erzählst mir da ständig irgendwas von Shootings und Zähnen und Sessions und Terminen, aber was du damit meinst, wissen die Götter.«

»Wieso? Weißt du das denn nicht? Ich meine diese Sache, die ich jetzt mache. Das bringt mir wirklich Spaß, und ich komme so viel rum, das hat nicht jede. Alles kann ich nicht machen, schon weil ich so klein und so dick bin, aber meine Haare und meine Zähne ... Ich mach ja praktisch bloß Beauty. Klar, das ist nur so eine Zwischenlösung. Lange geht das sowieso nicht. Jedenfalls nicht auf die Dauer. Vielleicht ein paar Jahre, höchstens. Ich sollte lieber noch was lernen, das meint Mommy auch. Vielleicht gehe ich doch noch aufs College, ich hab es mir offen gehalten. Vielleicht habe ich diese Sache auch bald über, dann mache ich was anderes. Hat Paddy dir denn nicht mal irgendwas von mir erzählt? Ich meine, vielleicht wenigstens irgend*etwas*?«, fragte sie hoffnungsvoll.

»Ja, er hat mal gesagt, wie groß du geworden bist. Aber das habe ich ja selbst schon gesehen. Ach, verdammt!« Ben ärgerte sich schwarz. *Klein? Dick? Zähne?* Der Himmel mochte wissen wie, aber es war schon wieder passiert. Das Gespräch bröselte auseinander wie eine altbackene Semmel, löste sich in unzählige Bröckchen absolut hirnrissigen, nichtsnutzigen Blödsinns auf. »Lassen wir das jetzt«, sagte er entnervt.

Was hatte sie nun schon wieder verkehrt gemacht? *Heute ist nicht dein Tag, Darling. Tu, was er gesagt hat und halt lieber die Klappe.* Wütend über den Tadel ihrer Stimme der Vernunft hüllte Penny sich in gekränktes Schweigen. Er sollte seine Drei-Wort-Sätze kriegen, dieser ungehobelte Typ.

»Ist dir sonst noch was in der Wohnung aufgefallen? Wann hast du Paddy das letzte Mal gesprochen, und was hat er dir da gesagt?«

Sie gab keine Antwort.

»Na, was ist?« fragte er erwartungsvoll.

»Tut mir leid, das kann ich dir nicht sagen.«

»Was? Wieso nicht?«

»Weil ich das nicht mit einem Dreiwortsatz beantworten kann!«, erklärte sie bissig und schaute verdrossen aus dem Fenster.

Als sie ein merkwürdiges Geräusch hörte, drehte sie sich zu ihm um. Erstaunt sah sie, dass er lachte. Und wie er lachte! Er warf den Kopf in den Nacken und bebte förmlich vor Lachen. Die Tränen sprangen aus seinen Augen und liefen über seine Wangen, in denen die hinreißenden Grübchen erschienen, an die sie sich genau erinnerte, ebenso wie an die schmelzende Schwäche, die sie jedes Mal beim Anblick dieser Grübchen überkommen hatte, genauso wie jetzt auch. Er lachte laut und herzlich, wischte sich die Lachtränen ab und schüttelte den Kopf, während sein Lachen allmählich zu einem Kichern verebbte. »Du bist unbezahlbar, weißt du das?«, lächelte er sie an. Sie starrte sprachlos auf seine Grübchen und seine makellosen weißen Zähne. »Du könntest auch Zähne machen, Ben«, meinte sie atemlos. »Ganz bestimmt könntest du das. Glaub mir, ich kenne mich da aus. Ich habe schon viele gesehen, aber du ... Wenn du so lachst, und mit diesen Lippen ... Komm doch morgen mit und zeig sie Mike mal, der wird begeistert sein. Ständig sucht er neue Zähne, er ist ganz wild drauf.«

Er lachte wieder schallend und schüttelte den Kopf. »Das ist nicht wahr, ich glaube es einfach nicht. Aber irgendwie hast du den Tag gerettet.«

Geschmeichelt strahlte sie ihn an.

»Man muss ja Lachkrämpfe kriegen bei all diesem hanebüchenen, unverständlichen Unfug, den du da laufend von dir gibst«, erläuterte er mit zuvorkommendem Zwinkern, »oder man kann sich gleich einliefern lassen.«

Sofort erstarrte sie vor Zorn.

»Ist ja gut«, kicherte er. »Darauf kannst du dir *wirklich* was einbilden. Ich glaube, ich habe seit Jahren nicht mehr so gelacht. Nein, ganz bestimmt nicht. Seit Jahren nicht.«

Du bist ja eine richtige Ulknudel. Wie machst du das nur? Die sarkastische Stimme der Vernunft war nicht dazu angetan, ihre Laune zu heben.

»Du hast meine Frage noch nicht beantwortet«, sagte er.

»Wie du willst. Ja. Neulich. Nichts«, erklärte sie kühl. »Drei Worte, stimmt's?«

»Häh?«, meinte er verständnislos. Er spürte geradezu, wie sein Blick wieder glasig wurde, wie vorhin in der Wohnung. Entschlossen rammte er den Autoschlüssel ins Zündschloss und startete den Motor. Er würde jetzt *nichts* mehr sagen. Es war einfach sinnlos. Ihm war klar, warum ihm Paddy praktisch nichts von der Entwicklung seiner kleinen Schwester in den letzten Jahren erzählt hatte. Keine, aber auch wirklich *keine* Beschreibung würde diesem Kind gerecht werden. Kind? Ben lenkte den Wagen stadtauswärts, in Richtung Grünwald. Sicher war sie kein Kind mehr, so wie sie aussah. Sie musste jetzt etwa zwanzig sein, eine wunderschöne, rothaarige, grünäugige, voll erblühte Sirene, die sich offenbar selbst für klein und dick hielt und Zähne machte. *Zähne!* Der Teufel sollte ihn holen, wenn er noch einmal davon anfing. Lieber würde er sich die Zunge abbeißen, mit den *Zähnen,* die Mike begeistern würden.

»Wohnt ihr immer noch in Grünwald?«, fragte Penny.

»Ja, natürlich.« Er warf ihr einen wachsamen Blick zu, ob diese Information einen erneuten unzusammenhängenden Wortschwall bei ihr auslösen würde, aber sie nahm es kommentarlos hin.

Sie fuhren bereits seit einer Weile, als sie unvermittelt mit leiser Stimme sagte: »Ich habe vor drei Wochen das letzte Mal mit Paddy telefoniert. Er war wie immer, lustig, verrückt und lieb. Wir haben darüber geredet, wann er das nächste Mal in die Staaten kommen würde. Ich wusste ja zu dem Zeitpunkt noch nicht, dass ich diese Sache hier in München kriege. Er wollte schon bald kommen, so in zwei, drei Monaten etwa, sobald er bei der Zeitung Urlaub bekäme. Ich habe noch mit ihm geschimpft, weil er so oft kommt … nicht, dass ich mich nicht wahnsinnig über jeden Besuch gefreut habe, aber es ist ja so teuer. Paddy hat gesagt, pass auf, Penny, demnächst bin ich ein Starreporter, dann kann ich jede Woche rüberkommen. Es hat sich irgendwie ... geheimnisvoll angehört, so wie er das sagte. Ich fragte ihn, ob er immer noch hinter der Story seines Lebens herjagte, und er meinte, da könnte ich Recht haben. Mehr wollte er nicht rauslassen. Du weißt ja, wie er in der Beziehung ist ... bei seinen Recherchen lässt er sich nie in die Karten schauen, weil das angeblich die Story versaut.«

Ben nickte. »Hast du versucht, ihn zu erreichen, als du wusstest, dass du selbst herkommen würdest?«

»Ständig, von morgens bis abends, seit einer Woche etwa. Ich habe sogar telegrafiert. Er war nicht zu erreichen, auch bei der Zeitung war er nicht. Sie waren dort auch schon leicht beunruhigt, weil sie nicht wussten, wo er sich rumtreibt. Ich habe mit dem Chefredakteur gesprochen, und der meinte, dass Paddy zwar öfter unterwegs ist, manchmal sogar wochenlang, aber normalerweise meldet er sich alle paar Tage, schon wegen der Spesen.« Sie schüttelte den Kopf und schaute nachdenklich aus dem Fenster. Ben hielt den Wagen vor einer roten Ampel an. Die Dämmerung war stärker geworden, und die Straßenlampen schalteten sich ein.

»In seiner Wohnung ist er jedenfalls seit mindestens einer Woche nicht gewesen. Ich schätze eher, seit zehn Tagen«, erklärte sie.

»Wie kommst du darauf? Hast du die Post untersucht? Waren Zeitungen im Briefkasten?«

»Wie?«, Penny sah ihn verwirrt an. Ihre Iris schimmerte in einem tiefen Grün; Ben versank einen Augenblick in diesen geheimnisvollen, betörenden Augen.

»Nein, auf die Idee bin ich überhaupt nicht gekommen«, meinte sie achselzuckend. »Aber ich schätze, Paddy kriegt sowieso keine Zeitung. Wozu auch.«

»Da ist was dran. Er sitzt ja praktisch an der Quelle«, gab Ben zu. »Wie kommst du denn darauf, dass er seit zehn Tagen weg ist?«

»Die Pflanzen. Sie sind bestimmt so lange nicht gegossen worden. Paddy würde die Pflanzen nicht ohne Pflege lassen, das weiß ich genau. Den Staub kann er wochenlang liegenlassen, auch seine Wäsche, und bestimmt lässt er auch mal was im Kühlschrank vergammeln. Aber bei seinen Pflanzen würde ihm das nicht passieren. Er ist in der Beziehung schon immer penibel gewesen.«

»Stimmt«, sagte Ben. »Er hat mich auch schon öfter damit beauftragt, sein Grünzeug zu gießen.«

»Was soll ich jetzt machen, Ben? Ich finde, am besten gebe ich gleich morgen eine Vermisstenmeldung auf. Paddy hat ja sonst niemanden hier ... ich meine, Familie oder so. Oder du erledigst das für mich, wo du doch schon bei der Polizei bist.«

»Ich bin nicht mehr bei der Polizei.«

»Ach so. Ist ... hat das etwas mit deinem ...«

»Ja«, sagte Ben knapp.

»Oh.«

»Ich könnte es trotzdem für dich erledigen«, räumte er ein.

»Ich kenne die Leute schließlich alle noch. Oder fast alle.«

»Was machst du jetzt so?«, fragte Penny zögernd. »Ich meine, hast du irgendeine andere Arbeit gefunden?«

Er nickte, und als er ihre erwartungsvollen Blicke spürte, sagte er widerstrebend: »Ich bin Privatdetektiv.«

Sie waren fast bei Ben zu Hause angekommen; er bog in die Straße ein, in der er wohnte. Aus den Augenwinkeln sah er neugierig zu Penny hinüber und lächelte, als er ihr Gesicht sah. Ihre Augen funkelten erregt, und sie starrte ihn mit offenem Mund an. Sie war ja so leicht zu durchschauen. Ben spürte förmlich, wie die Relais in ihrem Gehirn klickten. Vermutlich wanderten jetzt Leute wie Sam Spade und Philip Marlowe über ihren geistigen Bildschirm. Nein, das wohl nicht, wahrscheinlich waren es eher Typen wie Jim Rockford und Thomas Magnum in ihren besten Zeiten.

Ben beugte sich zu ihr, und sie neigte sich seinem Gesicht unwillkürlich entgegen. Ihre Lippen waren halb geöffnet, und ihre Augen glänzten, als er mit der Hand unbeabsichtigt ihre Knie vor dem Handschuhfach streifte.

Ben musterte sie eine Sekunde stirnrunzelnd, bevor er die Fernbedienung für das Tor der Einfahrt aus dem Fach holte.

»Da wären wir.« Er öffnete das Tor, das lautlos auf Schienen zur Seite glitt. Das Anwesen, zu dem die Einfahrt in einem halbkreisförmigen Bogen hinaufführte, war weitläufig und parkartig angelegt; das Haus, eine gepflegte Villa mit Sandsteinfassade aus der Zeit der Jahrhundertwende, war von sorgsam gestutzten Hecken und blühenden Rabatten umgeben.

»Ich hatte ganz vergessen, wie nett ihr es hier habt.« Penny hatte mit Paddy und ihren Eltern ganz in der Nähe gewohnt. Sie war als Kind manchmal mit Paddy hier gewesen und hatte den herrlichen Garten mit den alten Bäumen und das schöne Haus bewundert. Penny erinnerte sich, dass Bens Vater wohlhabend war; er besaß eine gut gehende Fabrik, wo Musikinstrumente hergestellt wurden.

»Spielst du eigentlich noch Trompete?«, fragte sie.

»Nein, in letzter Zeit nicht mehr.« Ben ließ das Auto vor der breiten Freitreppe, die sich zu dem geschnitzten Portal des Hauses hin verjüngte, ausrollen und entstieg dem Wagen mühevoll. Penny, die merkte, dass er Anstalten machte, auf die Beifahrerseite zu humpeln, um ihr zu öffnen, sprang hastig heraus. Achselzuckend machte Ben kehrt und ging zur Treppe, doch bevor er die Stufen erreicht hatte, drehte er sich mit ärgerlicher Miene wieder um. Er hatte den Stock im Wagen gelassen.

»Warte«, sagte Penny, eifrig Bens Ellbogen umfassend. »Lass mich dir helfen!«

Mit zusammengepressten Lippen schüttelte er ihre Hand ab. »Danke, ich komme schon zurecht.« Er bückte sich in den Wagen, nahm den Stock und stieg schwerfällig die Treppe hinauf.

Penny blieb einen Augenblick stehen und blickte verärgert seiner hoch gewachsenen Gestalt nach, bevor sie ihm folgte. Sie fühlte sich schlecht, nicht nur, weil er sie zurückgestoßen hatte, sondern weil sie vollkommen ausgelaugt und erschöpft war. Die Tafel Schokolade lag ihr im Magen wie ein Klumpen, der sein Gewicht von ursprünglich hundert Gramm auf ungefähr das Achtfache vergrößert hatte. Außerdem spürte sie noch den Nachhall des stürmischen Herzklopfens von vorhin, als Ben im Wagen ihre Knie berührt hatte und sich zu ihr gebeugt hatte.

Er hat sich zum Handschuhfach gebeugt, du dumme Gans! Die Stimme der Vernunft hatte natürlich recht, und seufzend folgte Penny Ben durch das Portal in die Eingangshalle des Hauses, in der sich die stuckverzierte, pastellfarben getönte Decke in den hellen Marmorplatten des Fußbodens spiegelte. Die Wände waren mit mattschimmernden Edelholzpaneelen vertäfelt, und die wenigen erlesenen Gemälde verrieten das sichere Geschmacksempfinden des ambitionierten Kunstsammlers. Penny schaute sich anerkennend um. Als Kind hatte sie den stilvollen Luxus dieser Umgebung nur unbewusst wahrgenommen.

Durch die hohen, halb geöffneten Flügeltüren, in die farbiges Glas in zarten Jugendstilornamenten eingesetzt war, drang Klaviermusik in die Halle.

»Bist du salonfähig, Papa?«, rief Ben durch die Flügeltüren in den dahinterliegenden Raum. »Ich bringe Besuch zum Essen mit!«

»Kommt nur rein!«, antwortete eine sonore, tiefe Stimme, die der von Ben ähnelte. Der große, vom milden Licht eines Kronleuchters erhellte Salon war ebenso stilsicher wie kostspielig ausgestattet. Pennys Blicke wanderten über das antike Mobiliar, die seidenen Orientteppiche, die das polierte Intarsienparkett bedeckten, die aus unterschiedlichen Epochen stammenden Gemälde an den Wänden. Die der breiten Fensterfront gegenüberliegende Längswand des Salons wurde beherrscht von einem wuchtigen, mannshohen Marmorkamin, auf dessen Sims eine Sammlung filigraner alter Uhren aufgereiht war.

Vor einem Steinway mitten im Raum saß ein Mann in einem Rollstuhl. Er verzog erfreut das Gesicht, als Ben und Penny den Salon betraten. Penny war so erschüttert, Georg

Röder im Rollstuhl zu sehen, dass sie die ausgestreckte Hand beinahe übersehen hätte. Ansonsten hatte er sich in den sechs Jahren, seit sie ihn das letzte Mal gesehen hatte, wenig verändert. Er hatte eine unglaubliche Ähnlichkeit mit seinem Sohn, und wer diesen Mann anschaute, wusste genau, wie Ben in fünfundzwanzig Jahren aussehen würde. Das lockige Haar war leicht ergraut, und die strahlend blauen Augen waren umgeben von einem feinen Netz dünner Fältchen, aber das breite Lächeln, die Grübchen in den Wangen und am Kinn und die gesunden weißen Zähne ließen ihn eher wie einen älteren Bruder von Ben aussehen.

»Du bringst ja ein Mädchen mit!« Er drückte kräftig Pennys Hand und lächelte zu ihr hoch.

»Penny, das ist mein Vater. Das ist Penelope, Patricks Schwester. Ich weiß nicht, ob du dich noch an sie erinnerst.«

»Wie könnte ich jemals das hübsche rothaarige kleine Mädchen mit dem schnellsten Fahrrad von Grünwald vergessen! Guten Abend, Penny.«

»Guten Abend, Herr Röder.«

»Georg«, verbesserte Bens Vater. »Wollen wir gleich das Abendessen zubereiten? Ich habe noch nicht angefangen, wir können es zusammen in Angriff nehmen.«

Penny beschlich ein leichtes Unbehagen; ihr Blick wanderte von dem Flügel zu den muskulösen, sonnenverbrannten Unterarmen von Bens Vater, der mit kräftigen Händen den Rollstuhl in Bewegung setzte, ihn in das angrenzende Esszimmer rollte und von dort in die Küche.

Was war mit Bens Vater passiert? Hatte er auch einen Unfall gehabt? Und wo war Bens Mutter? Bilder von einem sanften Lächeln, der Geschmack von selbstgebackenen Keksen und der Duft eines exklusiven französischen Parfüms mischten sich in Pennys Erinnerung. Sie dachte an die Bewunderung, die sie empfunden hatte, als sie einmal zusammen mit ihren Eltern eine der Konzertvorstellungen von Magdalena Röder besucht hatte. Das war noch in besseren Zeiten gewesen, vor dem Tod ihres Vaters, als sie, Paddy und ihre Eltern noch eine richtige Familie gewesen waren. Sie erinnerte sich lebhaft an jenen Abend, an den Anblick der schönen, temperamentvollen Frau hinter dem ausladenden Konzertflügel. Penny war sie damals als der Inbegriff von genialer Musikalität und Begabung erschienen; für sie selbst, die in Sachen Musik völlig unbedarft war und die den Kammerton als ein Synonym für den guten Ton betrachtete, war es unbegreiflich, wie ein Mensch seine Finger derart unter Kontrolle bringen konnte, um diese brillanten Läufe auf scheinbar unzähligen Tasten zu einem harmonischen, fehlerfreien Klang zusammenzufügen – und all das, ohne auch nur einmal hinzusehen.

»Macht es dir was aus, Kartoffeln zu schälen? Falls ja, hätten wir auch Reis.« Bens Vater schob Penny einen Beutel mit Kartoffeln hin und legte ein Schälmesser daneben.

Penny schüttelte den Kopf. »Ich schäle gern Kartoffeln, Herr Röder.«

»Georg«, berichtigte er sie erneut freundlich. Er rollte den Rollstuhl geschickt in der großen, funktionell ausgerüsteten Küche umher, holte aus Unterschränken und Schubladen allerlei Küchengeräte und Gewürze. Die Küche war offensichtlich neu und rollstuhlgerecht eingerichtet. »Das Fleisch und das Gemüse ist im Kühlschrank, Ben.«

Ben nickte. Er stellte eine Pfanne auf die Herdplatte, heizte den Grill an und schnitt Brot in Scheiben. Penny schälte an dem großen runden Küchentisch, dem man ansah, dass oft an ihm gearbeitet wurde, ziemlich ungeschickt Kartoffeln. Natürlich schälte sie *nicht* gerne Kartoffeln; genau genommen konnte sie sich nicht erinnern, es in ihrem ganzen Leben überhaupt mehr als zwei-, dreimal getan zu haben, aber sie gab ihr Bestes.

Ben hatte sie offenbar durchschaut. Als er das Fleisch und das Gemüse aus dem Kühlschrank holte, sah er ihr grinsend über die Schulter. »Lass noch was dran, Clausewitz.«

Georg blickte von der Zwiebel, die er gerade in Würfel schnitt, fragend zu seinem Sohn hoch. »Clausewitz? Ich dachte, sie heißt Donner. Oder bist du verheiratet, mein Kind?«

»Nein, ist nur ein kleiner Scherz zwischen uns beiden, Papa.« Penny konnte über diesen Scherz nicht so recht lachen. Woher wollte Ben außerdem wissen, ob sie nicht doch verheiratet war? Schließlich hatte er selbst gesagt, Paddy hätte ihm nichts von ihr erzählt, außer, dass sie groß geworden sei. *Groß geworden.* Wie sich das schon anhörte! Aber das sah Paddy ähnlich. Schließlich hatte er ihr umgekehrt auch nie etwas von Ben erzählt. Doch warum hätte er das auch tun sollen? Es hätte sie sowieso nicht interessiert.

Lüg dir doch nicht in die Tasche, natürlich hätte es dich interessiert. Du hattest damals doch nur diesen Typ im Kopf, gib es zu. Du hast dich bloß nie getraut, es Paddy gegenüber zuzugeben!

Penny schabte verbissen an ihrer Kartoffel herum. Die Stimme der Vernunft hatte Recht, da war nichts zu machen. Außerdem hatte sie vor Jahren, als sie noch nicht allzu lange in New York wohnte, ein-, zweimal ihren Bruder nach Ben gefragt, was er so mache, wie es ihm ginge. Die Antworten hatten ihr den Geschmack an weiteren Einzelheiten verdorben. ›Er hat den echten Swing, weißt du, seine Trompete ist *das* Ding in der Jazz-Szene in München. Er reißt die Weiber scharenweise auf.‹

Ben legte die Steaks auf den Grill. »Wie willst du deins, Penny?«

»Durch, bitte.« Die Antwort kam ganz automatisch, so, als hätte sie im Restaurant ein Steak bestellt.

Du willst doch nicht etwa noch was essen, du Vielfraß?

Penny erschrak. »Äh … das heißt, eigentlich habe ich *überhaupt* keinen Hunger, weißt du.«

»Erzähl mir nichts«, gab Ben ungerührt zurück. »Du isst mit uns. Der Fraß im Flugzeug ist nicht besonders, und außerdem längst verdaut. Du brauchst ein anständiges Abendessen. Dein Körper befindet sich noch in der Wachstumsphase.« Geschickt schnitt er Riesenchampignons in feine Scheiben.

Ja, klar wächst du noch. Und wie. In die Breite.

Penny zuckte ergeben die Achseln und ließ die letzte Kartoffel ins Wasser plumpsen. Immerhin war sie zum Essen eingeladen, da wäre es höchst unhöflich, nicht mitzuessen. Sie würde von allem nur ein winziges bisschen probieren und einen nervösen Magen vorschützen, beschloss sie. Ben nahm ihr den Topf mit den Kartoffeln weg und stellte ihn zum Kochen auf den Herd. Penny schnupperte. Aus dem Grill strömten köstliche Wohlgerüche, und der Duft der Champignonscheiben, die zusammen mit den Zwiebeln in der Pfanne schmorten, ließ ihr das Wasser im Mund zusammenlaufen.

»Kann ich noch irgendwas tun?«, fragte sie.

Ben, der ein appetitlich aussehendes, herrlich duftendes Dressing über Tomaten- und Gurkenscheiben in einer Schüssel goss, nickte. »Du kannst mir beim Tischdecken helfen.« Er trug eine Schüssel voll Salat ins Esszimmer und holte Teller, Gläser und Bestecke aus der geschnitzten Anrichte. »Was trinkst du zum Essen?«, fragte er sie. »Papa, schaust du mal nach den Steaks?«, rief er über die Schulter in die Küche. *Flüssigkeit bindet die Salze im Körper, das schwemmt auf, Alte.*

»Ich … ja, also … ich trinke eigentlich nie was zum Essen.«

Ben sah sie an, erst ungläubig, dann ärgerlich. »Weißt du was, Penelope? Ich bin jetzt seit ungefähr …« – er blickte auf seine Armbanduhr – »zwei Stunden mit dir zusammen. Mir scheint, ich habe in meinem ganzen Leben innerhalb so kurzer Zeit noch niemals so einen Haufen Schwachsinn gehört wie von dir!«

Penny schoss das Wasser in die Augen, und sie ließ die Gabeln, die sie in der Hand hielt, klirrend auf den Tisch fallen. Sie drehte sich von Ben weg und starrte an die Wand, heftig blinzelnd, um den Schleier vor ihren Augen zu entfernen. Es klappte nicht. Die Tränen liefen ihr übers Gesicht. Mit unsicheren Fingern entfernte sie die verrutschten Kontaktlinsen. Ben stieß einen Seufzer aus, legte die Servietten aus der Hand und ging zu ihr, um sie in die Arme zu nehmen. Diesmal schnüffelte und schniefte sie ungehindert an seinem Hals und seinem Hemd, bohrte die Nase in seine Halsgrube, schlang die Arme um seinen Rücken und hielt sich an ihm fest. Er streichelte ihre Haare. »Du bist einfach fertig, stimmt's? Tut mir leid, dass ich so gemein war.« Er hielt sie tröstend umfangen und warf über ihre Schulter seinem Vater, der mit den auf einer Platte angerichteten Steaks auf den Knien ins Esszimmer gerollt kam, einen Hilfe suchenden Blick zu. Georg stellte die Steaks auf den Tisch und grinste unmerklich. Er freute sich über den Besuch des Mädchens, und ganz besonders freute er sich, dass sein Sohn wieder eine Frau im Arm hielt, auch wenn es nur eine tröstende Geste war. Er räusperte sich. »Fertig. Wollen wir essen? Oh, ich habe den Wein vergessen.«

»Für mich bitte ein Bier, Papa.« Ben hielt Penny weiter in lockerer Umarmung fest.

Sie hatte aufgehört zu weinen, machte aber keine Anstalten, ihre Nase von seinem Hals wegzunehmen. Er roch so gut.

Georg Röder rollte zurück in die Küche und kehrte nach kurzer Zeit zurück, eine Flasche Wein und eine Flasche Bier zwischen die Knie geklemmt und die Schüssel mit den dampfenden Kartoffeln auf den Schenkeln balancierend. Ben ließ Penny mit einem vagen Gefühl des Bedauerns los, stellte die Kartoffeln auf den Tisch und öffnete die Flaschen.

»Du trinkst auch ein Bier«, beschied er Penny.

Sie fiel schwer auf einen Stuhl, schluckte entsetzt und rechnete blitzschnell die aberwitzig hohe Kalorienzahl aus, aber Bens drohender Blick brachte sämtliche Zahlen durcheinander. »Okay, ein Bier wäre nett«, sagte sie mit dünner Stimme und deponierte ihre Kontaktlinsen neben ihrem Teller.

Georg verteilte die Steaks, und das größte landete vor Penny. Ben goss ihr Glas bis zum Rand voll. »Das wird ausgetrunken, du wirst sehen, wie gut du dich entspannst.«

Klar, du wirst davon so entspannt wie noch nie, du wirst förmlich zerfließen, und zwar zu dem größten Fettklecks, den du je gesehen hast.

Ben häufte seinem Vater und ihr Riesenberge von den Beilagen auf die Teller, bevor er sich selbst bediente. Penny nippte geziert an ihrem Bier und begann vorsichtig, an dem Steak herumzuschnippeln und in den Pilzen herumzustochern. Sie nahm einen Bissen von dem Fleisch.

O mein Gott, schmeckte das himmlisch!

Ben blickte überrascht auf, als er ihr leises, unwillkürliches Stöhnen hörte. Sie saß mit geschlossenen Augen da, mit einem Ausdruck intensiver Verzückung. Ben starrte dieses schöne, junge, Wonne widerspiegelnde Gesicht an, und einen Moment lang flackerte in seinen Augen etwas auf, was seinem Vater, der ihn genau beobachtete, nicht entging. Dann war der Zauber gebrochen, Penny öffnete die Augen und kaute voller Behagen. Ihre guten Vorsätze verschwanden zusammen mit dem ersten Bissen in ihrem Magen, der alles andere als nervös war, sondern begierig darauf wartete, gemästet zu werden. Auf dem reichlich mit Essen gefüllten Teller blieb nicht ein Krümel übrig, und hinterher war noch genug Platz für eine gewaltige Portion Eis.

III

Nach dem Essen war Penny zu weiteren Schandtaten aufgelegt. Georg Röder bestand darauf, dass sie mit ihm ein Glas Wein trank, er hätte da noch eine hervorragende Flasche Château d'If im Keller. Penny hatte nichts dagegen einzuwenden. Irgendwo in den fernsten Tiefen ihres Bewusstseins versuchte sich ihre Stimme der Vernunft Gehör zu verschaffen, aber es gelang ihr diesmal nicht, die gewohnten Schreckensvisionen von Mitessern und Fettpolstern heraufzubeschwören. Penny genoss den Abend mit Ben und seinem Vater aus vollem Herzen.

Als Ben mit seinem Stock verschwand, um im Keller den Wein zu holen, nahm Penny ihren ganzen Mut zusammen und platzte mit der Frage heraus, die ihr auf der Seele brannte.

»Ach ... Georg ... Ist eigentlich ... ich meine, wo ist denn deine Frau?«

Georg, der seinen Rollstuhl auf der ihr gegenüberliegenden Seite des Kristallglastisches im Salon platziert hatte, zuckte bei dieser Frage leicht zusammen. Sein Gesicht bekam einen schmerzlichen Ausdruck. »Meine Frau lebt nicht mehr, mein Kind. Wusstest du das nicht?«

»Bitte? Oh, das tut mir so entsetzlich leid, Georg! Ich hatte keine Ahnung! Ich lebe mit meiner Mutter doch schon seit sechs Jahren in New York, seit Papas Tod, und Paddy ... na ja, er erzählt nicht allzu viel. Ich ... ich habe deine Frau gemocht. Sie hat mir immer Kekse gegeben. Einmal habe ich sie auch bei einem Konzert gesehen. Es war wunderbar, ich war so beeindruckt. Sie war wunderschön, und ich habe nie zuvor so ein herrliches Klavierspiel gehört. Ist sie … war sie krank?«

»Nein, sie ist bei dem Unfall ums Leben gekommen.«

»Der … Unfall?«, brachte Penny mit Mühe hervor und starrte auf seinen Rollstuhl.

»Ja, heute auf den Tag vor drei Jahren. Wir waren zu viert im Wagen. Magdalena hatte eine glänzende Premiere in der Oper, es war ein grandioser Erfolg. Wir wollten anschließend noch zu einem Empfang, aber wir kamen nie dort an.«

Pennys Hände zitterten. »Bens Bein …«

»Ja, das Bein. Der arme Junge. Er saß am Steuer, ich saß neben ihm. Yvonne und Magdalena saßen hinten.«

»Yvonne?«, fragte Penny unsicher.

»Bens Frau. Wusstest du nicht, dass er verheiratet war?«

Penny schüttelte stumm den Kopf.

»Nun, Ben und Yvonne waren fast ein Jahr verheiratet. An dem Abend waren wir alle so … glücklich. Das Konzert war ein voller Erfolg, unser Sohn und unsere Schwiegertochter waren gesund und jung … wir fühlten uns alle prächtig. Und dann, von einer Sekunde auf die nächste war alles zu Ende.«

»Wie ist es passiert?«

»Ein Laster kam uns entgegen. Er geriet plötzlich auf unsere Fahrspur und hat uns frontal erwischt.«

»Mein Gott«, flüsterte Penny.

Georgs Züge wirkten nicht verzweifelt, eher resigniert, traurig. »Für Ben ist es am schlimmsten, weißt du. Ich habe mich damit abgefunden, auch mit dieser Sache hier«, er klopfte auf die Lehne seines Rollstuhls. »Der Querschnitt ist inkomplett, das heißt, ich habe noch Reste von Empfindungen in den Beinen, und es besteht sogar Aussicht auf Verbesserung dieses Zustandes. Aber Ben macht mir Sorgen. Er ist so ernst, so in sich gekehrt. Du weißt sicher, wie er früher war, oder?«

Penny erinnerte sich an den bildhübschen, strahlenden Ben von damals, wie er vor ihr stand und ihre kleine Welt ins Trudeln brachte, breitbeinig, die Daumen in die Gürtelschlaufen seiner ausgewaschenen, knallengen Jeans gehakt, wie er sie frech angrinste, bevor er zusammen mit Paddy loszog, um München auf den Kopf zu stellen. Beide waren sie aus einem Guss, große, wilde Kerle, immer gut aufgelegt, mit der überlegenen Arroganz der Jugend. Das Leben hatte ihnen allein gehört. Ja, sie erinnerte sich genau, wie Ben früher war.

Georg blickte sie forschend an. Er drehte unruhig die Ringe an seinen Fingern. Penny sah, dass er beide Eheringe trug. »Ben kann es nicht vergessen. Ich habe oft den Verdacht, dass er sich vielleicht Vorwürfe macht, obwohl das völlig absurd ist. Der Laster zog direkt vor uns auf unsere Spur, der Fahrer war am Steuer eingeschlafen.« Er verschränkte die Hände in seinem Schoß und schaute auf seine Ringe. »Manchmal denke ich, Ben leidet heute noch mehr darunter als damals, direkt nach dem Unfall. Magdalena war sofort tot. Yvonne lebte noch fast zwei Tage. Sie kämpfte erbittert, sie klammerte sich ans Leben, aber die Ärzte konnten sie nicht durchbringen. Sie mussten ... sie mussten das Kind holen, sonst wäre sie daran verblutet. Sie war im siebten Monat schwanger, weißt du. Sie haben dann probiert, wenigstens das Kind noch zu retten, aber es war zu klein. Nach drei Tagen ist es gestorben.« Mit tonloser Stimme setzte er hinzu: »Es war ein kleiner Junge.«

Penny hielt den Atem an. In der plötzlich einsetzenden Stille hörte sie wieder das Ticken eines Sekundenzeigers, unerbittlich, stetig, gleichförmig zerhackte er die Zeit, jeden Augenblick vom nächsten teilend.

»Du hast ihn gern, oder?«, fragte Georg behutsam.

Penny nickte. Sie stand auf und ging zu ihm, kniete sich vor den Rollstuhl und nahm seine Hände. »Ich habe ihn schon als kleines Mädchen gern gehabt.«

»Bleibst du eine Weile in München?«

»Ich weiß nicht. Ich habe ein paar Fototermine, das dauert vielleicht ein, zwei Wochen. Vielleicht findet sich danach noch was hier in München. Ich bin freiberuflich tätig, kann sein, dass ich mich hier bei den Agenturen mal umschaue. Und vor allem muss ich Paddy finden. Hast du Schmerzen in den Beinen?«

»Manchmal. Weißt du, was ich mich gerade eben frage?«

»Nein. Doch. Ich kann's mir denken, weil ich einen sechsten Sinn habe. Du überlegst dir, warum zum Teufel du mir das alles überhaupt erzählt hast, stimmt's? Das kann ich dir sagen, ich bin nämlich empathisch veranlagt. Weißt du, was das bedeutet?«

Georg nickte, leicht amüsiert. »Also das war's. Dein Einfühlungsvermögen.«

»Genau. Aber das ist es nicht allein. Ich bin auch medial veranlagt.«

»Du hast wohl übersinnliche Fähigkeiten, was?«

»Doch, das ist wirklich wahr. Ich bin begabt in dieser Beziehung. Letzten Sommer war ich in L.A., da hatte ich eine unheimlich lange Sache laufen ... das waren lauter Strandshootings für Sportklamotten. In der Gegend laufen sagenhaft viele verrückte Typen rum, so viele, wie sonst nirgends auf der Welt ...« Ben kam ins Zimmer. Seine dunklen Locken waren mit Staub und Spinnweben durchsetzt, und sein Gesicht war hochrot vor Ärger. »Papa, diesen komischen Château d'If finde ich wirklich nicht. Ich habe den ganzen Weinkeller auf den Kopf gestellt, Châteaus en masse, aber nicht *dieser*.« Stirnrunzelnd registrierte er, dass Penny vor dem Rollstuhl kniete und Georgs Hände hielt.

»So? Na, dann hol uns doch noch ein Bier, Junge.«

Ben verschwand in der Küche, und Penny hatte das Gefühl, Georgs Stimme hätte vielleicht eine Spur scheinheilig geklungen.

»Was ist mit den verrückten Typen in L.A.?«, wandte Georg sich an Penny.

»Ach so. Also, ich habe da einen Guru aufgegabelt, total durchgeistigt war der, hatte echt was drauf. Ein Reiki-Meister. Weißt du, was Reiki ist?«

»So eine Art Handauflegen?«

»So in etwa. Ich habe sofort einen Kurs gebucht, und ich war ein Naturtalent. Hat er jedenfalls gesagt. Ich hätte den Fortgeschrittenenkurs auch gemacht, aber ich war damals ein bisschen klamm. Aber ich kann es wirklich. Ich meine, das kann man sich doch nicht einbilden, oder? Wenn man stundenlang vor der Linse posiert und sich auf Kommando räkeln, verrenken und verbiegen muss, tun einem hinterher oft unheimlich die Knochen weh, das kannst du dir nicht vorstellen.« Ben kam mit zwei Flaschen Bier wieder in den Salon. »Möchtest du auch noch eins, Penny?«

»Klar«, entgegnete sie aufgeräumt.

»Dir tun die Knochen weh. Und dann?«, wollte Georg wissen. Ben sah verständnislos von seinem Vater zu Penny. Wusste Georg, was er für eine Lawine lostreten könnte, wenn er ihr eine Frage stellte? Er goss für alle ein Bier ein, drückte den beiden ein Glas in die Hand und setzte sich. Er war neugierig, welche Wirkung eine Frage in Kombination mit Alkohol auf Penny haben mochte. Wahrscheinlich würde sie morgen früh noch Unsinn faseln.

»Na ja, ich meine, da sind jede Menge Models, so ist es meistens, jedenfalls fast meistens, ich meine bei den meisten Shootings ist es so.«

Aha, dachte Ben grimmig, jetzt geht's los.

»Sie hopsen und hampeln herum, gib's mir Baby, zeig's mir ... so was in der Art brüllen die Fotografen meistens, stundenlang, ohne heiser zu werden. Und dann bist du down, das kannst du glauben, Georg. Du fühlst dich wie ein Stück Spargel, aber gekocht, und zwar im eigenen Saft. Ich bin ziemlich ausdauernd, jedenfalls sagt man mir das in der Branche nach.« Sie trank genüsslich von ihrem Bier. »Mhmm, das schmeckt gut. Wo war ich stehen geblieben? Ach ja, die Models sind verspannt. Die, die mich kennen, wissen was jetzt kommt. Ich konnte das übrigens auch schon vor dem Reiki-Kurs, wisst ihr. Am besten klappt es bei Berührungen, das heißt, nicht nur mit den Händen über den Körper fahren, sodass Luft dazwischen ist, das bringt es nicht. Klar, viele können das bestimmt genauso gut auch mit dieser Methode, über irgendwelche Energieströme oder so, aber ich muss *Haut* fühlen.« Sie blickte strahlend zu Georg auf, der ihr aufmerksam und, wie Ben fassungslos feststellte, offenbar *interessiert* zuhörte.

»Du fühlst also die Haut. Wie machst du das? Massage?«

»Nein, das heißt doch, manchmal schon. Ganz sanft aber nur. Jedenfalls muss es *nackte* Haut sein. Ich lege normalerweise die Handflächen auf die betroffene Körperpartie, oder ich reibe die Stelle ganz vorsichtig. Drücken geht auch«, erklärte sie gefühlvoll.

Ben wurde beim Klang ihrer sanften Stimme der Kragenknopf zu eng. Er zerrte daran und trank hastig von seinem Bier.

»Und das hilft?«, fragte Georg.

»O ja«, sagte Penny voller Überzeugung. »Bisher waren alle total begeistert. Ich habe magische Hände, sagen die Leute. Morgen habe ich Zähne, da arbeite ich mit Mike. Mit dem habe ich schon öfters was gemacht, bei Zähnen trifft man immer dieselben Leute, wisst ihr. Also, Mike, das ist ein flippiger Typ, er ist ... äh ... na ja, er hat ... er mag halt Männer, wenn ihr wisst, was ich meine.« Röte schoss ihr ins Gesicht, und Ben konnte sich ein Grinsen nicht verkneifen. »Kannst du das durch Handauflegen heilen?«

Ihre Wangen färbten sich noch eine Schattierung dunkler; sie drehte sich zu Ben um und merkte sofort, dass er sie ärgern wollte. Ihre Augen schossen zornige Blitze auf ihn ab.

»Natürlich nicht«, sagte sie würdevoll.

Georg Röder tätschelte beruhigend ihre Hand, und Ben bedauerte seine Bemerkung. Er war überrascht, wie viele Informationen er in dieser kurzen Zeit über sie bekommen hatte. Sie war ein Fotomodell, vorzugsweise für Zähne, was wohl besagte, dass sie vermutlich für Produkte wie Lippenstift oder Zahnpasta posierte, sie löste Muskelverspannungen durch Handauflegen – nicht zu vergessen durch Reiben oder Drücken der betroffenen Körperpartie; bei diesem Gedanken wurde ihm warm – und morgen würde sie mit dem flippigen schwulen Mike arbeiten. All das hatte er nur erfahren, weil sein Vater ihr *zugehört* hatte. Er selbst hatte bisher nichts über sie erfahren, weil er sie nach spätestens drei Sätzen zum Schweigen gebracht hatte. Offenbar musste man sich diesen ganzen Blödsinn einfach eine Weile anhören, um an Einzelheiten zu kommen.

»Geht es morgen um Lippenstift oder Zahnpasta?«, wollte er spontan wissen.

»Wie?« Sie starrte ihn konsterniert an. Er fragte sie? *Er fragt dich!* »Lippenstift«, erwiderte sie mechanisch.

»Hast du da keine Probleme mit deiner Haarfarbe?«

Pennys Brauen zogen sich misstrauisch zusammen, merkte aber dann, dass sich seine Frage ganz ernsthaft angehört hatte. »Doch«, meinte sie zögernd. »Da gibt es schon manchmal Probleme. Jede Farbe kann ich natürlich nicht machen. Rot und rot beißt sich leicht. Aber bestimmte Töne passen geradezu perfekt zu meiner Haarfarbe. Aber dabei ist nicht nur die Haarfarbe wichtig, auch der Hauttyp spielt eine Rolle. Meine Haare sind naturrot, und deshalb ist meine Haut ganz weiß.« Das stimmte. Bens interessierter Blick glitt über ihre nackten, schlanken Arme, den geschwungenen, zarten Hals und blieb an dem runden Ausschnitt des T-Shirts hängen. Überall milchweiße Haut, wohin er auch schaute. Er nahm einen großen Schluck von seinem Bier.

»Dazu passen ganz bestimmte Lippenstifte, die aber niemals zu einer gefärbten Roten passen würden. Die Hautfarbe würde ganz einfach nicht stimmen.«

»Und dieser Mike, was ist mit dem? Was hat er mit deiner Massage zu tun?«

Penny ließ Georgs Hände los, stand auf und setzte sich zu Ben auf das Sofa. Sie trank ebenfalls von ihrem Bier und ließ sich von ihm nachschenken.

»Er hat oft furchtbare Migräne, der arme Kerl. Ich weiß überhaupt nicht mehr, wie viele Termine deswegen schon geplatzt sind. Es waren jedenfalls mehr als drei. Einmal haben wir alle schon fertig da gesessen, bei optimalen Lichtverhältnissen, die Sonne schien, die Luft war trocken und einigermaßen warm, und wer kam nicht? Mike! Es dauerte Wochen, bis wir wieder das richtige Wetter hatten, das war damals im Wald, und es musste ein schönes, sonniges

Herbstwetter sein. Rostorange, das war ein Lipgloss, und ich habe auf einem Haufen Laub gelegen, meine Haare wurden unter mir drapiert wie ein Fächer, direkt auf all den hübschen bunten Blättern, aber das war eine Sauerei, kann ich dir sagen.«

Großer Gott, wer sollte das aushalten? Ben ächzte und biss die Zähne zusammen, als er Georgs warnenden Blick bemerkte.

Penny schaute Ben verträumt an. Ihre Augen leuchteten, und er war gegen seinen Willen fasziniert von der schimmernden, moosgrünen Farbe ihrer Iris. Sicher hatte sie wunderschön auf dem Herbstlaub ausgesehen, mit diesen langen, herrlichen roten Haaren.

»Wieso war das eine Sauerei?«, fragte er, um Geduld bemüht.

»Es war zu kalt, und das ganze Laub war nass und hat grässlich modrig gestunken. Ich habe am ganzen Körper gezittert, als ich da auf der Erde lag. Ich hatte ja nicht mal eine Decke oder so was. Und von den Bäumen über mir tropfte ständig Wasser auf mein Gesicht, wir haben es hundertmal machen müssen, mindestens. Hinterher hatte ich Ameisen in der Unterwäsche.«

»Ach so.« Ben überlegte einen Moment verwirrt, worauf das Ganze überhaupt hinauslief. Mike? Rostorange? Ameisen? Irgendwie hatte er den Faden verloren, weil sie eben doch zu viel Blödsinn von sich gab. Er trank einen Schluck Bier und starrte auf ihre vollen, sinnlichen Lippen, die leicht geöffnet waren und ihre perfekten schneeweißen Zähne sehen ließen. Bestimmt würde das Lipgloss nett auf diesen Lippen aussehen. Er überlegte, ob es kussecht wäre. Sicher nicht. Aber vielleicht schmeckte es nach Erdbeeren. Ihr Mund sah überhaupt so aus, als könnte er nach Erdbeeren schmecken. Ben fuhr sich nervös mit der Zunge über die Lippen und trank sein Glas leer.

Georg, der genau merkte, dass in seinem Sohn ein gesunder männlicher Instinkt erwacht war, sorgte für den Fortgang des Gesprächs. »Hast du Mikes Migräne heilen können?«

Ben konnte seinen Blick nicht von Pennys Mund nehmen, aber er registrierte vage, dass sein Vater es offenbar besser als er verstand, diesem verrückten Huhn Informationen zu entlocken. Er beobachtete, wie sich ihr Mund beim Sprechen bewegte, wie er sich sanft wölbte und rundete, sich schloss und wieder öffnete, wie sie die Spitze ihrer rosa Zunge über die Lippen gleiten ließ und sie befeuchtete, bis sie schimmerten, so, als hätte sie dieses komische Lipgloss aufgetragen.

»Natürlich«, meinte sie selbstbewusst. »Und zwar nicht nur einmal. Mike hat eine ganz besonders gemeine Form von Migräne, nur auf einer Seite. Er *sagt* jedenfalls, dass es ganz besonders gemein ist. Man nennt das Hemikranie. Ich habe es dreimal bei ihm gemacht. Er hat hinterher nur noch ein Aspirin genommen und war wieder fit.«

Georg, der selbst von Zeit zu Zeit unter Migräneanfällen litt und deshalb wusste, dass Aspirin bei Migräne ungefähr so nachhaltig wirkte wie ein Eimer Wasser gegen einen Steppenbrand, hatte so seine Zweifel, ob Mike tatsächlich Migräne hatte. Aber wie kam sie dann auf Hemikranie?

»Hast du schon mal Migräne gehabt, Penny?«, wollte er wissen.

»Noch nie. Nicht mal Kopfschmerzen. Ich bin praktisch noch nie krank gewesen. Mommy sagt, das liegt an dem Porridge, den sie mir täglich aufgetischt hat. Ich hasse das Zeug, aber sie gibt es mir immer noch zum Frühstück, das heißt, wenn ich bei ihr wohne. Meist bin ich ja unterwegs, dann esse ich niemals Porridge, ich hasse das Zeug. Aber bei Mommy würge ich es runter, jedes Mal, ich weiß selbst nicht wieso. Paddy hat immer gebrüllt wie am Spieß, wenn sie damit kam. Er war ja schon acht, als Mommy seine Mommy wurde, und er hat sich geweigert, es zu essen. Er hat immer Cornflakes gekriegt. Ich war vielleicht neidisch! Aber Mommy meinte, Porridge würde mich klüger und hübscher machen als Cornflakes.«

Ben betrachtete mit glasigen Augen diesen wundervollen Mund, aus dem der Blödsinn nur so hervorsprudelte.

Der Porridge hatte nur einen Teil der erhofften Wirkung erzielt, so viel war klar. Ben dachte darüber nach, dass Penny sicher nicht gleichzeitig reden und küssen konnte.

Georg hatte anscheinend den roten Faden nicht verloren. »Könntest du das bei mir auch machen? Erkläre mir doch mal, wie du das überhaupt machst!«

Was denn? Porridge essen oder küssen? überlegte Ben angestrengt. Er stellte fest, dass er noch ein Bier brauchte und ging in die Küche, um sich eins zu holen. Als er zurückkam, kniete Penny wieder vor seinem Vater, aber sie küsste ihn nicht, sondern hatte ihre Handflächen gegen die Außenseiten seiner Oberschenkel gepresst und die Augen geschlossen.

»Ich konzentriere mich einfach, ganz stark, so toll ich kann. Und dann stelle ich mir so eine Art Kraftquelle vor. Der Typ in L.A. ... ich meine, mein Reiki-Guru, der hat gesagt, ich soll mal probieren, wo ich am besten die Kraft herkriege. Das nennt man Channeling. Manche ziehen sie aus sich selbst raus ... keine Ahnung, wie die das machen. Da waren auch Typen, die haben das irgendwie aus dem All geholt oder so, aber da läuft bei mir nichts. Ich beziehe meine Energien aus der Erde, von ganz unten, versteht ihr, aus dem Inneren. Da ist es unheimlich heiß, müsst ihr wissen ...« – sie senkte dramatisch die Stimme – »... weil es im Inneren der Erde flüssig ist. Das heißt, da drin ist auch Gestein wie oben drauf, aber es ist eben *flüssig* und total *heiß*. Das nennt man Magma, und manchmal kommt es durch die Vulkane hoch und spritzt oben raus.«

Ben machte sich nicht die Mühe, das Bier ins Glas zu schenken, sondern trank gleich aus der Flasche. Währenddessen beobachtete er Pennys Gesicht. Sie sah so ähnlich aus wie vorhin beim Essen, als sie das Steak probiert hatte, und Ben kam sich genauso vor wie ein Vulkan kurz vor dem Ausbruch. Vielleicht, wenn sein Vater zu Bett gegangen war ...

»Jetzt tue ich es. Du musst ganz still und locker sein und an nichts denken. Lass dich einfach treiben, okay?« Penny schwieg und hob den Kopf, so als lausche sie auf unhörbare Laute um sie herum. Ihre Hände lagen ruhig und bewegungslos auf Georgs Oberschenkeln. Er saß entspannt vor ihr im Rollstuhl, die Augen halb geschlossen, sichtlich bemüht, an nichts zu denken. Nach einer Weile zog sie ihre Hände langsam von seinen Beinen weg. Sie wirkte mit einem Mal zutiefst erschöpft. Ben bemerkte es sofort, obwohl er halb betrunken war. Er verfluchte sich, dass er sie so lange auf Trab gehalten hatte. Aus dem Wirrwarr ihres Geplappers kam ihm ins Gedächtnis, dass sie im Flugzeug nicht hatte schlafen können. Sie musste mehr als bettreif sein. Dunkel erinnerte er sich auch an eine Bemerkung von ihr, dass sie morgen fit und ausgeschlafen aussehen müsste.

»Komm mit ins Bett, Penny.«

Ihr Kopf flog herum, Georgs Kopf flog hoch.

»Äh … ich meine, du musst todmüde sein, Penny. Es ist fast … äh … elf Uhr. Du musst doch morgen arbeiten, und wir müssen nach Paddy suchen. Ich bin … also, weißt du, ich kann dich leider nicht mehr fahren, weil ich vier oder fünf Flaschen intus habe, und du solltest sowieso nicht in Paddys Wohnung schlafen, wo doch jemand dort reinwollte, keine Ahnung wer, aber ganz bestimmt jemand, der da nichts zu suchen hatte, kannst du mir folgen?« Verdammt, er redete genauso einen Blödsinn wie sie! Ob es ansteckend war?

»Hat es was geholfen?«, fragte er lahm. Zu seinem Erstaunen wussten beide sofort, wovon er redete.

»Es war merkwürdig«, sagte Georg leise. »Es war … man kann es schlecht beschreiben, Junge. Ich habe es gespürt, das ist sicher. Da sind irgendwelche Kräfte geflossen, etwas wie … Elektrizität vielleicht. Du solltest sie das bei dir auch mal machen lassen.«

»Ich … tja … vielleicht ein anderes Mal. Sie sollte besser ins Bett. Ich gebe ihr einen von meinen Pyjamas, denke ich«, antwortete Ben leicht gereizt. Er trank die Flasche Bier aus, stand auf und schwankte ein wenig, als er zu Penny hinüberging. Er griff nach ihrer Hand und zog sie hoch. »Komm mit, ich zeige dir unser Gästezimmer.«

Sie stand am Rand der Klippe, die Arme ausgebreitet und den Kopf zurückgeworfen; sie bot ihren Körper und ihr Gesicht dem vom Meer kommenden scharfen Wind dar, ließ sich benetzen vom Sprühnebel der tosenden Gischt, die von den Böen gegen ihren Leib gepeitscht wurde. Die haushohen Brecher tief unter ihr donnerten schäumend und wirbelnd an den Fuß der Klippe. Das helle Licht des zunehmenden Mondes ließ beim Zurückweichen des Wassers auf dem zerklüfteten Gestein einen schwärzlich phosphoreszierenden Schimmer sichtbar werden.

Sie nahm die Kräfte des Windes und des Meeres in sich auf, die dieser Ort hervorbrachte, der älter war als der Anfang der Zeit, eine geheimnisvolle Enklave aus einer anderen Welt, Schauplatz ungezählter mystischer Rituale unter einem runden, schweigsamen, bleichen Mond.

Sie hörte die schrillen ekstatischen Schreie der Priesterinnen, die mit blassen, wehenden Haaren wie Derwische auf der Klippe tanzten, die nackten Körper mit blutigen Symbolen bemalt. Ihre bloßen Füße trommelten auf die festgestampfte Erde, im wilden Rhythmus der barbarischen vorzeitlichen Klänge, bis sie ihre zuckenden Hände auf den Granitfelsen legten, auf die Stelle, an der sich alle Kräfte bündelten und vereinigten.

Bald würde sie selbst ihre Hände auf diesen Stein legen … Beschwörender kabbalistischer Gesang ließ die Luft summen, erzeugte Schwingungen von physischer Dichte, die eine Kuppel über diesem Ort der triumphierenden heidnischen Mächte entstehen ließ.

Sie riss die Arme auseinander und stieß einen klagenden Schrei aus. Bläuliche Irrlichter zitterten um ihre Fingerspitzen, und sie stemmte sich gegen den Wind, der ihr durchnässtes Gewand an ihren Körper presste und an der weißen Seide der Kutte zerrte. Sie würde den Stein der Kraft berühren …

Sie hob ihr Gesicht in den Wind und suchte. Ja, er war hier gewesen, und hier hatte er nach ihr gerufen. Ihre geschlossenen Augen sahen die Bilder des Schreckens, einer dämonischen Fratze der Finsternis, verzerrt von ungezügelter Mordlust, den zottigen, geifernden Schädel, in dem die Fänge wie knöcherne Säbel glänzten. Der atonale Gesang veränderte sich unmerklich zu einem leise heulenden Zischeln.

Leb wohl …, summten tausend Stimmen aus nichtmenschlichen Kehlen. *Vergiss mich nicht …*

Die Tür flog krachend gegen die Wand, und im nächsten Augenblick war Ben bei ihr und hielt sie in seinen Armen. Sie schrie unmenschlich laut und schrill, kratzte und biss ihn, schlug um sich, bis er gewaltsam ihre Arme umklammerte und sie festhielt.

»Penny!«, brüllte er.

Sie zuckte zusammen, und er sah, wie Leben in ihre blicklosen, rollenden Augen trat. Er fühlte das unkontrollierte Zittern ihres Körpers, ihre Brust hob und senkte sich in keuchenden Atemzügen. Er starrte ihr eindringlich ins Gesicht, wartete, bis er sicher sein konnte, dass sie vollständig wach war, dann lockerte er seinen brutalen Griff und umschlang sie sanft.

»Du hast geträumt, Penny. Ist ja gut, ist ja gut.« Er tröstete sie wie ein Kind.

Ihr Atem beruhigte sich, aber sie zitterte immer noch heftig. Sie warf die Arme um ihn und presste wortlos ihr Gesicht an seine nackte Brust. Er zog sie fester an sich, bis er ihren hämmernden Herzschlag spürte, und strich ihr die schweißnassen Haare aus der Stirn.

»Das war alles zu viel für dich. Die Reise, die ganze Aufregung wegen Paddy, das späte Essen, das Bier …«

Penny schüttelte den Kopf. »Nein, das ist nicht wahr«, murmelte sie dumpf an seiner Brust. »Diesen Alptraum hatte ich in jeder der letzten zehn Nächte.«

»Erzähl mir davon.« Er rückte ein Stück von ihr ab und blickte an ihr herunter. Sie saß aufrecht im Bett, bis zur Hüfte zugedeckt, und im schwachen Schein der ins Zimmer dringenden Flurbeleuchtung sah er, dass sie nackt war.

»Du hast ja den Pyjama ausgezogen.«

»Ich hatte ihn überhaupt nicht angezogen. Ich trage keine Pyjamas.« Hastig zog sie die Decke bis zum Kinn hoch und schaute Ben kurzsichtig und mit einem etwas zittrigen Lächeln an. »Du anscheinend auch nicht, oder jedenfalls nur zum Teil, oder?«

Ben hatte nur eine Pyjamahose an, und seine muskulösen Schultern waren übersät von blutigen Kratzern. Penny erschrak und berührte eine der Striemen vorsichtig mit dem Finger.

»Du liebe Zeit! Habe ich das gemacht? Oh, das tut mir leid, Ben. Ich sollte es mir mal ansehen, vielleicht müsste man es desinfizieren.« Sie raffte die Decke um sich und machte Anstalten, aufzuspringen, aber er erwischte ihr Handgelenk und hielt sie fest.

»Darum kümmere ich mich nachher schon selbst. Jetzt erzählst du mir von dem Traum.«

Sie war verlegen. »Ich weiß nicht … wenn ich richtig wach bin, erscheint er mir so verrückt, aber in dem Moment, wo ich träume, hat alles eine ganz reale Bedeutung … Ich meine, ich erlebe im Traum etwas, das mir ganz natürlich erscheint, und ich weiß, dass es stimmt, dass es irgendwie passiert ist und passieren wird, und in dem Augenblick, wo ich dann aufwache, weiß ich das auch noch ganz genau, so sicher, dass es über jeden Zweifel erhaben ist, und dann … wird es erst irreal.«

»So ist das meist bei Träumen, vor allem bei Alpträumen, oder nicht? Wovon handelt der Traum?«

»Ich stehe hoch oben auf einer Klippe. Es stürmt, aber es ist nicht kalt. Der Wind ist feucht von der Brandung unter mir, und mein Kleid ist ganz nass. Nein, eigentlich ist das kein richtiges Kleid, eher so eine Art Umhang, ganz weiß und aus Seide, um die Mitte gegürtet. Meine Finger sind

… Das ist irgendwie komisch, weißt du. Hast du mal den Film *Highlander* gesehen?«

»Ja, wieso?«, fragte Ben verblüfft. »Es kann nur einen geben, oder?« Er grinste schwach. »Hat er dir gefallen? Ich meine Christopher Lambert. Ist er dein Typ?«

»O ja, er ist süß. Und der Film war toll, ich habe ihn dreimal gesehen. Ich gehe überhaupt gern ins Kino. Weißt du, auf wen ich auch total stehe? Auf Tom Cruise. Ich verpasse keinen Film mit ihm. Und dann finde ich Bruce Willis noch ganz gut. Manche meinen, er ist etwas zu brutal vom Typ her, aber ich …«

»O Penny«, stöhnte Ben und ließ sich rückwärts aufs Bett fallen.

»Was ist los?«, fragte sie besorgt. »Ist dir schlecht? Soll ich dir ein Glas Wasser holen? Tut dein Bein weh? Bestimmt bist du viel zu schnell gelaufen, als du mein Geschrei gehört hast. Soll ich vielleicht bei dir auch mal die Hände auflegen?«

Irritiert schob er ihre eifrigen Hände von seinem Bein und setzte sich wieder auf. Er zählte im Stillen langsam bis fünf. »Wo waren wir stehen geblieben?«

»Beim Händeauflegen.«

»Nein, ich meine vorher.«

»Du hast mich gefragt, ob ich auf Christopher Lambert stehe.«

»Tatsächlich?« Ben überlegte stirnrunzelnd. »Dann scheint es meine eigene Schuld zu sein.«

»Was denn?«

»Nichts, schon gut. Warte mal. Auf Christopher Lambert sind wir über den Highlander gekommen, und auf den … ja, wie sind wir bloß auf den gekommen, kannst du dich noch daran erinnern, Penny?«

Sie sah ihn an, als sei er schwachsinnig. »Klar kann ich das. Bei dem war es so ähnlich wie in meinem Traum. Ich meine, natürlich bin ich nicht so gebeutelt worden davon. Der arme Bursche ist ja immer richtig in die Knie gegangen dabei, fast hingefallen ist er. Bei mir war es viel harmloser, nicht so gewaltig, aber ich habe es ganz deutlich gemerkt und gesehen, und auch gefühlt, es war heiß, und auch nachdem ich wach geworden war, hat es sich immer noch ganz heiß und kribblig angefühlt. Es war ziemlich blau, wie beim Highlander auch, aber ganz klein, und es kam auch nicht vom Himmel, es war mehr um mich herum, wenn du verstehst, was ich meine … Du solltest das nicht machen, Ben.«

»Was?«, würgte er hervor.

»So mit den Zähnen knirschen. Ich meine, dass du so komisch mit dem Kopf zuckst, ist eine andere Sache, das hast du nicht unter Kontrolle nach einem Schleudertrauma, aber mit dem Zähneknirschen ist das so eine Geschichte. Ich weiß, dass es ein Ausdruck unbewältigter Probleme ist … so was nennen die Psychologen Kompensation … aber dagegen kann man was machen. Man muss was dagegen machen, sonst versaut man sich auf die Dauer die Zähne. Du weißt ja, dass ich mich mit Zähnen beschäftige, quasi beruflich, wenn du so willst. Es gibt da Kauschienen …« Sie blickte ihn besorgt an. »Bist du sicher, dass dir nicht schlecht ist?«

Er sprang mit einem Satz aus dem Bett und starrte mit glasigen Augen und offenem Mund auf sie herunter, bevor er fluchtartig das Zimmer verließ.

IV

Beim Frühstück hatte Penny wieder gute Laune. Sie war ein optimistischer Typ und ließ sich nicht so leicht unterkriegen. Nachdem Ben in der vergangenen Nacht aus ihrem Zimmer gestürmt war, ohne sich ihren Traum zu Ende anzuhören, hatte sie sich in den Schlaf geweint. Es war von schreiender Offensichtlichkeit, dass sie ihm entsetzlich auf die Nerven ging. Als sie am späten Vormittag erwachte, fühlte sie sich jedoch frisch und ausgeruht, und ein Blick in den Spiegel überzeugte sie davon, dass sie auch so aussah. Ihre Haut war klar und makellos, ihre Augen glänzten, und die Waage im Badezimmer entlockte ihr einen Aufschrei des Entzückens, als der Zeiger unterhalb der Fünfundfünfzig-Kilo-Markierung auspendelte. Sie duschte eine halbe Stunde lang und ging dann vergnügt pfeifend die Treppe hinunter. Georg rollte geschäftig in der Küche herum und suchte die Zutaten für ein verspätetes Frühstück zusammen.

»Hallo. Lass mich dir helfen.« Penny nahm ihm die Eier und den Schinken aus der Hand und trat an den Herd. »Im Eierbraten bin ich unschlagbar.«

Georg strahlte sie an. »Guten Morgen, Kleines. Hast du gut geschlafen?«

»Bestens. Was machen die Beine?«

Er schwieg einige Augenblicke, ehe er langsam sagte: »Das ist eigenartig, weißt du. Ich habe es nicht ganz glauben wollen, doch du hattest Recht. Du scheinst wirklich begabt zu sein. Ich hatte zum ersten Mal seit drei Jahren kein einziges Mal Schmerzen in der vergangenen Nacht. Ich möchte, dass du es noch mal tust, wenn es dir nichts ausmacht.«

»Wenn du willst, mache ich es jeden Tag, solange ich in München bin.«

Sie wendete rasch die Speckscheiben in der Pfanne, bevor sie zu braun wurden. »Ist Ben schon auf?«

»Schon längst. Er geht meist um neun ins Büro.«

»Ach.« Penny fühlte ein merkwürdiges Gefühl der Enttäuschung.

»Er hat gesagt, dass er sich heute als erstes darum kümmern will, wo Paddy steckt.« Georg rollte an den Küchentisch, der für ein reichhaltiges Frühstück gedeckt war, und goss Kaffee ein. »Wir frühstücken gleich hier, das ist nicht so umständlich. Du machst dir Sorgen um deinen Bruder, oder?«

Penny nickte, und Georg registrierte den verzweifelten Ausdruck in ihren Augen.

»Wenn jemand dir helfen kann, ihn zu finden, dann ist es Ben. Es hat sich vielleicht noch nicht so herumgesprochen, aber er ist sehr gut in seinem Job. Er war auch bei der Kripo einer der besten. Es ist alles so verdammt schade.« Georg starrte trübsinnig in seine Kaffeetasse. Plötzlich heiterte sich seine Miene auf. »Soll ich dir was sagen? Du bist genau genommen sein erster Fall.«

Penny blickte ihn verständnislos an, während sie die knusprigen Speckscheiben auf zwei Teller verteilte und die Spiegeleier mit geschicktem Schwung obenauf platzierte.

»Du bist seine erste Klientin«, erklärte Georg. »Er hat die Detektei erst vor kurzem eröffnet, und bislang hat sich noch nichts getan. Er hat schon angefangen zu glauben, dass diese Idee mit der Detektei Blödsinn war. Es war meine Idee, musst du wissen«, fügte er hinzu. »Ich konnte es nicht mehr mit ansehen, wie er sich zerfleischt hat, und ich dachte, wenn er Arbeit hätte … Er ist dann auch richtig in Schwung gekommen bei der Geschäftsgründung, aber als alles fertig war und die Anzeigen in der Zeitung erschienen waren, kam niemand. Die letzten Wochen waren eine richtige Zerreißprobe für den armen Jungen.«

»Ja, also … ich weiß nicht, ob dieser Fall Ben so viel Spaß bringt«, meinte Penny verlegen. »Vielleicht, wenn ich nach diesem Job meine Gage …« Sie blickte auf ihren Teller. Überrascht stellte sie fest, dass sie mit großem Appetit ihr Spiegelei verzehrt und auch den Speck nicht verschmäht hatte. Die Stimme der Vernunft hatte anscheinend vorübergehend Sendepause.

Georg schenkte ihr Kaffee aus der Warmhaltekanne nach. »Du denkst jetzt an Geld, stimmt's? Vergiss das sofort. Das habe ich auch nicht damit gemeint, als ich sagte, dass du seine erste Klientin bist. Paddy ist sein bester Freund, er würde niemals Geld dafür nehmen, ihn zu suchen. Aber er hat *Arbeit,* und das ist genau das, was er braucht.«

Sie schob ihren Stuhl zurück, stand auf und begann, den Tisch abzuräumen. »Tut mir leid, dass ich so unhöflich bin, aber ich denke, ich sollte mich langsam auf den Weg machen. Ich will mich vor dem Fototermin heute Nachmittag noch um Paddys Wohnung kümmern.«

»Lass einfach alles stehen, Penny. Nachher kommt eine Haushälterin, die kümmert sich um die Küche. Wann fängt denn dieser Fototermin an, und wie lange dauert er?«

»Es geht um vier Uhr los, aber ich weiß nicht, wann wir fertig werden. Bis sechs wird es mindestens dauern, so wie ich Mike kenne.«

»Du bist herzlich zum Abendessen eingeladen.«

»Danke, ich komme gern. Soll ich … kann ich dir noch irgendwie helfen?« Penny schaute auf Georgs Rollstuhl und überlegte, wie er wohl ins Obergeschoß kommen mochte.

»Nicht nötig«, lächelte Georg. Er schien ihre Gedanken erraten zu haben. »Ich habe hier unten alles, was ich brauche. Mein Schlafzimmer und mein Badezimmer befinden sich im Erdgeschoß. Oben oder im Keller bin ich schon seit drei Jahren nicht mehr gewesen, weißt du. Wenn ich in den Garten will, benutze ich die Terrassentür. Ich kann eigentlich alles ganz gut allein.«

Ihr Herz floss über vor Mitleid. Spontan ging sie zu ihm, kniete sich vor ihn und ergriff seine Hände, so wie am Abend zuvor. »Ich bewundere dich. Du bist so stark. Und du bist überhaupt nicht …« Ihr wollte nicht das richtige Wort einfallen, aber er wusste auch so, was sie meinte.

»Nein, ich bin nicht verbittert, Kind. Ich habe meine Musik, meinen Garten, ein wunderbares Haus und mehr als genug Geld, um mir meine Bedürfnisse zu erfüllen. Ich habe auch eine sehr liebe Freundin, vielleicht lernst du sie heute Abend kennen. Wenn es Ben besser ginge, könnte ich fast wieder glücklich sein, glaube ich.«

Penny drückte seine Hände. »Ich kümmere mich heute Abend um deine Beine, Georg. Es kostet eine ziemliche Menge Energie, und außerdem funktioniert es abends am besten. Kann ich mal dein Telefon benutzen?«

Er nickte und sah amüsiert zu, wie sie geschmeidig aufsprang, eine Semmel vom Tisch nahm, genüsslich davon abbiss und mit vollen Backen kauend in den Salon hinüberging, um sich ein Taxi zu rufen.

Die Redaktion des regionalen Klatsch- und Tratschblättchens, bei dem Paddy beschäftigt war, summte vor bienenfleißiger Geschäftigkeit. Der riesige, mit zahlreichen Schreibtischen, Fernschreibern und Faxgeräten vollgestellte Raum war erfüllt von Gesprächsfetzen, Telefonklingeln, Tabaksdunst und dem Geruch von Journalistenschweiß. Papierstöße wurden scheinbar planlos hin- und hergetragen, Computerausdrucke hektisch sortiert, Kaffee in zahlreiche Tassen gegossen.

Das ringsum verglaste Büro des Chefredakteurs am Ende des Großraumbüros wirkte gegenüber diesem Trubel wie eine Oase der Stille und Beschaulichkeit.

Paddys Chef war ein bulliger, untersetzter Typ. Seine Ohren standen rechtwinklig vom Kopf ab, eine anatomische Sensation, dachte Ben, bis er merkte, dass hinter jedem Ohr ein dicker Bleistiftstummel klemmte. Ben nickte ihm zur Begrüßung zu, humpelte zu dem Besuchersessel und ließ sich unaufgefordert hineinfallen.

Sein Gegenüber holte einen der Bleistifte hinter seinem Ohr hervor und steckte ihn zwischen die Zähne. Darauf herumbeißend erklärte er mit tiefer Bassstimme: »Tut mir leid. Mehr als am Telefon heute morgen kann ich Ihnen auch nicht sagen. Er hat nicht mehr hier angerufen, nichts geschickt, rein gar nichts. Den Weg hätten Sie sich genauso gut sparen können.«

»Trotzdem«, beharrte Ben. »Irgendjemand könnte doch Genaueres darüber wissen. Hat er einen Kollegen ... ich meine jemanden, der mit ihm näher zusammenarbeitet, mit dem er Erkenntnisse austauscht?«

»Da gibt es eine süße Maus in der Telefonzentrale, soweit ich weiß, hat er mit der mal Erkenntnisse ausgetauscht.« Der Chefredakteur grinste. Er rollte den Bleistiftstummel zwischen den Lippen herum, steckte ihn dann zurück hinter das Ohr und nahm stattdessen den anderen Stummel zwischen die Zähne, um ihn zu bearbeiten.

Ein eindeutiger Fall von oraler Regression, befand Ben. »Wo finde ich diese Telefon-Maus?«

»Unten im Erdgeschoß, die zweite Tür links neben dem Eingang. Soweit ich weiß, heißt sie Uschi.« Als Ben den Glaskäfig nach einem unpersönlichen Händedruck verließ, steckten wieder beide Bleistiftstummel hinter den Ohren.

Die »süße Maus« in der Telefonzentrale stand sofort auf, um mit ihm zu gehen, als er sagte, dass er wegen Patrick Donner hergekommen sei. Sie war tatsächlich eine hübsche junge Person, mit blonden Engelslocken und großen himmelblauen Augen.

»Wenn Sie wollen, können wir uns in der Cafeteria unterhalten. Ich wollte sowieso gerade Mittagspause machen.«

Ben nickte und hinkte neben ihr den viel zu langen Gang entlang.

Sie schaute ihn mitleidig von der Seite an. »Ein Unfall?«

Er nickte und hielt ihr die Tür zur Cafeteria auf, in der ein ähnlich lärmender Betrieb herrschte wie oben in der Redaktion. Sie fanden einen Tisch in der Nähe der Tür. »Was kann ich Ihnen mitbringen?«

»Einen Tee und einen Apfelkuchen, bitte.«

Sie stellte sich an der Theke an und war nach kurzer Zeit mit ihrem Tablett zurück. Lächelnd schob sie Ben die Teetasse und den Kuchenteller hin. Für sich selbst hatte sie eine Tasse schwarzen Kaffee und eine dürftige Schale mit sehr mager aussehendem Joghurt geholt, den sie mit ernster Miene in winzigen Löffelportionen zu verzehren begann.

Ben schaute ihr zu und verrührte den Zucker in seinem Tee. »Essen Sie nichts Vernünftiges zu Mittag?« Der Apfelkuchen schmeckte überraschend gut.

»Ach ... ich habe heute *überhaupt* keinen Hunger«, sagte sie ausweichend.

Er schaute stirnrunzelnd auf das Joghurtschälchen und bemerkte die begehrlichen Blicke, die sie auf seinen Kuchen warf. Ihr Verhalten kam ihm vage bekannt vor, und er begriff, dass sie zwar Hunger hatte, aber anscheinend nichts essen *wollte* – genau wie Penny gestern Abend.

»Sagen Sie, Uschi ... ich darf doch Uschi zu Ihnen sagen, oder?«

Sie nickte errötend, und er fuhr fort: »Ich möchte Sie mal etwas Persönliches fragen: Halten Sie Diät?«

Ihre Wangen wurden tiefrot. »Ich achte auf meine Linie«, erklärte sie steif.

»Sie sind aber doch gertenschlank!«

Sie lächelte ihn beglückt an, und Ben merkte, dass er bei ihr jetzt einen Stein im Brett hatte. »Sie haben eine wundervolle Figur«, setzte er noch eins drauf. »Sie haben das doch gar nicht nötig!«

Uschi strahlte über das ganze Gesicht. »Finden Sie?«

Ben nickte überzeugt, und sie meinte verschämt: »Ich möchte aber so bleiben. Deshalb nehme ich mich in Acht.«

Ihm ging auf einmal ein Licht auf, was Penny betraf. Ihr merkwürdiges Benehmen gestern Abend beim Essen entsprang offensichtlich einer Angst, dick zu werden, und dunkel erinnerte er sich jetzt auch an eine ihrer Bemerkungen, der zufolge sie anscheinend sogar glaubte, sie *sei* dick. Verrücktes Weib. Noch verrückter war sie in der vergangenen Nacht gewesen. Ihm wurde warm, als er an ihren anschmiegsamen Körper in seinen Armen dachte, und wie nahe er daran gewesen war, ihr blödsinniges Geschwafel mit Küssen zu ersticken. Er musste sich ihren Traum noch zu Ende erzählen lassen. Vielleicht schaffte sie es, wenn er ihr eine Stunde Zeit gab und nicht wieder die Nerven verlor. Ihm fiel plötzlich auf, dass seine Gedanken in eine unerwünschte Richtung abschweiften, und er wandte sich entschlossen der hübschen Uschi zu. »Wann haben Sie Patrick zum letzten Mal gesehen?«

»Vor genau zwölf Tagen. Es war ein Freitag, und eigentlich wollten wir ausgehen. Wir sind ein paar Mal zusammen weggewesen, wissen Sie. Aber dann wurde nichts draus, weil er kurzfristig verreisen musste. Es sollte aber nur für drei Tage sein, spätestens am Montag letzter Woche wollte er wieder hier sein. Doch er kam nicht zurück, jedenfalls habe ich seitdem nichts mehr von ihm gehört. Ich habe ein paar Mal bei ihm zu Hause angerufen, aber er war nicht da.«

»Wissen Sie denn, wo er hinwollte?«

»Nein, keine Ahnung. Ich hatte die Idee, mir den Montag freizunehmen und mitzukommen, aber davon wollte er nichts wissen. Er wollte ja nicht mal erzählen, wo er hinfahren wollte. Deshalb glaube ich, dass es mit der Story zusammenhängt, an der er dran war. Wenn Sie sein Freund sind, wissen Sie ja selbst, wie er in der Beziehung ist. Diesmal war er noch schlimmer als sonst, er hat kein Sterbenswörtchen verraten. Warte nur, bis du die Druckfahnen siehst, Uschi, hat er zu mir gesagt.«

»Sind Sie und er … ich meine, sind Sie so eng befreundet, dass er Ihnen Bescheid gesagt hätte, wenn er vorgehabt hätte, längere Zeit nicht zurückzukommen?«

Sie errötete wieder. »Ich weiß nicht recht. Wir waren ein paar Mal … aber das war nichts Festes, glaube ich. Nein, ich denke, er hätte sich nicht verpflichtet gefühlt, mir Bescheid zu sagen.«

»Hat er Ihnen mal gesagt, woran er zurzeit arbeitet?«

»Haben Sie den Chef schon danach gefragt?«

Ben sah sie überrascht an. »Weiß er es denn? Natürlich, er müsste es wissen. Ich hab nicht dran gedacht, ich werde es schnellstens nachholen.«

Sie winkte ab. »Nicht nötig. Ich kann's Ihnen genauso gut sagen: Esoterik.«

»Wie bitte?«

»Esoterik. Wissen Sie nicht, was das ist?«

»Sie meinen Astrologie und solches Zeug? Was ist daran so interessant? Ich kann mir nicht vorstellen, dass man damit den Pulitzer-Preis gewinnen kann.«

»Vielleicht sollten Sie sich erst mal informieren, bevor Sie den Stab über dieses Thema brechen«, lächelte sie nachsichtig. »Da gibt es wesentlich mehr als Astrologie, wissen Sie.«

Ja, Händeauflegen, dachte Ben verdrossen.

»Sie können mir nicht zufällig eine Anlaufstelle sagen ... Ich meine, eine Adresse, eine Telefonnummer ... irgendetwas, wo er angesetzt hat, wo er recherchiert hat?«

Uschi zuckte die Achseln. »Keine Ahnung, wirklich nicht. Ich interessiere mich nicht besonders dafür.«

Ich aber, und zwar ab sofort. Ben stand auf und holte eine seiner Visitenkarten und Geld für den Tee und den Kuchen aus seiner Brieftasche.

Uschi blickte verwirrt zu ihm hoch. »Wollen Sie schon gehen?«

Er nickte und drückte ihr seine Karte in die Hand. »Sollten Sie von Patrick hören, rufen Sie mich bitte an. Wenn ich etwas erfahre, lasse ich es Sie natürlich auch wissen«, versprach er.

Uschi schaute ihm nach, wie er hinkend zur Türe der Cafeteria ging und verschwand.

Penny war mit dem Putzen der Wohnung fertig und hängte auf dem kleinen, überdachten Balkon die restliche Wäsche auf. Sie hatte nicht nur geputzt und zwei Maschinen Wäsche gewaschen, sondern auch staubgesaugt, die Pflanzen gegossen – der Hibiskus war leider nicht mehr zu retten –, die Post durchgesehen und das Bett frisch bezogen, alles im Eiltempo. Sie wollte gerade unter die Dusche steigen, damit sie einigermaßen frisch zu ihrem Fototermin käme, als sie den Schlüssel in der Wohnungstür hörte. Ihr Herz klopfte rasend, und sie rannte splitternackt in den Flur. Ihr fiel ein, dass die Pistole noch unter dem Bett lag. Lautlos fluchend huschte sie ins Schlafzimmer, warf sich mit einem Hechtsprung halb unter das Bett und riss die Waffe an sich. Sie stieß sich bei dieser Aktion heftig den Kopf an und schrie leise auf vor Schmerz.

Doch in dem Moment, als die Wohnungstür sich öffnete, war Penny bereits mit der gezückten Waffe hinter der Schlafzimmertür versteckt.

Diesmal würde der bleichhändige Typ sein blaues Wunder erleben!

Plötzlich fiel ihr siedendheiß ein, dass er ja gar keinen Schlüssel mehr haben konnte!

»Ben?«, rief sie ängstlich. Sie sackte vor Erleichterung in sich zusammen, als sie seine Stimme hörte.

»Was ist? Wo steckst du?«, fragte er. Sein Kopf erschien neben dem Türrahmen, und die Pistole fiel polternd zu Boden, als Penny mit beiden Händen versuchte, ihre Blößen zu bedecken.

Ben musterte sie unverfroren bei diesem sinnlosen Unterfangen. »Bist du schamhaft oder hast du was zu verbergen?«, fragte er mit leichtem Spott.

Penny ließ zögernd die Hände sinken. Ben schaute ihren herrlichen nackten Körper langsam von oben bis unten an und schluckte hart.

»Du bist … schön.« Seine Stimme klang rau und heiser, und er schluckte erneut. »Du bist wundervoll. Kein bisschen dick.«

»Dick?« Bestürzt sah sie an sich herunter. »Du findest, dass ich *dick* bin!« Sie starrte ihn anklagend an. Sein Blick saugte sich an ihren üppigen runden Brüsten fest, auf deren perlweißer Haut sich die rosigen Spitzen in erregendem Kontrast abhoben.

»Was hast du gesagt?«, fragte er zerstreut.

»Wenn du schon sagst, dass du mich nicht dick findest, dann denkst du in Wahrheit, dass ich doch dick bin, stimmt's? Ich weiß ja, dass ich dick bin, du brauchst keine falsche Rücksicht auf meine Gefühle zu nehmen, indem du behauptest, ich sei nicht dick, wo du doch findest, dass ich dick bin. Du kannst es ruhig zugeben, tu dir keinen Zwang an, ich kann einen Stiefel vertragen!«

Bens Blicke wanderten über Pennys schmale Taille und ihren Bauch nach unten. Sie war *überall* rothaarig!

»Jetzt gib es schon zu!«, schrie sie ihn an.

Was denn zugeben? In seinem Hirn herrschte gähnende Leere.

»Natürlich«, murmelte er höflich. »Du hast vollkommen Recht!«

»Oh!«, jammerte sie, stürzte an ihm vorbei und rannte ins Bad. Er stierte ihr nach, um sich den Anblick ihrer prachtvollen Hinterbacken nicht entgehen zu lassen.

Als Ben merkte, dass er seit mindestens einer Minute auf die geschlossene Badezimmertür starrte, machte er eine ruckartige Bewegung mit dem Kopf, um die Betäubung loszuwerden. Er grinste, als ihm einfiel, was sie dazu sagen würde. *Schleudertrauma!* Er hob die Pistole auf. Sie war wieder nicht entsichert. Er würde ihr den Umgang mit diesem Ding einmal erklären müssen.

Dem Geräusch des prasselnden Wassers zufolge duschte sie offenbar. Ben ging hinüber ins Wohnzimmer und sah sich um. Alles war ordentlich aufgeräumt und blitzsauber, die Pflanzen waren gegossen, und auf dem Couchtisch lag die sortierte Post. Ben setzte sich und ging den Stapel flüchtig durch. Die ältesten Briefe trugen den Poststempel vom dreißigsten April. Also stimmten Uschis Ausführungen mit ihren eigenen Beobachtungen überein. Paddy war seit zwölf Tagen nicht mehr hier gewesen. Penny hatte anscheinend ihre eigenen Vorstellungen vom Postgeheimnis, denn sie hatte die Briefe schon geöffnet, also konnte er sie sich genauso gut anschauen. Es war nichts dabei, was auf den ersten Blick auffällig war. Eine Telefonrechnung, eine Arztrechnung, eine Telegrammnachricht, die Mahnung einer Leihbibliothek, etliche Werbesendungen und die üblichen Anzeigenblätter.

Ben schaute sich die Mahnung der Bücherei genauer an. Sie trug den Poststempel von gestern, war also heute erst gekommen. Paddy hatte den Rückgabetermin eines Buches überschritten, das den Titel *Satanswahn und Schwarze Messe* trug. Ben war elektrisiert.

Satanswahn und Schwarze Messe! Esoterik! Jetzt hatte er eine ungefähre Vorstellung, welches Gebiet Paddy sich für seine Story ausgesucht hatte. Ben grübelte darüber nach, wieso er nur Uschi, nicht aber den Chefredakteur nach Paddys derzeitiger Story gefragt hatte. Das war ein unentschuldbares Versäumnis. Er musste so schnell wie möglich noch einmal mit diesem Bleistiftfresser sprechen. Als er sich das Telefon aus dem Flur ins Wohnzimmer holen wollte, wurde er beinahe von Penny umgerannt, die mit dem Duschen fertig war und aus dem Bad gestürmt kam.

»Ich hab's eilig«, rief sie und entriss Ben das Telefon.

»Was hast du vor?«, fragte er und betrachtete sie.

Sie trug enge marineblaue Jeans und eine ärmellose weiße Spitzenbluse. Ihr dunkelrotes Haar war frisch gebürstet; es knisterte und leuchtete in der einfallenden Nachmittagssonne wie Feuer. Sie tippte eine Nummer. »Ich rufe mir ein Taxi.«

Ben drückte auf die Gabel und nahm ihr das Telefon wieder weg, ging damit ins Wohnzimmer und setzte sich.

»Ich fahre dich gleich hin. Du hast noch Zeit.« Er wählte die Nummer der Zeitung. Während des Rufzeichens beobachtete er Penny, wie sie auf den Balkon hinaustrat, die Wäsche befingerte und die bereits trockenen Stücke abnahm und ausschüttelte.

»Du hast Paddys Post geöffnet«, rief Ben ihr durch die offene Balkontüre zu.

»Klar. Wie hätte ich sie sonst lesen können?«

Ben grinste unwillkürlich und lauschte dem Freizeichen. Zu seinem Verdruss war Paddys Chef nicht da. Achselzuckend schob er das Telefon von sich.

»Ich habe übrigens heute Mittag noch mal bei der Zeitung angerufen«, teilte Penny ihm mit. Sie kam mit einem

Arm voll frischer Wäsche vom Balkon. »Ich wollte wissen, woran Paddy zuletzt gearbeitet hat. Das schien mir eine ausgezeichnete Idee zu sein. Ich hatte mir nämlich überlegt, dass er vielleicht für seine Recherchen ganz plötzlich verreisen musste.«

Ben starrte sie ungläubig an.

»Ist was?« Sie legte die Wäsche weg und schaute an sich herunter. »Was glotzt du so? Bin ich schmutzig geworden? Oder ist es, weil ich so *fett* bin?«

Ben schüttelte hilflos den Kopf, und von oben herab fuhr sie fort: »Ich habe mit dem Chefredakteur gesprochen. Ein netter Mensch. Warum ich ihm nicht gleich gesagt hätte, dass ich Paddys Schwester bin. Paddy arbeitet zurzeit an einer Story über Esoterik. Weißt du, was das ist?« Sie begann, methodisch die Wäschestücke glatt zu streichen und zusammenzulegen. »Das bedeutet soviel wie Geheimlehre, Lehre über Mystizismus. Paddys Chef wusste nicht konkret, was Paddy recherchieren wollte, aber es ging in Richtung Hexenkult, so viel war vorgegeben. Diese Dinge werden selbstverständlich redaktionell festgelegt, da kann nicht jeder wild drauflos den rasenden Reporter mimen, weißt du.« Sie trug die ordentlich gestapelte Wäsche ins Schlafzimmer. Ben schaute ihr mit offenem Mund nach. »Als ich dann die Mahnung von der Leihbibliothek gesehen habe, wurde mir klar, in welche Richtung Paddy sich orientiert hat«, ergänzte sie, als sie zurückkam. Sie ließ sich in einen der Sessel fallen und schlug graziös die Beine übereinander. »Damit ist natürlich völlig klar, wo wir zuerst suchen müssen.« Sie blickte auf die Uhr. »Ich fürchte, ich muss dich jetzt drängen, Ben. Mike sieht es gern, wenn alle schon etwas früher da sind. Das ist typisch Mike, weißt du, er selbst kommt *nie* pünktlich, oder er kommt überhaupt nicht, wenn er zum Beispiel Migräne hat, aber ohne den Fotografen kannst du alles vergessen. Alles hängt an ihm, und wenn so einer Starallüren hat, leidet das ganze Team darunter. Mike ist so ein Typ. Ich habe schon mit vielen gearbeitet, aber bis jetzt habe ich niemanden kennen gelernt, der solche Launen hat wie dieser

Mensch. Er ist praktisch wie ein kleines Kind. Fast sogar wie ein Baby. Können wir?« Sie sprang auf. »Hast du schon mal überlegt, einen Chiropraktiker aufzusuchen? Von diesen vielen ruckartigen Kopfbewegungen können deine Nackenwirbel auf die Dauer ganz üble Folgen davontragen.«

Ben stemmte sich von dem Sofa hoch und humpelte zur Wohnungstür, nahm seinen Stock und ging wortlos die Treppe hinunter. Als er hinter dem Steuer seines Wagens saß, wurde sein glasiger Blick langsam wieder klar. Er schaute Penny an, die neben ihm saß, die Augen tiefe, moosgrüne Tümpel, das Haar wie eine Wolke aus Seide und Kupfer. Mit einem Mal erschien sie ihm fern und geheimnisvoll, ein Geschöpf von fremder, süßer Verlockung, eine silbrig lachende, flüchtige Nymphe aus einem sagenumwobenen, verwunschenen Land voller Feen, Kobolde und Elfen. Sie streckte stumm die Hand aus und legte sie an seine Wange. Er legte seine eigene Hand darüber und hielt sie fest, ebenso wie den Blick ihrer schimmernden, unergründlichen Augen.

»Penny«, flüsterte er mit belegter Stimme. Er räusperte sich. » Penny ... ich ...« Er legte ihre Hand vorsichtig in ihren Schoß und startete den Wagen. »Würde es dir etwas ausmachen ... ich meine, könntest du mir sagen, was du vorhin gemeint hast, als du sagtest, dass jetzt klar ist, wo wir suchen müssen?«

Sie sah ihn überrascht an. »Sicher. In einem Esoterikladen natürlich. Wo sonst?«

»Äh ... natürlich, wo sonst.« Mit einem raschen Seitenblick fragte er beiläufig: »Und was ist das ... ich meine, ein Esoterikladen?«

»Sag nur, hier gibt's keinen? Das kann ich mir nicht vorstellen. In New York gibt's eine Menge davon. Und in Kalifornien erst! Als ich in L.A. war, habe ich an jeder Ecke einen gesehen. Oder sagen wir, an fast jeder Ecke.« Sie überlegte einen Augenblick. »Ich hab's. Kein Problem. Wir sehen im Branchenbuch nach.«

V

Ben ließ Penny vor dem Eingang eines Schwabinger Fotoateliers aussteigen. »Ich werde versuchen, ein paar Esoterik-Adressen in Erfahrung zu bringen«, rief er ihr nach. »Wenn ich es schaffe, schaue ich nachher hier vorbei. Wenn ich bis sechs nicht da bin, treffen wir uns bei mir, in Ordnung?« Sie nickte und winkte ihm mit einem so strahlenden, süßen Lächeln zu, dass er um ein Haar beim Ausparken einen Passanten überfahren hätte.

Er beeilte sich, in sein Büro zu kommen. Die Aussicht, dass sich im Laufe des Mittags der *Klient* eingestellt haben könnte, war zwar denkbar gering, aber immerhin nicht auszuschließen. Der Anrufbeantworter blinkte, doch nicht der *Klient* hatte angerufen, sondern Zack, der Bandleader seiner Jazzband; er wollte wissen, ob Benny nicht in ein paar Tagen für einen befreundeten Trompeter einspringen könnte, und die Hausverwaltung teilte mit, dass morgen der Fensterputzer die Büros aufsuchen werde.

Im Branchenbuch fand Ben keinen Esoterikladen. Es waren auch keine Hexenvereine oder dergleichen eingetragen.

Was hattest du denn gedacht? Dass du bloß, unter ›H‹ wie ›Hexen‹ nachschauen musst und alles findest? Vielleicht ›Club der einsamen Hexen‹?

Sicherheitshalber suchte er bei den Religionsgesellschaften, aber das brachte ihn auch nicht weiter. Ben klappte das Branchenbuch zu und dachte nach. Wenn ein Reporter wie Paddy darauf kommen konnte, musste es für ihn als Privatdetektiv eine der leichtesten Übungen sein, tröstete er sich.

Er holte den Brief von der Leihbibliothek aus der Jackentasche. Vielleicht brachte ihn dieses Buch weiter. Solange er nicht den blassesten Schimmer hatte, was alles unter den Begriff Esoterik fiel, würde er vermutlich einen Esoterikladen nicht mal erkennen, wenn er direkt daran vorbeiliefe. Paddy hatte sich anscheinend dem Thema auch auf wissenschaftliche Weise genähert, denn warum hätte er, der normalerweise außer seinem Notizbuch selten ein Buch anschaute, sonst eine öffentliche Bücherei aufsuchen sollen?

Ben fiel ein, dass sein Freund exzessiv und mit großer Leidenschaft dieses Notizbuch zu handhaben pflegte. Es war eigentlich eher ein Arbeitsbuch, eine dicke Lederkladde, die in die Innentasche eines Jacketts passte, und die er bei jeder sich bietenden Gelegenheit hervorzog, sei es, um die Telefonnummer einer Zufallsbekanntschaft zu notieren oder Bonmots, die ihm in der Kneipe zuflogen, sei es, um Ortsbeschreibungen oder die Charakteristika einer neuen In-Kneipe festzuhalten. Paddy hatte dieses Buch immer und überall dabei. Wenn er in einer Zeitung oder Illustrierten einen Artikel las, den er von der Schreibe oder vom Inhalt her denkwürdig fand, schnitt er ihn aus, faltete ihn zusammen und legte ihn hinein. Ben erinnerte sich an mehr als eine Gelegenheit, bei der Paddys Artikelzettel durch die Gegend geflattert waren, wenn er wieder einmal das Notizbuch zückte, und wie er jedes Mal erklärte, dass er demnächst alles säuberlich einkleben werde.

In Paddys Wohnung war es nicht gewesen, und Penny hatte ihm auf der Fahrt zum Studio erzählt, dass auch das Buch aus der Leihbibliothek nicht dort war, obwohl sie alles danach abgesucht hatte.

Ben rief bei der Hausverwaltung an und erklärte, dass seine Fenster sauber genug seien. Anschließend teilte er Zacks Anrufbeantworter mit, dass er leider seine Trompete verlegt hätte. Danach beeilte er sich auf seinem Weg zur Bibliothek, denn es war schon halb fünf. Bei der Buchausgabe herrschte starker Andrang; die meisten Berufstätigen waren auf die kurze Zeit zwischen ihrem Büroschluss und dem Ende der Öffnungszeit angewiesen.

Eine müde wirkende, bebrillte junge Angestellte betrachtete stirnrunzelnd die Mahnung. Ben hatte sich bereits eine freche Lüge zurechtgelegt.

»Mein Bruder hat dieses Buch hier ausgeliehen. Er hatte es in seinem Wagen liegenlassen, der ihm leider gestohlen worden ist. Die Polizei vermutet, dass der Wagen längst von Autoschiebern über die polnische Grenze geschafft worden ist. Ich hätte gern eine Rechnung über das Buch, vielleicht wird die Versicherung es bezahlen. Sonst komme ich dafür auf. Mein Bruder ist zurzeit verreist und kommt erst in ein paar Wochen zurück.«

Ben hatte ihre ungeteilte Aufmerksamkeit mit dieser Geschichte, an der sie anscheinend nicht das Geringste auszusetzen fand. Sie suchte Paddys Karteikarte heraus.

»Das ist leider nicht das einzige Buch, das noch zurückzugeben war. Hier sind noch zwei weitere Bücher eingetragen, bei denen die Leihfrist nächste Woche ausläuft. Hoffentlich sind die nicht auch gestohlen.«

»Kann ich mal sehen?« Ben nahm ihr die Karte aus der Hand. »Hexenwahn. Aberglauben. Interessant, wirklich. Ich hoffe, mein Bruder hat sie nicht auch im Auto liegen lassen. Andererseits ... da hatten die Autoknacker auf der Fahrt nach Polen bestimmt was Gutes zu lesen, stimmt's? Das ist sicher ein hochinteressantes Gebiet.«

»Für Ihren Bruder bestimmt. Der hat alles darüber durchgeackert, was wir hier haben.«

»Tatsächlich? Sagen Sie, jetzt, wo Sie es so sagen ... mir kommt das wirklich *sehr* interessant vor. Genau genommen habe ich bisher überhaupt nichts über dieses Thema gewusst. Haben Sie sich schon damit befasst?«

»O ja«, sagte die junge Frau lebhaft. »Ich habe ja selbst Ihrem Bruder die ganzen einschlägigen Titel empfohlen.« Sie schob sich eifrig die Brille auf die Nasenspitze, und Ben stellte fest, dass sie recht gut aussah mit ihrem glatten, brünetten Pagenkopf und den feinen Zügen. Sie blickte lächelnd zu ihm auf, und er lächelte spontan zurück.

Einen Moment lang fragte er sich, wann er wieder angefangen hatte, die Frauen anzuschauen, *richtig* anzuschauen. Seit Yvonnes Tod hatte es keine Frau mehr für ihn gegeben, obwohl es ihm an Gelegenheiten in diesen drei Jahren nicht gefehlt hatte. Paddy hatte ihm mehr als einmal ein nettes Mädchen vorgestellt, das den armen alten Ben nur zu gern getröstet hätte. Sogar während seiner monatelangen Zeit im Krankenhaus schienen ständig warmherzige weibliche Wesen um ihn herumzuschwirren, die sich mit Freuden seiner angenommen hätten. Ben hatte wohl die eindeutigen Signale aufgefangen, aber es hatte von seiner Seite aus nie ein Feedback gegeben. Der Schmerz saß einfach zu tief. Er hätte es vielleicht gekonnt, wenn er gewollt hätte, doch er hatte nie das Verlangen nach einer Frau gehabt.

Bis gestern nicht. Bis er Penny gesehen hatte. Sie war es. Seit dem Augenblick, als er sie in Paddys Wohnung auf den Rücken geworfen und festgestellt hatte, wie begehrenswert sie in ihrer Unterwäsche aussah, war er wieder empfänglich für weibliche Ausstrahlung. Ben erinnerte sich an das Gefühl, das der Anblick ihres nackten Körpers heute Nachmittag in ihm ausgelöst hatte, wie es ihm den Atem verschlagen hatte.

Die freundliche junge Bibliotheksangestellte sagte etwas. »Bitte?« fragte er verwirrt.

»Ich fragte, ob Sie ebenfalls an einer Liste der Bücher interessiert sind, die dieses Thema behandeln?«

»Wie? O ja, natürlich! Ich bin brennend daran interessiert.«

Sie stand auf und winkte ihm, mitzukommen. Er folgte ihr in einen anderen Saal, die Bewegungen ihrer Hüften bewundernd. Unter Hunderten von kleinen, schmalen Schubkästen zog sie zielsicher einige heraus.

»Hier ist alles, was Sie brauchen. Okkultismus. Hexen. Satan. Teufel. Das sind die Stichwörter. Hier ... diese Bücher hat Ihr Bruder alle bestellt.«

Sie blätterte flink die Karteikarten durch und legte Zettel als Markierungen dazwischen. »Natürlich gibt es auch noch neuere Werke, die mir auch bekannt sind, aber hier im Magazin sind sie nicht erhältlich, sie müssen über die

Fernleihe bestellt werden. Außerdem werden Sie darin nichts finden, was nicht schon in den älteren Büchern beschrieben ist. Oder jedenfalls nur wenig. Ach, da fällt mir ein ...« Sie wirkte betrübt. »Diese beiden Bücher, die Ihr Bruder jetzt noch hat, sind natürlich auch nicht da. Das sind wirklich *sehr* gute Werke. Vor allem *Satanskult und Schwarze Messe,* das Buch, das jetzt in Polen ist, das ist in meinen Augen das allerbeste von diesen Büchern. Es ist weder kultgläubig noch verdammt es den Kult. Es ist einfach nur informativ und beleuchtet das Thema von allen Seiten. So sollte ein gutes Sachbuch immer sein.«

»Gibt es auch andere Bücher? Ich meine Bücher, in denen die Praktiken dieses ... Kultes geschildert werden? Kritiklos geschildert werden?«

»Sie meinen, so eine Art Rezeptbücher? Anleitungen für rituelle Handlungen?«

»Das meine ich. Gibt es diese Bücher auch?«

»Natürlich. Aber nicht hier. Diese Bücher haben kein ... Niveau. Sie sind ... ach, ich weiß nicht, wie ich es ausdrücken soll. Heutzutage ist es schwierig, in diesen Bereichen sachliche und menschliche Grenzen zu ziehen. Der Esoterik-Wahn greift um sich. Viele würden mich steinigen, wenn sie mich jetzt hören könnten. Sie glauben nicht, wie viele Menschen in unserer Zeit an Hexen, dunkle Mächte, Zauberei glauben. Das Okkulte nimmt Dimensionen an, die unglaublich sind.« Sie setzte sich in eine der Leseecken und bedeutete ihm mit einer Kopfbewegung, ebenfalls Platz zu nehmen. »Sie haben Schwierigkeiten mit dem Bein. Setzen Sie sich besser. Oder wollten Sie schon gehen?« Als Ben den Kopf schüttelte und sich zu ihr setzte, fuhr sie fort: »Natürlich werden heute keine Hexen mehr verbrannt ... obwohl ich da manchmal gar nicht so sicher bin, ... aber dafür gibt es Scharlatanerie allenthalben, und Hunderttausende von Menschen fallen darauf herein. Verlage bringen ganze Esoterik-Reihen heraus, die glänzende Umsätze einfahren. Die Leute *wollen* diese Dinge glauben, verstehen Sie. Es ist für sie wie ein ... ein Tor zu einer besseren Welt. Wer meint, dass sich das alles auf die Astrologie oder die Handlesekunst beschränkt, ist völlig unbedarft.«

Wie ich bis gestern, dachte Ben.

»Nein, heute gibt es alles für jeden Bedarf. Heilung durch kosmische Energien, Erdstrahlen- und Wünschelrutengänger für die einen, Voodoo, Spiritismus und Psychophotographie für die anderen.«

»Wo hört denn die Scharlatanerie auf und wird zur Wissenschaft?«

»Bestenfalls zur Grenzwissenschaft«, verbesserte sie ihn. »Das ist alles sehr fließend und ständig in Bewegung. Nehmen Sie zum Beispiel eines dieser Bücher über Okkultismus … das hat Ihr Bruder auch gelesen. *Der moderne Okkultismus*. Es ist über zwanzig Jahre alt. Dieses Buch setzt sich auf eine recht rabiate Weise mit dem Okkulten auseinander, es lässt kein gutes Haar daran, um genau zu sein. Zum Okkultismus zählten die beiden Autoren damals auch die Akupunktur und die Homöopathie, aber heute würden Sie kaum einen Schulmediziner finden, der nicht ziemlich vorbehaltlos die Wirksamkeit beider Verfahren anerkennt. So ändern sich die Zeiten und Auffassungen.«

»Heißt das, dass in weiteren zwanzig Jahren wieder Hexen verbrannt werden?«

Sie blickte ihn ernst an, und Ben stellte fest, dass die dunkelbraune Iris ihrer Augen mit hübschen hellen Tupfen gesprenkelt waren.

»Wer kann das schon sagen? Der Aberglaube kann die Menschen zu allen möglichen Dingen treiben. Im Grunde ist das Psychologie in Reinkultur, das ist jedenfalls meine Meinung. Die Flammen, in denen die Hexen vor drei-, vier- und fünfhundert Jahren brannten, wurden genährt vom Feuer der Inquisition, und dieses wiederum wurde angefacht von klerikal-zölibatär-ödipalen Konflikten. Klassische Kompensation. Setzen Sie das andere Extrem dagegen, den Marienkult der katholischen Kirche. Ach, es ist im Grunde so leicht nachzuvollziehen, aber doch so entsetzlich. Ganze Landstriche wurden auf diese Weise von Frauen entvölkert, hauptsächlich in Deutschland.«

»Sie haben sich anscheinend mit dem Thema intensiver befasst. Würden Sie mir Ihren Vornamen sagen?«

»Ich heiße Annette. Und ja, mit diesem Thema habe ich mich beschäftigt. Ich habe eine Diplomarbeit darüber verfasst.«

»Ist die auch zu empfehlen, Annette?«

»Zu kompliziert für den Laien«, lachte sie. »Das schwirrt nur so von Fachlatein!«

»Und heute? Wie sieht es heutzutage mit dem Hexenkult aus?«, fragte Ben.

Sie nickte. »Eine gute Frage.« Sie hob beide Hände, und Ben bemerkte das bläuliche Funkeln eines kleinen Brillanten an ihrem linken Ringfinger. Ein Verlobungsring? Wieder eines der Signale, auf die er früher instinktiv geachtet hatte, mit derselben Natürlichkeit, mit der er aß und trank. Ob Penelope bereits einen Liebsten in den Staaten hatte? Er zwang sich, den Ausführungen der netten Bibliothekarin zu folgen. Sie half ihm in diesem Fall wirklich in erfreulicher Weise auf die Sprünge.

»Heute gibt es ihn, so, wie es ihn immer gegeben hat und auch wohl geben wird«, erklärte Annette. »Man nennt es jetzt meist Wicca-Kult. Das Wort Wicca ist dem Altenglischen entlehnt und bedeutet soviel wie Hexe. Anhänger dieses Kultes, Männer wie Frauen, treffen sich im Verborgenen, in Hexenzirkeln, die sie Coven nennen, was soviel wie Zusammenkunft heißt. Sie führen Rituale durch, sie tanzen um einen Altar, sie rufen die Alten Götter an, ganz wie in früheren Zeiten.«

»Die Alten Götter?«

»Die Große Göttin, Diana, Isis, Aradia … sie hat zahlreiche Namen. Sie ist Göttin des Mondes, der Sterne und des Himmels, Jungfrau, reife Frau und Vettel zugleich, sie ist Mutter der Schöpfung, das Weibliche schlechthin. Und er, der Große Gehörnte Gott, Dionysos, Pan, Osiris, Wotan – das sind nur einige seiner Namen. Er verkörpert das männliche Prinzip: Sohn, Vater, Geliebter, aber auch Krieger und Jäger.«

»Wieso hat er Hörner? Ist er der Teufel?«

Sie kicherte. »Der Minotaurus hatte auch Hörner. Pan auch. Eine kleine dionysische Eigenheit. Dem Teufel sind sie erst viel später angedichtet worden. Das ist ja der Trick mit dem Satanskult. Die modernen Hexen sind empört über die Unterstellung, Satan anzubeten. Nein, auch hier ist die Lösung klassisch psychologisch … freudianisch sozusagen. Hörner … wie sieht das in Ihren Augen aus?«

»Phallisch?«

»Beinah getroffen. Eigentlich ist das der nächste Schritt. Hörner … ein Sinnbild für aggressiv, wild, brünstig, lüstern. Der Satyr. Der ewige Bock. Einfach *männlich* eben. Die Wicca-Anhänger werfen dem Klerus vor, aus ihrem vorzeitlichen Großen Gehörnten Gott erst den Teufel gemacht zu haben.«

»Gab's den nicht schon vorher?«, lächelte Ben.

Sie schüttelte den Kopf. »Das stimmt nicht ganz. Der Teufel, wie ihn sich der heutige Mensch vorstellt, ist erst im vierzehnten Jahrhundert praktisch ›erfunden‹ worden. Die von der Kirche schon immer betriebene Dämonisierung führte damals zu der Idee, dass es nur einen, *den* Teufel gebe, *den* Satan, Luzifer eben … mit Hörnern, die leuchteten.« Ihre Augen leuchteten ebenfalls; sie erwärmte sich für das Thema. »Er war in der damaligen Zeit eine Realität, immer und überall präsent. Die Leute hatten schreckliche Angst vor ihm.«

Ben grinste. »Hat nicht Luther dem Teufel sogar ein Tintenfass nachgeworfen?«

»Das hat er«, erwiderte Annette belustigt. »Luther war in Bezug auf den Teufel einer der größten Angsthasen aller Zeiten. Ich könnte Ihnen stundenlang darüber berichten, aber ich fürchte, wir machen gerade eben zu.« Sie stand auf und schaute ein wenig bedauernd auf ihn herunter. »Kommen Sie doch wieder einmal vorbei, wenn Sie Zeit haben. Ich kann Ihnen noch einiges erzählen, wenn Sie wollen!«

»Das werde ich bestimmt tun. Wahrscheinlich morgen schon.« Ben humpelte mit ihr zum Ausgang. Er hatte heute keine Bücher mehr bekommen, aber das, was sie ihm erzählt hatte, würde sicher fürs erste reichen.

Annette hielt ihm die Tür auf. »Die Bücher holen Sie sich dann wohl besser morgen ab«, meinte sie. »Übrigens, wenn Sie sich für die ›Rezeptbücher‹ interessieren, die Sie vorhin angesprochen hatten, diesen Unfug ... sechstes und siebtes Buch Moses, wenn Sie wollen auch achtes oder neuntes, oder kabbalistische Texte, Formeln für Riten, Beschwörungen und Ingredienzien, dieser ganze Kram halt ... da gehen Sie am besten in einen Esoterikladen.«

»Esoterikladen?«, fragte Ben schnell.

»Ja. Eine Fundgrube. Wünschelruten, Pendel, Pyramiden, Kristalle, Kraftsteine, Rätselbretter ... für jeden Geschmack etwas. Da können Sie alles kaufen, Amulette, Talismane, Kräuter, Alraune ... das Zeugs eben, was eine vernünftige Hexe braucht, einschließlich der dazugehörigen Literatur natürlich.«

»Gibt's denn so einen Laden hier in München?«

»Ja. Ich habe sogar die Adresse noch hier irgendwo. Ihr Bruder hatte mich danach gefragt. Warten Sie, ich such's Ihnen rasch heraus.« Ben wartete an der Tür, bis sie mit der Adresse zurückkam. Er gab ihr zum Abschied die Hand und bedachte sie mit einem seiner hinreißend betörenden Grübchen-Lächeln, mit denen er vor vielen Jahren schon Pennys Herz auf Touren gebracht hatte. Sie lächelte zurück, ein bisschen atemlos.

»Ich komme bestimmt noch mal wieder, Annette«, meinte Ben zum Abschied. Er schob sich den Zettel mit der Adresse in die Tasche und machte sich hinkend auf den Weg zu seinem Wagen, um Penny von ihrem Fototermin abzuholen.

Als er in dem Studio eintraf, war das Shooting noch in vollem Gange. In der großen, von grellen Scheinwerfern erhellten Halle herrschte hektische Betriebsamkeit. Beleuchter liefen hin und her und verstellten auf scharf gebellte Kommandos hin die Scheinwerfer, zwei Frauen hantierten mit Arsenalen von Frisier- und Schminkutensilien herum. An der Längswand des riesigen Raumes war eine in gleißendes Licht getauchte Kulisse aufgebaut – ein mit schillerndem Samt bezogener, breiter Diwan vor einer mattschwarzen Wand. Auf dem Diwan räkelte sich ein überirdisch schönes weibliches Wesen mit wild wogender Haarmähne, die um ihren Kopf zu schweben schien wie flüssiges, rieselndes Kupfer. Ihre riesigen, schräggeschnittenen grünen Augen blickten verschleiert, und die sinnlichen, vollen Lippen waren dunkelrot geschminkt, feucht und leicht geöffnet. Sie hatte den Körper einer Göttin, mit vollkommenen Kurven, die eng umspannt waren von funkelnder, golddurchwirkter, tiefgrüner Seide.

Etwas, das aussah wie Rumpelstilzchen und sich auch so bewegte, hopste vor der Prinzessin auf und ab, hin und her. Mit schriller Stimme krähte der Gnom: »Gib's mir Baby, komm, zeig es mir! O jaaa, o mein Gott, das tut gut! Lass es raus, mach mich an, Darling, guuut, das war ja so guuut! Erste Sahne, Baby, du bringst es! Aaah!«

Ben starrte fassungslos von der herrlichen Göttin auf das tanzende, mickrige Wesen, hörte das Klicken und Surren, das der Zwerg unablässig von sich gab. Würde er gleich eines seiner krummen Beine packen und sich selbst in der Mitte entzweireißen?

Ben blinzelte nervös, und jetzt erst erkannte er, dass die schöne junge Königin dort auf dem Lotterbett Penny war. Er blinzelte abermals. Lieber Himmel, war sie schön! Er war unfähig, die Blicke von ihr zu wenden, obwohl der Zwerg jetzt wieder laute, erregte Schreie ausstieß. »Und ab geht die Post, Süße: Zääähne! Cheeese! Mehr, mehr, meeehr!«

Die schöne Königin öffnete ihren verlockenden Mund zu einem strahlenden, breiten Lächeln, das fast alle ihrer blitzendweißen Zähne sehen ließ.

»Oooh, guuut!«, stöhnte Rumpelstilzchen und klickte und surrte heftig. Er sprang näher auf den Diwan zu, ganz nah, verharrte direkt vor Pennys Mund und klickte und surrte hinein. Dann sprang er zurück, warf seine lange schwarze Haarmähne in den Nacken und stolzierte zum anderen Ende der Halle. Penny erhob sich wie auf Kommando und verschwand irgendwo durch eine Tür hinter der schwarzen Wand.

Ben registrierte unbehaglich, dass der Zwerg auf ihn zukam. Eigentlich war es gar kein Zwerg, sondern ein normaler, wenn auch nicht allzu großer, schlanker junger Mann, etwa einssechzig groß, bleich und dunkelhaarig. Das musste Mike sein. »Hallo, Mike«, grüßte Ben höflich.

»Hallooo!« Mike kam näher und streckte fragend den Kopf vor. »Die Neuen schaue ich mir erst in einer halben Stunde an. Du bist zu früh. Konntest es wohl nicht erwarten, was?« Er beugte sich vor. »Lass mal sehen!«

Ben lächelte unwillkürlich. Mike suchte ständig Zähne, hatte Penny gesagt. Offenbar tat er das wirklich.

»He, das ist gut«, sagte Mike überrascht. »Mach mal cheeese, Junge!«

Bens Lächeln wurde breiter, die Grübchen erschienen.

»O Boy, das ist doch was!«, schrie Mike aufgeregt. »Zeig doch mal, nicht doch, lass doch den Mund offen, komm schon!« Ben musste schallend lachen. Mike ächzte, ganz schwach vor Begeisterung. Er packte Ben am Arm und zerrte ihn zu der Fotowand. »Komm, wir machen es gleich!«

»Hör mal, das geht zu weit«, protestierte Ben, als Mike ihn auf den Diwan schubste.

»Mach schon, Mund auf!«, kommandierte dieser, jetzt wieder ganz das Rumpelstilzchen.

»Ich will nicht fotografiert werden«, erklärte Ben lachend. »Stell dich nicht an. Weshalb bist du sonst hier?« Mike beugte sich vor und setzte surrend die Kamera in Betrieb.

»Ich möchte Penelope Donner abholen.«

»Ach, sieh mal an!« Mike ließ die Kamera auf die Brust fallen und setzte sich neben Ben auf den Diwan. »Bist du ihr Bruder? Paddy? Ich könnte dir mindestens sechs Angebote für Aufnahmen machen, das würde sich lohnen für dich.«

»Nein, ich bin ihr … Freund. Ich habe keine Ambitionen, auf meine späten Tage noch ein Model zu werden.«

»Wie alt bist du? Achtundzwanzig? Fünf Jahre kannst du es leicht noch machen, wenn du deine Zähne pflegst und kein ausschweifendes Leben führst.«

»Vielen Dank, ich lebe lieber aus dem Vollen. Dauert es lange, bis Penny fertig ist?« Ben blickte hinter die Wand.

»Zehn Minuten. Fünf, wenn sie sich nicht abschminkt. Bist du ihr Lover?«

»Wie bitte?«, fragte Ben pikiert.

»Ob du sie bumst, Junge.«

»Ich wüsste nicht, was dich das anginge.«

»Keine Sorge, ich stehe nicht auf sie, wenn du das meinst. Aber du solltest es ihr unbedingt besorgen. Das würde sich glänzend aufs Geschäft auswirken. Ich rede ihr schon seit bald zwei Jahren zu, es endlich zu tun.«

»Äh …?«

»Ihr fehlt der letzte Kick, das letzte Loslassen beim Shooting. Feuer, Leidenschaft … Sie muss sich mehr gehen lassen, aus sich rauskommen. Für Zahnpasta ist das egal, da kann sie so unschuldig aussehen wie ein Lämmchen, aber wenn wir Make-up oder Haare machen, ist sie einfach nicht sinnlich genug.«

»Mir erschien sie vorhin sehr sinnlich.«

»Du bist kein Fotograf.«

»Da hast du Recht.« Ben runzelte nachdenklich die Brauen. Es fiel ihm schwer, sich Penny als Unschuld vom Lande vorzustellen, so wie Mike sie hinstellte. Doch dann dachte er an ihre unbeholfenen Versuche am Nachmittag, ihren nackten Körper mit den Händen zu bedecken.

»Weißt du, ihr Gesicht ist ihr Kapital«, erläuterte Mike fachmännisch. »Als echte Rothaarige hat sie einen Namen in der Branche. Sie müsste nur die Anmache besser drauf haben. Schmachtende Blicke, Schmollmund … eben richtig geil aussehen können. Das wäre ideal. Zu anderen Sachen taugt sie nicht viel. Zu klein und zu fett.«

»Was?«, fragte Ben überrascht. War dieser Typ verrückt?

»Sie ist unter einssiebzig, also mindestens fünf Zentimeter zu klein für ein anständiges Model. Und sie hat zu viel Busen und Hintern. Klar, das kommt jetzt wieder in Mode, aber zu klein ist sie trotzdem für den Laufsteg. Das wäre nur was für den Playboy. Einer von denen hat ihr sogar schon mal ein Angebot gemacht, letztes Jahr in L.A., er hat sie zufällig am Strand gesehen. Aber für so was ist sie nicht zu haben.«

Ben hörte ihm nicht mehr zu. Dieser geschwätzige Typ ging ihm gewaltig auf die Nerven. Penny bog um die Ecke, und er stand auf und strahlte sie an. Sie trug wieder ihre engen Jeans und die weiße Spitzenbluse. Ihre Haare waren zurückgekämmt und mit einer Samtschleife im Nacken zusammengebunden. Sie hatte sich den Lippenstift abgewischt, aber ihre Augen waren noch geschminkt; sie wirkten immer noch exotisch und geheimnisvoll.

Penny lächelte unwillkürlich zurück. Ihr Herz klopfte schneller. Er lachte sie an! Ob er schon lange auf sie wartete? Vorhin beim Fotografieren hatte sie ihn nicht gesehen.

»Ben! Wartest du auf *mich*?«, fragte sie mit zaghafter Kleinmädchenstimme. *Du blöde Gans! Auf wen sollte er wohl sonst warten? Etwas Dämlicheres ist dir wohl auf die Schnelle nicht eingefallen, was?*

Doch Ben lächelte sie unverändert an. »Natürlich. Bist du fertig?« Sie nickte und folgte ihm, ohne von Mike Notiz zu nehmen, der, auf dem Diwan lümmelnd, hinter ihr her rief: »Lass ihn in dein Bett, Baby!«

Penny hörte es nicht, weil Bens wundervolle, veilchenblaue Augen ihre Blicke festhielten, während sie neben ihm her zum Ausgang ging. Ben drehte sich wütend zu Mike um, sparte sich aber einen Kommentar.

»Hast du Hunger?«, fragte er dann. »Georg hat sicher eine seiner berühmten Spezialitäten in Vorbereitung.«

»O ja, und wie!«, sagte Penny begeistert. »Das heißt …« Sie zögerte und biss sich auf die Unterlippe. »Ich habe eigentlich überhaupt keinen Appetit, weißt du.«

Ben schüttelte den Kopf. Er öffnete ihr die Beifahrertür, stieg ebenfalls ein und lenkte den Wagen geschickt durch den dichten Verkehr.

»Ich verstehe dich nicht«, sagte er nach einer Weile. »Du hast das nicht nötig. Ich meine, dass du dir einreden lässt …«

»Ich weiß, was du meinst«, fuhr Penny ihn an. »Aber es ist nun mal eine Tatsache. Ich bin sicher nach landläufigen Begriffen weder dick noch klein, aber die Modebranche lebt nach anderen Gesetzen, und denen bin ich nun mal unterworfen. Und jetzt will ich nicht mehr darüber reden.«

Verblüfft schaute er sie von der Seite an.

Sieh mal an, dachte er, sie konnte ja eine richtige Kratzbürste sein!

»Solange du mit mir an einem Tisch isst, wirst du vernünftige Mahlzeiten zu dir nehmen«, belehrte er sie gönnerhaft.

Pennys Augen verdunkelten sich. »Ich esse so viel, wie *ich* will! Und wenn dir das nicht passt, kannst du mich gleich an der nächsten Ecke aussteigen lassen.«

Ben seufzte. »Okay, schon gut. Lassen wir das.«

Eine Weile saßen sie schweigend nebeneinander. Dann meinte Penny in versöhnlichem Tonfall: »Ich habe mich übrigens um diese Esoterik-Sache schon gekümmert. Ich habe herausbekommen, wo es so einen Laden gibt.« Sie zog einen zerknitterten Zettel aus der Gesäßtasche ihrer Jeans. »Das ist ziemlich weit außerhalb, sie werden jetzt sicher bald zumachen. Aber wir können gleich morgen als erstes hinfahren. Das Shooting morgen fällt aus, ich habe also Zeit und kann mitkommen.«

Ben starrte auf den Zettel in ihrer Hand. »Wie hast du diese Adresse bekommen?«

Sie zuckte die Achseln. »Ganz einfach. Ellen … das war die Friseuse vorhin beim Termin, rennt ständig in diesen Laden. Sie fährt voll auf solche Sachen ab. Ab und zu veranstalten die Leute, die den Laden betreiben, auch so eine Art Workshop. Ellen war schon auf einer Kräuter-Schulung, bei einer Pendel-Session, und neulich hat sie einen Wünschelruten-Kurs besucht. Sie ist ein bisschen überspannt. Stell dir vor, sie hat behauptet, wer sich stark genug dafür interessiert, könnte auch bei irgendwelchen rituellen Kursen mitmachen, wie man den bösen Blick lernt oder wie man richtig Zaubersprüche aufsagt und so einen Schwachsinn.«

»Hat diese Ellen das schon ausprobiert?«

»Nein, sie hat Angst davor, hat sie behauptet. Ach, die kannst du vergessen. Sie spinnt bloß, wenn du mich fragst. Immerhin ist das ein Ansatzpunkt. *Bestimmt* ist Paddy dorthin gegangen für seine Recherchen, und die Leute in dem Laden können uns sicher erzählen, wo er sonst überall noch hingegangen sein wird. Ich wette, die kennen alle einschlägigen Leute und Adressen, die dafür in Frage kommen.«

Ben zog seinen eigenen Zettel aus der Hosentasche. »Vergleiche die hier mal mit deiner Adresse.«

»He, das ist ja dieselbe! Wo hast du sie her?«

»Von einer Bibliothekarin, aus der Bücherei, die Paddy die Mahnung geschickt hat. Er hat sich da noch mehr Bücher ausgeliehen, alle zu diesem Thema. Penny, hast du schon mal überlegt, ob du nicht die Fotobranche zugunsten der Ermittlungsbranche aufgeben möchtest? «

»Ach, hör auf!«, sagte sie verschämt.

»Doch, im Ernst«, beharrte Ben. »Ich gebe das ungern zu, aber bisher warst du mir immer einen Schritt voraus. Ich denke, ich werde dich für diesen Fall als meine gleichberechtigte Partnerin engagieren, was hältst du davon?«

Penny kicherte. »Viel. Und wie stellst du dir die Honorarregelung vor?«

»Du wirst fürstlich entlohnt … in Naturalien. Jeden Tag zwei warme Mahlzeiten im Hause Röder, zubereitet von den Meisterköchen Georg und Benjamin Röder persönlich, und zwar erstklassige Menüs mit drei Gängen und den passenden Weinen. Übernachtung inklusive.«

Sie lachte herzlich. »Du bist ein Fuchs, Benjamin Röder. Innerhalb von drei Tagen werde ich wie ein wandelnder Pfannkuchen aussehen.«

»Ich liebe Pfannkuchen, vor allem, wenn sie schön dick sind«, neckte er sie anzüglich.

Penny lächelte errötend und knuffte ihn in die Seite. »Na gut, ich esse bei euch. Es war gestern Abend schon so wunderbar, ich kann nicht widerstehen. Aber nur unter einer Bedingung: Ich kümmere mich um dein Bein.«

Als er die Brauen hob, fuhr sie hastig fort: »Ich weiß, dass du nicht viel davon hältst, aber lass es mich versuchen. Bitte, Ben. Ich weiß, dass du ständig Schmerzen hast. Es wird davon sicher nicht schlimmer werden. Okay?«

»In Ordnung«, stimmte er gutmütig zu. Dann fiel ihm ein, wie sie gestern davon gesprochen hatte, dass ihr Handauflegen bei nackter Haut am besten funktionierte, und er fragte sich, ob er nicht mit seinem Einverständnis etwas voreilig gewesen war.

Ben hatte richtig vermutet, dass sein Vater ihnen zum Abendessen etwas Besonderes auftischen wollte. Georg freute sich auf Penny und ihr lockeres, munteres Geplauder, ihre fröhliche, unkomplizierte Gesellschaft. Ihm hatte zudem gefallen, wie Ben sie gestern Abend angeschaut hatte. Es war an der Zeit, dass sein Sohn wieder Spaß am Leben hatte. Penelope Donner war für ihn genau die richtige Medizin.

Georg fuhrwerkte mit gut durchdachten, sparsamen Bewegungen in der Küche herum, rollte zwischen Tisch, Herd und Schränken hin und her, schnitt, rührte, würzte, wendete und probierte. Mathilde, seine Haushälterin und seit über einem Jahr auch seine Freundin, deckte im Esszimmer den Tisch.

»Willst du wirklich nicht mit uns essen, Liebes?«, rief ihr Georg durch die offene Verbindungstür zu.

»Nein, bestimmt nicht. Was sollen Ben und die Kleine denn denken? Sie müssen sich ja wie auf einer Familienfeier vorkommen. Ich weiß noch, wie mich solche Geschichten als junges Ding immer angeödet haben.«

Mathilde kam zurück in die Küche und legte die Hand auf Georgs Schulter. Er blickte lächelnd zu ihr hoch. Sie war zweiundfünfzig, vier Jahre jünger als er, eine feinknochige, ruhige Frau, auf eine zarte Art hübsch. Ihre mittelblonden, schulterlangen Haare umrahmten ein schmales, blasses Gesicht, das von großen dunklen Augen beherrscht wurde.

»Bitte bleib da. Penny ist nicht so. Sie ist ein liebes Kind, und du wirst sie sofort mögen.«

Mathilde zuckte die Achseln und nickte widerstrebend. Wenn er sie so ansah, konnte sie ihm nichts abschlagen. Sie liebte ihn auf eine Weise, dass es manchmal fast wehtat.

Ihr Mann war vor vier Jahren gestorben. Wie Georgs Frau war auch er bei einem Unfall ums Leben gekommen, und als sie vor drei Jahren aus finanziellen Erwägungen heraus bei Georg und Ben die Stelle als Haushälterin übernommen hatte, war der Schmerz über den Tod ihres Mannes noch tief und frisch gewesen. Aber als sie dann sah, wie Georg mit seinem Verlust zu leben verstand, wie er es ablehnte, zu verzweifeln oder sich aufzugeben, war sie langsam aus ihrer eigenen betäubenden Trauer erwacht, hatte allmählich die Trostlosigkeit abgestreift und begonnen, die Menschen um sich herum wieder richtig wahrzunehmen. Und dann, ganz langsam, hatte sie angefangen, Georg Röder zu lieben. Sie hätte nie gewagt, es zuzugeben, aber er war ein feinfühliger Mensch und merkte es ziemlich schnell. Eines Tages, als sie im Salon Staub wischte, während er wie so oft vor dem Steinway saß, hatte er ihre Hand ergriffen, sie zu sich herangezogen und sie mit sanfter Stimme unverblümt gefragt, ob sie sich vorstellen könnte, mit einem Krüppel Sex zu haben. In ihrer Verwirrung hatte sie hilflos auf seine Beine gestarrt, und er hatte verlegen erklärt, dass er sie sehr gern habe und zu »dieser Sache« noch imstande sei. Ihr Herz hatte zu rasen angefangen, die Knie hatten unter ihr nachgegeben, und sie war einfach auf seinen Schoß gefallen, in seine geöffneten Arme. Mathilde war dankbar für dieses zweite Glück in ihrem Leben, genau wie Georg. Sie beugte sich zu ihm herunter und küsste ihn zärtlich. »Na schön, ich werde mit euch essen. Das hat wenigstens den Vorteil, dass hinterher gleich jemand die Bescherung in der Küche beseitigt.«

»Was glaubst du, weshalb ich dich dabei haben will«, grinste Georg.

In gespielter Empörung schlug sie mit dem Schneebesen nach ihm. »Du unmöglicher Mensch!«

Beim ersten Löffel Suppe sah Georg Penny erwartungsvoll an. Wie gestern hob sie mit geschlossenen Augen den Kopf, und ihr Gesicht trug denselben Ausdruck stillen, andächtigen Entzückens. Ben beobachtete sie ebenfalls aufmerksam, ihre geröteten Wangen, ihre leuchtenden Augen, ihre kindliche Begeisterung über den Geschmack der Kräuterschaumsuppe. »Das ist wunderbar«, erklärte sie überschwänglich. »So eine gute Suppe habe ich noch *nie* gegessen. Die ist bestimmt unheimlich gesund, mit all den frischen Kräutern. Georg, du bist ein begnadeter Koch, ehrlich, ein richtiges Genie. Ich beneide dich. Wenn ich unterwegs bin, kriege ich selten was Gescheites zu essen. Meist *junk food*. Wisst ihr, was das ist? Hamburger und Pommes oder Pizza. Alles, was schnell geht und dick macht.« Sie schaute erschrocken auf die Suppe. »Ob da viele Kalorien drin sind? Hast du Sahne reingetan, Georg?«

Ben warf seinem Vater einen warnenden Blick zu.

»Äh … nein«, beteuerte Georg sofort, »das ist ziemlich kalorienarm. Du kannst davon so viel essen, wie du möchtest.«

»Besser nicht. Es gibt doch noch mehr, oder?«

Penny sprang auf und half Mathilde beim Abtragen der Suppenteller.

»Haben Sie schon etwas über den Verbleib Ihres Bruders erfahren können, Fräulein Donner?«, fragte Mathilde in der Küche, während sie die Suppenteller in der Spüle stapelte.

»Ach, sagen Sie doch bitte Penny zu mir. Nein, mein Bruder ist nach wie vor verschwunden, und niemand weiß, wohin. Wir haben jetzt eine Adresse, wo wir morgen mit der Suche beginnen. Ein Esoterikladen, etwas außerhalb. Paddy ... das ist mein Bruder ... hat für eine Esoterik-Story recherchiert, über den Hexenkult, um genau zu sein. Mhmm, das riecht sagenhaft gut. Was ist das? Kommt das als nächstes dran?«

»Chateaubriand mit einer Spezialsauce von Georg. Wir haben den ganzen Nachmittag gekocht. Das heißt, ich war wie immer die Küchenmagd«, lachte Mathilde vergnügt.

»Chateaubriand!« Penny ließ es genießerisch auf der Zunge zergehen. »Das hört sich wunderbar an. Ich wünschte, ich könnte auch kochen. Ich kann bloß Rühreier und Spiegeleier braten.« Sie trugen zusammen die Platten und Schüsseln für den Hauptgang auf. Zum Fleisch gab es Kroketten, verschiedene Sorten Gemüse und Salat.

»Hat deine Mutter dir nicht das Kochen beigebracht?«, fragte Ben neugierig.

»Nein, du kennst sie doch. Sie war zu beschäftigt mit ihrem Modeatelier, genau wie heute. Außer Porridge konnte sie überhaupt nichts kochen. Entweder hat Paps uns was gekocht, vorausgesetzt, er hatte einmal Zeit, oder unser Au-pair-Mädchen. Wir hatten ja immer eins.«

Ben unterdrückte ein Lächeln. Penny entging es nicht.

»Aber das weißt du ja schon«, meinte sie mit schmalen Augen. »Du kanntest sie doch alle recht gut, stimmt's?«

»Mit zwei oder drei von ihnen habe ich noch eine Weile korrespondiert«, gab Ben gelassen zu. Penny presste die Lippen zusammen. Sie hatte die Mädchen gehasst, diese netten, hübschen Engländerinnen oder Französinnen, die sich albern kichernd von den jugendlichen Schwerenötern Paddy und Ben in die Ecken oder hinter die Türen ziehen ließen, um nach ein paar Minuten mit hochroten, glücklichen Gesichtern und zerzausten Haaren wieder aufzutauchen. Wahrscheinlich hatten sie sich erst recht keinen Zwang angetan, wenn sie allein zu Hause waren. Manchmal war Penny drauf und dran gewesen, ihrer Mutter von diesen Zwischenfällen zu erzählen, wenn sie nicht schon den unbestimmten Verdacht gehabt hätte, dass ihre Mutter ohnehin davon wusste.

Ohne nachzudenken tat sie sich reichlich vom Fleisch und von den Beilagen auf. Georg sah es mit offensichtlichem, Ben mit heimlichem Vergnügen. Es schmeckte ihr ausgezeichnet, soviel war klar. Vielleicht regte der Zorn ihren Appetit an. Ben wusste, dass sie ihm seine längst verjährten Knutschereien mit den Au-pair-Mädchen übel nahm; wahrscheinlich hatte Penny sich damals eingeredet, in ihn verliebt zu sein. Manchmal hatte sie ihn angesehen, als ob sie …

»Bild dir bloß keine Schwachheiten ein!«, fuhr Penny ihn schroff an.

»Wie bitte?«, fragte Ben. Er sah sie verwirrt an, ebenso wie die anderen.

Penny blinzelte. Einen Augenblick wirkte sie verstört. Dann wurde sie rot, senkte den Kopf über ihren Teller und aß weiter. Nach einer Weile blickte sie entschlossen auf. »Das Essen ist ausgezeichnet, Georg. Wenn wir nachher fertig sind, werde ich mich um deine Beine kümmern, falls du nichts dagegen hast.«

VI

Die klagenden, flehenden Rufe der Priesterinnen erreichten sie aus einer fernen, traumartigen Welt, einem Ort jenseits der Wirklichkeit. Sie folgte den süßen, durchdringenden Tönen in die von dunklem Zauber durchwobene Nacht, ihre bloßen Füße berührten das nasse Gras, ihre Haare verfingen sich in den moosigen, herabhängenden Zweigen der Ulme.

Von Norden kam ein scharfer Wind auf, der die bleischwarzen Wolkengebirge zusammenballte, bis sie sich vor den bleichen Hof des Mondes schoben. Ein jäher Windstoß trieb den ersten Regenschauer gegen ihren nackten Körper, benetzte ihn mit feinen Perlen, die im Licht des Mondes glitzerten wie silberne Tränen. Mit weit aufgerissenen Augen sah sie zum Mond hinauf, zur Mutter ihrer Macht, der Göttin des Himmels. Die leisen, sehnsüchtigen Stimmen der weisen Frauen verebbten. Irgendwo rechts von ihr, ihrem Blickfeld entzogen, zuckte der erste Blitz herab, zerriss die feuchte Nachtluft und lud die Erde unter ihr auf, mit zischender, vibrierender Kraft. Sie spürte die Ströme der Macht unter ihren Fußsohlen. Auf dem Rasen neben der Ulme blieb sie stehen und breitete die Arme aus, streckte die Hände mit gespreizten Fingern von sich, hob ihr Gesicht zum Himmel. Der prasselnde Regen stach in ihre Augäpfel, rann in ihren Mund, über ihren Körper. Ihr dunkelrotes Haar floss wie Blut zusammen mit dem herabströmenden Wasser über ihren Rücken. Weiter vorn, an der hohen Mauer, duckte sich die Gestalt des Mannes in den Schatten seines schwarzen Umhangs. Ein weiterer Blitz spaltete den Vorhang der Dunkelheit, ließ die peitschenden Regenschnüre aufschimmern. Für den Bruchteil einer Sekunde wurde das Gesicht des Mannes erhellt, die weißen, maskenhaften Züge, in denen die Augen rotglühende Schlitze waren.

Sie wusste, dass er hier war, eine fremde, bösartige Wesenheit, die den Geruch von Gewalt und Verlangen verbreitete, doch er konnte ihr nicht gefährlich werden, nicht in dieser Nacht, da die Göttin so mächtig war.

Die Gestalt richtete sich hoch auf, den Blick der geschlitzten, brennenden Augen unverwandt auf die nackte, weiße Frau gerichtet. Die wirbelnden Regenschauer umtanzten ihren Körper, als wollte der Wind sein Spiel mit ihr treiben, und das Mondlicht übergoss sie mit Fluten aus silberhellem Licht, das durchbrochen war von den zitternden, schwankenden Schatten der Ulmenzweige.

Neben dem Mann kauerte das Tier, den Schädel tief bis zum Erdboden gesenkt. Es hechelte und geiferte erregt. Wie der Mann spürte es die Macht, die sich in dieser Nacht und an diesem Ort manifestierte. Mit fliegenden Flanken drückte es sich an das Bein des Mannes. Es sehnte sich verzweifelt danach, den Kopf zurückzuwerfen und zu wimmern, zum Himmel hinaufzuheulen. Der Mann machte eine drohende Bewegung mit dem Fuß, und das Tier schob leise winselnd die mächtige, sabbernde Schnauze in die Falten des Umhangs.

Erneut durchstieß das gezackte Lichtschwert eines Blitzes die wogenden Regenmassen und schlug ein, ganz in der Nähe, ließ den Grasboden leise dröhnen, kurz bevor der gewaltige Donnerschlag mit seinem Krachen die Nacht erfüllte.

Ein bläuliches, waberndes Licht flackerte um ihre ausgestreckten Hände, wand sich flirrend um die Fingerspitzen. Sie warf den Kopf noch mehr in den Nacken, hob die Arme höher und schrie auf. Sie sah den knochigen schwarzen Schädel mit den in rasendem Irrsinn verdrehten Augen, mit der teuflischen, mordgierigen Fratze, von deren nadelspitzen Fängen das Blut tropfte. Sie hörte das Flüstern. *Leb wohl … Vergiss mich nicht …*

Niemals würde sie ihn vergessen!

Ich schwöre es dir. Ich schwöre es dir. Ihr Blut für deines. Ihr Blut für deines.

Die silbernen Tränen der Göttin mischten sich mit ihren eigenen. Der blaue zuckende Schein um ihre Hände wurde dichter, verwandelte sich in züngelnde Flammen, die sich im Wind hin- und herbewegten.

Die Gestalt an der Mauer wich mit flatterndem Umhang zurück in die Schwärze der Schatten, und die Kreatur an seiner Seite folgte ihm lautlos.

Er erwachte vom Klappern eines geöffneten Fensters, das der Wind von Zeit zu Zeit gegen die Wand schlug. Ein scharfer, feuchter Luftzug kam vom Gang herein. Ben stand auf und humpelte hinaus. Der Luftzug kam aus der geöffneten Tür des Gästezimmers, in dem Penny schlief. Zögernd betrat er das Zimmer. Das Bett war verlassen, und das Fenster stand sperrangelweit auf. Eine heftige Bö ließ das Fenster gegen die Wand knallen und trieb einen Regenschauer herein. Als er ans Fenster trat, um es zu schließen, schaute er unwillkürlich in den Garten hinaus und verharrte vor Schreck mitten in der Bewegung. Auf dem Rasen, neben der alten Ulme, stand Penny, splitternackt, mit weit ausgebreiteten Armen, das Gesicht dem herabrauschenden Regen dargeboten. Einen flüchtigen Moment lang glaubte er, vorn an der Mauer eine Bewegung wahrzunehmen, einen zuckenden Schatten, wie das Flattern eines riesigen, schwarzen Falters. Er kniff die Augen zusammen und suchte die Mauer ab, ließ die Blicke über die groben, rissigen Granitklötze wandern. Er empfing einen Eindruck von etwas zutiefst Scheußlichen, von einem konturlosen dunklen Ding, das sich, während er noch hinsah, in sich selbst zurückzuziehen und mit den unbehauenen Steinblöcken der Mauer zu verschmelzen schien.

Ben blinzelte, aber das zerfließende Etwas war verschwunden. Der Wind und das Licht des Mondes hatten ihm nur einen Streich gespielt; sie hatten die bewegten Schatten der Ulmenzweige über die Granitwand huschen lassen. Seine Augen gingen rasch zurück zu Penny. Ihre schneeweiße Silhouette war in phosphoreszierendes Glühen gehüllt, und ihre Hände waren wie kleine, mit pulsierendem Leben beseelte Wesen, von bläulich glimmender elektrischer Ladung umschwebt. Einen verrückten Augenblick lang glaubte Ben, sie sei vom Blitz getroffen worden, und sein Herz schlug dumpf und schmerzhaft gegen die Rippen. Dann erkannte er, dass es sich nur um eine Luftspiegelung handeln konnte, eine Art Abglanz der unweit niedergegangenen Blitzschläge in der regennassen Luft. Wenige Lidschläge später war das eigenartige Glimmen verschwunden, und die vom Mondlicht erhellte Szenerie im Garten hatte nichts Übernatürliches mehr an sich, bis auf Pennys hellen, nackten Körper neben der windgepeitschten Ulme.

Was hatte dieses verrückte Kind im Garten verloren? Sie würde sich den Tod holen!

Ben hielt sich nicht damit auf, das Fenster zu schließen, sondern lief eilig in den Gang, die Treppe hinab und zur Haustür. Sie war verschlossen, der Schlüssel steckte von innen – eine normale Vorsichtsmaßnahme gegen Einbrecher, die sie jeden Abend befolgten, bevor sie zu Bett gingen. Ben rieb sich mit unterdrücktem Fluchen das Bein. Er war ohne Stock die Treppe heruntergekommen.

Mit schnellen Schritten hinkte er in den Salon, zur Terrassentür. Sie war ebenfalls geschlossen. Wie, zum Teufel, war Penny in den Garten gelangt? Es kam nur noch die Terrassentür im Schlafzimmer seines Vaters oder der Kelleraufgang in Betracht, aber um diese Frage würde er sich später kümmern müssen. Entschlossen öffnete er die Tür vom Salon in den Garten. Als er mit nackten Füßen die kühlen, nassen Sandsteinplatten betrat, wirbelte ein Windstoß eine Regenlache auf der Markise über ihm auf und trieb einen Sprühregen über den Rand. Die eisigen Tropfen schlugen gegen seinen Oberkörper und brachten ihm empfindlich zu Bewusstsein, dass er außer einer kurzen Pyjamahose nichts am Leib hatte.

»Penny!«, rief er mit gedämpfter Stimme, während er über den vom Regen niedergedrückten Rasen lief. Sie hörte ihn nicht. Mit gesenktem Kopf kniete sie auf der Erde, zurückgekauert auf die Fersen, die Hände im Schoß verschränkt. Ihr klatschnasses Haar wirkte schwarz vor dem Hintergrund ihrer bleichen Haut. Das Wasser rann ihr in stetigen, im Mondlicht silbern glänzenden Strömen unablässig über die Schultern und Arme, tropfte von ihren Brüsten auf die Schenkel herab. Er eilte zu ihr, ging neben ihr in die Hocke, den Schmerz in seinem Bein ignorierend.

»Penny!«, sagte er eindringlich.

Sie reagierte nicht. Ben fasste ihren Arm und schüttelte sie. »Penny, verdammt, was ist los?« Er hob ihr Kinn an und schaute prüfend in ihr Gesicht. Ihre Augen waren weit offen und starrten blicklos ins Leere. Er packte sie an den Schultern und ruckte kräftig, schüttelte sie hin und her wie eine Gliederpuppe.

»Penny!«, schrie er, dicht neben ihrem Ohr.

Sie blinzelte ein paar Mal, hob eine Hand. Langsam schien Leben in sie zu kommen. Ihre kalten, feuchten Schultern zuckten unter seinem harten Griff, und ihre Augen öffneten sich, schlossen sich, öffneten sich wieder, diesmal von unsäglichem Grauen erfüllt. Ben holte erschrocken Luft, versuchte, ihre Arme festzuhalten, aber es war zu spät. Penny holte aus und schlug nach ihm, hieb ihre Nägel in seine Haut, versuchte, ihm die Augen auszukratzen. Entsetzt aufschluchzend beugte sie sich vor und grub ihre Zähne in seinen Oberarm, biss zu, bis ihr das Blut in den Mund schoss. Ben schrie auf und erwischte eine Handvoll ihrer Haare, riss ihr mit roher Gewalt den Kopf zurück, bis ihre Zähne sich ruckartig, und, wie ihm schien, mit einem Fetzen Fleisch aus seinem Arm lösten. Er packte ihre rudernden, glitschigen Arme, drückte sie an ihre Seiten und hielt sie eisern fest. Trotz ihrer Hysterie war sie seiner überlegenen Muskelkraft nicht annähernd gewachsen. Dafür begann sie nun, ihn zu treten. Sie stieß einen schrillen Angstschrei aus, wie ein vor Furcht übergeschnapptes Kind, wimmerte und keuchte. Ben ächzte, als sie wuchtig sein rechtes Bein traf und ihn gleich darauf mit einem weiteren, ebenso kräftigen Tritt ihrer Ferse im Schritt erwischte. Brutal stieß er sie flach auf den Rücken und warf sich mit seinem ganzen Gewicht auf sie, so wie er es schon einmal getan hatte. Er war einsfünfundachtzig groß und wog über hundertneunzig Pfund, und da Penny beinahe zwanzig Zentimeter kleiner und rund achtzig Pfund leichter war, hatte sie keine Chance gegen ihn. Aber sie gab nicht auf, sie wand und schlängelte sich unter ihm, versuchte, ihn wieder zu beißen. Ben hielt ihre beiden Handgelenke mit eisernem Griff in einer Hand fest, drückte sie über ihrem Kopf ins Gras und umfasste mit der anderen Hand ihr Kinn, um ihre Kiefer auseinander zu drücken. Ihre Augen rollten, bis das Weiße zu sehen war. Ben war außer sich vor Angst. Er hatte noch nie erlebt, dass jemand so durchdrehte. Vielleicht war es falsch, was er tat, vielleicht hatte Penny irgendeinen Anfall, der ihr die Knochen brach, während er sie umklammerte und ihr jede Bewegungsfreiheit raubte. Womöglich fiel sie in Agonie, weil er ihr die Luft abdrückte. Noch während ihm diese Gedanken durch den Kopf schossen, wurde sie in seinen Armen schlaff. Erschrocken ließ er sie los, fasste in ihre Haare und zog ihren Kopf nach hinten; besorgt schaute er in ihr Gesicht. Er stöhnte erleichtert, denn sie war ganz zweifelsfrei wach. Sie starrte ihn mit riesigen, schreckhaft aufgerissenen Augen an. Ihr Atem kam in keuchenden, abgehackten Stößen, ihr Mund zitterte, und sie begann krampfartig zu weinen. Auch ihr Körper zitterte heftig unter ihm, und zum ersten Mal nahm er bewusst wahr, wie eiskalt sich ihre nasse Haut anfühlte. Sie war mit Sicherheit bereits unterkühlt. Wortlos rollte er sich von ihr herab, kniete sich neben sie und hob sie auf seine Arme. Penny wog nicht viel, egal, was sie darüber dachte, und deshalb bereitete es ihm trotz seines Beines nicht allzu viel Mühe, sie durch die Terrassentür ins Haus zu tragen. Er schaffte es sogar, sie die Treppe hinauf nach oben zu bringen. Er trug sie in sein Zimmer, denn dort war es wärmer als in ihrem Schlafzimmer, wo noch das Fenster offen stand. Nachdem er sie auf sein Bett gelegt hatte, humpelte er rasch ins Bad, um Handtücher und einen Bademantel zu holen. Er rieb sie kräftig ab, frottierte unsanft ihre Haare und wand ihr anschließend das Handtuch um den Kopf. Wie einem kleinen Kind zog er ihr den Bademantel an, drückte sie in die Kissen zurück und deckte sie zu. Er stellte die Heizung höher, streifte die nasse Hose ab und holte sich selbst auch einen Bademantel. Penny sah ihn mit geweiteten Augen an, als er zu ihr ins Bett stieg und sie an sich zog. Er barg ihren Kopf an seiner Brust und hielt sie fest. Sie sprachen nicht darüber, was passiert war. Sie spürten beide, dass es etwas Schreckliches war, etwas Namenloses, und dass vielleicht noch Schlimmeres geschehen würde. Vielleicht würden sie später darüber reden können. Vielleicht morgen.

Penny wachte auf in der Gewissheit, dass etwas anders war als sonst. Ihr war zu warm, und sie konnte nicht richtig atmen. Ihr Gesicht war gegen glattes, menschliches Fleisch gepresst; sie sog den männlichen Geruch ein und kam sofort zu dem Schluss, dass es Ben war, der da neben ihr lag und an dessen Brust sie mal wieder ihre Nase platt drückte. Sie gönnte sich einige Sekunden lang dieses köstliche Gefühl, ließ ohne nachzudenken sanft ihre Lippen über seine Haut gleiten. Sein massiger, muskulöser Oberkörper über der Bettdecke war nackt, aber sie selbst war in irgendetwas Beengendes eingewickelt … ein Bademantel? Wie kam sie in den Bademantel, und wie kam Ben in ihr Bett? Vorsichtig, um ihn nicht zu wecken, hob sie den Kopf und blickte sich um. Ganz offensichtlich lag Ben nicht in ihrem, sondern sie vielmehr in seinem Bett, und jetzt fiel ihr auch wieder ein, dass er sie hierher gebracht und ihr den Bademantel angezogen hatte. Sie war schlafgewandelt, und im Garten hatte er sie aus dem bisher grässlichsten ihrer Alpträume geweckt. Flüchtig zuckten die Bilder ihrer nächtlichen Keilerei mit Ben durch ihren Kopf; sie sah die blutigen Striemen an seinen Armen und auf seiner Brust, die Bissspuren auf seiner Haut. Sein Bademantel, den er offenbar in der Nacht wieder ausgezogen hatte, lag am Fußende auf der Bettdecke. Er war blutbefleckt. Mein Gott, was hatte sie getan? Was war nur los mit ihr?

Du bist hysterisch, Alte. Du darfst abends nicht mehr so viel essen, das ist es!

Doch diesmal hatte ihre innere Stimme nicht Recht. Nur eine Winzigkeit von ihrem Erinnerungsvermögen entfernt erahnte sie Einzelheiten aus ihrem Traum, vermeinte sie, die Umrisse lichtscheuer, abstoßender Geschöpfe zu erkennen, schattenhafte Gestalten, geduckt huschende Wesen von alptraumhafter Bösartigkeit, Grauen und Verderbnis verbreitend.

Penny schauderte leicht. Vermutlich war sie ein Fall für den Psychiater. Oder reif für Schlaftabletten. Sie wandte lieber ihre Gedanken wieder dem warmen Körper neben ihr zu, musterte Bens im Schlaf gelöstes Gesicht unter den zerzausten dunklen Locken, die tiefschwarzen Bögen der Wimpern auf seinen Wangen, den entspannten Mund. Er sah wie ein kleiner Junge aus, und sie war versucht, ihre Lippen auf die kleine Kerbe in seinem Kinn zu drücken. Wenn sein Sohn nicht gestorben wäre – würde er ihm ähnlich sehen? Hätte auch er diese blauen Augen, so hell leuchtend wie das bläuliche Innere einer Kerzenflamme, hätte er dasselbe bezaubernde Grübchenlachen, die widerspenstigen dunklen Haare?

Es tat ihr weh, darüber nachzudenken. Und dann war sie mit einem Mal wieder zwölf Jahre alt, denn Ben schlug die Augen auf und sah sie an.

Penny spürte ihren Herzschlag in der Kehle, und mit stockendem Atem wich sie unwillkürlich ein wenig zurück. Er lächelte sie an, und spontan lächelte sie ebenfalls, atemlos, halb ängstlich, halb erwartungsvoll. Ben zog seine Hand unter der Bettdecke hervor und legte sie an ihre Wange, so wie sie es gestern bei ihm getan hatte, eine rührende Geste, zärtlich, sanft, freundschaftlich.

»Guten Morgen«, murmelte er.

»Guten Morgen«, erwiderte Penny leise.

Sie blickten einander endlos lang scheinende Augenblicke an. Pennys Herz klopfte schneller, und schließlich bewegte sie sich unruhig, um die zunehmende Spannung zu lösen. Ben hob leicht die Brauen, nahm die Hand von ihrer Wange und setzte sich auf. Er blickte auf sie herunter, musterte ihr zartes Gesicht, das von zerzausten, wild gelockten Haaren umrahmt war, ihre geweiteten, moosgrünen Augen, die ihn unsicher ansahen. Der Gefühlsaufruhr in ihrem Inneren drückte sich deutlich auf ihren verwirrten Zügen aus.

Seufzend stand er auf, nahm den Bademantel vom Fußende des Bettes und streifte ihn über. Er registrierte amüsiert, dass sie hastig die Augen zusammenkniff, als sie erkannte, dass er nackt war. Den Bademantel zuknotend hinkte er zur Tür, wo er kurz stehen blieb und sich zu Penny umwandte.

»In der vergangenen Nacht hast du mir wieder einen heißen Kampf geliefert, Clausewitz. Ich gehe jetzt ins Bad. Du hast eine Viertelstunde, um dich präsentabel zu machen. Wenn ich zurückkomme, erwarte ich eine Erklärung für das, was da gestern Nacht im Garten passiert ist, hast du mich verstanden?«

Stirnrunzelnd betrachtete Ben die Fassade des Hauses unterhalb von Pennys Schlafzimmer. Ein schmales Rosenspalier war an der Wand befestigt; der Rosenbusch, der sich früher hier emporgerankt hatte, war vor drei Jahren eingegangen, kurz nachdem seine Mutter gestorben war, gerade so, als wollten die Rosen nicht mehr ohne die Frau, die sie geliebt und gepflegt hatte, weiterleben. Georg hatte keine neuen Rosen am Haus haben wollen, aber das Spalier war vergessen worden. Die Terrassentür in Georgs Schlafzimmer war in der Nacht nicht geöffnet worden, ebenso wenig wie die Kellertür und die anderen Türen ins Freie. Penny konnte also nur an dem Spalier herabgeklettert sein. Prüfend rüttelte Ben daran. Es saß nicht besonders fest. Unter seinem eigenen Gewicht wäre es sofort von der Wand abgerissen.

Wieso, um alles in der Welt, öffnete Penny mitten in der Nacht das Fenster und kletterte bei strömendem Regen aus dem ersten Stock in den Garten? Sie hätte leicht abstürzen und sich schwer verletzen können!

Ben fiel der Alptraum ein, von dem sie ihm erzählt hatte. Der Highlander. Ungeduldig war Ben aus dem Zimmer gestürmt, entnervt von ihrem scheinbar zusammenhanglosen Geplapper. Doch ein Detail aus diesem Film war auch in ihrem Traum vorgekommen, so viel hatte er vor dem abrupten Ende des Gesprächs noch erfasst, und – was ihn angesichts des beklagenswerten Missverhältnisses von Quantität und Qualität ihrer Schilderungen eher erstaunte – er hatte es sich sogar gemerkt.

Es war ein ganz bestimmtes Phänomen, das den unsterblichen, sieghaften Highlander in die Knie gezwungen hatte, und Penny hatte es auch erlebt, nur nicht so ... wie hatte sie es ausdrückt? Es spielte keine Rolle, denn Ben wusste, wovon sie gesprochen hatte. Die gewaltigen herabzuckenden Blitze, die das Firmament spalteten, zur Erde niederstießen und den Highlander mit überirdischer, machtvoller Kraft durchströmten. Unfassbare Energien entluden sich im Körper dieses Jahrhunderte alten Schottenkriegers aus den Highlands, fuhren in seine Hände, umtosten seine Gestalt wie zischende, heulende, wütende Geister aus einem düsteren, vorzeitlichen Reich, dessen staubige Ebenen in Schlachten mit Schwertern und Morgensternen das Blut der todgeweihten Kämpfer tranken.

Ben hatte geglaubt, sich das merkwürdige blaue Leuchten um ihre Hände nur eingebildet zu haben, einer optischen Täuschung erlegen zu sein. Mit verengten Augen blickte er zu der alten Ulme hinüber, deren grünes Blattwerk leise in der sanften Maibrise raschelte. Der Himmel war nach dem nächtlichen Unwetter strahlend blau, die Sonne ließ die vielfarbigen Rabatten aufleuchten, und es fiel ihm schwer, sich die unheilvolle, fremdartige Atmosphäre, die der Garten noch vor wenigen Stunden ausgestrahlt hatte, zu vergegenwärtigen.

Penny kam aus der Haustür, sprang auf einem Bein hüpfend die Treppe hinab, mit den Zähnen eine Semmel festhaltend, während sie mit beiden Händen ihre Haarflut im Nacken zu einem Pferdeschwanz bändigte.

Ben grinste unwillkürlich und winkte ihr zu. »Hier drüben bin ich. Komm her!«

Augenblicklich stellte sie ihr Hüpfen ein und kam mit gemessenen Schritten zu ihm. »Du bist hier runtergeklettert«, erklärte er.

Erschrocken blickte sie an dem Rosenspalier hoch und schüttelte den Kopf. »Glaubst du wirklich? Ich hätte abstürzen können!«

»Du hättest mich entmannen können, so, wie du zugetreten hast. Es tut immer noch weh. Wir werden uns da was überlegen müssen für die nächsten Nächte. Bist du früher schon mal im Schlaf aufgestanden und herumgelaufen?«

»Nein, noch nie. Nicht, dass ich wüsste jedenfalls. Bislang bin ich immer in meinem Bett gewesen, wenn ich aus den Alpträumen aufwachte. Es tut mir Leid ... das Treten und das Beißen, meine ich. Kleb mir beim nächsten Mal einfach eine, dann werde ich bestimmt schneller wach.«

Ben überlegte einen Moment, ob er mit ihr über die Träume reden sollte, über die blauen Lichter, die elektrischen Entladungen, doch im hellen Tageslicht erschien ihm das Ganze fast lächerlich.

»Du hast diese Träume seit ungefähr zwei Wochen«, stellte er fest.

Auch das war eine der Informationen, die ihm von ihrem Gefasel der vorletzten Nacht noch im Gedächtnis haften geblieben war. Sie träumte also schlecht, seit Paddy verschwunden war. Gab es da Zusammenhänge? Doch vor zwei Wochen hatte sie noch gar nicht gewusst, dass ihr Bruder weg war. Nachdenklich schaute Ben sie an. Sie wirkte wie ein kleines Mädchen mit den hochgebundenen Haaren, dem klaren, ungeschminkten Gesicht, dem schlabberigen, ausgewaschenen Mickymaus-T-Shirt, das ihr bis zu den Oberschenkeln hing, und den buntgeblümten Turnschuhen.

Wieso, um Himmels willen, sollte ein halbes Kind wie sie mitten in der Nacht splitternackt im Garten stehen und geheimnisvolle Energien empfangen?

Er fing an, Gespenster zu sehen. Es gab für alles eine rationale, plausible Erklärung, und er würde daran arbeiten, sie schnellstens zu bekommen.

»Wir müssen uns auf die Socken machen, Clausewitz«, meinte er betont forsch, umfasste ihren Arm und zog sie mit sich zur Eingangstreppe. »Wir frühstücken zu Ende, dann setzen wir uns ins Auto und unternehmen einen kleinen Abstecher in die Welt der Esoterik.«

Der Laden befand sich in einer ruhigen Nebenstraße von Ottobrunn, einem kleinen Ort in der Nähe von München. Er war im Erdgeschoß eines zweistöckigen, etwa hundertfünfzig Jahre alten, schindelgedeckten Hauses untergebracht. Neben einem niedrigen Schaufenster, in dem außer einigen spinnwebbedeckten, dunklen Büchern nichts zu sehen war, führten drei Stufen hinab zu der mit einem schweren Messingklopfer versehenen, verwitterten Eingangstür. Über der Tür war ein schmales Schild mit altertümlichen Lettern angebracht:

JOHANNES VON STAUF

BUCHHANDLUNG – ANTIQUARIAT

Nichts von Esoterik oder Hexen.

Da hätte ich lange im Branchenbuch suchen können, dachte Ben.

Abgesehen davon wirkte dieser Laden so antiquiert und verstaubt, dass eine so neuzeitliche Gepflogenheit wie ein Branchenbucheintrag nicht hierher zu passen schien.

Ben stieg die Stufen hinab und suchte nach einer Klinke oder einem Knauf, doch außer einem Messingklopfer gab es keine erkennbare Vorrichtung für das Öffnen der Tür.

Der Klopfer hatte die Form eines polierten Löwenkopfes, und als Ben die Hand drauflegte, fühlte er, wie die herausstehenden spitzen Zähne seine Haut ritzten. Er zog die Hand weg und schaute überrascht ein zweites Mal hin. Es war gar kein Löwenkopf, sondern die verzerrte, dämonische Fratze irgendeines Fabelwesens.

Aufmunternd blickte er sich zu Penny um, aber sie machte keine Anstalten, ihm zu folgen, sondern blieb mit auf dem Rücken verschränkten Händen beim Wagen stehen.

»Ich geh nicht mit da rein«, verkündete sie eigensinnig.

Ben nickte; ein Blick in ihre plötzlich unwirklich grünen Augen machte ihm unmissverständlich klar, dass keine zehn Pferde sie in diesen Laden bringen würden. Sie hatte Angst. Er wunderte sich nur vage darüber; es war beinahe so, als hätte er es schon vorher gewusst. Wortlos kam er zu ihr zurück und nahm ihre Hände.

»Penny, ich ...« Ben wollte ihr erklären, dass sie sich nicht zu ängstigen brauchte, dass er sie beschützen würde, dass sie Paddy bald finden würden. Aber irgendwie wusste er, dass es nicht stimmte, dass sie allen Grund zur Furcht hatte, dass er sie vielleicht nicht vor dem drohenden Unheil bewahren konnte und dass Paddy ...

Ben erkannte außer der Angst auch Hoffnungslosigkeit in Pennys Augen. Er ließ ihre Hände los und legte die Arme um sie. Penny umschlang seinen Rücken; er spürte, dass sie zitterte.

»Lass uns weggehen. Hier ist etwas ... etwas Böses, wie in meinen Träumen. Geh nicht rein, Ben!«

»Setz dich in den Wagen, wenn du willst. Es ist bloß ein alter Buchladen, ganz harmlos. Ich gehe rein und frage nach Paddy. Er war sicher hier. Mach dir nicht so viele Gedanken. Wir überlegen uns was wegen deiner schlechten Träume. Hiermit haben sie nicht das Geringste zu tun, glaub mir.«

Penny presste ihre Nase und ihre Lippen in seine Halsbeuge, sog seinen Geruch ein, der ihr in der kurzen Zeit so vertraut geworden war. Ben roch schwach nach Leder, Rasierwasser und Seife. Und nach Mann.

»Du riechst gut«, murmelte sie gedankenlos.

Ben lachte und löste sich von ihr. »Ich bin in drei Minuten wieder da, dann kannst du noch eine Nase voll nehmen, okay?«

Du albernes Ding, wieso musst du auch deine Nase immer in sein Hemd stecken? Und wie du ihn heute Morgen angeglotzt hast! Wie ein mondsüchtiges Kalb. Er hält dich sowieso schon für verrückt, so, wie du ihn letzte Nacht zugerichtet hast!

Ihre Stimme der Vernunft noch im Ohr, stieg Penny in den Wagen und beobachtete Bens hochgewachsene, breitschultrige Gestalt vor dem niedrigen Eingang dieses merkwürdigen Kellerladens, bei dessen Anblick ihr eisige Schauer des Unbehagens über die Haut liefen.

Diesmal berührte Ben den Messingklopfer vorsichtig, um sich nicht an den spitzen Zähnen der Fratze zu verletzen. Er hatte ihn kaum gegen das blankgewetzte Holz geschlagen, als sich auch schon die Tür öffnete. Das feine, kaum hörbare Bimmeln einer Türglocke ertönte und verklang sofort wieder. Eine Frau stand im Rahmen, etwa Mitte Dreißig, groß und schlank. Ihre glatten, schulterlangen Haare schienen auf den ersten Blick hellblond zu sein, aber dann erkannte Ben, dass sie schneeweiß waren, ebenso wie ihre Haut. Ihr Kinn und ihre Wangen waren glatt und jugendlich geschwungen. Ihre Augen waren trotz der dämmerigen Lichtverhältnisse in dem Laden hinter einer getönten Brille mit großen Gläsern verborgen. Die vollen Lippen waren sorgfältig geschminkt, in demselben violettroten Farbton wie ihr knielanges, locker fallendes Kleid.

Sie bewegte sich schnell zur Seite, und einen Moment lang hatte Ben ein eigenartiges Gefühl bei dieser Geste, als sei sie nicht deshalb zur Seite getreten, um ihn einzulassen, sondern, um an ihm vorbei einen Blick auf seinen Wagen – oder auf Penny? – werfen zu können.

»Ich bin Balbina von Stauf«, sagte sie. Ihre rauchige Stimme erinnerte Ben an eine Sängerin, die er einmal gekannt hatte, und damit zugleich an zahllose Nächte in

Jazzkneipen, an Zigarettenqualm, ernsthafte Diskussionen über den wahren Swing, kühne, witzige, traurige, bierbeflügelte Improvisationen in stundenlangen Sessions auf winzigen, rauchgeschwängerten Bühnen. »Kommen Sie herein«, sagte sie rau und trat einen Schritt zurück.

Ben folgte ihr in den Laden, bemüht, seine Augen auf die dürftige Beleuchtung in dem Raum umzustellen. Zwei Schritte vorwärts, und er befand sich in einer anderen Welt. So musste der Buchladen ausgesehen haben, in dem Karl May seine Reisebücher erstand, in dem Studenten, die Verbindungskappen keck auf ein Ohr geschoben und mit wenig Geld in der Tasche, stundenlang schmökerten, herumschlichen um die deckenhohen, eichenen, zum Bersten mit Büchern gefüllten Regale, verstohlen Seite um Seite umblätternd, bis zum abendlichen Ladenschluss.

Ben sah sofort, was an dieser Buchhandlung anders war. Es gab keine Drehständer oder Präsentationstische mit Büchern, die in jedem modernen Buchladen zu finden waren, sondern die Regale, die von den ausgetretenen Holzbohlen des Fußbodens bis zur nackten, ungetünchten Decke reichten, waren wie in einer Bibliothek angeordnet, hintereinander, in mindestens zehn Reihen. Auch die Wände waren mit solchen Regalen voll gestellt.

Und noch etwas war anders. Diese Bücher waren *alt*. Ben hatte das Gefühl, dass manche von ihnen uralt waren. Sicher hatte keines von ihnen eine ISBN-Nummer, und bestimmt waren diese Bücher in keinem Verzeichnis lieferbarer Bücher zu finden. Die Buchrücken standen dicht an dicht, aus dunklem Leinen oder Leder, weinrot, braun, braunrot, dunkelgrün, nachtblau und immer wieder schwarz. Die Einbände wirkten staubig, die Seiten vergilbt, und viele der Bücher vermittelten den Eindruck, bei einer unvorsichtigen Berührung auseinander zufallen, in unzählige Stücke brüchiger, vergänglicher Weisheiten.

»Suchen Sie etwas Bestimmtes?« Die rauchige Stimme klang leicht belustigt.

Ben riss den Blick von den beeindruckenden Regalen los und drehte sich zu der Frau um. »Ich … ja. Mir wurde gesagt, dass dies hier ein so genannter Esoterikladen ist. Ich sehe aber hier nur Bücher. Verkaufen Sie auch andere Dinge, spezielles … Zubehör zum Beispiel? Okkultes Zubehör?«

Balbina von Stauf musterte ihn eindringlich. Ihre violetten Lippen öffneten sich, und ihre Nasenflügel blähten sich weit. Ben kam sich vor wie auf einem Seziertisch.

»Wir handeln außer mit Büchern noch mit anderen Dingen, wenn Sie das meinen. Kräuter, Amulette, Talismane. Wir haben Alraune, selbst gezogen, an einschlägigen Orten, unter strenger Beachtung des Reglements.«

Alraune? Einschlägige Orte? Reglement?

»Wie? Oh, natürlich, solche Dinge meinte ich. Vor allem diese Hexensachen, verstehen Sie?«

»Wir verfügen auch über Kultzubehör. Roben, Athamen, Kelche, Schwerter, Stäbe, aber alles ungeweiht, versteht sich. Kessel, Geißeln, Räucherschalen.«

»Beschwörungsbücher? «

»Die üblichen. Keine geheimen Texte zur Zeit.«

»Äh … aha. Und … hm … könnte ich vielleicht …«

»Es sich anschauen? Natürlich. Wenn Sie mir bitte folgen wollen?«

Sie ging an einer vorsintflutlichen Registrierkasse vorbei, durch eine Tür an der hinteren Wand des Ladens in einen benachbarten Raum, in dem noch tieferes Dämmerlicht herrschte als im vorderen Teil des Ladens. Hier gab es ähnliche Regale wie in dem anderen Raum, aber diese waren mit allerlei bizarren Gegenständen voll gestellt, von denen Ben auf Anhieb nur wenige zu klassifizieren vermochte. Er sah Schalen und Tiegel, knorrige, fremdartig gebogene Hölzer und Wurzeln, runde, eckige, ovale Scheiben aus Ton und Messing, mit runenartigen Emblemen und Gravuren verziert, Reisigbesen, riesige Kupferkessel, gefährlich aussehende, spitze Dolche, Kelche aus mattschimmerndem Silber, Tarotkarten und dergleichen mehr.

An einem Kleiderständer in einer Ecke hingen weite, sackartige Gewänder in verschiedenen Stoffen und Farben. In einem geöffneten Bauernschrank lagen Gegenstände, die Ben sofort erkannte, weil er mit Musikinstrumenten aller Art aufgewachsen war. Doch diese Instrumente waren alles andere als herkömmlich; Ben sah roh und archaisch wirkende Flöten und Trommeln, seltsam geformte Lauten, Zimbeln und Takthölzer. Neben dem Schrank stand ein Tisch, auf dem ausgebreitet Kerzen, Räucherstäbchen und Bündel getrockneter Kräuter neben einem aufgeschlagenen Buch mit verblichenen, fremdartigen Schriftzeichen lagen, schwach erhellt von einigen verirrten Sonnenstrahlen, die durch das ausgezackte Loch in der trüben Scheibe eines vergitterten, winzigen Kellerfensters fielen.

»Finden diese Dinge Ihr Interesse?«

Ben wandte sich der Frau zu. Das einfallende Sonnenlicht ließ flirrende Stäubchen um ihren Kopf aufblitzen, brachte die weißen Haare zum Aufleuchten. Die Augen waren hinter der getönten Brille nicht zu erkennen. Links hinter ihr, in einer Ecke des Raumes, glaubte er eine Bewegung wahrzunehmen, ein rasches Gleiten, Zurückzucken. Er blinzelte, aber da war nichts. Dann sah er es wieder, ein huschendes, schwarzes Ding, bepelzt, mit glitzernden, das Sonnenlicht widerspiegelnden Augen.

»Was ist das?«, fragte er und deutete in die Ecke.

»Was denn?« Balbina von Stauf folgte seinem Blick und lächelte. »Das ist Pyewacket. Ein hübscher Kater. Er ist sehr scheu, wenn Fremde da sind.«

Der Kater war verschwunden, und Ben fragte sich, ob er sich in Luft aufgelöst hatte. Unter den Regalen war er nicht zu sehen, und er hatte ihn nicht durch die Tür laufen sehen. Kopfschüttelnd richtete er seine Aufmerksamkeit auf einen verglasten Schaukasten, der ihm bisher nicht aufgefallen war. Neugierig trat er näher und musterte das aufgeschlagene Buch unter der Glasscheibe. Es war sehr alt.

»Ist das ein antikes Hexenbuch?«, fragte er.

Sie lächelte. »So könnte es man wohl nennen, wenn man Sinn für Humor hat. Es ist eine Ausgabe des *Malleus Maleficarum* aus dem Jahre 1632. Ein unbezahlbarer Schatz. Unzählige Inquisitoren haben es berührt, mit Händen, an denen unser Blut klebte.«

Unser Blut? Ben beugte sich über die altertümliche, schwer zu entziffernde lateinische Schrift.

»Dieses Buch ist das älteste bekannte Exemplar seiner Art auf der ganzen Welt«, erläuterte Balbina von Stauf.

»Was ist das für ein Buch?«

»Sie wissen es nicht?« So, wie sie es sagte, gewann Ben den Eindruck, als wüsste es jeder außer ihm, ohne dass sie jedoch über seine mangelnde Kenntnis allzu überrascht zu sein schien.

»Der *Hexenhammer.* Erstmals erschienen im Jahre 1487. Drei Jahre vorher hatte Papst Innozenz der Achte die Hexenbulle erlassen und damit eines der dunkelsten Kapitel der Kirchengeschichte und der Geschichte unseres Volkes eingeläutet. Die deutschen Inquisitoren Krämer und Sprenger haben auf der Grundlage dieser Bulle den *Hexenhammer* verfasst, eine Art Gebrauchsanleitung zur Entlarvung und Vernichtung von Hexen, mit allen abscheulichen Einzelheiten, wie ein vernünftiger Hexenprozess zu führen war. Das juristische Prinzip der öffentlichen Anklage wurde ganz legal zugunsten der anonymen Denunziation abgeschafft. Ein Machwerk von kapitaler Bedeutung. Es hat dafür gesorgt, dass in den nächsten zweihundertfünfzig Jahren die Scheiterhaufen stets brannten. Und dass die Kassen der Kirche klingelten. Der Klerus hat natürlich von Amts wegen das Erbe jeder verbrannten Person konfisziert. Hexenprozesse gab es nämlich nicht umsonst. Die Hinterbliebenen mussten die Foltermaßnahmen der Inquisition selbstverständlich bezahlen, sogar das Holz, auf dem ihre Frauen und Mütter verbrannt wurden.«

Ben wollte sie nach Paddy fragen, doch irgendetwas hinderte ihn daran. Er vermochte nicht zu sagen, ob es die trotz ihrer leidenschaftlichen Beschreibung des *Hexenhammers* seltsam starre Körperhaltung dieser Balbina war, die ihn davon abhielt, oder ob es an dem tückischen Glitzern der Katzenaugen neben ihrer rechten Wade lag.

Der Kater rieb sich mit hörbarem Schnurren an ihrem nackten Fleisch, auf und ab, vor und zurück, mit hoch aufgerichtetem Schwanz und gekrümmtem Rücken. Die Bewegungen des Tieres mit dem eigenartigen Namen Pyewacket an dem weißen, unbestrumpften Bein der Frau wirkten seltsam obszön, aber Ben konnte den Blick nicht abwenden.

»Ich habe gehört, dass Sie hier auch Workshops veranstalten«, meinte er, unablässig den schwarzen Kater anstarrend.

»Das ist richtig.« Eine weiße, schlanke Hand mit spitzen, violettroten Fingernägeln erschien über dem Kopf des Tieres und kraulte es spielerisch hinter den Ohren. Balbina von Stauf richtete sich wieder auf und schob den Kater nachlässig von ihrem Bein weg. »Verschwinde, Pyewacket«, befahl sie mit zärtlicher Stimme. »Ja, wir machen ab und zu Workshops. Die Leute kommen her, holen sich ihre Gruselportion ab und verschwinden wieder. Ihnen bringt es Spaß, und uns bringt es Geld.«

Ben unterdrückte die Frage, wen sie mit »uns« meinte. »Wann findet denn wieder ein Workshop statt?«

»In drei Tagen. Oder genauer in drei Nächten. Dann ist Vollmond, und wir graben nach Alraunen.«

Ben hatte nicht die leiseste Vorstellung, was sie damit meinte, aber er war entschlossen, dieser Sache auf den Grund zu gehen. »Haben Sie noch freie Teilnehmerplätze?«

»Wie viele?«

Ben zögerte unmerklich. »Zwei«, sagte er dann. Er bezweifelte, dass Penny mitgehen würde, was immer diese Leute auch vorhatten, doch man konnte nie wissen.

»Das lässt sich machen. Wir finden uns abends um elf Uhr hier im Laden ein. Sie müssen vor Antritt des Ausfluges bezahlen. Es kostet dreihundert Mark. Ihren Alraun dürfen Sie behalten. Vorausgesetzt, Sie überleben den Schrei!«

Ein maliziöses Lächeln kräuselte ihre Mundwinkel, als Ben unbehaglich die Schultern hochzog und ihr zurück in den anderen Raum folgte. Nach einem letzten Blick auf die dunklen Reihen der alten Bücher verließ er mit einem kurzen Nicken den Laden.

VII

»Und? Was hat sie dir erzählt, diese alte Hexe?«, überfiel ihn Penny, als er sich auf den Fahrersitz fallen ließ, die Beine unter das Lenkrad zog und die Tür hinter sich zuschlug.

»So alt war sie nicht.«

»Sie war alt und hässlich. Was wusste sie, erzähl schon!«

»Sie ist nicht viel älter als ich, und mir schien sie ganz gut auszusehen.«

»Dann bist du eben auch alt, und dein Geschmack ist bedauernswert schlecht. Hat sie nun etwas gewusst oder nicht?« Pennys Stimme klang verärgert.

»Ich gebe zu, dass ich alt bin, aber mein Geschmack lässt nichts zu wünschen übrig, denn am liebsten sind mir rothaarige, ganz junge, verführerische Hexen mit grünen Augen. Sie können ruhig ein bisschen zu dick sein«, grinste Ben. Penny starrte ihn mit verengten Augen an und wusste nicht, ob sie beleidigt oder geschmeichelt sein sollte.

»Du bist nicht alt, Ben. Hast du sie nach Paddy gefragt?«

»Nein«, räumte er ein. Er startete den Wagen und fuhr an. »Ich wollte es tun, aber dann hat mich irgendetwas davon abgehalten. Es war nur so ein Gefühl ... ich kann es schlecht beschreiben.«

»Glaubst du, diese alte, hässliche Frau hat vielleicht mit Paddys Verschwinden zu tun?«

»Keine Ahnung. Aber mein Gefühl sagt mir, dass es so ist.«

»Und du hast einen guten Riecher, weil du schließlich ein *private eye* bist, stimmt's?«

Ben lächelte über ihren Ausrutscher ins Amerikanische; dabei erinnerte er sich wieder an ihr wüstes Gebrüll, als sie ihn zum ersten Mal mit der Pistole angesprungen hatte, und sein Lächeln wurde breiter. Es war nichts mehr zu spüren von dem merkwürdigen Gefühl, das ihn eben noch vor dem Laden überkommen hatte und das in Gegenwart dieser Balbina eher noch stärker geworden war, diese Empfindung von Gefahr, von einer unausweichlichen Bedrohung. Er empfand eine fast körperlich wirkende Erleichterung.

»Was machen wir jetzt?«, wollte Penny wissen.

»Ich habe uns für einen Workshop angemeldet, der in drei Tagen stattfinden soll. Alraunengraben. Was immer das bedeutet. Vielleicht treffen wir da noch andere Typen, die wir unauffällig ein bisschen aushorchen können. Bis dahin müssen wir beide uns schlau machen. Ich kann mich des Eindrucks nicht erwehren, dass man einfach mehr über diese Hexendinge wissen muss. Ich habe keinen Schimmer, was oder wer Alraune ist, was das mit Schreien zu tun hat, und noch viel weniger weiß ich von all dem anderen Zeugs, das in dem Laden rumsteht.«

»Und wie wollen wir uns schlau machen? Wir könnten es so wie Paddy machen, uns Bücher besorgen. Du hättest doch gleich welche mitbringen können.«

»Ich habe schon vor, Bücher zu besorgen, aber nicht hier. Da drin gibt es keine Bücher, die bilden, soviel ist sicher. Wir holen sie uns aus der Bibliothek. Ich kenne doch da diese nette kleine Bibliothekarin …«

»Das wundert mich aber«, meinte Penny bissig. »Du scheinst mir nicht gerade der belesene Bildungsbürger zu sein, der sich gewohnheitsmäßig in Büchereien rumtreibt. Man traut dir eher andere Bekanntschaften zu.«

»Welche zum Beispiel?«, fragte Ben lachend.

»Barmädchen. Kneipenmädchen. Disco-Mädchen.«

»Au-pair-Mädchen?«, stichelte er.

»Du bist gemein. Lass mich in Ruhe.«

»Ach komm, es tut mir leid, Penny.« Ben griff nach ihrer Hand und drückte sie. »Lass dich nicht von mir ärgern, ja?«

Sie nickte verdrossen und schaute aus dem Fenster.

»Ich möchte mich auch noch mal genauer in Paddys Wohnung umsehen«, sagte er sachlich. »Vielleicht fällt uns noch das eine oder andere auf. Und dann müssen wir zur Polizei.« Er räusperte sich, als Penny ihn verzweifelt ansah. »Das ist … Routine, nichts weiter. Ich werde es machen, du musst dich damit nicht belasten. Du würdest dich nur aufregen.« Er wusste, wie intim und für den Betroffenen manchmal grausam die Fragen bei der Aufnahme einer Vermisstenmeldung sein konnten.

Hat Ihr Mann/Sohn/Bruder schon einmal die Absicht geäußert, sich das Leben zu nehmen/abzuhauen/auszuwandern? Gab es in letzter Zeit Probleme in ihrer Ehe/Familie/Beziehung in Bett-/Geld-/Erziehungsangelegenheiten?

Er würde das für Penny übernehmen, denn immerhin war er derjenige, der den engsten Kontakt zu Patrick Donner unterhalten hatte. Paddy liebte zwar seine Schwester zärtlich – soweit Ben es beurteilen konnte, gab es niemanden, den er jemals mehr geliebt hatte als diese kleine rothaarige Göre –, aber er sah sie doch nur alle paar Monate, weil sich seit sechs Jahren ein Ozean zwischen ihnen befunden hatte. Damals, als sein Vater gestorben war, hatte ihn sogar seine Liebe zu Penny nicht dazu bringen können, seinen Job und sein gewohntes Leben in München hinter sich zu lassen und mit nach New York überzusiedeln, nur weil seine exaltierte Stiefmutter in ihre Heimatstadt zurückwollte. Mit der zweiten Frau seines Vaters, Pennys Mutter, hatte sich Paddy von Anfang an nicht besonders verstanden, und als er mit zwanzig endlich seine eigene Bude beziehen konnte, hatte er ein rauschendes Fest gefeiert, das Ben bestens in Erinnerung hatte. Ihre Köpfe hatten noch wochenlang gedröhnt von diesem Exzess.

Ben bekam direkt vor der Bücherei einen Parkplatz.

»Arbeitet hier deine nette Bibliothekarin?«, fragte Penny lässig. »Ja.« Er stieg aus und ging zur Beifahrertür, um sie zu öffnen. Penny kam ihm zuvor und sprang aus dem Wagen.

»Du bist gut erzogen«, lobte sie Bens gute Absicht. »Das gefällt mir. Hilfst du Frauen auch aus dem Mantel?«

»Ich helfe ihnen auch aus den anderen Sachen. Und wenn sie zufällig nackt sind, helfe ich ihnen auch wieder hinein.«

Penny errötete heftig. Sie glaubte wieder seine starken Arme um sich fühlen, als er sie ins Haus getragen, sie in sein Bett gebracht und ihr den Bademantel angezogen hatte.

»Willst du mit hineingehen?«, fragte er. »Du kannst auch hier warten, ich bin gleich wieder da.«

»Natürlich gehe ich mit.« An der Bücherausgabe verfolgte sie argwöhnisch die Angestellten mit ihren Blicken, und als die junge Frau, mit der Ben sich gestern unterhalten hatte, ihm freudestrahlend zuwinkte, schnaubte sie verächtlich. Ben drehte sich zu ihr um und flüsterte: »Sie ist nicht so alt wie die weiße Hexe vorhin, das musst du zugeben. Sie heißt übrigens Annette.«

Erbost wandte Penny sich ab. Ben folgte achselzuckend der Bibliothekarin, die ihm aus einiger Entfernung bedeutete, mitzukommen. Er wusste selbst nicht recht, warum er Penny neckte. Doch, überlegte er dann, eigentlich wusste er es sogar ganz genau. Er tat es, weil es ihm Spaß machte, und er hatte den Verdacht, dass es ihr ebenfalls Spaß machte, genauso, wie ihre spitzen Bemerkungen ihn zum Lachen brachten. Er war gern mit ihr zusammen, das war es.

Er warf einen Blick über seine Schulter und stellte fest, dass sie hinter ihm hertrottete, als er der Sitzecke im Lesesaal zustrebte. Annette hatte sich bereits an den Tisch gesetzt, auf dem sich ein Turm Bücher stapelte.

»Hier habe ich Ihnen eine kleine Auswahl zusammengestellt«, erklärte sie, als Ben sich zu ihr setzte. Sie sah hoch und musterte Penny, die hinter Ben stehen blieb und eine Hand auf seine Schulter legte.

»Guten Tag«, sagte Annette freundlich. Zu Ben gewandt meinte sie: »Ihre Tochter? Sie ist sehr groß für ihr Alter.«

Penny unterdrückte mit Mühe einen Empörungsschrei. Warum hatte sie bloß heute diesen dämlichen Pferdeschwanz! *Vergiss nicht das Mickymaushemd und die Blümchenturnschuhe, du Kindskopf.*

Sie fühlte, wie Bens Schulter unter ihrer Hand zuckte, und als sie sich vorbeugte, sah sie, dass dieser Kerl doch tatsächlich *lachte!*

»Was für ein reizendes Kompliment Sie mir da machen!«, flötete sie entzückt. »Sie glauben nicht, wie gut es tut, wenn die Leute einen um zehn Jahre jünger einschätzen. Aber ich tue etwas für mein jugendliches Aussehen, wissen Sie. *Er* hält mich jung ...« – sie strich Ben sanft über den Kopf und senkte bedeutungsschwer die Stimme – »... wenn Sie verstehen, was ich meine!«

Annette wurde krebsrot und starrte auf die Bücher, aber Ben verdarb alles, indem er den Kopf in den Nacken warf und vor Lachen brüllte.

»Glauben Sie ihr kein Wort«, keuchte er und wischte sich die Lachtränen aus den Augen. »Es ist nämlich genau umgekehrt. Sie hält *mich* jung ...«, er drehte sich zwinkernd zu Penny um, bevor er mit tiefer Stimme, an Annette gewandt fortfuhr, »wenn Sie verstehen, was ich meine!«

Penny war versöhnt und ließ sich neben ihn auf einen Stuhl fallen.

Annette räusperte sich und schob Ben die Bücher hin. »Die meisten Sachen hat Ihr Bruder auch gelesen. Es ist mir sogar gelungen, ein Ersatzexemplar von *Satanskult und Schwarze Messe* zu beschaffen.« Sie zog das Buch aus dem Stapel und spielte verlegen damit. »Ich bin gestern bei einer unserer Filialen vorbeigefahren, die hatten es im Magazin.«

Sieh mal an, dachte Penny. Alles für den guten alten Ben, und der bringt dann zur Belohnung eine Nervensäge wie Penelope Donner mit zum Stelldichein. Demonstrativ legte sie ihre Hand auf Bens Arm. »Das ist aber sehr nett von ihr, nicht wahr, *Darling*?«, meinte sie in verbindlichem, leicht affektiertem Tonfall.

»Das ist es in der Tat«, sagte Ben amüsiert. »Ich nehme an, dass ich jetzt noch eine Leihkarte benötige, oder?«

Annette errötete erneut. »Ich habe mir erlaubt, schon alles vorzubereiten. Sie müssen nur noch Name, Geburtsdatum und die Adresse eintragen.«

Im Wagen packte Ben den Bücherstapel auf Pennys Schoß. »Hier, *Darling,* halt das doch bitte!«, grinste er.

»Ich weiß wirklich nicht, was du an dieser Bücherziege findest«, rechtfertigte Penny sich. »Viel zu blass und zu dünn. Und schwer von Begriff außerdem. *Sie ist sehr groß für ihr Alter!* Ich dachte, ich spinne. Was die sich einbildet! Ich wette, sie hat das bloß gesagt, um mich zu ärgern. Na, egal, ich hab's ihr gegeben, oder? Hör mal, mir ist noch was eingefallen. Nachher gehe ich ein bisschen in der Nachbarschaft rum und frage, ob jemand von Paddy den Schlüssel gekriegt hat. Natürlich besteht auch die Möglichkeit, dass er ihn irgendwo verloren hat. Sein Name steht ja auf dem Anhänger, da hat ein Gelegenheitsdieb leichtes Spiel. Das ist ein hübscher Anhänger, hast du ihn dir schon mal angeschaut? Ich habe ihn extra letztes Jahr beim Juwelier für Paddy machen lassen, zum Geburtstag. Hat mich eine Stange Geld gekostet, er ist aus echtem Silber. Hast du nicht auch bald Geburtstag? Du und Paddy, ihr seid doch nur ein halbes Jahr auseinander, oder? Hast du nicht im Mai Geburtstag? Wir haben ja jetzt Mai. Bist du Stier oder Zwilling? He, ich weiß was, ich backe dir einen Kuchen. Ich kann außer Eiern nichts kochen, aber backen kann ich dafür umso besser; ich war mal in einem Backkurs. Ich habe sogar bei einem Backwettbewerb einen Preis gewonnen. Es war nur der zweite Platz, aber mein Gewinn war besser als der erste, weißt du, wieso? Ich habe ein tolles Backbuch gewonnen, mit unheimlich leckeren Rezepten. Die Siegerin durfte ein Jahr lang jeden Tag in einem Cafe ein Stück Torte essen. Das wäre nichts für mich gewesen, du weißt ja. Außerdem esse ich viel lieber Eis oder Schokolade, wenn ich auf was Süßes scharf bin. Ich bin süchtig nach Schokolade ... O Ben, ist dir nicht gut?

Hast du was ins Auge gekriegt? Soll ich vielleicht fahren? Ich fahre ganz gut, und auch nicht zu schnell. Ich habe schon seit drei Jahren den Führerschein. Du weißt doch, dass man in den Staaten ...«

Ben ließ das Geplätscher ihres Redestroms einfach an sich vorbeifließen. Sie schwätzte munter weiter, ohne dass er es richtig hörte. Paddys Schlüssel – das war die einzige essentielle Äußerung aus Pennys derzeitigem Plapperexkurs. Hatte Paddy ihn jemandem von seinen Nachbarn im Haus gegeben? Ben glaubte nicht recht daran. Ein Nachbar hätte, wie Ben auch, nur ein Duplikat bekommen, nicht das Original mit dem kostbaren Anhänger. Und falls doch, würden sie es schnell herausfinden – in dem Mietshaus wohnten nur acht Parteien. Eher war denkbar, dass Paddy die Schlüssel verloren hatte und ein Einbrecher sich diesen Umstand zunutze machen wollte. Das würde zu der überstürzten Flucht desjenigen passen, der sich Zutritt zu der Wohnung verschaffen wollte. An die dritte Möglichkeit wagte Ben gar nicht zu denken. Aber er musste den Tatsachen ins Gesicht sehen, spätestens in dem Augenblick, wenn er Paddy bei der Kripo als vermisst melden würde – heute Nachmittag.

»... nicht zugehört!« Pennys erzürnter Ausruf beendete abrupt Bens Überlegungen.

»Äh ... was hast du gesagt?«, fragte er dümmlich.

»Ich rede die ganze Zeit mit dir, und du hörst mir überhaupt nicht zu!«

»Ja, also ... Eigentlich ist es wohl eher so, dass du nicht *mit* mir geredet hast, sondern *auf mich ein*. Und ich musste gerade über sehr wichtige Dinge nachdenken.«

»Warum sagst du mir nicht, dass die Unterhaltung mit mir dich anödet?«

»Die Unterhaltung mit dir ödet mich an.«

»Oh!«, schrie sie wütend.

»Du wolltest doch, dass ich es dir sage, oder nicht?«

Penny hüllte sich in entrüstetes Schweigen. Ben blickte sie von der Seite an und sah, wie ihre Mundwinkel zuckten. Einen Moment lang befürchtete er, sie würde anfangen zu weinen, doch dann merkte er erleichtert, dass sie lächelte, erst zögernd, dann immer mehr, bis sie schließlich kicherte.

»Ich bin eine Nervensäge, was? Okay, ab sofort gebe ich nur noch schriftliche Statements ab. Meine Lippen bleiben versiegelt!« Wie zum Beweis presste sie die Lippen fest zusammen, aber es wollte ihr nicht gelingen, weil sie lachen musste. Ben stimmte in ihr Gelächter ein. Er konnte sich nicht erinnern, wann er zum letzten Mal an einem Geplänkel mit einem Mädchen solchen Spaß gehabt hatte. Mit einem breiten, strahlenden Grübchenlächeln teilte er ihr mit: »Übrigens, ich habe am dreißigsten Mai Geburtstag. Ich bin Zwilling. Und ich würde mich freuen, wenn du mir deinen preisgekrönten Kuchen backen könntest!«

Während Penny im Haus unterwegs war, um die Nachbarn zu befragen, untersuchte Ben Paddys Wohnung. Er zog jedes einzelne Buch aus dem Regal, blätterte sämtliche Papiere und Mappen auf dem Schreibtisch sorgfältig durch, durchwühlte die Wäsche und die Küchenschränke. Er fand jedoch nicht den leisesten Hinweis auf Paddys Verbleib. Die an diesem Tag eingetroffene Post ergab auch keine Neuigkeiten; im Briefkasten war nur eine Werbebroschüre und eines der wöchentlich erscheinenden Anzeigenblätter gewesen. Ben blätterte die kleine Zeitung flüchtig durch und brachte sie dann mit den Broschüren und den leeren Umschlägen von der übrigen Post, die sie am Vortag auf dem Wohnzimmertisch hatten liegen lassen, in die Küche zum Altpapier. Wie in den meisten Haushalten gab es auch in Paddys Wohnung eine Kiste, in der das Altpapier gesammelt wurde. Ben warf die Umschläge, die Anzeigenblätter und Broschüren in den großen Pappkarton unter der Anrichte und wollte sich schon wieder abwenden, als ihm ein Gedanke kam. Er zog den Karton hervor und kippte ihn aus. Vorsichtig das rechte Bein abstützend, hockte er sich auf den Fußboden und durchsuchte das Durcheinander von Papieren, bevor er sie Stück für Stück wieder in den Karton zurückwarf. Ben hatte keine Zeitung abonniert, wie Penny ganz richtig vermutet hatte, aber er bekam wie jeder Mensch mit einem Briefkasten Woche für Woche neben den üblichen Werbebroschüren mehrere kostenlose Anzeigenblätter, kleinformatige Zeitungen mit ein paar unwichtigen Klatschgeschichten und überholten Nachrichten, die zudem noch zwischen einer Fülle großer und kleiner gewerblicher und privater Anzeigen versteckt waren.

Ben blätterte die Zeitungen flüchtig durch. Beinahe hätte er bei der vierten Zeitung, die er sich auf diese Weise anschaute, etwas übersehen. Beim Titelblatt fehlte ein großes Rechteck von etwa zehn mal zehn Zentimetern, sorgfältig aus der Mitte der Seite herausgeschnitten. Ben schaute sich die Rückseite an und stellte fest, dass die Nachricht, was immer sie auch beinhaltete, sich auf der Vorderseite befunden haben musste, denn auf der Rückseite gab es nur Anzeigen. Oder hatte Paddy eine Anzeige ausgeschnitten? Es spielte keine Rolle, denn er würde es so oder so herausfinden. Die Zeitung war drei Wochen alt, und es war davon auszugehen, dass Paddy zu dieser Zeit bereits an der Hexengeschichte gearbeitet hatte. Vielleicht hatte er etwas Interessantes entdeckt, das in irgendeinem Zusammenhang mit seinen Recherchen stand.

Er hörte, wie Penny die Wohnung betrat. Als er ihr mutloses Gesicht sah, seufzte er. »Nichts, oder? Hast du alle gesprochen?«

»Ja, in jeder Wohnung war jemand zu Hause. Aber einen Schlüssel hat niemand bekommen. Die Nachbarin aus dem Erdgeschoß hat mir erzählt, dass Paddy jedes Mal ihr die Schlüssel gibt, wenn er wegfährt. Sie kümmert sich dann auch um die Pflanzen und die Post, es sei denn, sie selbst ist während dieser Zeit verreist. Dann macht es ein Freund von Paddy … ich schätze, damit hat sie dich gemeint.«

»Ja, ich habe schon zwei-, dreimal hier nach dem Rechten geschaut. Hat denn jemand im Haus eine Ahnung, wo Paddy sein könnte? Hat er einem der Nachbarn gesagt, dass er weg musste und weshalb, und wann er wiederkommt?«

»Nein, ich habe jeden hier danach gefragt. Aber leider Fehlanzeige.« Penny ließ sich neben Ben auf den Fußboden fallen, umfasste ihre angezogenen Beine und legte ihre Stirn auf die Knie. Ben rutschte zu ihr, legte die Arme um sie und drückte sie an sich. Er hätte sie gerne getröstet, wusste aber nicht, was er ihr sagen sollte. *Mach dir keine Sorgen? Wir finden ihn schon?* Allmählich glaubte er alles andere als das. Sie hob das Gesicht, kroch näher zu ihm heran und schob ihre Nase in seinen Hemdkragen.

»Penny«, murmelte er. Sanft strich er ihr über die Haare, streichelte zärtlich ihren Rücken. Ihr Körper fühlte sich wunderbar in seinen Armen an. Aus den Augenwinkeln nahm er die zarte, weiße Linie ihres Nackens wahr, die weiche Wölbung ihrer Wange an seiner Brust, er spürte ihre Wärme, ihre verführerische Weiblichkeit. Es verlangte ihn verzweifelt danach, sie zu berühren, sie zu küssen, so sehr, dass seine Hände plötzlich zitterten. Er rückte etwas von ihr ab und ließ sie zögernd los. »Sieh mal, Penny, was ich entdeckt habe. Paddy hat ein Stück aus einer Zeitung ausgeschnitten. Vielleicht gibt uns das einen Hinweis, wohin er verschwunden ist.«

Neugierig betrachtete sie das Loch in der Zeitung. »Tatsächlich. Aber wie wollen wir rausfinden, was da dringestanden hat? Oh … klar, jetzt weiß ich's, wir fragen beim Verlag. Wahrscheinlich genügt ein Anruf. Sonst fahren wir hin und lassen es uns aus dem Archiv raussuchen.« Sie sprang mit der Zeitung auf und strich sie auf der Anrichte flach, blätterte sie um und besah sich die Rückseite. »Hm, hier sind bloß Anzeigen. Wahrscheinlich stand das, was ihn interessierte, vorne. Warte mal, das ist doch …« Sie beugte sich mit zusammengekniffenen Augen über die Zeitung. »He, das ist vielleicht was!« Sie rannte hinüber ins Wohnzimmer und wühlte hektisch im Schreibtisch herum. »So ein Mist!«, fluchte sie ungeduldig.

Ben stemmte sich hoch und folgte ihr. »Was ist los? Suchst du etwas?«

»Das kann doch nicht sein, dass ein Journalist keinen Bleistift im Haus hat, oder?« Sie stieß die Schubladen zu und biss sich nervös auf die Lippe.

»Penny, könntest du mir nicht vielleicht erklären ...«

»Ich hab's!«, frohlockte sie und stürzte aus dem Zimmer. Rumorend machte sie sich im Bad zu schaffen. »Oh, verdammt!«, schrie sie. »Meine Sachen sind ja alle bei euch!«

Ben baute sich mit gespreizten Beinen vor der Badezimmertür auf, die Hände gegen den Türrahmen gestützt. »So, ich denke, jetzt ist es an der Zeit, dass du mir endlich ...«

Penny schlüpfte geschickt unter seinem ausgestreckten Arm durch und lief wieder in die Küche. »Wir nehmen einfach Curry statt Puder. Oder Paprika, wenn welches da ist«, meinte sie zerstreut, während sie hastig sämtliche Küchenschränke aufriss.

Ben schob sich zwischen Penny und den Schrank und hielt ihre Hände fest. »Willst du dir die Nase mit Curry pudern, oder bist du bloß verrückt geworden? Natürlich, es gäbe da noch die etwas entferntere Möglichkeit, dass du gerade Appetit auf einen knackigen Bleistift hast ...«

Penny starrte ihn an, als sei er eben schwachsinnig geworden. Ihre Hände zappelten in seinem Griff. »Ist dir nicht gut, Ben? Soll ich dir ein Glas Wasser eingießen? Ich glaube, ich habe hier irgendwo auch eine halbvolle Cognacflasche stehen sehen, was hältst du davon? Ich kann dir einen Drink machen, wenn du willst. Aber zuerst wollte ich die andere Sache probieren. Weißt du, wie ich darauf komme? Als ich ein kleines Mädchen war, habe ich für Kalle Blomquist geschwärmt, und später dann für Thomas Magnum. Ich habe mich immer für solche Typen interessiert, verstehst du?« Mit weit aufgerissenen Augen starrte sie ihn an, und er ließ stöhnend ihre Hände los.

Sie drehte sich sofort um und wühlte wieder in dem Schrank. »Natürlich weißt du das ja selbst alles, wo du doch auch ein Detektiv bist, und bei der Polizei warst du ja schließlich auch. Worauf ich also hinauswill ... als ich ein kleines Mädchen war, habe ich schrecklich für Detektivgeschichten geschwärmt, und Mommy und Daddy haben mir zum Geburtstag … war es der zehnte oder der elfte? Wenn ich es recht bedenke, könnte es auch der neunte gewesen sein, aber das ist jetzt nicht so wichtig, oder? Wo war ich stehen geblieben?«

Sie riss eine Dose Curry aus den Tiefen des Schrankes und hielt sie triumphierend hoch. »Siehst du, das tut es doch. Also, zum Geburtstag habe ich einen Koffer gekriegt, da war alles drin. Natürlich war es eine Ausführung für Kinder, es hieß *Der kleine Detektiv,* und Mommy hat wochenlang geschimpft über den Dreck in der Wohnung. Dieses Zeug hat sich einfach überall reingesetzt, wie der Teufel, sage ich dir. Und meine Finger waren immer schwarz.«

Sie beugte sich mit der Currydose über die Zeitung und begann mit kräftigen Schüttelbewegungen das Gewürz zu verstreuen.

»O Ben, es schneidet mir furchtbar ins Herz, wenn ich dich so sehe. Komisch, das Hinken macht mir gar nichts aus, ich meine, klar, es tut mir leid, das mit deinem Bein, aber daran kannst du schließlich nichts ändern. Doch diese Geschichte mit deinem Schleudertrauma … du *musst* das doch nicht mitmachen, du Ärmster! Du hast doch auch so schon genug durchzumachen. Wieso lässt du das nicht behandeln? Schau mal, gleich haben wir's. Natürlich nicht so gut wie das Graphit in meinem *Der kleine Detektiv*-Koffer, für Fingerabdrücke wär' das Curry bestimmt nichts. Aber für die Schrifteindrücke hier …« Penny beugte sich dicht über die Zeitung und pustete heftig die Gewürzschicht weg. Sie bekam etwas davon in die Nase und zuckte zurück.

»Oh, *shit*!«, keuchte sie. Prustend sprang sie zur Spüle, drehte das Wasser auf und hielt ihre Nase darunter. Bens entgeisterte Blicke wanderten von der Zeitung zu Penny und wieder zurück zur Zeitung. Diese ganze chaotische Aktion und ihr unzusammenhängendes Gerede schienen offenbar darauf hinauszulaufen, dass Paddy etwas auf dem herausgeschnittenen Artikel notiert hatte, und dass diese Notiz sich als Abdruck auf der nächsten Seite abzeichnete. Penny hatte es irgendwie geschafft, dass ihm das Ganze erst bei dem allerletzten Satz ihres Geschwafels klar geworden war, nämlich als sie die Worte *Graphit* und *Fingerabdrücke* erwähnte. Wieder einmal stand er vor der Entscheidung, sie entweder entsetzlich anzubrüllen, den Ort des Geschehens zu verlassen, bevor er explodierte – oder sie zu küssen. Er tat jedoch nichts von alledem, sondern untersuchte stattdessen die curryverschmierte Zeitung.

Unter der gelben, pudrigen Schicht zeichnete sich schwach, aber deutlich lesbar ein Schriftzug ab. Er lautete: *Die vorletzte Zutat?*

Penny hatte es sich mit untergeschlagenen Beinen auf dem Sofa im Salon bequem gemacht und schmökerte. Sie hatte bereits zwei ihrer sorgsam gepflegten Fingernägel abgeknabbert und war gerade dabei, einem dritten zu Leibe zu rücken, als Ben, der mit Georg in der Küche das Abendessen zubereitete, durch die geöffnete Tür rief: »In einer Viertelstunde gibt's Essen. Verdirb dir nicht den Appetit *damit!«*

Penny versteckte ihre Hand hinter dem Rücken und schaute schuldbewusst auf, aber Ben war schon wieder verschwunden. Vielleicht hatte er gar nicht das Nägelbeißen gemeint, sondern die Bücher, überlegte sie hoffnungsvoll. Sie hasste es, wenn er sie wie ein Kind behandelte. Manchmal glaubte sie in seinen Augen Begehren zu erkennen, so wie gestern, als er sie nackt in Paddys Wohnung angetroffen hatte. Dann wieder schien er einfach durch sie hindurchzusehen. Dieses Wechselbad der Gefühle wurde noch schlimmer durch das Herzklopfen, das sie regelmäßig in seiner Nähe befiel.

Sie spuckte den dritten Fingernagel in das geöffnete Buch auf ihren Knien und schnippte ihn geistesabwesend mit Daumen und Zeigefinger weg. Das Buch war wirklich hochinteressant. Ben hatte gemeint, sie solle sich lieber *Satanskult und Schwarze Messe* vornehmen, das sei so *infor-*

mativ (wahrscheinlich hatte die Bücherziege das behauptet), aber trotz intensiven Bemühens gelang es ihr nicht, das starke Gefühl der Abschreckung niederzukämpfen, das sie bereits nach zwei Seiten Lektüre angesichts solcher Fachausdrücke wie Phänomenologie, Domäne, Historizität, Archetyp und Psychologismus überkam. Da hielt sie sich lieber an *Das Hexenbuch,* ein Buch von echten Hexen! Es enthielt authentische Texte bekennender Hexen, beschrieb detailliert Rituale und Feste, zählte die notwendigen Gebrauchsgegenstände der Hexen auf und bildete sie in hübschen Zeichnungen ab, schilderte – ebenfalls mit Abbildungen – den Hexentanz, erklärte verschiedene Zauberarten und -methoden, kurz: eine wahre Fundgrube an Informationen, und alles in netten, einfachen Worten. Es waren sogar Interviews mit modernen Hexen abgedruckt – eine von ihnen hieß eigenartigerweise Volker –, und am Schluss des Buches gab es ein »Kleines Hexen-ABC«, das die wichtigsten Begriffe aus dem Hexenkult in Kurzform erläuterte.

Penny war fasziniert, so sehr, dass sie ihren Ärger über den Fehlschlag mit dem Zeitungsausschnitt völlig vergaß. Es war ihnen nicht gelungen, eine Ausgabe dieses Exemplars zu bekommen, weil der zuständige Archivverwalter des Verlages krank war und mit seiner Gesundung bestenfalls bis zum nächsten Tag gerechnet werden konnte. Trotz eindringlicher Bitten hatte sich niemand anderes bereitgefunden, ihnen weiterzuhelfen.

Penny hatte sich während der Lektüre die Fingernägel der ganzen linken Hand ruiniert und damit sechs Wochen strengster Nagelpflege-Disziplin zunichte gemacht, als Ben sie schließlich zum Essen rief. Widerstrebend legte sie das Buch weg und ging hinüber ins Esszimmer. Sie schnupperte, und das Buch war augenblicklich vergessen.

»Oh, *seafood*!«, rief sie begeistert. Erwartungsvoll streckte sie den Kopf in die Küche. »Kann ich noch irgendetwas tun, Georg?«

Georg winkte ab und deutete auf Ben, der eine riesige Kupferpfanne ins Esszimmer trug. »Paella«, erklärte er.

»*Wow!* Ich bin ein Fan von so was!« Sie klatschte in die Hände und beugte sich über die Pfanne mit den dampfenden Meeresfrüchten und Gemüsen. Georg kam hereingerollt und brachte eine Flasche Wein mit. »Du kannst uns einschenken, Kleines.«

Penny goss jedem ein Glas Wein ein. »Isst Mathilde heute nicht mit uns? Nein, lass mich das machen, Ben. Ihr habt gekocht, also werde ich euch jetzt ein bisschen bedienen, okay?«

»Mathilde hat heute ihren Gymnastikabend.« Georg verfolgte lächelnd, wie Penny mit konzentriertem Gesichtsausdruck, die Zungenspitze zwischen den Lippen, Portionen von der duftenden Paella auf die Teller verteilte. Sich selbst gönnte sie nur eine recht kleine Menge.

»Ich nehme mir vielleicht noch nach«, erklärte sie rasch, an Ben gewandt. Er hob kurz die Brauen, sagte aber nichts.

Penny verzog wieder entzückt das Gesicht beim ersten Bissen, verdrehte genießerisch die Augen zur Decke und lobte Georg wortreich über den grünen Klee.

»He, ich habe diesmal auch mitgekocht«, beschwerte Ben sich grinsend.

»So? Na, dann ist es eben doppelt gut. Es ist süperb, exquisit, extraordinaire ... mir gehen die Fremdwörter aus. Apropos Fremdwörter ... dieses eine Buch, das deine Büchereibekanntschaft eigens für dich besorgt hatte, dieses *Satanskult und Schwarze Messe* – wenn du mich fragst, wollte sie nur angeben. So, wie sie dich heute angeglotzt hat, wollte sie sich *garantiert* bei dir wichtig machen. Sie denkt vielleicht, dass du voll auf Blaustrümpfe abfährst, also hat sie so getan, als würde sie alle diese Bücher auswendig kennen, vor allem dieses schwierige. Sie hat es bestimmt nicht gelesen. Es sind zu viele Fremdwörter drin, ehrlich. Ich habe ein anderes durchgeblättert, das ist viel besser, da wird alles *wirklich* gut erklärt, und von echten Hexen ist es auch. Es ist bloß komisch, dass eine von den Hexen, die dort vorkommen, Volker heißt, aber dafür steht auch drin, was Alraune sind, wollt ihr es wissen?«

Der Wein und das gute Essen hatten Ben in eine angenehm friedfertige und duldsame Stimmung versetzt. Er stellte fest, dass ihr endloses Geplauder ihn diesmal nicht im Geringsten aufregte. Eigentlich hörte sich sogar alles sehr amüsant an, was sie da von sich gab, und sie sah so hübsch dabei aus. Natürlich durfte man nicht nach einem tieferen Sinn suchen – genau genommen durfte man überhaupt keinen Sinn darin suchen. Oder doch? Hatte sie nicht eben *Alraune* gesagt?

»Wenn ihr wissen wollt, was Alraune sind, hättet ihr auch mich fragen können«, meinte Georg. »Ich weiß noch einiges darüber. Meine Großmutter hatte auch so ein Ding.«

»Ach, davon wusste ich gar nichts. Lass mal hören, Papa.«

»Der Alraun ist eine Pflanze, genau genommen die Wurzel einer Pflanze, und zwar eines Nachtschattengewächses mit dem botanischen Namen Mandragora. Sie ist eigenartig geformt, für jemanden mit einem bisschen Phantasie sieht sie aus wie eine menschliche Gestalt ... die Wurzel ist zweigeteilt und oft umeinander geschlungen, so dass sie wie ein Mensch mit übergeschlagenen Beinen wirkt. Durch Zurechtschnitzen wird dem Ganzen meist ein bisschen nachgeholfen. Der Alraun soll Glück bringen. Angeblich kann man damit vergrabene Schätze finden, vor Gericht Recht bekommen oder die Liebe einer erwählten Person gewinnen.«

Penny hing an seinen Lippen. Ihre Augen leuchteten. »Das hört sich *faszinierend* an!«

»Und was hat dieser Alraun mit Schreien zu tun?«, wollte Ben wissen.

»Um an die Alraune zu gelangen, muss man sie ausgraben. Das ist ein schwieriger, sehr gefährlicher Akt, müsst ihr wissen. Man nennt die Alraune nämlich auch Galgenmännlein, und zwar mit gutem Grund. Man muss die Wurzel an einer unseligen Stelle ausgraben, unter einem Galgen, wo das Erdreich mit dem Urin der Gehenkten getränkt ist.«

»Oh!« Pennys Augen wurden kugelrund.

»Ja. Man geht also an die Richtstätte, aber das ist noch nicht alles. Wer seinen Faust kennt, weiß, was ich meine. Na, habt ihr in der Schule aufgepasst?«

Penny und Ben sahen sich betreten an.

Georg seufzte. »Anscheinend habe ich eine Menge überflüssiges Geld in deine Bildung investiert, mein Sohn. Nun denn, Mephisto macht im zweiten Teil von Faust einmal einen Vorschlag zur Verbesserung der kaiserlichen Finanzen und stößt dabei auf die Verständnislosigkeit der Umstehenden, was ihn ziemlich ärgert. Er spricht: ›Da stehen sie umher und staunen, vertrauen nicht dem hohen Fund. Der eine faselt von Alraunen, der andre von dem schwarzen Hund.‹ Das meinte Mephisto natürlich allegorisch ...« – nach einem forschenden Blick auf Pennys verständnisloses Gesicht räusperte Georg sich – »... das heißt also, sinnbildlich. Aber der Hund im Zusammenhang mit dem Alraunengraben ist geschichtlich belegt und fand in diesem Vers nur seinen Niederschlag. Man bindet eine Schnur an den Schwanz eines ausgehungerten Hundes – eines ›allschwarzen‹ Hundes – und befestigt das andere Ende an der Pflanze. Dann lockt man den Hund mit Fleisch, bis er vor Hunger rasend wird und so fest an dem Strick reißt, dass der Alraun herausgezogen wird.«

»Jetzt hast du immer noch nicht erzählt, was diese Sache mit Schreien zu tun hat«, erinnerte ihn Ben.

»Dazu wollte ich gerade kommen. Wenn der Alraun aus der Erde gerissen wird, stößt er einen entsetzlichen Schrei aus, der so grauenhaft klingt, dass derjenige, der ihn hört, sofort stirbt. Aus diesem Grund müssen die Alraunengräber sich die Ohren fest verstopfen.«

»So einen hirnrissigen Blödsinn habe ich selten gehört«, kommentierte Ben.

»Und dieses Alraunengraben muss in einer Vollmondnacht stattfinden, oder?«, fragte Penny. Sie nahm sich geistesabwesend noch eine riesige Portion von der Paella und goss sich das dritte Glas Wein ein.

»So heißt es in alten Geschichten, aber es gibt auch andere Meinungen. Zum Beispiel die, dass er nach alter Art in der Johannisnacht gezogen werden muss, um seine volle Kraft zu entfalten.«

»Wann ist das?« Penny trank ihr Weinglas leer und schenkte sich erneut nach.

»In der Nacht zum 24. Juni. Nach einer anderen Volksmeinung muss er an einem Freitag ausgegraben werden, vor Sonnenaufgang.«

»Was passiert mit dem Hund?«, wollte Penny wissen. Ihre Wangen waren gerötet vom Wein. Sie hatte ihren Teller leergegessen und naschte mit spitzen Fingern aus der Kupferpfanne. »Wie? Oh, ich verstehe. Der fällt natürlich tot um, weil er ja den Alraunenschrei hört.«

Mit zweifelndem Gesichtsausdruck pickte Penny sich ein letztes Stück Scampi aus der Paella. »Ich glaube, Ben hat Recht. Hirnverbrannter Blödsinn ist das, sonst gar nichts.«

»Da ist was dran«, räumte Georg vergnügt ein. »Wollen wir alles hier stehen lassen und uns rübersetzen? Ich könnte euch was vorspielen.«

Penny bestand jedoch darauf, vorher den Tisch abzuräumen. Anschließend kniete sie sich im Salon vor Georgs Rollstuhl und legte ihre Hände auf seine Beine. Ben beobachtete ihr Gesicht dabei, den angespannten Ausdruck höchster Konzentration, die geschlossenen Augen.

Danach sah Georg seinen Sohn seltsam an. »Warum lässt du sie es bei dir nicht versuchen, Junge? Glaub mir, was immer du darüber denkst, du wirst hinterher anderer Meinung sein.« Ben zuckte die Achseln. Er hatte es Penny versprochen, aber als sie ihn gestern Abend daran erinnert hatte, hatte er Müdigkeit vorgeschützt.

»Vielleicht morgen«, erklärte er ausweichend.

Ben und Penny saßen nebeneinander auf dem Sofa im Salon und lauschten Georgs leisem Klavierspiel. Penny lehnte mit zurückgelegtem Kopf an Bens Schulter und genoss die herrlichen Klänge. »Was ist das?«, murmelte sie schläfrig.

»Vivaldi«, antwortete Ben mit gedämpfter Stimme. Er legte seinen Arm um sie.

»Ben?«

»Ja?«

»Was haben sie heute Nachmittag bei der Polizei gesagt?«

Da war es also. Ben hatte sich schon gewundert, warum sie ihn noch nicht danach gefragt hatte. Vermutlich, weil sie Angst vor der Antwort hatte. Er hielt sie fester. »Vergiss es einfach, in Ordnung? Sie können im Moment nichts tun, was uns weiterbringt. Ich sagte dir doch schon, das ist nur Routine. Verlass dich in dieser Sache nicht auf die Polizei. Wir beide finden an einem Tag mehr raus als diese Burschen in zehn Jahren. Glaub mir, ich weiß, wovon ich rede. Ich war lange genug bei dem Laden.«

»Hat es dir Spaß gemacht, bei der Kripo zu arbeiten?«

»Ja. Jetzt sei still und hör der Musik zu.«

Gehorsam lauschte sie eine Weile. Fast wäre sie eingeschlafen. *Eingeschlafen!* Ihr Kopf zuckte erschrocken hoch, als sie an letzte Nacht dachte, an die Ereignisse im Garten.

»Ben!«, flüsterte sie verstört.

»Was ist jetzt schon wieder?«

»Würde es dir etwas ausmachen ... Kannst du... Könnten wir vielleicht ... zusammen schlafen?«

»Sicher. Wollen wir es sofort tun, oder warten wir, bis Georg das Stück zu Ende gespielt hat?«

»Ach, komm, du weißt, wie ich es meine. Ich habe Angst, dass ich wieder aufstehe und rumlaufe. Wer weiß, was ich anstelle, wenn ich noch mal so ausraste.«

»Ja, du hast natürlich Recht. Ich habe nichts dagegen, wenn du bei mir schläfst. Mein Bett ist breit genug. Eigentlich ist es sogar eine sehr vernünftige Idee. Aber du musst einen Pyjama anziehen. Ich bin auch nur ein Mann, und du weißt genau, dass du mich scharfmachst, wenn du nichts anhast.«

Penny war sprachlos. Sie machte ihn scharf! Zufrieden seufzend schmiegte sie sich enger an ihn, und als Georg aufhörte zu spielen, war sie bereits fest eingeschlafen.

VIII

Ihr Herz schlug stürmisch; es dehnte den winzigen Brustkorb und füllte ihn aus. Im diesigen Licht des ersten Morgengrauens glitzerte der Tau auf dem dichten, weißschimmernden Gefieder, und die zarten Klauen hatten Mühe, auf dem rutschigen Mauervorsprung Halt zu finden. In der blinden, verschmutzten Scheibe des vergitterten Kellerfensters war ein ausgezacktes Loch, durch das die Stimmen des Mannes und der Frau zu hören waren. Sie plusterte ihr Gefieder auf, zum Schutz gegen die feuchte, kühle Nachtluft. Die unwirkliche Szenerie lenkte sie ab, und ihre kleinen runden Augen schweiften unruhig über die schwarze, vom verblassenden Mond schwach beglänzte Straße. Hoch emporsteigen wollte sie, durch den silbernen Regen des Mondlichts tauchen, sich von den schmeichelnden Händen des nächtlichen Maiwindes tragen lassen … Sie musste sich zwingen, den Stimmen zu lauschen. Die Stimme der Frau war rauchig und leise, fast demütig.

»Die Göttin zürnt uns, ich weiß es. Sie spricht nicht mehr zu mir.«

»Du redest Blödsinn, und das weißt du, Balbina.« Die sonore, wohltönende Stimme des Mannes klang sanft und kraftvoll zugleich. »Du wirst sehen, dass deine Befürchtungen grundlos sind. Übermorgen ist Vollmond. Die Göttin wird zu dir kommen, wie immer.«

»Ich muss zu diesem Alraunenziehen.«

»Na und? Danach ist noch genug Zeit für den Sabbat. Wir haben fast die ganze Nacht. Wir schicken die Gaffer um zwölf Uhr weg. Bis zum Treffpunkt sind es von da aus nur ein paar Minuten zu Fuß. Wir haben in zehn Minuten den Platz fertig, und der Rest des Covens stößt dort zu uns, sie wissen Bescheid.«

»Ich habe Angst. Warum wolltest du, dass der Hinkende mitkommt? Die rote Hexe wird vielleicht bei ihm sein! Ich spüre, dass Gefahr von ihr ausgeht.«

»Sie hat große Kraft, und die Göttin ist mit ihr«, räumte der Mann ein. »Aber sie ist eine Schläferin, sie weiß nichts davon. Sie ist keine Eingeweihte.«

»Du hast sie gesehen!« Die Stimme der Frau hörte sich anklagend an.

»Jaaa …«, flüsterte der Mann erregt. »Ich wünschte …«

»Es wird Unheil über den ganzen Coven bringen. Schlag dir das aus dem Kopf, ich bitte dich!«

»Überlass diese Dinge mir!«, herrschte er sie an. Dann, sanfter: »Schau, sie werden es nie herausfinden, wenn es ihnen niemand von uns erzählt. Mach dir also keine Gedanken. Lass sie schnüffeln, solange sie wollen. Sie werden schnell aufgeben, glaub mir.«

»Aber die rote Hexe …«

»Was soll sie schon machen? Sie hat mehr Angst als du.«

»Aber die Göttin ist mit ihr!«

»Mit dir auch, also vergiss es.«

»Ich weiß nicht … Wir hätten es nicht tun sollen … Wir haben die Göttin erzürnt …«

Der Mann erwiderte etwas, aber es war kaum noch zu verstehen. Die Stimmen entfernten sich, wurden leiser, verklangen. Jetzt spürte sie noch etwas anderes, eine dumpfe, unterschwellige Ausstrahlung hinter den verwitterten Mauern dieses Hauses. Es kam von weiter unten her, wie aus einem tiefen Gewölbe, das sich noch unter dem Keller befand. Sie erfühlte eigenartige Schwingungen, diffuse Regungen, von Sehnsucht, gepaart mit Hass und Blutgier. Einen Lidschlag lang vermeinte sie ein unirdisches, kehliges Grollen wahrzunehmen.

Sie hob den Kopf und schaute zum Himmel. Die aufgehende Sonne tauchte den unteren Rand der dunklen Wolkenberge am Horizont in flüssiges Feuer. Die kleinen runden Augen blinzelten. Der Raum hinter der schmutzigen

Scheibe des Kellerfensters war still und leer. Der Mann und die Frau waren gegangen. Das Grollen war verstummt.

Doch dann spürte sie eine andere Präsenz, boshaft und hinterlistig, erfüllt von fiebriger Jagdlust. Sie ging von einem schwarzen schattenhaften Umriss in dem Raum vor ihr aus. Durch die Scheibe glitzerten nadelspitze Fänge, glühende geschlitzte Pupillen, und sie fühlte das heiße Fauchen durch das Loch im Fenster. Eine pelzige Tatze mit messerscharfen Klauen erschien in der Öffnung, haschte nach ihr, scharrte an den Glaskanten der Öffnung entlang. Sie wich zurück, und das Fauchen hinter der Fensterscheibe wurde lauter. Ihre gespreizten, dünnen Vogelkrallen gaben ein kurzes, kratzendes Geräusch von sich, als sie die Flügel ausbreitete und sich von dem Sims abstieß. Das Licht der Sonne, die sich in einem vollkommenen Purpurbogen über dem Horizont wölbte, übergoss die Federkanten ihrer weißen Schwingen mit einem durchscheinenden rosigen Hauch, und Sekunden später war ihr Körper nur noch eine anmutig gleitende Silhouette vor dem nahezu runden, erblassenden Gesicht des Mondes.

Die Anstrengung des Steigfluges und die darauf folgende Ekstase des schwerelosen Segelns im Auftrieb der Morgenbrise brachten ihr Blut zum Singen. Die Landschaft unter ihr fullte sich mit Kontrasten, mit dem Licht und den Schatten des hereinbrechenden Tages. Traumwandlerisch fand sie ihr Ziel, und mit angelegten Schwingen nahm sie in leicht taumelndem Sinkflug Kurs auf das Haus, dessen Fenster noch dunkel waren. Sie landete auf dem kalten Marmor der Fensterbank, von wo aus sie zu ihrem nächtlichen Flug in der Stunde vor dem Morgengrauen aufgebrochen war. Abermals spürte sie das Rasen ihres Herzens in dem engen Gefängnis ihres Brustkastens, es schien lauter und immer stärker zu werden, drohte den zerbrechlichen Knochenkäfig zu sprengen. Sie entfaltete verzweifelt ihre Schwingen, flatterte auf und ab, schlug schmerzhaft gegen die Scheibe, fiel über den Rand des Mauervorsprungs und landete mit schwächlich zuckenden Flügelschlägen am Fuße eines Rosenspaliers. Eine weitere Folge hämmernder Schläge drohte ihr Herz zu zerreißen – dann war es plötzlich vorbei. Verwirrt sah die weiße Taube sich um, stolzierte unschlüssig einige Schritte auf dem taunassen Rasen umher, pickte instinktiv nach einem Regenwurm. Einen Augenblick später durchdrang das dumpfe, leicht knatternde Geräusch verdrängter Luft die morgendliche Stille, und die Taube flog der Sonne entgegen.

Penny schlug stöhnend um sich, bäumte sich auf, aber Ben gelang es schnell, sie zu beruhigen. Er hielt ihren nassgeschwitzten Körper umfangen, presste ihre Arme an die Seiten, bis sie still in seinen Armen lag. Vorsichtig strich er ihr die zerzausten Haare aus dem Gesicht, legte eine Hand auf ihren zitternden Rücken. »Ist ja gut, ist ja gut. Alles klar, Kleines? Bist du wach?«

Sie nickte und umklammerte ihn, die Nase an seinen Hals gepresst. Ben schaute zum Fenster. Die ersten Sonnenstrahlen durchdrangen das matte Dämmerlicht und erhellten schwach das Zimmer.

»Diesmal war es nicht so schlimm, oder? Du hast die ganze Nacht ruhig geschlafen.« Er zog sanft ihren Kopf aus seiner Halsbeuge und musterte ihr Gesicht. Ihre grünen Augen wirkten riesig und verletzlich in ihrer Kurzsichtigkeit. Ben vergrößerte vorsichtshalber den Sicherheitsabstand zu ihr um weitere zehn Zentimeter und ließ sie los.

»Was hast du diesmal geträumt? War es wieder der Highlander-Traum? «

»Nein. Es war … ich kann mich nicht an alles erinnern. Zuerst war es ganz dunkel, und da waren ein Mann und eine Frau. Sie haben geredet, und ich habe zugehört.«

»Was haben sie gesagt?«

»Ich weiß nicht mehr genau. Irgend etwas von Hexen und Alraunen und Sabbat.«

»Du hast wahrscheinlich gestern zu viel von diesem Zeug gelesen. Das kommt davon. Ich hatte auch total verrückte Träume. Wie ging es weiter?«

»Oh, der Schluss war herrlich. Ich konnte fliegen, aber wie! Es war so echt, ich habe den Wind gespürt, und die Sonne ging langsam auf … Es war unbeschreiblich!«

»Wieso hast du vorhin so rumgezappelt?« Ben grinste. »Bist du in einen Fallwind geraten?«

»Wie? Quatsch. Ich bin hier vor dem Fenster gelandet, stell dir vor, auf dem Fenstersims. Aber ich konnte das Gleichgewicht nicht halten, weil mein Herz auf einmal so wahnsinnig schnell geschlagen hat, und da bin ich runtergekippt. Dabei bin ich aufgewacht.«

Sein Grinsen wurde breiter. »Du hättest nicht auf dem Sims landen sollen. Du bist ein bisschen zu groß für dieses schmale Mauerstück.«

»Tu dir keinen *Zwang* an, ich weiß, dass ich zu dick bin«, kicherte Penny. »Außerdem war ich in meinem Traum nicht *ich,* sondern eine wunderhübsche, schneeweiße Taube!«

»He, du wunderhübsche Taube, ich habe groß gesagt und nicht dick!«

»Du hast dick *gemeint*«, lachte sie und warf ihr Kissen nach ihm. Er nahm es und schlug damit nach ihr, und schon war eine wilde Kissenschlacht im Gange. Atemlos, mit hochroten Köpfen bewarfen sie einander mit den Kopfkissen, bis die Federn stoben.

»Ich gebe auf!«, keuchte Penny und hob die Hände. Lächelnd schleuderte Ben ihr noch einmal das Kissen ins Gesicht.

»Na warte!«, rief sie drohend und warf sich auf ihn. Er rangelte spielerisch mit ihr herum, bekam ihre Handgelenke zu fassen und hielt sie fest. Blitzschnell rollte er sie auf den Rücken, legte sich auf sie und sah finster auf sie hinab. »Bitte mich um Gnade, schöne Taube!«

»Gnade, edler Herr!«

Bens Gesichtsausdruck veränderte sich. Pennys Pyjamaoberteil war bis zur Taille aufgeknöpft und über die Schultern herabgerutscht, entblößte die milchweiße Haut ihres schlanken Halses und den größten Teil ihrer vollen Brüste. Ihre langen Haare umgaben ihren Kopf wie ein glänzender, dunkelroter See, und ihre feuchten, leicht geöffneten Lippen waren zu einem verführerischen Lächeln geschürzt. Sie sah ihn aus verhangenen, halbgeschlossenen Augen an. Fluchend wälzte er sich von ihr herunter, setzte sich auf und schwang die Beine aus dem Bett. Er rieb sich mit zitternden Händen die Schläfen. »Ich stehe jetzt auf«, verkündete er überflüssigerweise in grimmigem Tonfall, während er ins Bad humpelte.

Penny blieb liegen und starrte betroffen seinem breiten Rücken hinterher. Einen Moment hatte er so ausgesehen, als wollte er sie küssen, und sie hatte sich sehnlich gewünscht, dass er es tun möge. Warum hatte er es nicht getan? Hätte sie ihn vielleicht darum bitten sollen? Andererseits hatte sie auf diesem Gebiet noch nicht allzu viel Erfahrung. Sie hatte mit ein paar Jungs auf der Highschool Küsse getauscht, aber da war die Küsserei praktisch schon vorher festgelegt gewesen. Man hatte ein *date,* ging ins Kino, auf eine Eiscreme, zum Tanzen, und vor der Haustür oder im Wagen küsste man sich eben. Es hatte ihr Spaß gemacht, und manchmal hatte sie auch ein bisschen Gefummel oberhalb der Gürtellinie erlaubt, wenn der Typ ihr sehr gefallen hatte. Aber sie hatte noch nie so ein Verlangen danach gehabt wie bei Ben. Sie *wollte,* dass er sie küsste, sie anfasste.

Ich sollte praktisch denken, überlegte Penny.

Woher auch sollte Ben wissen, dass sie es sich wünschte? Schließlich hatte sie noch kein *date* mit ihm gehabt, wenn man es recht bedachte.

Nein, du hast bloß zweimal mit ihm in einem Bett geschlafen, bist ein paar Mal nackt vor ihm herumgesprungen und steckst bei jeder sich bietenden Gelegenheit deine Nase in sein Hemd, höhnte die Stimme der Vernunft. *Er hat überhaupt nicht die Absicht, dich zu küssen. Ich sage dir, wofür er dich hält. Für ein überspanntes, halbgares Frauenzimmer!*

Als Ben in sein Zimmer zurückkehrte, war Penny verschwunden. Sein Bett war sorgfältig gemacht, und der Pyjama, den er ihr geborgt hatte, lag ordentlich zusammengefaltet auf dem Kopfkissen. Er zog sich rasch an und holte den Schlüssel, den er hoch oben auf dem Kleiderschrank versteckt hatte. Er ging zum Fenster und schloss es auf. Alle Fenster im Haus hatten abschließbare Riegel, das verschaffte zusätzliche Sicherheit gegen Einbrecher und verbilligte zudem die Versicherungsprämien. Die frische, kühle Luft wehte ins Zimmer, und er atmete tief und schnell ein und aus, als könnte er damit das Bild von Penny in seinem Bett vertreiben. Lange würde er nicht mehr so weitermachen können, ohne die Beherrschung zu verlieren. Sie schien ständig nackt oder halbnackt in seinen Armen zu landen, und er wurde jedes Mal schärfer auf sie.

Er wollte schon das Fenster wieder schließen, als sein Blick auf der Fensterbank hängen blieb. Ihm stockte der Atem, und seine Hand war schwer wie Blei, als er den Gegenstand aufhob, der seine Aufmerksamkeit erregt hatte. Es war eine schneeweiße, frische Taubenfeder.

Beim Frühstück redete er nicht über die Feder. Ein dummer Zufall. Penny hatte im Halbschlaf die Taube vor dem Fenster sitzen sehen und sie in ihren Traum einbezogen.

Georg hatte ihnen ein reichhaltiges Frühstück aufgetischt, dem Penny eifrig zusprach. Ihre Frustration wegen Bens unterbliebener Küsse war im Badezimmer grenzenlosem Entzücken gewichen, als die Waage ganze dreiundfünfzigkommaacht Kilo angezeigt hatte – und das, obwohl sie gestern Abend Unmengen von Paella und Wein zu sich genommen hatte. Vielleicht kosteten Alp- und Flugträume besonders viel Energie.

Georg beobachtete Penny beim Verzehren ihres Frühstückseies. Ihre Angst vor Kalorien schien sich zu legen.

»Was habt ihr heute vor?«, fragte er freundlich.

»Ich habe einen Fototermin. Haare.«

»Wieder mit Mike?«, fragte Ben.

»Ja, er ist ein gefragter Fotograf. Arbeitet überall, in der ganzen Welt, für zig Firmen. Kann sich die besten Models aussuchen. Ich habe Glück.«

Ben sah sie forschend über den Rand seiner Kaffeetasse hinweg an. »Macht dir dieser Job eigentlich Spaß?«

»Mal so, mal so«, sagte Penny leichthin. Sie schaute auf ihren Teller, und in diesem Moment sah sie wie das aus, was sie war: ein kleines, einsames Mädchen auf der Suche nach Geborgenheit und Zuneigung.

Bens Stimme klang sanft, als er sie fragte: »Penny, was treibt eigentlich deine Mutter zur Zeit?«

»Ach, sie hat eine Filiale eröffnet. Jetzt hat sie Ateliers in New York und Boston. Nächstes Jahr ist vielleicht Los Angeles dran. Sie ist ein richtiges Mode-As, sie kennt die besten Leute in der Branche. Sie hat mir ja überhaupt erst alle Türen geöffnet. Meine Agentin ist ihre beste Freundin. Moms Kollektionen haben einen sehr guten Namen, sie bringt jedes Jahr zwei neue raus. Sie ist viel unterwegs, und demnächst wird sie wieder heiraten. Ich ... ich war nicht oft zu Hause in den letzten zwei Jahren.« Penny erzählte es beiläufig, in ihrem gewohnten, lässigen Plauderstil, aber Ben hörte die Untertöne, ebenso wie sein Vater.

»Dein Termin, äh ... wird er lange dauern?«, fragte er.

»So bis um fünf, sechs Uhr schätze ich. Ich muss schon um drei dort sein, der Friseur wird mindestens so lange brauchen wie Mike. Warum?«

»Ich hatte gedacht, wir könnten hinterher ein bisschen im Englischen Garten spazieren gehen. Dieses Studio ist doch ganz in der Nähe. Ich weiß, dass du früher gern dort warst. Wenn Paddy den Babysitter spielen musste, hat er dich oft hingeschleppt. Das hat er mir jedenfalls erzählt.«

Pennys Augen leuchteten. »Wir sind dort oft Fahrrad gefahren bis weit rauf hinterm Aumeister und haben Steine in die Isar geworfen!«

»Mit Fahrrad fahren kann ich dir nicht dienen, aber im Steinewerfen bin ich sehr gut.«

»O Ben, das wäre nett!« Sie strahlte ihn an, und Ben starrte auf ihren Mund.

Georg nahm es zufrieden zur Kenntnis. »Wie weit seid ihr eigentlich mit euren Ermittlungen gestern gekommen?«, fragte er neugierig.

»Ach ja«, meinte Ben missmutig. »Die dämliche Zeitung müssen wir ja auch noch besorgen. Hoffentlich ist dieser Archivmensch heute da. Wer weiß, ob sich der Aufwand überhaupt lohnt. Womöglich hat er nur ein Kuchenrezept ausgeschnitten.«

»Er hat was auf dem Ausschnitt notiert«, erklärte Penny, an Georg gewandt. »›Die vorletzte Zutat‹, mit einem Fragezeichen dahinter. Vielleicht ist es etwas Alle ... Allegorisches!« Beifall heischend blickte sie zu Ben.

Ihre fortgeschrittene Bildung schien ihm nicht aufzufallen, denn er rührte gedankenverloren in seinem Kaffee. »Ich denke, ich gehe heute noch mal zu Annette und lasse mir von ihr mehr über diese Hexensachen erzählen.«

»Wieso?«, fuhr Penny auf. »Wir haben doch die Bücher! Wir können sie lesen, und wenn wir dann zu dem Alraunengraben gehen, wissen wir über alles Bescheid. Wozu brauchst du da die Bücherziege?«

»Weil sie vielleicht mehr weiß, deshalb«, belehrte Ben sie unbeeindruckt. »Sie hat möglicherweise Insiderinformationen über diese Clique in Ottobrunn. Ich wollte sie gestern schon nach Einzelheiten über den Esoterikladen fragen, aber du hattest es ja so wahnsinnig eilig, wegzukommen.«

»Ich denke, ich komme auch mit«, entschied Penny.

Ben hob die Schultern, doch dann verdüsterte sich plötzlich sein Blick. Er ließ seinen Löffel klirrend auf den Teller fallen und stand auf.

»Ich ... ich habe es vergessen«, stieß er hervor. »Gestern ... ich hätte ... Oh, verdammt!« Das Bein leicht nachziehend, eilte er hinaus.

Penny hörte das Zuknallen der Haustür und kurz darauf der Autotür. Bestürzt schaute sie zu Georg hinüber. »Was ist los mit ihm? Wo will er so plötzlich hin?«

»Zum Friedhof. Gestern war der Todestag seiner Frau. Er hat nicht dran gedacht.«

Ben ließ eine Trauerprozession vorbeiziehen, bevor er sich auf den Weg zu den Gräbern machte. Vor dem Grab seiner Frau blieb er stehen und starrte blicklos auf den Marmorgedenkstein. Wie hatte er es nur vergessen können! Er dachte an den Tag vor drei Jahren, als er geschwächt von der ersten Operation und halb wahnsinnig vor Schmerzen, Trauer und Angst in seinem Krankenhausbett gelegen hatte, wie durch einen Nebel den Arzt vor ihm anstarrend. »Tut uns leid ... nicht mehr zu retten ... komatöser Zustand ... schwere Blutungen ... postoperativer Schock ... aber das Kind ... wenn wir Glück haben ...« Die Worte hatten ihn in tiefste Verzweiflung gestürzt, und nur der winzige Hoffnungsfunke, dass da ein Kind war, hatte ihm einen Rest Lebenswillen bewahrt. Drei Tage später war auch sein Sohn tot. Sie trugen seine Mutter, seine Frau und seinen Sohn zu Grabe, und er konnte nicht bei ihnen sein. Er hatte nicht einmal Abschied nehmen können. Seinen Sohn hatte er nie gesehen; nach der Geburt war er in ein anderes Krankenhaus verlegt worden. Er ging zwei Schritte weiter zu seinem Grab. Marco Röder. Er hatte ihm den Namen gegeben, den sie gemeinsam für einen Jungen ausgesucht hatten. Bilder stiegen vor ihm auf, Yvonnes glücklich leuchtendes Gesicht, als sie vom Arzt kam. Rate, was wir beide in neun Monaten zusammen unternehmen, Benny! Ben, sie von hinten umschlingend, während sie vor dem Spiegel stand und ihren wachsenden Umfang begutachtete. Ben, vor ihr kniend und seine Wange gegen ihren gewölbten Bauch legend, seine Hände auf ihrer warmen Haut, das kräftige Strampeln unter seinen Handflächen. Ben, sie umarmend und küssend, die Mitte gekrümmt über der runden Kugel ihres Bauches zwischen ihnen. Das liebevoll vorbereitete Kinderzimmer mit der Wiege und der Wickelkommode, dem bunten Mobile vor dem Fenster. Sie hatten das Haus gekauft, als sie wussten, dass das Kind unterwegs war, ein hübsches Vorstadthaus mit einem kleinen Garten. Ben hatte es nach dem Unfall nie mehr betreten. Georg hatte es für ihn verkauft, drei Monate nach Yvonnes Tod, mit allem, was drin war. Irgendwo auf dem Dachboden im Haus seines Vaters lagen jetzt noch die letzten Erinnerungen, Fotoalben, Urlaubsfilme, übrig gebliebene Gemeinsamkeiten aus der Zeit ihrer kurzen Ehe, sorgfältig verpackt und tief in dunkle Ecken geschoben.

Er stellte die mitgebrachten Sträuße in die Friedhofsvasen auf den Gräbern und ging weiter, zum Grab seiner Mutter. Während er die verwelkten Blumen aus der Vase nahm und gegen die frischen Rosen austauschte, die er für sie mitgebracht hatte, versuchte er, ihr Bild heraufzubeschwören. Es war nicht einfach, und erst nach einer Weile gelang es ihm. Er sah ihr schönes, von Lampenfieber gerötetes Gesicht am Abend ihres letzten Konzertes, ihr sanftes, madonnenhaftes Lächeln, er roch den Duft ihres Parfüms, spürte das Kitzeln ihrer Haare an seiner Wange, als sie sich vor der Vorstellung kurz an ihn geschmiegt hatte. Wünsch mir Glück, Benny. Dreimal über die Schulter gespuckt: Toi, toi, toi, Mama! Es hatte nach dem Unfall sehr lange gedauert, bis er sie wieder so sehen konnte, bis ihre unversehrten, lächelnden Züge allmählich die anderen Bilder ablösten, den Anblick der blutigen zerquetschten Masse auf der Rückbank des Wagens.

Er war dankbar, dass Yvonnes Gesicht in seiner Erinnerung immer glatt und jung sein würde. Nach dem Zusammenstoß war er hinter dem Steuer eingeklemmt, trotz rasender Schmerzen in seiner Brust und seinem Bein bei klarem Bewusstsein. Er konnte seinen Vater neben sich sehen – äußerlich kaum verletzt wirkend –, seine Mutter, ihren entsetzlich entstellten Körper, aber nicht seine Frau.

Mama? Großer Gott! Yvonne? Yvonne, was ist los, hörst du mich? Papa! Papa, kannst du sehen, was mit Yvonne los ist? Mein Gott, Yvonne!

Niemand hatte seine heiseren, verzweifelten Schreie gehört. Sein Vater stand unter Schock, seine Mutter war tot, und Yvonne hatte das Bewusstsein verloren und es bis zu ihrem Tod nicht wiedererlangt.

Als die Männer von der Rettungsmannschaft ihn endlose Minuten später aus dem Wrack des Wagens herausschnitten, bohrte sich eine seiner gebrochenen Rippen in sein Brustfell, und der Schock brachte ihm die gnädige Ohnmacht, die ihm den Anblick von Yvonnes zerschnittenem, verwüstetem Gesicht ersparte.

Während Ben zum Ausgang zurückhumpelte, rieb er sich das Bein, erleichtert, dass er heute keine Schmerzen hatte. Es gab solche Tage, an denen sein Bein ihm kaum zu schaffen machte, aber sie waren äußerst selten, und er war jedes Mal dankbar dafür.

Anschließend fuhr er ins Büro. Der Anrufbeantworter zeigte Aufzeichnungen an. Ohne die Jacke auszuziehen, drückte Ben die Wiedergabetaste; er wollte sich nicht lange aufhalten. Er spulte die eingegangenen Anrufe dreimal ab, weil er nicht glauben konnte, was er da hörte. Zwei *Klienten* hatten angerufen! Ben stieß ruckartig den Atem aus. Gleich *zwei* an einem Tag! Er konnte es nicht fassen.

Der erste Anrufer, eine Frau, erklärte schüchtern, dass sie Hilfe in einer Familienangelegenheit benötige. Vermutlich ein untreuer Ehemann, dem unbehaglichen Tonfall nach zu urteilen.

Die Stimme des Mannes auf dem Band klang kühl und geschäftsmäßig. Er interessierte sich für eine komplette Diebstahlsicherung an seiner neugebauten Villa und erbat Rückruf wegen einer Terminvereinbarung.

Ben wählte sofort mit zitternden Fingern die erste der angegebenen Telefonnummern. Er vereinbarte mit der Klientin einen Besprechungstermin, dann rief er bei dem Mann an. Er wurde von einer Sekretärin durchgestellt. Der Klient kam ohne Umschweife zur Sache: »Am liebsten wäre mir, wenn Sie sich das Objekt so schnell wie möglich ansehen könnten. Notieren Sie bitte die Adresse.«

Ben schrieb eifrig mit.

»Es ist eine ziemlich große Villa, und ich will bald einziehen. Die Außenanlagen sind noch nicht ganz fertig, aber in der Hinsicht können Sie sich in punkto Sicherheit auch schon mal Gedanken machen. Für das Haus selbst brauchen wir ziemlich aufwendige Anlagen. Die Versicherung, Sie verstehen. Ich kann mich um diese Dinge nicht selbst kümmern. Die Firma, die mein Architekt beauftragt hatte, ist in Konkurs gefallen, und da bin ich auf Sie gekommen.«

»Ach, nur für meine Statistik ... Wie *genau* sind Sie denn auf meine Firma gekommen?«

»Tja, wo Sie mich so direkt fragen ... Es ist sonst nicht meine Art, eine x-beliebige Telefonnummer aus dem Branchenbuch herauszusuchen, schon gar nicht, wenn es sich wie bei Ihnen offensichtlich um eine kleine, unbekannte Firma handelt. Oder liege ich da falsch?«

»Äh ... nein, um die Wahrheit zu sagen. Ich habe erst vor kurzem eröffnet.«

»Nun denn, zeigen Sie mir, was Sie können. Dem Nachwuchs eine Chance, das ist sowieso eine anständige Geschäftsdevise. Ich habe auch mal angefangen. Wenn Sie es gut machen – ich habe auch eine Firma, Computersoftware, vierzig Angestellte. In letzter Zeit ist es in meinem Betrieb zweimal zu Fällen gekommen ... Aber lassen wir das, machen Sie erst mal die Sache mit meinem Haus, dann sehen wir weiter. Kommen Sie morgen um ... sagen wir, achtzehn Uhr. Passt Ihnen das? Na prima. Guten Tag.«

Verblüfft lauschte Ben dem Klicken in der Leitung, als sein neuer Klient auflegte.

Nach einem köstlichen, leichten Mittagessen, bestehend aus einer Gemüsebrühe, gefolgt von hauchdünnen Heidelbeerpfannkuchen mit Schlagsahne, schob Mathilde Georgs Rollstuhl in den Garten, wo er unter der großen alten Ulme ein Nickerchen machen wollte. Sie beugte sich über ihn und küsste ihn sanft. Einen Augenblick blieb sie vor ihm stehen und beobachtete ihn, die entspannten Züge, die dunklen, an den Schläfen ergrauten Locken, die kräftigen, im Schoß verschränkten Hände. Beim Anblick dieser Hände wurde ihr jedes Mal warm, und sie dachte an die herrliche Musik, die sie erzeugen konnten, auf der Klaviatur des Steinways ebenso wie auf derjenigen ihres Körpers. Spontan küsste sie ihn abermals, bevor sie sich seufzend aufmachte, um die Küche wieder auf Vordermann zu bringen. Georg kochte zwar anbetungswürdig, aber seine Wirkungsstätte ähnelte hinterher immer einem Schlachtfeld. Anschließend ging Mathilde in den Salon, um Staub zu wischen. Hier fand sie Penny auf Händen und Knien laut schluchzend auf dem blankpolierten Parkett herumrutschen.

»Du lieber Himmel, was ist mit dir passiert, Penny?«

»Ich habe eine Kontaktlinse verloren!«

»Aber das ist doch kein Unglück, Kind!« Mathilde ließ sich ebenfalls auf die Knie nieder. »Wir finden sie schon, ich helf dir suchen. Du brauchst deswegen nicht zu heulen.«

»Ich heul doch nicht, weil sie mir rausgefallen ist. Es ist genau umgekehrt.«

»Warum heulst du dann?« Mathilde klaubte die Linse vorsichtig vom Parkett und hielt sie hoch. »Hier ist sie.«

»Es ist so traurig. Sie musste so jung sterben.«

»Oh, das tut mir leid«, sagte Mathilde mitfühlend. »Eine Bekannte von dir?«

»Agnes Bernauer. Sie ist ertrunken«, schniefte Penny.

»Du meine Güte! Konnte sie nicht schwimmen?«

»Sie wurde ertränkt, kaltblütig ermordet!«

»O mein Gott«, rief Mathilde erschüttert aus. »Wer kann denn so etwas Entsetzliches tun?«

»Der Herzog von Bayern«, sagte Penny und wischte sich das Auge aus, bevor sie die Linse mit geübtem Griff wieder einsetzte. »Sie war von niedriger Geburt; sie war bloß die Tochter eines Baders. Der Sohn des Herzogs verliebte sich in sie und heiratete sie, gegen den Willen seines Vaters. Als der junge Herzog auf Reisen war, ließ sein Vater die Bernauerin in Ketten legen und ihr den Prozess machen, weil sie seinen Sohn behext hätte. Sie wurde in der Donau ertränkt!«

»Sag mal, kann es sein, dass das schon eine *ganze* Weile her ist?«

»Wie? Natürlich ist es das. Sie hat den jungen Herzog 1430 geheiratet, und 1435 wurde sie umgebracht. Man forderte sie zuerst auf, öffentlich zuzugeben, dass sie nicht die legitime Frau des jungen Herzogs wäre. Hätte sie das getan, wäre sie frei gewesen. Aber sie hat sich zu ihrem Mann bekannt. Deshalb musste sie sterben. Sie haben sie gefesselt und ins Wasser geworfen, aber die Strömung hat sie ans Ufer getragen. Sie hat laut um Gnade gefleht, doch der Henker hat eine lange Stange genommen, ihr wunderschönes blondes Haar darum gewickelt und sie so lange unter Wasser gedrückt, bis sie tot war.« Penny wies in flammender Empörung auf das aufgeklappte Buch auf dem Sofa.

Aberglauben, las Mathilde. »Und der Mann von dieser Agnes, der junge Herzog? Was hat der dazu gesagt, als er zurückkam von seiner Reise?«

»Ach, der! Der hatte ihre Liebe doch gar nicht verdient! Klar, zuerst hat er gemeckert und wollte von seinem Vater nichts mehr wissen und sogar gegen ihn zu Felde ziehen, aber später hat er ihm doch nachgegeben und eine Adlige geheiratet, noch ehe das Trauerjahr um war. Zehn Kinder hatte er mit dieser anderen!«

»Ja, das ist wirklich eine traurige Geschichte«, gab Mathilde zu.

»Traurig ist nicht die passende Beschreibung. Grausam waren diese Menschen. Auf eine ähnliche Weise wurden später noch viele Frauen umgebracht. Vor allem die, die als Hexen angesehen wurden. Man nannte dieses Verfahren Wasserprobe. Dabei wurden die der Hexerei angeklagten Frauen nackt ausgezogen und gefesselt; der linke Daumen an den rechten großen Zeh, der rechte Daumen an den linken Zeh. Dann wurden sie in den Weiher geworfen. Natürlich durfte das ganze Dorf dabei zusehen. Ging die arme Frau nun unter, war sie unschuldig. Das war eben Pech. Schwamm sie aber oben, war sie eine Hexe, denn Hexen sind extrem leicht. Viele schafften es logischerweise durch ihr Gezappel, oben zu bleiben, oder der Henker hat an dem Seil, an dem die Frauen festgebunden waren, gezogen, damit sie oben blieben. Also waren sie Hexen. Es gab auch noch andere Methoden, um Hexen zu identifizieren. Etwa das Wiegen. Hexen waren ja angeblich ganz leicht, und da stellte man sie eben auf gefälschte Waagen, auf denen sie fast nichts wogen. Die Leute hatten damals eine derartige Angst vor diesen Waagen, dass manche vorsorglich nach Holland fuhren, da gab es in einem Ort namens Oudewater eine geeichte Käsewaage, auf der sie sich ganz amtlich haben wiegen lassen, damit ihnen daheim kein Hexengewicht mehr angedichtet werden konnte. Und dann gab es noch das Hexenstechen; die Engländer haben es erfunden. Es gab sogar den Beruf des Hexenstechers.«

»Das hört sich ziemlich hässlich an.«

»War es auch. Sie haben es hauptsächlich in Frankreich und England praktiziert. An den verdächtigen Frauen wurde die so genannte Nadelprobe durchgeführt. Man zog ihnen in aller Öffentlichkeit das Kleid hoch, bis über den Kopf, damit sie nichts mehr sehen konnte. Drunter waren sie natürlich nackt, das gehörte anscheinend immer dazu. Wenn sie irgendwo ein Muttermal oder eine Warze hatten, stach man mit einer Nadel hinein, und wenn bei einer Frau kein Blut kam, war sie eine Hexe. Natürlich kam fast nie Blut, weil sie nämlich entweder gar nicht vernünftig hineinstachen oder das stumpfe Ende der Nadel benutzten, das war der Trick an der Sache. Der Hexenstecher oder -schnüffler, wie er auch genannt wurde, bekam zwanzig Schillinge für jede überführte Hexe. Clever, was?«

»Es ist scheußlich.«

»Oh, das ist noch harmlos. Wenigstens war in England die Folter verboten. Was glaubst du, was die damals in Deutschland alles mit den Frauen gemacht haben, die als Hexen angeklagt waren! Wenn jemandem die Nase von irgendwem nicht passte, brauchte er nur zur Inquisition zu laufen und zu behaupten, dass er den Betreffenden beim Hexen beobachtet hätte, ganz anonym, versteht sich. Das nennt man Denunziation, und damals galt das als ganz legitimes Anklagemittel. Schwupps, schon war der Angeschwärzte dran. Das ging ganz automatisch, erst mal ab in die Folterkammer. Und dann ging's los: Streckbett, an den Füßen aufhängen, in die eiserne Jungfrau, mit glühenden

Zangen zwicken, bis sie zugaben, mit dem Teufel im Bunde zu sein. Wenn sie es endlich zugaben, weil sie die Folter nicht mehr ertragen konnten, kamen sie auf den Scheiterhaufen. Wenn sie standhaft blieben, wurden sie solange weitergefoltert, bis sie es entweder doch zugegeben haben oder gestorben sind. Und diese Burschen, diese Folterknechte … weißt du, wofür die sich am meisten interessierten? Wie oft sie es denn nun mit dem Teufel getrieben hätten, wie sich das angefühlt hätte und solches Zeugs. Die müssen total pervers gewesen sein!«

»Ja, das waren sie wohl«, meinte Mathilde seufzend. »Menschen, die andere foltern und quälen, sind sicher immer auf die eine oder andere Weise krankhaft veranlagt.«

»Das steht in dem Buch auch so ähnlich drin. Es macht mich fertig, ehrlich. Ich glaube, ich befasse mich lieber mit den Zaubereien. Sieh mal, da ist noch ein Buch über Kabbalismus, mit allen möglichen Sprüchen. Das schau ich mir jetzt an. Meine Agentin fährt auf so was ab, sie läuft ständig mit Tarotkarten durch die Gegend.« Penny blätterte eifrig, und Mathilde staubte kopfschüttelnd den Flügel ab.

Ben entdeckte Annettes brünetten Haarschopf zwischen zwei Regalen. Sie sortierte einen Arm voll Bücher ein, und als sie ihn sah, ließ sie ein paar davon fallen. Ben eilte zu ihr und half ihr, sie aufzuheben und richtig einzuordnen.

»Vielen Dank«, sagte sie, sich mit einem verlegenen Lächeln aufrichtend. »Nett, dass Sie noch mal bei uns vorbeischauen. Ist Ihre … Frau heute nicht mitgekommen?«

»Nein. Ich würde mich gern noch mal mit Ihnen unterhalten, wenn Sie Zeit für mich haben.«

»Kein Problem. Gehen Sie doch schon in den Lesesaal, ich stelle nur noch ein paar Bücher ein, dann komme ich auch rüber.«

Ben humpelte zu der Sitzecke im Lesesaal und sah sich um; an diesem Vormittag herrschte wenig Betrieb in der Bücherei. Die meisten Benutzer kamen nachmittags hierher.

Annette kam und setzte sich zu ihm an den Tisch. »Sind Sie zurechtgekommen mit den Büchern? Ich hoffe, sie bringen Ihnen etwas!«

»Äh … na ja, um genau zu sein … ich bin bisher noch nicht zum Lesen gekommen. Meine … die junge Dame, die gestern mit mir hier war, hat sich aber schon bestens eingelesen. Ich bin eigentlich nur hier, um Sie zu fragen, ob Sie vielleicht noch Informationen über diesen Laden haben … diesen Esoterikladen, von dem Sie mir die Adresse gegeben hatten.«

»Sind Sie da gewesen? Verrückter Schuppen, oder? Ich habe mir das Ding auch mal angesehen, vor vielen Monaten, als ich noch an meiner Arbeit geschrieben habe. Ein komisches Volk treibt sich dort herum. Irgendwie haben Sie wohl gemerkt, worauf ich aus war, dass ich bloß schnüffeln wollte. Sie haben geblockt. Ich habe zwar einiges munkeln hören, aber bei diesen harmlosen Workshops war nichts herauszukriegen. Ich habe den Verdacht, dass sie einen kompletten Coven betreiben, dass heißt einen inneren Zirkel mit maximal dreizehn Teilnehmern, in dem sie Rituale vollziehen.«

»Rituale?«

»Sabbat, Beschwörungen, Zaubersprüche und dieser Kram. Ich hatte Ihnen doch vom Wicca-Kult erzählt. Ich schätze diese Gruppe so ein, dass sie eher kabbalistisch-hermetisch orientiert ist, aber das ist nur eine Vermutung. Nach dem Kram, der in dem Laden rumliegt, scheinen sie sich von allem das Farbenprächtigste ausgesucht zu haben. Kabbalismus, aber auch keltisch-druidischer Mystizismus, und vielleicht ein bisschen orientalische Zauberei und moderne Chaos-Magie. Und möglicherweise herkömmliche, abendländische schwarze Magie, mit allen bekannten Abartigkeiten.«

»Damit kann ich im Moment nicht viel anfangen, tut mir leid.«

»Vergessen Sie's ruhig. Ist eh alles Humbug, Hokuspokus …«

»… Abrakadabra, dreimal schwarzer Kater«, grinste Ben.

»Wo Sie schon davon anfangen … Vielleicht interessiert es Sie. Das Wort ›abrakadabra‹ ist eines der ältesten magischen Wörter überhaupt«, erklärte Annette. Sie nahm einen der Leihzettel vom Tisch und schrieb schnell etwas darauf. »Sehen Sie sich das an!«

Ben schaute die eigenartige Buchstabenfolge an, die sie auf dem Zettel notiert hatte:

abrakadabra
abrakadabr
abrakadab
abrakada
abrakad
abraka
abrak
abra
abr
ab
a

»Das sieht verrückt aus. Was hat das zu bedeuten?«

»Dieses Wort hat nicht nur angeblich große Magie, sondern es ist auch eine mathematische Besonderheit. Es kann nicht weniger als eintausendundvierundzwanzig Mal gelesen werden, wenn man von irgendeinem a links anfängt und bis zum letzten a in der oberen rechten Ecke fortschreitet, indem man sowohl in horizontaler Richtung, wie auch rechts aufwärts in schiefer Richtung weitergeht. Das Wort ›abrakadabra‹ und seine spezielle Schreibweise wurde schon bei dem römischen Dichter Serenus Gamonicus um zweihundert nach Christus erwähnt.«

»Interessante Spielerei. Wo ich eben vom schwarzen Kater sprach … ich habe in dem Laden eine Frau kennen gelernt, vielleicht Mitte Dreißig, aber schneeweiße Haare …«

»Balbina. Trägt sie immer noch ihre dunkle Brille?«

»Ja. Hat sie was mit den Augen?«

»Vermutlich schon. Ich schätze, sie sind rot, denn sie ist ein Albino, genau wie ihr Vater.«

»Vater?«

»Ja, Johannes von Stauf, der Obermagier in dieser Clique. Ihm gehört zwar der Laden, aber man sieht ihn selten. Bei den Workshops taucht er für gewöhnlich überhaupt nicht auf. Ich habe ihn nur ein einziges Mal getroffen, und das auch eher zufällig, in einem Café. Ich saß an einem Tisch in der Nähe und hörte, wie diese weiße Hexe ihn Vater nannte. Ich drehte mich um und sah ihn an, da war mir klar, dass er nur ihr Vater sein konnte. Weiße Haare, weiße Haut, genau wie sie. Unheimlicher Typ. Ich war froh, dass ich mit meiner Arbeit fertig war und damit keinen Grund mehr hatte, um diesen Laden rumzuschleichen. Andererseits ... haben Sie die Bücher gesehen?«

»Sie meinen in dem Esoterikladen? Ziemlich viel verstaubtes Zeug.«

»Ich glaube, dass diese Sammlung einzigartig in ganz Deutschland ist, vielleicht sogar in Europa. Ich habe dort längst vergriffene Titel gesehen, manche mehr als hundertfünfzig Jahre alt. Antiquitäten, herrliche Raritäten«, schwärmte sie. »Natürlich unerschwinglich. Ich frage mich, wieso sie so offen und ungesichert dort herumstehen.«

»Vermutlich, weil sich niemand für diesen Schwachsinn interessiert«, meinte Ben nüchtern, »und ihr bestes Stück haben sie sowieso unter Glas.«

»Ah, der *Hexenhammer!* Sie haben ihn gesehen?«

»Sah für mich auch nur wie ein altes Buch aus. Wie geht denn dieser Laden? Wissen Sie etwas darüber?«

»Ich vermute, er geht sogar sehr gut. Es sieht zwar alles ziemlich vergammelt aus, aber ich glaube, das ist nur Taktik. Ein bisschen nettes, verstaubtes, pittoreskes Ambiente wie aus dem Zauberlehrling. Gut fürs Geschäft. Sie verkaufen Amulette, Talismane, Kräuter und anderen Kram. Sie besprechen Warzen, und für einen Batzen Geld können Sie sich auch andere Zaubersprüche bestellen, etwas für jede Lebenslage, zum Beispiel Heilzauber, Schutzzauber, Liebeszauber, ich glaube sogar Schadenszauber. Außerdem haben sie eine Menge zahlende Kunden bei diesen Workshops.«

»Ich habe auch so was gebucht. Alraunengraben.«

»Ach du meine Güte! Dreihundert Mark! Oder kostet es inzwischen mehr? Das ist der größte Nepp. Die Alraune sind natürlich vorher eingegraben worden, damit die dämlichen Kunden sie zufällig dort ›finden‹. Und dann dieser dressierte Pudel ... Aber ich will nicht zu viel verraten, warum soll ich Ihnen den Spaß verderben?« Annette kicherte.

»Wie kommt es eigentlich, dass ein nettes Mädchen wie Sie in einer Bücherei gelandet ist?«

»Was hätte ich denn Ihrer Meinung nach werden sollen? Diplomhexe?«, lachte sie. »Vielleicht hätten sie mich ja sogar genommen. Ich kann zwar nicht besonders gut zaubern, aber immerhin habe ich fundierte Kenntnisse über *Die epigonalen Strömungen im wiedererwachten Wicca-Kult in einer vergleichenden Betrachtung zu mittelalterlichen häretischen Bewegungen.«*

»Donnerwetter, das hört sich einschüchternd intelligent an.«

»Halb so wild. Nein, im Ernst. Ich arbeite gern in der Bibliothek. Immerhin treffe ich sehr interessante Leute hier.« Sie schob die Brille auf die Nasenspitze und blickte ihm in die Augen, abschätzend und erwartungsvoll.

Ben erhob sich und gab ihr die Hand. »Ich komme wieder, Annette.«

»Das würde mich freuen, Benjamin!«

Während Ben zum Ausgang ging, überlegte er angestrengt, woher sie seinen Namen wusste. Erst draußen beim Wagen fiel ihm ein, dass er, auf einer Benutzerkarte verewigt, in ihrer Kartei ruhte.

IX

Die Fotowand in dem Schwabinger Studio war diesmal in Grün gehalten. Alle Schattierungen von Grün, changierend, ineinander verschwimmend, wie ein unruhiger Farbensee auf einer schwankenden Palette, verwischte Töne von Meergrün, Lindgrün, Türkisgrün, Malachitgrün und Moosgrün – die Farbe von Pennys Augen. Atemberaubend sexy, in einem jadegrünen, tiefausgeschnittenen Abendkleid posierte sie wieder vor der Wand, verrenkte und bog sich nach den schrillen Anweisungen des schwarzgekleideten Rumpelstilzchens. »Go, Baby, go! Sinnlich, sinnlicher, komm schon! Ach, ich hab's vergessen, du weißt ja nicht, was das ist. Mach den verdammten Mund auf und schau mich an, als wolltest du ihn mir lutschen. Ja, so, das ist es, noch mal, andere Seite, und dasselbe noch mal. Jetzt hinknien, Kopf nach vorn hängen und in den Nacken damit, aber mit Schwung, alle Haare auf einmal, jetzt! Und nicht vergessen – schmachten, schmachten! Noch mal! Okay, probier's mal im Liegen. Nein warte, Joey, komm her!«

Ein langer, dünner Mensch stürzte sich mit verschiedenen Utensilien auf Pennys rotschimmernde, üppig gewellte Haarflut und kämmte, toupierte, arrangierte. Zum Schluss hüllte er ihren Kopf in einen dichten Sprühnebel. »Gut so!«, schrie Mike ungeduldig. »Jetzt brauch ich mehr Licht von oben. Licht, Baby, Licht. Wenn ich Licht sage, meine ich Licht! Klar?«

In dem Stil ging es noch eine Viertelstunde weiter. Penny wälzte sich mit einer Engelsgeduld auf dem Boden herum, gehorchte den scharfen Kommandos des Fotografen aufs Wort, ertrug seine boshaften Kommentare über ihre fehlende Sinnlichkeit, ohne eine Miene zu verziehen, und als das Shooting wenig später zu Ende war, verschwand sie wortlos hinter der grünen Wand.

Mike kam sofort auf Ben zustolziert und strahlte ihn vergnügt an.

»Wenn das nicht die schönen Zähne von vorgestern sind! Hast du es dir anders überlegt, Junge? Nein? Echt schade. Du könntest gute Asche machen. Du bist auch nicht schlecht gebaut. Kein Interesse an Unterwäsche?«

»Ich bin behaart wie ein Gorilla«, grinste Ben. »Und ich habe am ganzen Körper Narben ... von einer Messerstecherei.«

»Wirklich?« Mike kam mit geweiteten Nasenflügeln näher. »Du warst wohl noch nicht mit ihr im Bett, was? Vielleicht stehst du nicht auf Weiber, eh?«

In diesem Moment erschien Penny und enthob Ben einer Antwort. Sie fasste ihn unter und zog ihn zum Ausgang.

»Lass ihn ran, Baby, sonst schnappen ihn sich andere!«, schrie Mike ihr fröhlich nach.

Penny verzog ärgerlich das Gesicht. »Eines Tages vergesse ich mich und gebe ihm einen Tritt.«

Ben musterte sie, während sie die Treppe hinuntergingen. Sie hätte beinahe schulmädchenhaft brav gewirkt in ihren verwaschenen Jeans, den Blümchenturnschuhen und dem schlichten T-Shirt. Doch sie hatte sich nicht abgeschminkt, das raffinierte Make-up ließ sie rätselhaft und verführerisch aussehen. In ihren Haaren, die sie sich straff aus dem Gesicht gekämmt und im Nacken zusammengebunden hatte, leuchteten winzige Partikel des Glimmersprays, ebenso wie auf ihrer Haut. In der Sonne sah sie aus wie eine Elfe, glitzernd, unwirklich schön.

»Vielleicht komme ich dir mit dem Tritt zuvor. Der Typ geht mir auf den Keks«, erklärte er.

»Ich weiß. Ich habe mich extra beeilt.«

»Du hättest dich ruhig noch richtig abwaschen können. Nicht, dass du nicht gut aussiehst, aber ich hätte es auch noch fünf Minuten länger ausgehalten.«

»Das ist lieb von dir, aber ich bin ganz wild auf unseren Spaziergang. Soll ich dir deinen Stock aus dem Wagen holen?«

»Nein, danke. Ich bin ganz gut zu Fuß, wenn keine Treppe dazwischenkommt. Gestern und heute habe ich übrigens kaum Beschwerden gehabt, obwohl ich viel in Bewegung war. Es scheint wieder zu werden, auch ohne deine Spezialbehandlung.« Er lächelte sie mit schelmischen Grübchen an.

»Das freut mich, Ben«, sagte sie glücklich. »Du ahnst nicht, wie mich das freut!«

Sie schlenderten zum Englischen Garten.

»Ich war schon seit Jahren nicht mehr hier spazieren.« Ben ließ seine Blicke über die Rasenflächen und die alten, in vollem Grün stehenden Bäume schweifen. »Schön ist es hier.«

»Das liegt wahrscheinlich am Mai. Da ist's im Freien immer besonders schön, finde ich. Man sieht so richtig, wie Leben in alles kommt. Eben noch war alles kalt und kahl, und ein paar Tage später sind die Bäume richtig grün, die Welt ist bunt vor Blumen, der Himmel ist blau wie im Sommer, und es ist wunderbar warm. Ich liebe die Wärme, weißt du.«

»Du darfst doch bestimmt kaum in die Sonne mit deiner Haut, oder?«

Penny bückte sich und sammelte Steine. »Auch wenn's nur der Eisbach ist«, verkündete sie. »Nein, ich darf praktisch überhaupt nicht in die Sonne. Ich mache ja fast nur Beauty, da muss ich blass bleiben. Außerdem werde ich sowieso nicht richtig braun, ich kriege meist nur Sommersprossen, das ist noch schlimmer.«

Ben beugte sich zu ihr und suchte ihre Nase ab. »Du hast aber keine.«

»Im Sommer kriege ich welche, verlass dich drauf. Ich verbrauche jedes Jahr im Sommer hektoliterweise Buttermilch und Zitronensaft.«

»Wird dir da nicht übel?«

»Wie? O nein«, kicherte sie. »Ich trinke das Zeug doch nicht. Es wird auf die Haut geschmiert, zum Bleichen.«

»Was es nicht alles gibt! Komm, hier ist eine gute Stelle zum Werfen. Zeig mal, was du kannst.«

Penny ließ ein paar flache Steine über das Wasser hüpfen. »Hast du gesehen? Achtmal! Achtmal!«

»Davon träumst du aber bloß. Höchstens fünfmal. Außerdem kannst du das letzte Mal nicht mitzählen, denn da versinkt er ja schließlich.«

»Na schön, dann pass auf, was jetzt kommt!«

»Das war schon besser. Vielleicht sechsmal.«

»Mach's besser, du alter Nörgler.«

»Ich habe nicht behauptet, dass ich's besser könnte.« Ben hob ein paar Steine auf und ließ sie kraftvoll über die Wasseroberfläche sausen. »Was sagst du jetzt – das war vorhin mindestens zehnmal.« Er drehte sich zu ihr um und lächelte sie an. »Was hältst du davon, wenn wir uns hinsetzen und ein bisschen ins Wasser schauen? Da vorne der Baum ... der sieht gut aus. Wie ist es?«

Penny blickte auf sein Bein. »Klar.«

»Übrigens wollte ich dir noch eine gute Neuigkeit erzählen. Ich habe heute zwei Fälle bekommen.«

»O Ben!«, schrie sie und warf ihm so ungestüm die Arme um den Hals, dass er taumelte. »Das ist ja wunderbar! Oh, das ist herrlich! Ich habe mir das so für dich gewünscht, wenn du wüsstest, *wie sehr* ich mir das gewünscht habe!« Plötzlich schnüffelte sie geräuschvoll an seinem Hals und wich ein Stück von ihm zurück. »Du warst bei der Bücherziege!«, sagte sie anklagend.

»Was?« Ben war fassungslos.

»Tu nicht so! Ich rieche es. Ich habe eine gute Nase. Eine *sehr* gute Nase. Ich rieche ihr ekliges Veilchenparfum!«

»Ich habe sie nicht angefasst«, verteidigte sich Ben. »Das heißt, ich habe sie doch angefasst, äh, damit will ich sagen ... ich habe ihr nur die *Hand* gegeben, mehr nicht.« Wie kam er dazu, sich zu rechtfertigen? Was sollte dieser Blödsinn überhaupt? Ben ließ sich ärgerlich auf den Rasen fallen und lehnte sich gegen den Stamm der alten Kastanie. Penny blieb mit zornig geballten Fäusten vor ihm stehen.

Ben seufzte. »Komm her«, sagte er nachgiebig, wie zu einem trotzigen Kind, und streckte ihr die Hand entgegen. Sie ergriff sie zögernd und ließ sich von ihm herunterziehen, zwischen seine ausgestreckten Beine. Er zog sie mit dem Rücken an seine Brust, legte von hinten seine Arme um ihre Schultern und hielt sie sanft an sich gedrückt. Sie schmiegte ihren Kopf gegen sein Kinn. »Tut mir leid, ich weiß selbst nicht, was ich gegen diese arme Frau habe.«

Du weißt es ganz genau. Du bist eifersüchtig, half ihr die Stimme der Vernunft auf die Sprünge.

»Ich habe dir noch etwas anderes zu erzählen«, sagte Ben. »Hast du dich beruhigt und hörst es dir an?«

»Mhmm.«

Er nestelte eine Zeitung aus der Innentasche seines Sakkos, klappte sie mit einer Hand auseinander und platzierte die geöffnete Titelseite des Anzeigenblattes auf ihren angezogenen Knien.

»Da ist es. Habe ich mir heute Mittag besorgt.«

Penny starrte verständnislos auf die Schlagzeile. »Neugeborenes verschwunden?«

»Ja. Ich erinnere mich an den Fall. Es stand vor Wochen ganz groß in allen Zeitungen, nicht nur in dieser. Es ging um einen Vorfall, der landesweit für Aufsehen gesorgt hat. Aus einer Entbindungsstation ist ein neugeborenes Baby verschwunden, spurlos. Es blieb verschwunden, und der Fall ist bis heute nicht aufgeklärt. Die Behörden haben zunächst auf Erpressung getippt, aber es kamen keine Lösegeldforderungen. Jetzt tendiert man wohl zu der Annahme, dass irgendeine verzweifelte Verrückte ein Kind wollte und es sich auf diese Weise beschafft hat, weil sie selbst keine Kinder bekommen kann.«

»Hm. Eigenartig. Was hat das mit Paddys Notiz zu tun? ›Die vorletzte Zutat?‹« Penny blätterte um, als könnte die Rückseite ihr Aufschluss über diese Frage geben, aber dort befand sich nur die großformatige Anzeige eines Autohauses.

Ben erriet ihre Gedanken. »Nein, das kann es nicht sein. Er hat es auf die Vorderseite geschrieben, direkt unter die

Schlagzeile, denn sonst hätte es sich nicht auf diese Weise abgedrückt. Ich habe es schon verglichen. Es kommt nur dieser Artikel in Betracht.«

»Vielleicht hat er es gar nicht auf die Zeitung geschrieben, sondern auf irgendwas anderes, das zufällig auf der aufgeschlagenen Seite lag.«

»Du meinst, dass diese Zeitung so eine Art ... Schreibunterlage war? Nein, das würde nicht passen. Warum hätte er sonst den Artikel ausgeschnitten? Ich bin sicher, dass die Notiz zu diesem ausgeschnittenen Artikel gehört, und dass der wiederum mit seinen letzten Recherchen zusammenhängt.«

»Was hat das Verschwinden eines Neugeborenen mit einer Zutat zu tun? Vor allem mit einer ›vorletzten Zutat‹? Das ist total verrückt.«

»Ich kriege es schon raus. Ich habe einen Horror davor, aber ich werde heute Abend diese Bücher wälzen.«

»Liest du nicht gern?«

»Doch, schon. Was glaubst du, was ich während all der Monate im Krankenhaus getrieben habe, und in der Zeit danach, als ich nichts zu tun hatte?«

»O Ben, das alles muss so schrecklich für dich gewesen sein!«

»Sicher«, wehrte er ab. »Wo waren wir stehen geblieben?«

»Bei den Büchern, und dass du vor den Esoterikschwarten einen Horror hast. Welche liest du denn gern?«

»Krimis. Wahrscheinlich meine berufliche Neugier. Und du?«

»Liebesromane«, gestand sie verschämt. »Ich liebe Happy Ends.«

Er wühlte seine Nase in die duftende, kitzelnde Masse ihrer Haare. »Wer liebt die nicht? Hast du heute schon viel von diesem Esoterikzeug gelesen?«

»Einiges. Ich habe den ganzen Mittag damit verbracht. Ich lese kursorisch. Weißt du, was das bedeutet?« Penny legte den Kopf in den Nacken, um Ben ansehen zu können. Er starrte auf ihre samtige Haut, ihre feuchten, leicht geöffneten Lippen, auf denen die Reste irgendeines Lipgloss schimmerten.

»Was?«, murmelte er. Hatte sie ihn etwas gefragt?

»Es bedeutet, dass ich es nur überfliege«, belehrte sie ihn und schmiegte sich enger an ihn. »Aber das heißt nicht, dass ich mir nicht trotzdem sehr viel davon merke. Natürlich, ein paar von den Büchern kannst du glatt vergessen. Ich meine nicht, dass sie nicht gut wären, aber sie sind … Also, ich bin zwar in der Schule immer gut mitgekommen, aber in den Staaten ist das Bildungssystem eben doch ein bisschen anders, und wenn ich mit diesen vielen lateinischen Fremdwörtern in Berührung komme, setzt bei mir immer was aus. Ich hatte Latein in der Schule, bis Mommy und ich rübergezogen sind, und eins steht fest: Das Beste an meiner neuen Schule war, dass ich kein Latein mehr hatte …«

Ben ließ das einschläfernde Auf und Ab ihres Redeflusses in sich einsickern, ohne etwas anderes zu hören als den sanften, einschmeichelnden Klang ihrer jungen Stimme, die entfernten Geräusche anderer Spaziergänger, das zarte Zwitschern der Vögel in dem Baum über ihm. Irgendwo schrien spielende Kinder. Ben zupfte einen Grashalm aus und biss darauf herum. Er spürte Pennys warmen, nachgiebigen Körper in seinen Armen, den rhythmischen Schlag ihres Herzens gegen seine Brust, und er wusste plötzlich, dass sich so der Frühling anfühlte. Ben dachte an die Gräber, vor denen er am Morgen gestanden hatte, suchte den Nachhall des schweren, quälenden Kummers. Aber da war nur eine verklingende, wehmütige Empfindung vergänglicher Trauer, als hätte er eine Wegscheide erreicht und erstmalig nach mühevollem, steinigem Anstieg den Ausblick auf einen friedlich besonnten, sich einladend hügelabwärts windenden Pfad, der ihm Linderung und Hoffnung verhieß.

Pennys Haarschopf leuchtete vor seinen Augen schmerzhaft kupferrot, durchsetzt von den winzigen Glitzerpartikeln. Sie roch nach Leben und Frau. Es war endlich wieder Frühling, und er konnte es fühlen. Er hatte keine Schmerzen mehr, weder in seinem Bein noch in seiner Seele.

»Ben, was hältst du davon, wenn wir beide durchbrennen und in Sünde leben? Ich kümmere mich um deine Wäsche und mache dein Bett, aber kochen musst du, und mindestens einmal die Woche *das* hier.«

An diesem Abend hatte Ben gekocht, und *das* hier war Quiche Lorraine, von der nicht ein Krümel übrig geblieben war. Ben beobachtete Penny, die wie eine satte, zufriedene Katze die Kuppe ihres Zeigefingers abschleckte und einen Schluck von ihrem Wein nahm.

»Zur Sünde gehört ein bisschen mehr als Kochen und Bettenmachen«, erwiderte er anzüglich.

»Natürlich, das hatte ich ganz vergessen. Ich bin selbstverständlich auch für die Drinks zuständig«, kicherte sie.

Georg registrierte vergnügt die gute Laune der beiden. »Wollt ihr beiden nicht die Bücher bis morgen liegen lassen und stattdessen ausgehen?«

Ben schüttelte den Kopf. »Ich will in dieser Sache weiterkommen, Papa. Morgen Nacht ist dieses Alraunengraben, und ich stelle mir vor, dass ich dort vielleicht noch Informationen bekomme. Dazu muss ich aber selbst erst über gewisse Dinge Bescheid wissen. Vor allem brauche ich eine Erklärung für die komische Notiz auf dem Zeitungsausschnitt.«

»Hast du die Zeitung schon besorgt? Zeig doch mal her.« Georg las sich den Artikel aufmerksam durch. »Was hatte Paddy da draufgeschrieben? Die vorletzte Zutat, das war's doch, oder?« Er hob zweifelnd die Brauen. »Und ihr glaubt wirklich, dass das in irgendeiner Weise mit der Hexengeschichte zu tun hat, für die Paddy recherchierte?«

Ben zuckte die Achseln. »Ich habe im Moment keine bessere Erklärung. Es würde zeitlich zumindest passen.«

»Na ja«, meinte Georg zögernd. »Ich hätte da eine Idee … Allerdings ist es vielleicht doch zu weit hergeholt. Obwohl ich mir durchaus vorstellen könnte, dass Paddy auch diesen Gedanken hatte, als er den Artikel las.«

»Spuck es aus, Papa«, verlangte Ben ungeduldig.

»Womit wir wieder einmal beim Fromm und Nutzen einer klassischen Bildung wären«, bemerkte Georg seufzend. »Also gut. Da es bei euch offenbar bereits an Goethe hapert, kann ich wohl schlecht Shakespeare verlangen. Hört zu:

Um den Kessel dreht euch rund,
werft das Gift in seinen Schlund;
Kröte, die in kaltem Stein
Tag und Nächte, dreimal neun,
zähen Schleim im Schlaf gegoren,
sollst zuerst im Kessel schmoren,
sumpf'ger Schlange Schweif und Kopf
brat und koch im Zaubertopf:
Molchesaug und Unkenzehe,
Hundemaul und Hirn der Krähe;
zäher Saft des Bilsenkrauts,
Eidechsbein und Flaum vom Kauz:
Mächt'ger Zauber würzt die Brühe,
Höllenbrei im Kessel glühe!
Wolfeszahn und Kamm des Drachen,
Hexenmumie, Gaum und Rachen
aus des Haifisch scharfem Schlund;
Schierlingswurz aus finsterm Grund;
aus des Lästerjuden Lunge,
Türkennas und Tartarzunge;
Eibenreis, vom Stamm gerissen
in des Mondes Finsternissen;
Hand des neugebornen Knaben,
den die Metz erwürgt im Graben,
dich soll nun der Kessel haben.
Tigereingeweid hinein
und der Brei wird fertig sein.
Abgekühlt mit Paviansblut
wird der Zauber stark und gut.«

Er räusperte sich abwartend.

»Ärgs!«, meinte Penny angewidert, ein typisches Comic-Sprechblasengeräusch.

Ben starrte seinen Vater an. »Du lieber Himmel, Papa! Wie kannst du dir bloß so viel auf einmal merken?«

»Wollt ihr noch mehr hören?«, fragte Georg in bescheidenem Tonfall. »Ich war in der Schule immer sehr fleißig. Wie ist es? Es muss ja nicht aus *Macbeth* sein. Wie wäre es mit etwas von Schiller?«

»Nein danke. Mir hat das schon gereicht.« Ben verzog das Gesicht. »War das jetzt ein typisches Hexenrezept?«

»Phantasie und dichterische Freiheit, wenn du mich fragst. Und nicht ohne Ironie, wenn man an den Tiger denkt. Obwohl … Shakespeare hat ja selbst an den ganzen Hexenzinnober geglaubt. In der Beziehung war er ein Kind seiner Zeit. Und was jetzt die vorletzte Zutat angeht … lässt man das Pavianblut einmal außer Acht, denn das sollte ja nur zum Abkühlen dieser scheußlichen Suppe dienen … also etwas vom Körper eines neugeborenen, ungetauften Kindes, so ist geschichtlich verbürgt, dass sich Hexenzirkel und Satansanbeter bei vielen ihrer schwarzmagischen Rituale dieser ›Zutat‹ bedienten. Ein ganz berühmtes Beispiel ist die ›Voisin‹. Richtig hieß diese Frau Catherine Monvoisin, eine der berüchtigtsten Zauberinnen von Paris, die im siebzehnten Jahrhundert gelebt hat. Sie hat neben den üblichen Wahrsagereien und Abtreibungen auch geheime, verbotene Riten durchgeführt. Bekannt geworden ist sie vor allem als Gehilfin einer Favoritin des damaligen Königs, Ludwigs des Vierzehnten. Um dieser Madame de Montespan die ewige Liebe des Königs zu erhalten, hat sie ihr allerlei Zaubertränke gebraut und schwarze Messen abgehalten, bei denen die Körper nackter Frauen als Altäre dienten. Für diese Tränke und Messen wurden viele Kinder getötet, und all das ist durch polizeiliche Vernehmungsprotokolle belegt.«

»Das ist ja grauenhaft!« Penny schaute entsetzt auf ihren Teller. Die Quiche lag ihr mit einem Mal bleischwer im Magen. »Soll das jetzt bedeuten, dass Paddy den Verdacht hatte …«

»Wahrscheinlich mehr als nur den Verdacht, würde ich meinen.« Bens Gesicht wirkte grimmig. »Und du hast in den Büchern geschmökert, stimmt's, Papa?«

»Stimmt«, gab Georg grinsend zu. »Die Geschichte von der Voisin ist hochinteressant, findet ihr nicht? Und das Gedicht stand auch irgendwo in einem dieser Schinken. Ich kannte es natürlich schon, aber nicht mehr auswendig. Diese Sache mit der vorletzten Zutat hat mich seit gestern beschäftigt, und deshalb habe ich ein bisschen herumgeblättert, bis ich es gefunden hatte.« Unvermittelt wurde er ernst. »Bist du wirklich der Ansicht, dass Paddy in dieser Richtung definitive Erkenntnisse hatte?«

»Ich weiß es nicht genau. Immerhin ist da noch das Fragezeichen hinter seiner Notiz. Ganz sicher wird er sich wohl nicht gewesen sein«, räumte Ben ein.

»Wir wissen im Übrigen immer noch nicht, ob die Gruppe, die wir ins Auge gefasst haben, auch die richtige ist«, bemerkte Penny.

»Morgen Nacht finden wir es heraus«, sagte Ben, »wenn wir die Alraunenschreie hören.«

»Gib dir keine Mühe. Ich hab's abgeschlossen«, erklärte Ben ihr. Er lag bereits auf der dem Fenster zugewandten Seite des Bettes, mit aufgestütztem Ellbogen, den Kopf über das Buch gebeugt, das aufgeschlagen vor ihm auf der Decke lag.

»Aber es ist ungesund, bei geschlossenem Fenster zu schlafen«, protestierte Penny. Sie blickte hinaus in den von dunklen Schatten gefüllten Garten. Geistesabwesend rollte sie die zu langen Ärmel von Bens Pyjamaoberteil hoch. Es reichte ihr knapp bis auf die Oberschenkel. Er beobachtete stirnrunzelnd ihre nackten, schlanken Beine. »Es ist noch viel ungesünder, nachts am Rosenspalier runterzuklettern. Komm schon ins Bett.«

Penny nickte verdrossen und legte sich auf ihre Seite der Matratze. Im Gegensatz zum gestrigen Abend, als sie bereits im Salon eingeschlafen war und Ben sie nur mit Mühe dazu bewegen konnte, aufzustehen und nach oben ins Bett zu gehen, war sie heute Abend hellwach, obwohl es schon fast elf Uhr war.

»Ich lese auch noch ein bisschen«, verkündete sie.

Wir liegen hier im Bett wie ein altes Ehepaar, dachte sie, züchtig im Pyjama, die Gesichter voneinander ab- und dafür der Bettlektüre zugewandt.

»Was liest du gerade?«, wollte sie wissen.

»Ich … äh …« Ben las überhaupt nichts. Er überlegte, wie sie wohl reagieren würde, wenn er ihr dieses Pyjamaoberteil vom Leib reißen würde.

»Ich lese gerade etwas über den Hexensabbat«, improvisierte er. »Und du?«

»Etwas über Voodoo. Das ist komisch, ich dachte immer, das gäbe es nur in Haiti oder in den USA, in den Südstaaten, aber hier kennt man es genauso. Man nennt es Puppenzauber. Die Hexen basteln Puppen aus Wachs oder Stroh und kleben Haare oder Fingernägel der Person dran, der sie etwas Böses wünschen. Dann verhängen sie Flüche darüber, stechen mit Nadeln rein, verbrennen sie und so ein Zeugs. Du hast bestimmt schon davon gehört, oder?«

»Mhmm.«

»Ben?«

»Ja?«

»Findest du mich eigentlich … Ich meine, wenn du mich so ansiehst, hast du da das Gefühl, dass ich … attraktiv bin? Als Frau?«

Seine Pyjamahose spannte plötzlich unangenehm im Schritt. »Ich finde, du bist sehr hübsch. Außerdem finde ich, dass wir jetzt das Licht ausmachen und schlafen sollten.«

Der Himmel war eine riesige umgestülpte Schüssel, tintenschwarz, übersät von winzigen, weißglitzernden Löchern. Das runde fahle Auge der Göttin hing hinter einem bleichen Nebel über den hochaufragenden Monolithen. Unter ihren bloßen Füßen war das trockene Gras spröde und kalt; das Knistern ihrer Schritte vermischte sich mit den anderen Geräuschen der Nacht, dem fernen Ruf einer Schleiereule, dem Zischeln des Windes, den hohlen, ineinander fließenden Klängen des kabbalistischen Gesanges. Die zuckenden Schatten vor dem Feuer bewegten sich vor und zurück, bogen sich ekstatisch zum Takt der Zimbeln und Hölzer, wirbelten durch den wolkigen Rauch.

Er wartete bereits auf sie. Sein Haar leuchtete geisterhaft farblos über der nachtschwarzen Kutte, seine Augen flackerten im Schein des Feuers blutrot. Der brodelnde, blubbernde Inhalt des über dem Feuer aufgehängten Kessels trieb langsame, betäubende Schwaden an den Tänzern vorbei, auf sie zu.

»Du bist gekommen«, flüsterte er. Er warf die Ärmel seiner Kutte zurück und humpelte auf sie zu. Sie verharrte, knapp außerhalb des Lichtbogens um das Feuer, wenige Schritte vor der weißen Linie. Er blieb ebenfalls stehen, auf seinen Stock gestützt.

»Komm«, sagte er und streckte ihr eine langfingrige, bleiche Hand entgegen.

Sie schüttelte den Kopf und wich zurück. Die tanzenden Schatten erstarrten, bildeten schwankende Umrisse vor den hellen Flammen, erwartungsvoll bebend. »Komm!« Seine Stimme klang fordernd. Einige Meter hinter ihm bewegte sich ein weiterer Schatten, weißhaarig, rotäugig, eine seltsame Verdoppelung seiner Gestalt, ein weibliches Spiegelbild.

»Komm!«, verlangte auch dieser Schatten.

Sie schüttelte abermals den Kopf. Ihre Haare flogen, und um die Spitzen waberte flüchtiges blaues Feuer.

Der heulende Gesang um das Feuer veränderte sich, bekam drohende, Furcht einflößende Beiklänge. Das weiße, rotäugige Gesicht und sein Abbild wurden zu hassverzerrten Fratzen. Ein verzweifelter Schrei ertönte dicht am Feuer, schrill und qualvoll, der Schrei eines neugeborenen Kindes, dann der lautlose, nicht minder gepeinigte Schrei eines Mannes, dessen Haar rot war, so rot wie das Blut, das aus seiner Kehle sprudelte und in das Maul eines namenlosen, niederen Wesens spritzte, eines geifernden Dämons, der seine Pranken in die Brust des Mannes grub und seinen Hals zerfleischte. Ein letzter Gedanke, gequält, traurig: *Leb wohl, vergiss mich nicht.*

Sie sagte etwas, ohne die Lippen zu bewegen. *Ich vergesse dich nicht. Ihr Blut für deines.*

Die bedrohlichen, gehässigen Fratzen kamen näher, an den Rand des Feuerscheins. Sie schmeckte Angst auf ihrer Zunge, wandte sich ab und lief zurück, in langen, gleitenden Schritten, weg vom Feuer und den sich wiegenden, verzweifelten Schatten. Ein gigantischer Riese hatte die Schüssel der Nacht angehoben, und am Horizont wurde es hell; Lichtfinger krochen über die verdorrte Ebene und erleuchteten die Silhouette des anderen Mannes, der in der Nähe auf sie wartete. Auch er stützte sich auf einen Stock, aber sein Haar war nicht weiß, sondern schwarz, und seine Augen nicht dunkel wie Blut, sondern so hell wie das bläuliche Innere einer Flamme. »Komm«, bat er sie, und seine Stimme klang warm. Ohne zu zogern trat sie vor und streckte ihre Hand aus. Er schlug seinen Umhang zurück und zog sie in seine Wärme, umfing sie und zog sie nieder auf das brüchige Gras. Seine Hände glitten über ihre glatte, kühle Haut und erzeugten sengende Hitze, wo immer er sie berührte. Sie lag mit geschlossenen Lidern in seinen Armen, und das Auge der Göttin verschleierte sich hoch über ihr im Dunst des aufsteigenden Tages.

Penny erwachte mit einem keuchenden Atemzug, erregt von den heißen Händen auf ihrem Körper. Graues Dämmerlicht war um sie herum, ein diffuser Bote des neuen Tages. Die Stille war fast greifbar, nur unterbrochen vom dumpfen Ton ihres eigenen Herzschlages. Sie war allein im Bett. Die Decke war zurückgeschlagen, ihr Hemd bis zum Hals hochgeschoben. Sie spürte den Schweiß auf ihrer überhitzten Haut, die Feuchtigkeit zwischen ihren Schenkeln. So nass ... Nach einigen Sekunden der Peinlichkeit rechnete sie im Geiste rasch nach, aber es passte nicht; ihre Periode war noch nicht fällig. Sie berührte mit der Hand die feuchte Stelle und hielt die Finger hoch ins blasse Licht des Morgens, dicht vor ihre kurzsichtigen Augen. Sie fand glitschige Flüssigkeit, aber kein Blut an ihrer Hand. Errötend dachte sie an ihren Traum, an die kräftigen, warmen Hände auf ihren Brüsten, zwischen ihren Beinen. Es war so wirklich gewesen. Und diese beunruhigende Nässe ... Ihr fiel ein Buch von Henry Miller ein, dass sie im Nachlass ihres Vaters gefunden hatte und nichts ahnend gelesen hatte, *Stille Tage in Clichy*. Mit rotglühenden Ohren hatte sie als Dreizehnjährige zu begreifen versucht, was es damit auf sich hatte, dass der unermüdliche Romanheld einer Frau den Finger hineinsteckte, *um die Säfte steigen zu lassen,* und wenn die so Beglückte *gar nicht mehr aufhörte zu kommen,* bis es ihr schließlich *herauslief wie aus einem Gartenschlauch*. Penny ahnte vage, dass ihr Traumerlebnis etwas mit solchen Dingen zu tun hatte.

Wo war Ben? Sie schwang die Beine aus dem Bett, stand auf und wäre um ein Haar über ihren Slip gestolpert, der sich um ihre Knöchel gewickelt hatte. Schimpfend bückte sie sich, zog ihn hoch und stolperte zur Tür. Sie stand offen, und im Flur herrschte matte Finsternis.

»Ben?« Penny tastete sich auf der Suche nach dem Lichtschalter die Wand entlang. Aus dem Bad hörte sie Geräusche. Probehalber drückte sie die Klinke nieder. Die Tür war unverschlossen. Das Rauschen der Dusche erfüllte den Raum, und durch die zugeschobene Kunststofftür der Duschkabine meinte sie ein leises Stöhnen zu hören. Wieso um alles in der Welt duschte Ben jetzt? Sie blickte auf ihre Uhr. Es war kurz nach fünf.

»Ben? Ist alles in Ordnung?« Sie ging zur Dusche und klopfte an die Scheibe, hinter deren milchiger Fläche sie den dunklen Umriss seines großen, massigen Körpers erkannte. »Ben? Was machst du da?«

»Ich dusche«, klang es gedämpft zurück.

»Ja, das sehe ich. Aber wieso? Es ist doch noch nicht Tag!«

»Weil ich eine kalte Dusche brauche.«

Es stimmte. Penny hatte es nicht bemerkt, aber es drangen keine Dampfschwaden über den Rand der Duschwand, also war das Wasser tatsächlich kalt. Warum brauchte er eine kalte Dusche?

»Geh wieder ins Bett, Penny«, rief er. »Es dauert noch eine Weile.«

Kopfschüttelnd tappte sie zurück ins Schlafzimmer, legte sich hin und schlief kurz darauf wieder ein, in der Hoffnung, den angenehmen Traum noch einmal beleben zu können.

Ben dagegen bemühte sich nach Kräften, die Nachwirkungen dieses Traums zu vertreiben. Er war um einiges früher aufgewacht als Penny, von ihren Händen, die Halt suchend nach ihm griffen. Er hatte sie instinktiv an sich gezogen, an seine nackte Brust, hatte ihren nachgiebigen Körper gespürt, der sich an ihn schmiegte. Ohne nachzudenken hatte er ihr das Hemd hochgeschoben, und seine Hände hatten ihre Haut gefunden, zitternde Bereitschaft und willige Bewegungen, seufzendes, wortloses Verlangen nach mehr. Es hatte nicht viel gefehlt, und er hätte es getan. Verschwommen erinnerte er sich an seine Worte. Er hatte mit ihr geredet, leise, murmelnd, hatte sie gefragt, ob sie ihn wolle, hätte beinahe ihr lustvolles Stöhnen als Antwort gewertet, bis er plötzlich feststellte, dass sie noch fest schlief und offenbar lebhaft träumte. Nur eine halbe Minute später hatte er unter der Dusche gestanden. Penny musste ihn für verrückt halten. Fröstelnd drehte er den Wasserhahn zu, stieg aus der Dusche und trocknete sich ab. Er schlüpfte in seine Pyjamahose und ging zurück ins Bett. Inzwischen war es hell geworden. Penny war ein kleiner, regelmäßig atmender Hügel unter der Decke; ihre wirren Haare leuchteten wie ein roter Farbfleck auf dem Kopfkissen. Er rutschte so weit wie möglich von ihr ab, bis zum Bettrand. Sonnenlicht stahl sich durch das Fenster, brachte winzige Staubpartikel zum Flimmern. Nach einem letzten Blick auf die schwebenden, im Licht glitzernden Teilchen schloss Ben die Augen. Zu seiner eigenen Überraschung schlief er fast augenblicklich ein.

X

»Glaub mir, es ist ein völlig normales, stinklangweiliges Büro. Du hast mehr von deiner Freizeit, wenn du vor deinem Fototermin noch ein bisschen bummeln gehst. Außerdem kommt nachher die Klientin zu einem Besprechungstermin, also habe ich sowieso keine Zeit für dich. Da, probier mal die Marmelade. Haben Papa und ich selbst gemacht.«

»O bitte, Ben! Nimm mich doch mit! Ich möchte es so gerne sehen! Ich bin auch mucksmäuschenstill. He, ich habe eine Idee! Lass mich solange deine Sekretärin sein! Du hast doch ein Vorzimmer, wie würde es aussehen, wenn niemand drinsitzt und du selbst die Türe aufmachst? Hör mal, in Geschäftsdingen musst du praktisch denken. Man lebt von seinem guten Ruf als Freiberufler, von Mund-zu-Mund-Propaganda. Ich halte mich immer daran, auch wenn's manchmal schwer fällt. Was glaubst du, wieso ich mir von diesem aufgeblasenen Wichtigtuer Mike so viel gefallen lasse? Nicht nur, weil er einer der besten ist. Nein, Disziplin ist alles in dem Gewerbe, und ein dummes Wort über mich kann mir alle Kontakte versauen. ... Mhmm, die Marmelade ist gut. Weißt du, dass ich noch nie selbstgemachte gegessen habe? Ist das Kirsche? Ob ich noch eine Semmel esse? Übrigens habe ich nicht ein Gramm zugenommen, seit ich bei euch esse, obwohl ich doch wirklich Riesenberge bei jeder Mahlzeit verdrücke. Das ist verrückt, irgendwie unheimlich. Vielleicht ist es aber auch der Klimawechsel, oder der Föhn ...«

Ben nahm einen Schluck von seinem Kaffee. Er hörte Pennys eifrigem Geplapper diesmal aufmerksam zu. An dem, was sie über die Vorzüge einer Sekretärin gesagt hatte, war zweifellos einiges dran.

»Na schön, du kannst mitkommen, ausnahmsweise.«

»O Ben!«, schrie sie begeistert.

Er lächelte. Sie war eben doch noch ein Kind, eine Mischung aus quirliger, bezaubernder Tinkerbell und verträumtem, naivem Peter Pan, unschuldig, verlockend und spröde. Nach dem Aufstehen hatte sie ihn ein paar Mal von der Seite angeschaut, und als er ihren Blick erwidert hatte, war sie rot geworden. Ben hatte völlig unbeteiligt getan, bis sie offensichtlich zu der Überzeugung gelangt war, tatsächlich alles nur geträumt zu haben.

»Wenn du meine Sekretärin sein willst, solltest du dir aber vielleicht besser eine Bluse anziehen. Mit diesem Mickymaus- und Blümchenzeug siehst du keinen Tag älter aus als zwölf. Wahrscheinlich würde die Klientin dich auch für meine Tochter halten.«

Sie sah betroffen an sich herunter. »Ich zieh mich sofort um«, erklärte sie eilfertig, sprang auf und rannte aus der Küche. In der Diele hätte sie in ihrer Eile fast Georgs Rollstuhl umgeworfen. »Ben nimmt mich mit ins Büro!«, rief sie ihm vergnügt von der Treppe aus zu, immer zwei Stufen auf einmal nehmend.

Georg rollte in die Küche. »Habt ihr mir noch einen Rest Kaffee übriggelassen?«

Ben nickte und goss seinem Vater an dem großen runden Tisch eine Tasse Kaffee ein, gab Milch und Zucker hinzu und reichte sie ihm.

»Sie freut sich wie ein Kind an Weihnachten, bloß weil du sie mit ins Büro nimmst«, stellte Georg amüsiert fest.

»Sie ist ja auch ein Kind.«

»Ein äußerst gut entwickeltes Kind«, entgegnete Georg trocken.

Ja, dachte Ben. Und obendrein war sie zärtlich und anschmiegsam, wie geschaffen für seine Arme.

»Sie ist zu jung«, erklärte er.

»Sie ist fast zwanzig.«

»Und ich bin zehn Jahre älter als sie.«

»Neun Jahre.«

»Es hat keinen Sinn, Papa. Glaub mir, ich würde liebend gern mit ihr schlafen ... Ich meine nicht nur schlafen, das tue ich ja sowieso ... Ach, zum Teufel, du weißt schon, was ich meine. Aber was hätte sie davon? Sie ist so jung, so unerfahren, sie hat alles noch vor sich. Und ich bin ein verbitterter, abgehalfterter Krüppel. Ich werde ihr das nicht antun. Sie ist kein Mädchen für eine kurze Bettgeschichte. Sie ist so ein liebes, reizendes Ding. Sie hat was Besseres verdient.«

»Ich gebe dir Recht, dass sie für eine Bettgeschichte zu schade ist. Doch du bist keineswegs abgehalftert, mein Junge, und sie ist nicht zu jung. Du hast es vielleicht noch nicht bemerkt, aber sie hat eine ausgeprägte Persönlichkeit. Sie ist erwachsen, und in ihr steckt mehr, als du glaubst.«

»Kann schon sein. Aber sie wird nicht mehr lange da sein, also lassen wir das.« Ben hob den Kopf. »Sie kommt wieder runter. Na schön, dann wollen wir mal. Mach's gut Papa, bis heut Abend. Du bist mit Kochen dran.«

Penny sah sich bewundernd um. »Das ist ein tolles Büro. Du hast einen guten Geschmack, Ben. Hast du alles allein ausgesucht?«

»Ja. Aus zweiter Hand, aber praktisch neu.«

»Es sieht trotzdem noch teuer genug aus. Das muss dich ein Vermögen gekostet haben.«

»Das hat es. Aber ich habe ja eins. Ein Vermögen, meine ich.« Ben lachte bitter. »Der Unfall hat mich reich gemacht, wenn du so willst. Die Versicherung hat sich nicht lumpen lassen. Es ist so viel, dass ich bequem noch ein paar Jahre davon leben kann. Freut mich, dass mein Büro dir gefällt.«

»Es ist perfekt«, sagte Penny behutsam. »Und absolut professionell. Sagen wir, fast professionell. Es fehlen noch ein paar Pflanzen und eine Kaffeemaschine. Dann wäre es eine richtige Bilderbuchdetektei.« Sie lächelte. »Nicht so abgegammelt wie bei Philip Marlowe.«

»Du hast von ihm schon mal gehört?«

»Na klar. Ich steh auf Humphrey Bogart. Vor allem mit Lauren Bacall war er immer unschlagbar. Ich liebe aber auch Casablanca. Ein wundervoller Film, ich habe ihn mindestens zehnmal gesehen. Ich weine immer noch jedes Mal. Mein Gott, wenn er zu Ingrid Bergman sagt: ›Schau mir in die Augen, Kleines …‹«

»Eigentlich war das vor deiner Zeit.«

»Vor deiner auch, oder nicht? Manchmal tust du so, als wärst du hundert Jahre älter als ich.«

»Das bin ich auch.«

»Blödsinn.« Penny setzte sich hinter den Schreibtisch im Vorzimmer und schaltete den PC ein. »Du bist noch keine dreißig und stellst dich an wie Methusalem. Übrigens, wusstest du, dass es da eine altertümliche goldene Regel gibt, wie groß der Altersunterschied zwischen einer Frau und einem Mann sein sollte?«

»So?« Ben musterte sie argwöhnisch.

»Ja, stell dir vor. Jemand hat sich ausgedacht, dass das ideale Alter für den Mann folgendermaßen ausgerechnet wird: Das doppelte Alter des Mädchens minus sieben. Für mich wärst du also zwei Jahre zu jung.«

Ben grinste. Es war so flüssig herausgekommen, dass kein Zweifel bestand – sie hatte es schon vorher ausgerechnet. »Da kannst du aber von Glück sagen, dass du noch nicht auf die Vierzig zugehst«, neckte er sie. »Wer denkt sich denn einen derartigen Schwachsinn aus?«

»Keine Ahnung. Luther vielleicht? Der hat doch noch ein anderes erfolgreiches Eherezept erfunden.« Penny kicherte und tippte auf der Tastatur herum.

»Was weißt *du* denn von Luthers Eherezept? «

»Dad hat es oft zum Besten gegeben, wenn Mom keine Zeit hatte oder Migräne. Ich schätze, er hatte wohl öfter Lust auf Sex als Mommy. Er wusste natürlich nicht, dass ich in der Nähe war und zugehört habe. Ich habe gute Ohren. Sehr gute Ohren.«

Wollte Penny ihm damit irgendetwas zu verstehen geben? Und was sollte das Gerede über Sex? Stirnrunzelnd trat Ben hinter sie und beobachtete ihre Finger auf den Computertasten. »Anscheinend kennst du dich damit aus.«

»Klar. In der Schule gelernt. Ist doch kinderleicht. Du hast ein gutes Gerät, sehe ich. Aber heutzutage sind sie fast alle gut. Oh, du hast ja den Lotus Organizer. Den benutze ich zu Hause auch für meine Terminplanung. Bist du zufrieden damit?«

Ben zuckte die Achseln. »Woher soll ich das wissen. Ich hab's nur kurz ausprobiert, als ich es installiert habe. Bislang habe ich ja erst zwei Termine, einen in einer halben Stunde, einen heute Nachmittag um sechs. Dafür muss ich wahrhaftig keinen PC bemühen.«

Penny klickte das Programm an. »Ordnung muss sein, schon für die Buchhaltung. Und fürs Finanzamt. Du musst immer damit rechnen, dass dir mal eine Betriebsprüfung ins Haus schneit, weißt du. Dann hast du alles fein säuberlich hier drin«, sie klopfte mit dem Zeigefinger auf den PC, »Name, Anschrift, Anliegen, Arbeitsaufwand, Rechnung. Ich schreib dir ein paar Formulare für deine Rechnungen, wenn du willst. Du darfst die Übersicht nicht verlieren, sonst kommst du rettungslos ins Hintertreffen. Zeig mal den Zettel mit den Adressen; ich geb's schnell ein.« Sie gab flink die Daten der Kunden in das elektronische Notizbuch des Organizers ein. »Ich mache meine ganze Organisation allein mit so einem Ding. Die gesamte Buchhaltung, Spesenabrechnungen, Gagen, Terminkalender … ich hab alles da drin, auch die Namen aller Fotografen und Agenturen, für die ich schon gejobbt habe. Sieh mal, wie man die alten Daten vernichten kann.« Sie tippte wahllos ein paar Buchstaben, markierte sie mit der Maus und schob sie in einen kleinen Papierkorb am linken Bildschirmrand, wo sie in Flammen aufgingen. »Das ist cool, oder?« Beifall heischend blickte sie über die Schulter zu ihm hoch.

Ben starrte auf den Bildschirm. »Wie? O ja«, sagte er geistesabwesend. Er dachte an Georgs Worte. *In ihr steckt mehr, als du glaubst.*

Dass sie gut in seine Arme passte, hatte er schon gewusst. Und dass sie backen konnte, kurzsichtig war, für ihr Leben gern Blödsinn plapperte und Angst hatte, dick zu werden. Ach ja, und sie konnte Verspannungen durch Handauflegen heilen. Sie mochte Bogart. Und außerdem war sie eine versierte PC-Benutzerin. Welche Überraschungen hatte sie noch auf Lager?

»Ich kann mich geräuschlos anschleichen und andere belauschen«, sagte Penny munter. »Ich bin ganz gut im Umgang mit einem Fotoapparat und einer Videokamera, das heißt, ich wäre auch für den Außendienst geeignet. Ich tippe zweihundertfünfzig Anschläge in der Minute und koche genießbaren Kaffee, und, was besonders wichtig ist, ich habe ein sehr umgängliches Wesen, das mich in den Augen der meisten Menschen einfach unwiderstehlich macht ...«

Und wahrscheinlich kannst du auch Gedanken lesen, dachte Ben.

»... also bin ich die perfekte Mitarbeiterin für einen Privatdetektiv«, fuhr Penny fort. »Natürlich kenne ich mich mit Sicherheitsanlagen nicht so gut aus wie du. Schließlich hast du jahrelang beim Einbruchsdezernat Erfahrung in solchen Sachen gesammelt. Aber dafür kann ich schießen, wenn's brenzlig wird.«

»Hast du außer dem Backkurs auch noch einen Schießkurs belegt? Sie hätten dir dort beibringen sollen, dass eine Waffe entsichert werden muss, bevor man mit ihr schießen kann. Wo hast du überhaupt dein Schießeisen?«

Penny wurde rot. »Es liegt noch in Paddys Schlafzimmer hinter der Tür.«

Wo sie nackt gestanden hatte. Ben sah augenblicklich wieder ihren gutgewachsenen, unbekleideten Körper vor sich. Ihm wurde warm.

»Solange du für mich arbeitest, wirst du das Ding nicht benutzen. Außerdem brauchst du dich nicht so anzupreisen. Du hast wohl vergessen, dass du sowieso schon engagiert warst«, in seinen Wangen bildeten sich Grübchen, »gegen freie Kost und Logis, wenn ich mich recht erinnere.

Das bezieht natürlich im Bedarfsfalle deine Dienste im Büro mit ein.«

Penny strahlte ihn glücklich an. »Du bist lieb, Ben! Ich wünschte, es würden noch mehr Klienten kommen, dann kann ich dir wirklich eine echte Hilfe sein. Ach, ich will dir ganz fest die Daumen drücken! Ich bin noch mindestens zehn Tage in München, bis die letzten Aufnahmen im Kasten sind. *Bestimmt* kommen noch andere Klienten, du wirst schon sehen!«

Penny war an diesem Nachmittag mit ihren Gedanken nicht bei der Sache. Mike merkte es und pflaumte sie entsetzlich an. Es wurmte sie, aber sie ließ sich nichts anmerken und befolgte seine Anweisungen mit stoischem Gleichmut, innerlich entschlossen, ihm eines Tages eine lange Nase zu zeigen – vielleicht schon beim nächsten Shooting, das sie zusammen machten, wo auch immer. Aber während sie sich bemüht entspannt gegen den Stamm der Birke zurücklehnte, die grüngeschminkten Augen wie befohlen verhangen und lüstern nach oben auf das windgefächelte Laubdach gerichtet, merkte sie, wie ihre Gedanken wieder davonglitten, zu Ben und dem Vormittag in seinem Büro. Es hatte ihr so *gut* gefallen, sie war sich wie eine richtige Sekretärin vorgekommen, geschäftsmäßig, zuvorkommend, ganz die tadellose Vorzimmerdame in ihrem marineblauen Rock und der hochgeschlossenen weißen Bluse. Die Klientin war tief beeindruckt gewesen, und Ben hatte ihr hinterher zu der vollkommenen Vorstellung gratuliert. Er hatte ihr sogar einen Kuss gegeben – zwar nur auf die Wange –, aber sie hatte die Gelegenheit ausgenutzt, sich an ihn zu drücken und ihre Nase in seinen Kragen zu stecken. »Du blödes Weibsbild, bist du taub, oder was ist los? Dreh den Kopf mal zum Baum hin, mach schon! Ich will die Rinde richtig mit drauf haben. Jetzt höher das Gesicht. Augen auf, Augen zu. Sieh nach oben, Penny!«

Sie umschlang den Stamm der Birke mit beiden Armen und blickte gehorsam hoch, genoss das angenehme Gefühl der warm über ihre Haut huschenden Sonnenstrahlen. Sie bog den Kopf nach hinten und betrachtete die hellen, glänzenden, sich hin- und herbewegenden Lichtmuster im zarten Grün der raschelnden Blätter. Sie lächelte verträumt, als sie an Ben dachte, daran, dass es seinem Bein besser ging, dass er jetzt Klienten hatte. Es hatte sogar noch jemand angerufen, während sie die Sekretärin gespielt hatte. Sie hatte mit dem Anrufer gesprochen, gelassen und routiniert, hatte einen Termin mit ihm vereinbart und alle wichtigen Einzelheiten notiert. Es ging um eine private Ermittlung gegen einen säumigen Schuldner, der im Verdacht stand, über mehr Vermögen zu verfügen, als er offiziell zugab.

Ach, sie wünschte, sie könnte immer mit Ben arbeiten. Sie *wusste* einfach, dass die Klienten ihm das Büro nur so einrennen würden! Jeder würde merken, wie tüchtig er war, ebenso tüchtig wie seine Mitarbeiterin.

»Oh, das ist so guuut, Baby!«, stöhnte Mike entzückt. »Warum kannst du es nicht immer so machen!« Die Kamera surrte und klickte unablässig.

Überrascht blickte Penny auf. Was hatte sie denn anders gemacht als sonst?

»Mike, hör zu«, maulte sie. »Du weißt, dass mein Vertrag nur begrenzte Außenaufnahmen gestattet. Ich kriege Sommersprossen, auch das weißt du. Oder ich werde rot im Gesicht, das ist noch schlimmer. Wir sind seit zwei Stunden hier in diesem Park, und ich finde, es reicht langsam!«

»Schon gut, wir sind fertig«, beschied Mike sie in nüchternem Ton. »Das Licht lässt sowieso nach. Du warst heute gut, zumindest zum Schluss.«

Penny war sprachlos über dieses karge Lob. Nein, das traf es nicht – sie war überwältigt! Er hatte sie noch nie nach einem Termin gelobt!

Da Ben sie diesmal nicht abholen würde – er wollte an diesem Nachmittag zu der Villa seines zweiten Klienten hinausfahren –, nahm sie sich reichlich Zeit zum Abschminken, verteilte zum Abschied spontan Küsschen an das ganze Team, und als sie aufbrach, attestierte sie im Vorbeigehen Mike über die Schulter hinweg gutmütig, dass er der coolste und fähigste Beauty-Fotograf sei, der je durch das Objektiv einer Kamera geschaut habe.

In dem grünen, mit Glitzerfäden durchwirkten Minikleid, das sie bei den Aufnahmen getragen hatte, ging Penny anschließend zu Fuß in die nahe gelegene Einkaufszone zum Bummeln. Sie stöberte in Schuhgeschäften, Boutiquen, Buch- und Plattenläden herum, und nach weniger als einer Stunde hatten sich zu der Plastiktüte, in der sich ihr Sekretärinnen-Outfit vom Vormittag befand, ein halbes Dutzend weiterer Tüten gesellt. Bens Bemerkung noch im Ohr, dass sie in ihrer üblichen Freizeitkluft wie seine Tochter aussähe, hatte sie einem hautengen, superkurzen Rock mit dazu passendem, tief ausgeschnittenem Top aus Samtstretch nicht widerstehen können, ebenso wenig wie einem Paar grüner, hochhackiger Wildlederpumps. Die anderen Tüten enthielten Geschenke für Ben und Georg. Als sie sich schließlich schwer beladen zum nächsten Taxistand aufmachte, hatte sie einen beträchtlichen Teil ihrer heutigen Gage ausgegeben. Trotzdem reute sie keine einzige ihrer Erwerbungen, denn ihr lag viel daran, Ben und Georg eine Freude zu machen und sich für die liebevolle Gastfreundschaft erkenntlich zu zeigen.

Vor dem Schaufenster eines großen Juweliergeschäfts blieb sie stehen. Sie machte sich nicht viel aus Schmuck, aber sie war gestern in einem der Bücher auf etwas gestoßen, was sie fasziniert hatte. Neben einer reichhaltigen Auswahl kostbarer Schmuckstücke in der mit mitternachtsblauem Samt bespannten Auslage fand sie nach einigem Suchen auch einige der Gegenstände, von denen sie gelesen hatte. Als sie den Laden betrat, eilte sofort ein beflissener Verkäufer auf sie zu und komplimentierte sie zur Verkaufstheke. Penny stellte ihre Einkaufstüten ab, und während sie sich umblickte, massierte sie zerstreut ihre Handflächen, in denen sich durch die Tragegriffe schmerzhafte Einschnitte gebildet hatten. In dem Laden herrschte eine angenehm gedämpfte Atmosphäre; es roch förmlich nach Luxus und Reichtum. Das durch die hell funkelnden Kristalltropfen mehrerer Lüster gebrochene Licht verlieh dem mit tiefblauen Velours ausgelegten Fußboden einen seidigen Schimmer. Penny sah ihre eigene grüngekleidete Gestalt in mehreren Spiegeln, deren Rahmen mit gehämmerter Silberauflage versehen waren. Der Glitzerstoff ihres Kleides und ihre tiefrot leuchtenden Haare ließen sie im Licht der Kristalllüster wie eine vom Mondlicht überstrahlte Elfe aussehen. Neben ihr spiegelte sich der junge Angestellte des Juweliers, der sie mit offenem Mund anstarrte. Penny blinzelte. Einen flüchtigen Augenblick glaubte sie, im Spiegel hinter sich eine weitere Gestalt auszumachen, einen schwarzen, beweglichen Schatten, abwartend, sie ebenfalls beobachtend. Sie wandte sich zögernd um, aber außer ihr und dem jungen Mann, der bewundernd seine Blicke über ihre anmutige Erscheinung gleiten ließ, war niemand in dem Laden.

»Können Sie mir bitte mal zeigen, was Sie an Glücksbringern führen? Amulette und solche Dinge?«, bat sie.

Während der Verkäufer sich bückte, um verschiedene Schubkästen unter der Verkaufstheke herauszuziehen, nahm Penny aus den Augenwinkeln links hinter sich eine huschende Bewegung wahr, doch wieder war niemand zu sehen, als sie sich umdrehte. Achselzuckend schob sie es auf die von den Kronleuchtern und den zahlreichen Kristallspiegeln verursachten Lichtreflexe.

»Hier haben wir die üblichen Glücksbringer. Tierkreiszeichen, in Silber oder Gold. Schweine, Hufeisen, Kleeblätter, Schildkröten als Kettenanhänger oder auch alles zusammen, zum Beispiel an einem Armband …«

»Ich möchte einen Skarabäus«, erklärte sie und sah sich unbehaglich um. Ein unangenehm kalter Luftzug schien sie zu streifen, und wieder hatte sie das Gefühl, beobachtet zu werden.

»Hier habe ich welche.« Der junge Mann zog eifrig eine weitere Schublade heraus und präsentierte sie ihr. »Dieser dort ist sehr hübsch«, meinte Penny und deutete auf einen der kleinen roten Käfer.

»Der Körper ist aus fünffünfundachtziger Gold, die Flügel sind Korallen, und die Augen kleine Brillantsplitter. Wollen Sie eine Kette dazu?«

»Ja. Haben Sie auch Glückssteine?«

»Natürlich. Die Kette. Für die Dame oder den Herrn?«

»Eine Herrenkette bitte.« Penny schaute nervös im Laden umher, während der junge Mann die Steine holte und eine Auswahl verschiedener Goldketten zusammenstellte. An ihren nackten Armen bildete sich eine Gänsehaut, und die winzigen Härchen in ihrem Nacken stellten sich auf. »Hören Sie ... haben Sie hier irgendwo ein Fenster offen? Ich finde, es zieht!«

Der Angestellte blickte überrascht hoch. »Nein, hier gibt es doch außer den Schaufenstern überhaupt keine Fenster. Und die Tür ist auch zu. Ist Ihnen kalt?«

»Ich weiß nicht.« Penny rieb sich die Arme und deutete dann auf eine Kette. »Ich nehme die dort.« Dann wählte sie ohne zu zögern zwei glatt geschliffene, in Gold gefasste Steine aus, einen goldschimmernden Beryll und einen herrlichen, grünlich leuchtenden Turmalin. Während der Verkäufer ihre Visa-Card entgegennahm und die Schmuckstücke verpackte, sah Penny sich immer wieder nervös um. Das Gefühl, beobachtet zu werden, jemanden hinter sich zu haben, der sich ständig um Haaresbreite ihrem Blickfeld entzog, ließ nicht nach, und als sie mit ihren Tüten dem Ausgang zustrebte, wurde es noch stärker. Der junge Mann hielt ihr höflich die Tür auf und bedankte sich für ihren Besuch. Penny nickte zerstreut und trat ins Freie, unwillkürlich die Lider gegen das gleißende Sonnenlicht zusammenkneifend.

Als sie die Augen wieder öffnete, sah sie ihn.

Er stand auf der anderen Straßenseite, mit beiden Händen auf einen silberbeschlagenen Stock gestützt. Trotz der fast sommerlichen Wärme trug er ein Jackett aus schwerem, nachtschwarzem Stoff, so schwarz wie sein Hemd, seine Hose und seine Schuhe.

Die Schuhe ... Penny schluckte. Einer seiner Schuhe war merkwürdig geformt, wesentlich kürzer als der andere, dick gewölbt und plump. Dann hob sie die Blicke zu seinem Gesicht, dessen teigiges Weiß sich krass gegen die dunkle Kleidung abhob und dessen hagere Züge seltsam konturlos erschienen gegen die sorgsam zurückgekämmten schneeweißen Haare. Der ganze Kopf wirkte auf den ersten Blick wie eine glatte, weiße Kugel, in der die weit geblähten Nasenlöcher schwarze Flecken waren.

Penny schluckte abermals. Die dünnen, farblosen Lippen in diesem Gesicht waren zu einem fast zärtlichen Lächeln verzogen, das *ihr* galt. Er schaute *sie* an, mit seltsamer Intensität. Penny bekam plötzlich keine Luft mehr. Es war nicht dieses Lächeln, das ihr den Atem stocken ließ, auch nicht die wie in gieriger Witterung obszön geweiteten Nüstern. Es waren seine Augen, die bis auf den Grund ihrer Seele sahen. Sie nagelten sie auf dem Bürgersteig vor dem Juwelierladen fest, lähmten ihre Beine und ihre Arme, machten es ihr unmöglich, etwas anderes wahrzunehmen als diesen hypnotischen Blick, der ihr Inneres vollständig entblößte, Augen, die weder hell noch dunkel waren, sondern von einem tiefen, blutigen Rot.

Um diese Zeit war Ben noch nicht unterwegs zu seinem zweiten Klienten, sondern zu Annette. Penny hätte es nicht gefallen, wenn sie gewusst hätte, dass er an diesem Nachmittag wieder die Bibliothek aufsuchte, und deshalb hatte er ihr auch nichts davon gesagt. Ihm war klar, dass sie eifersüchtig war, aber das gefiel ihm, wie ihm überhaupt ihre spontane, zärtliche, besitzergreifende Art gefiel. Als Sekretärin war sie perfekt gewesen.

Auf dem Weg in die Bibliothek verdrängte er die Erinnerung an den erfreulichen Anblick, den Penny am Vorzimmer-Schreibtisch geboten hatte, und wandte seine Gedanken stattdessen dem Fall Patrick Donner zu. Er dachte mit Besorgnis an seinen besten Freund. Nach den dürftigen Erkenntnissen, die er in den letzten Tagen gewonnen hatte, verdichtete sich in ihm der Verdacht, dass die Suche nach Paddy sinnlos war, dass sie ihn vermutlich nie wieder sehen würden. Manchmal, wenn Penny sich unbeobachtet glaubte, sah er ihren verzweifelten Ausdruck und spürte, dass es ihr ebenso ging.

Aber kein Mensch verschwand von allein, und Ben war entschlossen, alle Umstände von Paddys Verschwinden aufzuklären. Er dachte an die intensive Vorahnung, die ihn in dem Esoterikladen überkommen hatte, und war plötzlich sicher, dass die weißhaarige Frau in diese Sache verwickelt war. Doch dieses Gefühl allein brachte ihn nicht weiter. Der Zeitungsausschnitt, die Notiz und die Möglichkeit eines furchtbaren Ritualverbrechens hatten ihm erneut unangenehm zu Bewusstsein gebracht, dass er es hier mit einem Gegner zu tun hatte, über den er zuwenig wusste.

Annette sah auf, als er an die Bücherausgabe trat und sie mit einem schiefen Lächeln begrüßte. »Es tut mir leid, Sie schon wieder belästigen zu müssen, aber anscheinend komme ich nicht ohne Sie aus.«

Sie lächelte erfreut zurück und stand auf, um mit ihm in den Lesesaal zu gehen. »Komisch, aber irgendwie hatte ich Sie schon erwartet.«

Sie setzten sich in die Leseecke. Ben ließ seine Blicke über die geschäftig hin- und hereilenden Besucher wandern. »Nachmittags ist immer schwer was los hier, stimmt's? Eigentlich sollte ich nicht ständig herkommen und Sie von der Arbeit abhalten. Ich …« Er unterbrach sich kopfschüttelnd. »Tut mir leid, Annette, aber ich glaube, ich muss Ihnen endlich reinen Wein einschenken. Ich bin nicht Patrick Donners Bruder, und sein Wagen ist auch nicht gestohlen worden.«

Sie hob die Brauen. »Dachten Sie, ich wäre nicht schon längst selbst darauf gekommen? Immerhin habe ich eine Karteikarte von Ihnen. Sie heißen Röder, nicht Donner. Die Story mit dem Wagen war gut, aber ich habe schon bessere gehört. Und die junge Dame, die sie vorgestern begleitet hat, sah Patrick Donner ausgesprochen ähnlich. Die gleichen roten Haare, die grünen Augen ... eindeutig Geschwister. Ist ihm etwas zugestoßen?«

»Ich fürchte, ja. Er ist seit etwa vierzehn Tagen verschwunden. Ich bin sein bester Freund und außerdem Privatdetektiv. Ich versuche herauszufinden, was passiert ist. Er ist Reporter ... ich nehme an, das wissen Sie?«

Sie nickte, und er fuhr fort: »Sie wissen ja auch über seine Recherchen Bescheid, und außerdem wissen Sie, mit welchen Leuten er vor seinem Verschwinden zu tun hatte. Ich muss einfach mehr über diese Leute wissen. Ich erzähle Ihnen auch gleich, worum es mir geht. Sie sollen mir sagen, ob Sie dieser Gruppe ein Ritualverbrechen zutrauen würden. Damit meine ich die Ermordung eines neugeborenen Kindes zum Zwecke schwarzmagischer Riten.«

Sie holte tief Luft. »Ja. Ja, verdammt noch mal, das tue ich. Ich habe die Geschichte auch in den Zeitungen gelesen, und mir ist dabei ein eiskalter Schauer über den Rücken gelaufen, genau wie Ihnen. Ich habe das Verschwinden dieses Kindes unwillkürlich sofort mit diesen Leuten in Verbindung gebracht, ohne zu überlegen. Und ich sage Ihnen, wann mir noch ein kalter Schauer über den Rücken gelaufen ist ... als ich diese beiden Albinos zusammen in dem Café gesehen habe, als der Mann, dieser von Stauf, dann aufgestanden ist und mich angesehen hat, so, als würde er mich kennen, als würde er auf den Grund meiner Seele blicken. Ich konnte mich nicht rühren, nicht atmen, und alles verschwamm mir vor den Augen in diesem Augenblick, ich dachte, ich würde ohnmächtig. Dabei *kannte* er mich überhaupt nicht. Diese Balbina saß mit dem Rücken zu mir, und ich war sicher, dass sie mich nicht gesehen hatte, denn ich saß in einer etwas versteckten Ecke, als die zwei reinkamen. Aber der Blick dieses Mannes, diese grässlichen roten, bösen Augen ... Er sah mich an, als wollte er mir sagen: ›Ich weiß, dass du bei uns herumgeschnüffelt hast, Annette, dass du uns in deiner Diplomarbeit verewigen wolltest, sei froh, dass du nichts über uns herausgekriegt hast, sei froh ...‹ Ich wollte Ihnen all das schon gestern erzählen, aber Sie waren so … Ich wusste doch nicht … Und Sie hatten mir nicht die Wahrheit gesagt …« Sie verstummte verlegen.

»Schon gut.« Ben spielte nachdenklich mit einem der überall bereitliegenden Leihscheine, faltete ihn zu einem Schiffchen zusammen, zog es wieder auseinander, bastelte einen Flieger daraus. »Ich … das heißt, wir, also Paddys Schwester und ich, haben den Verdacht, dass Paddy zu viel herausbekommen hat, unter anderem möglicherweise ein echtes Verbrechen entdeckt hat, zum Beispiel einen Kindesmord. Er musste verschwinden. Nein, es ist mehr als ein Verdacht … ich bin *sicher,* dass es so war. Wie Penny darüber denkt, weiß ich nicht, aber ich schätze, sie hat es noch stärker empfunden als ich.«

»Was empfunden?«

»Die Beklemmung, als wir bei dem Laden waren. Als ob etwas Böses davon ausging.«

»O ja, das ist richtig«, bestätigte Annette leidenschaftlich. »Sie sind böse, und es gibt noch mehr böse Dinge dort, die sie hüten. Ich bin ein Mensch, der nichts von Hokuspokus hält, das habe ich Ihnen schon ein paar Mal gesagt, ich weiß. Aber es ist so, wie es ist, und es *gibt* eben Dinge zwischen Himmel und Erde jenseits der Schulweisheiten, dunkle, fremde, namenlose Dinge …«

»Nein, Annette«, widersprach Ben sanft. »Ich glaube nicht an Gespenster und fremde Mächte. Sie haben sich wissenschaftlich damit beschäftigt und müssten es besser wissen. Es sind Fanatiker, verdrehte, vielleicht wahnsinnige, in jedem Fall aber hochgradig pathologische und psychotische Typen, die diese schwarze Magie praktizieren, die blutige Riten vollziehen, um Dämonen oder Götter zu beschwören. Ich schätze, dass irgendwas von diesem Wahnsinn … sich ausdrückt, überspringt, wie Radiowellen oder so. Das war es, was ich in diesem Laden empfunden habe, nichts anderes, genau wie Sie damals in dem Café.«

»Ach, vermutlich haben Sie recht«, meinte sie niedergeschlagen. »Ich sollte mich von dieser … irrationalen Furcht frei machen. Ich weiß ja, es ist bloß so eine Art archaischer Regung, wahrscheinlich niedrige Instinkte aus dem Rassegedächtnis …«, sie lächelte gezwungen, »aus einer Zeit, als die Menschen noch auf den Bäumen hockten und den Mond anheulten.«

»So wie es aussieht, gibt es diese Zeit immer noch. In der Beziehung scheinen sich die Menschen nicht allzu sehr verändert zu haben.«

Annette seufzte. »Sicher gibt es den Aberglauben, solange es Menschen auf der Erde geben wird. Und es sind bestimmt nicht die dümmsten, die sich auf die Sterne, die Handlinien oder die Eisheiligen kaprizieren. Es kommen ja auch immer mehr dieser Heilslehren dazu. Früher Tagwählerei, Siderisches Pendel und Bibelstechen. Heute Biokurve, Wochenhoroskop, I Ging, und was sonst noch alles … oh, und natürlich immer noch Tarot, das ist zeitlos. Wagen Sie, etwas dagegen zu sagen, und ganze Horden von Bildungsbürgern stürzen sich auf Sie, um Sie zu lynchen. Die Leute *brauchen* diese Sachen. Die nüchterne, wissenschaftliche Bildung bringt die Menschen nicht weiter, sie lässt die Frage nach dem Sinn des Lebens offen, schätze ich. Es ist wohl das Faustsche Prinzip. Da steh ich nun, ich armer Tor … Funktioniert heute noch genauso wie bei Goethe. Aber um von dieser harmlosen Populär-Esoterik zur Schwarzen Messe zu kommen … ich denke, man überschreitet da eine Art Rubikon. Sicher stimmt es, was Sie sagen. Dieser Schritt bedeutet die Überschreitung der Grenze zwischen normaler, alltäglicher Spinnerei und Psychose. Was haben Sie jetzt vor, Benjamin?«

»Wenn ich das nur schon besser wüsste! Zuerst will ich mich bei den Leuten einschmeicheln, sie aushorchen, etwas über Paddy erfahren. Vielleicht bringt mich irgendeine Kleinigkeit schon weiter. Aber ich bin noch wegen einer anderen Sache heute zu Ihnen gekommen. Sehen Sie, Paddy ist Ende April verschwunden, so um den dreißigsten herum, das konnten wir immerhin ziemlich genau rekonstruieren. Von einer Arbeitskollegin Paddys habe ich außerdem erfahren, dass er nur für ein Wochenende verreisen wollte, und dass er darüber offensichtlich nichts sagen wollte, weil es mit seinen Recherchen zusammenhing. Er war darin ziemlich geheimnisvoll, immer schon, hat behauptet, es wäre schlecht für die Story …«

»Auch so eine Art Aberglaube«, fiel sie ihm lächelnd ins Wort. »Ich weiß, worauf Sie hinauswollen; ich kann mir nur einen Zweck für diese Reise denken: den Tanz auf dem Blocksberg.«

»Wie bitte?« Ben ließ verwirrt den zerknitterten Papierflieger sinken.

»Die Nacht zum ersten Mai ist die traditionelle Hexennacht, heute ebenso wie in alten Zeiten. Die Walpurgisnacht, eine Nacht voller Kraft und Magie, von *großer* Magie … die Nacht für den Ritus der Erneuerung und der Fruchtbarkeit, bei dem sich der Gehörnte und die Göttin vereinigen.«

»Ja, natürlich. Ich … wollte gestern Abend über diesen Sabbat noch etwas lesen, aber irgendwie bin ich wieder nicht dazu gekommen …«

»Sie sind wohl ziemlich beschäftigt, oder?«, meinte Annette mitleidig. »Oh, wo wir schon dabei sind, Sie sagten doch, dass Sie Privatdetektiv sind … Meine Großmutter hat mir neulich mal beiläufig erzählt, dass sie gern einen Detektiv mit der Suche nach einer Person beauftragen würde. Sie hat mich sogar gefragt, ob ich jemanden wüsste. Sie denkt manchmal, ich wüsste alles, weil ich in einer Bücherei arbeite. Vielleicht kann ich ihr Ihre Karte geben?«

»Warum nicht.« Ben ließ den Flieger mit Schwung lossausen. Das geflügelte Papier glitt in schnittigem Bogen durch den Lesesaal und landete im geröteten Stiernacken eines Mannes mit militärischem Bürstenschnitt und Bulldoggengesicht, der Ben an einen besonders rabiaten Schleifer aus seiner Bundeswehrzeit erinnerte. Er wandte sich rasch ab und vermittelte einen unbeteiligten Eindruck, als der Kurzgeschorene sich argwöhnisch umschaute. »Erzählen Sie mir mehr von Ihrer Großmutter.«

Annette hatte den Flug des Papiergleiters verfolgt und unterdrückte ein Kichern. »Mein Großvater ist voriges Jahr gestorben, und da ist Oma eingefallen, dass sie nach Kriegsende eine große Liebe hatte, einen französischen Besatzungsoffizier. Opa war im Feld geblieben, seit Jahren vermisst, niemand wusste, ob er noch lebte. Dem armen Franzosen hat es das Herz gebrochen, als der totgeglaubte Ehemann seiner Kriegsbraut doch noch aus Russland wiederkam, und er hat Oma geschworen, bis an sein Lebensende auf sie zu warten. Sie weiß nur seinen Namen, sonst nichts, und sie hat ein Foto von ihm.«

»Ich könnte es machen, aber es ist nicht ganz billig. Vermutlich könnte sich Ihre Großmutter für das Geld einen schönen Urlaub leisten. Und wer weiß, ob er überhaupt noch lebt oder ob er wirklich gewartet hat.«

Annette machte eine wegwerfende Handbewegung. »Sie hat Geld wie Heu. Und sie will ja *erfahren,* ob er noch lebt und ob er gewartet hat. Also, haben Sie eine Karte oder nicht?«

Ben zog eine Visitenkarte aus seiner Brieftasche und gab sie ihr. »Irgendwo waren wir doch eben stehen geblieben, oder?«

»Beim Tanz auf dem Blocksberg. Ich denke, Ihre nächste Frage ist, wo Sie den Blocksberg finden, habe ich recht?«

Ben nickte und beobachtete Bulldogge, der den Flieger aufhob und von Tisch zu Tisch ging, offenbar um Anzeichen von Schuldbewusstsein aufzuspüren.

»Nun, der klassische Blocksberg, um es einmal so auszudrücken, ist in Deutschland wohl immer noch der Brocken.«

»Meinen Sie, Paddy könnte vielleicht mit diesen Typen zum Hexensabbat in den Harz gefahren sein?«

Annette warf den Kopf in den Nacken und lachte melodisch. Bulldogge kam misstrauisch näher und blieb in anklagender Haltung neben ihrem Tisch stehen. Ben hob mit todernster Miene die Hände. »Ich schwöre, er ist mir aus der Hand gerutscht, ganz ehrlich. Ich entschuldige mich vielmals.«

Bulldogge schnaubte verächtlich und drehte sich auf dem Absatz um, etwas von nichtsnutzigen Tagedieben murmelnd.

»Sie hätten nicht lachen sollen«, tadelte Ben sie grinsend. »Er wäre uns nie draufgekommen.«

Annette kicherte. »Ich konnte nicht anders, tut mir leid. Ich musste mir gerade die Gruppe von diesem Albino auf dem Brocken vorstellen. Wissen Sie, dass dort in der Hexennacht ein richtiges Volksfest stattfindet? Tausende von Hexen hüpfen dort herum, es ist wie beim Fasching. Es gibt Hexentanzgruppen, Kinderhexengruppen, eine Art Reisigbesenballett, und über dem Hexenfeuer werden die Bratwürstchen gegrillt. Ich glaube, dass der Brocken der letzte Ort ist, den wahre Schwarzmagier für ihre okkulten Treffen aufsuchen würden.«

»Wo inszenieren die richtigen Hexen denn dann ihren Sabbat?«

»Es gibt in Europa auch andere Kultstätten mit großer mythischer Kraft, zum Beispiel auf der Isle of Man. Oder nehmen Sie Stonehenge oder Uisneagh in Irland. Aber alle diese Orte sind zu bekannt, um dort irgendwelche blutigen Riten ungestört und unbeobachtet durchführen zu können. Ich wette, dass sie dort auf keinen Fall gewesen sind.«

Er sagte etwas und grinste dabei jungenhaft, mit blitzenden Zähnen und hinreißenden Grübchen.

Annette verlor sich im Blick seiner leuchtend blauen Augen. »Wie bitte?«, fragte sie, plötzlich atemlos und verwirrt.

Er wiederholte geduldig seine Frage. »Wohin würden Sie denn fahren, wenn Sie Lust hätten, um ein Hexenfeuer zu hüpfen und es mit dem großen Gehörnten zu treiben? Sie tun es doch ... die Hexen, meine ich. Wie steht's damit?«

»Womit?«, fragte sie errötend. »Ich ... äh ... Ach so, wohin ich fahren würde ... Keine Ahnung, wirklich nicht. Es gibt unzählige Stellen, die in Frage kommen, überall, wo es einsam ist und uralte Felsblöcke herumliegen, schätze ich. In der Rhön, in Thüringen ... es muss aber nicht in

Deutschland sein. Es kann genauso gut in Frankreich sein, in der Bretagne, in der Camargue, oder in England, in Cornwall zum Beispiel. Oder in Irland oder auch in Schottland … ich weiß es nicht, tut mir leid, Benjamin.«

Er seufzte unhörbar und stand auf. Annette gab sich Mühe, ihre Enttäuschung zu verbergen. »Sie halten mich doch auf dem Laufenden, oder?«, fragte sie eifrig.

»Ich versprech's. Kann sein, dass ich sowieso noch ein paar Mal bei Ihnen reinschneie, solange ich an dem Fall arbeite.«

»Sie können mich auch außerhalb der Öffnungszeiten zu Hause anrufen, wenn Sie … wenn Sie noch Fragen haben. Ich schreibe Ihnen meine Telefonnummer auf.« Sie kritzelte rasch ihre Anschrift samt Telefonnummer auf einen der Leihzettel, bevor sie ebenfalls aufstand und ihn zum Ausgang begleitete. Ben musterte ihr hübsches, schmales Gesicht, den Schwung ihrer glänzenden, brünetten Haare und ihre zierliche Figur. Ihm war klar, dass sie alles andere als abgeneigt war, die Bekanntschaft zu vertiefen, dennoch überlegte er keinen Augenblick lang, ob aus ihrem gemeinsamen Interesse am Hexenkult mehr werden könnte. Ihm stand auf einmal Pennys süßes, zärtliches Lächeln vor Augen, und im selben Moment wusste er, was er wirklich wollte.

Als er vor die Tür trat, blickte er auf die Uhr. In einer halben Stunde war er mit seinem Klienten bei dessen Villa verabredet. Auf dem Weg zum Wagen rieb er geistesabwesend sein steifes Bein, mit einem vagen Gefühl der Dankbarkeit, weil es ihm auch an diesem Tag bisher keine Beschwerden bereitet hatte. Sein behandelnder Arzt hatte ihm noch ein bis zwei weitere Operationen in Aussicht gestellt, mit denen er die Funktionsfähigkeit seines lädierten Kniegelenkes verbessern wollte, aber Ben hatte genug vom Krankenhaus, von Gips- und Streckverbänden, Bettpfannen, miserablem Essen und betulichen Schwestern. Vor allem fürchtete er den langsamen, schmerzhaften Heilungsprozess, der nach jeder Operation zwangsläufig folgte, die mühsamen Anstrengungen, wieder neu das Laufen zu lernen, erst wochenlang mit der Krücke, schließlich mit dem Stock, bis hin zu den ersten wackligen Schritten ohne Gehhilfe.

Ben stieg in den Wagen, und erst, als er hinter dem Steuer saß, stellte er überrascht fest, dass er zum ersten Mal seit dem Unfall vor drei Jahren wieder *normal* ins Auto eingestiegen war. Mit dem verletzten Bein zuerst.

Vergnügt lächelnd startete er den Motor und setzte den Blinker. Während er auf eine Lücke im Verkehr wartete, ging sein Blick noch einmal zu der hässlichen, grauen, neoklassizistischen Fassade des Bibliotheksgebäudes. In der Nähe der Eingangstür stand ein Mann, der offenbar jemanden erwartete; er machte keine Anstalten, hineinzugehen. Ben steuerte den Wagen aus der Parklücke, schaltete und gab Gas. Im Vorbeifahren sah er unwillkürlich zu dem Mann hinüber. Er war nur mittelgroß, doch sein ungeschlachter Körperbau ließ ihn größer wirken. Seine Arme schienen von nahezu monströser Länge zu sein; wie bei einem Affen baumelten sie an den Seiten herab, mit breiten, schaufelartigen Pranken, die beinahe bis zu den Knien seiner in Jeans steckenden Beine reichten. Bevor Ben abbog, sah er für einen Sekundenbruchteil im Rückspiegel das grobe, eigenartig lang gezogene Gesicht, das von fettigen, sandfarbigen Haaren umrahmt war, und dessen höckerige Stirn über den tiefliegenden, eingesunkenen Augen in verblüffender Weise an das bedauerliche Retortengeschöpf Frankensteins erinnerte.

Scheußliche Visage, dachte Ben flüchtig. Wenige Augenblicke später, als er abgebogen war, hatte er den Mann bereits vergessen.

XI

Die leichte Maibrise fächelte die Äste des in üppiger Blüte stehenden weißen Flieders und wehte seinen Duft auf die Terrasse, wo er sich mit dem köstlichen Aroma der auf dem Grill brutzelnden Rippchen und Würstchen vermischte. Georg hatte die Lehne des Rollstuhls nach hinten verstellt, so dass er zurückgelehnt sitzen und in den wolkenlos blauen Himmel schauen konnte. Ben, angetan mit einer riesigen Grillschürze, wendete geschickt die Fleischstücke und trank zwischendurch schluckweise Bier aus der Flasche. Er konnte seine Blicke nicht von Penny nehmen. Bekleidet mit einem lächerlich kurzen Röckchen, das kaum ihre Hinterbacken bedeckte, kniete sie vor Georg auf den Sandsteinplatten und drückte ihre Hände gegen seine Schenkel. Nachdenklich nahm Ben einen langen Schluck aus seiner Bierflasche.

Angenommen, sie macht das bei mir. Angenommen, ich nehme dann einfach ihre Hände und lege sie woandershin – dahin, wo die wirkliche Verspannung sitzt.

Wie würde sie reagieren? Erschrocken die Hände wegreißen? Die Hose aufmachen und ihn anfassen, ihm geben, wonach er sich sehnte? Ben stöhnte und stach mit finsterer Miene heftig in eines der Würstchen. Alles neu, macht der Mai, dachte er in sarkastischer Selbstquälerei.

»Du kannst die Teller herbringen, Penny! Die Würstchen sind fertig.«

Penny stand auf, holte die Teller vom Gartentisch und brachte sie ihm. Er lud ihr ein paar der Würstchen auf, wobei er Gelegenheit hatte, ihren offenherzigen Ausschnitt zu begutachten. *Noch eine Nacht mit ihr in einem Bett überstehe ich nicht!*

»Hast du dir was Neues zum Anziehen gekauft?«, fragte er höflich, wobei er nur daran dachte, seine Hände unter dieses Nichts von Hemdchen zu schieben.

»Ja, gefällt's dir?« Sie reckte ihre Brüste, absichtlich provozierend, wie es ihm vorkam, und als sie die Teller mit den Würstchen zum Tisch trug, wackelte sie eindeutig auffordernd mit dem Hintern.

Sie legt's drauf an, dachte Ben.

Mach dir nichts vor, alter Junge, du hättest bloß gern, dass, sie's drauf anlegte!

»Ich habe für dich und Georg auch was Hübsches besorgt«, verkündete Penny. »Wenn wir gleich gegessen haben, hole ich's.«

Sie aßen schweigend, die lauschige Geborgenheit des Gartens genießend, das träge Zischen des Fetts auf der Grillkohle, das Gezwitscher der Vögel, den sanften Wind, der den Duft von Blüten und Gras herübertrug. »Es schmeckt wunderbar«, sagte Penny seufzend und leckte sich ungezogen und genussvoll die Finger ab. Ben beobachtete, wie die feuchte, rosige Zunge langsam über ihre schlanken Finger glitt, und er hatte plötzlich einen Klumpen in der Kehle. Er nahm einen Schluck von seinem Bier, aber der Klumpen wollte nicht rutschen. »Penny«, begann er zögernd. Er räusperte sich und fuhr fort: »Ich würde gerne ... Hättest du Lust, heute Abend mit mir ein bisschen auszugehen? Ich meine, wir müssen doch sowieso heute Nacht zu diesem Alraunengraben, und bis dahin haben wir noch eine Menge Zeit. Ich dachte ... ich hatte eigentlich vor, mal wieder bei meinem Stammlokal reinzuschauen. Das ist ein Jazzladen, weißt du, und sie bringen wirklich gute Musik ...«

Er wich hartnäckig Georgs beifälligen Blicken aus und zuckte erschrocken zusammen, als Penny begeistert aufschrie. »O Ben! Du nimmst mich wirklich *dorthin* mit? Das ist wundervoll! Ich bin sicher, ich *liebe* diesen Laden! Paddy hat mir schon so viel davon erzählt, von eurer Musik und so.« Sie griff sich in ihre Haare. »Vielleicht sollte ich sie noch waschen? Ob ich die Sachen anlassen kann? Was trägt man denn dort am besten? Ach du liebe Güte, die Geschenke … ich habe sie ganz vergessen!« Sie sprang auf, beugte sich über Ben und küsste ihn impulsiv auf die Wange. »Ich gehe *gern* mit! Ich bin gleich wieder da!«

»Sag jetzt bloß nichts«, warnte er Georg, während Penny mit hüpfendem Röckchen im Haus verschwand.

»Ich sag ja nichts«, erwiderte Georg salbungsvoll. »Höchstens: habe ich's dir nicht gleich gesagt!«

»Werd nicht frech, Alter.«

»Ich bin dein Vater«, erklärte Georg beleidigt.

Ben lachte. »Und wie sorgst du für dein Fleisch und Blut? Ein schöner Vater bist du mir! Eigentlich hättest du diese dämliche Schürze anhaben müssen. Wir hatten ausgemacht, dass du wieder mit Kochen dran warst.«

»An mir kommt die Schürze nicht zur Geltung. Ich kann nicht aufstehen, wie du weißt, und deshalb könnte niemand die Aufschrift lesen. Außerdem hatte ich die *Idee,* dass wir grillen, und beim Kochen ist die Idee immer die halbe Arbeit.« Ben blickte zerstreut an sich herunter, auf den schwungvollen Schriftzug, der in riesigen, neonfarbenen Lettern auf der Schürze prangte. *Hier kocht der Chef.* Irgendein Witzbold hatte das Ding Yvonne und ihm zur Verlobung geschenkt, erinnerte Ben sich. Sie hatten die Feier damals vor fünf Jahren hier veranstaltet, auf dieser Terrasse; der Grill hatte an derselben Stelle gestanden wie heute, und er hatte Bier getrunken und die Würstchen gewendet. Er hatte Yvonne an sich gedrückt, gegen die fettbespritzte Schürze des Chefkochs, und er hatte sie geküsst. Er fuhr mit dem Zeigefinger über den gewachsten Stoff und wischte die Fettspritzer weg.

»Du solltest nach den Rippchen sehen«, sagte Georg leise.

Ben nickte und ging leicht hinkend zum Grill. Er starrte in die weißglühende Kohle unter dem Rost. Während er in das Fleisch stach, rieb er sein Bein. Drei Jahre, dachte er. Es war so lange her! Er wollte mit Penny schlafen, er wollte sie küssen, in sie eindringen, spüren, wie sich ihr Körper unter seinem bewegte. Er wollte es mit einer an Verzweiflung grenzenden Entschlossenheit. Warum fragte er sich immer noch, ob es richtig war, ob er es *durfte*?

Georg fühlte, was in ihm vorging. »Bring mir ein Rippchen, Benny. Und dann zieh die Schürze aus. Ich glaube, du hast sie jetzt lange genug getragen.«

Ben stapelte das fertig gegrillte Fleisch auf einem der sauberen Teller, bevor er seinem Vater das Gewünschte brachte. Anschließend wandte er sich ab und blieb mit gesenktem Kopf stehen, um mit beiden Händen unbeholfen an der Schleife in seinem Rücken zu nesteln.

»Lass mich dir helfen.« Pennys geschickte Finger lösten den Knoten. Sie nahm ihm die Schürze aus der Hand und legte sie über einen Stuhl. »Überraschung!«, rief sie fröhlich und schwenkte ein paar bunte Einkaufstüten. »Ich hab euch ein paar Kleinigkeiten mitgebracht. Ich möchte mich erkenntlich dafür zeigen, dass ihr mich so lieb aufgenommen habt und mich andauernd so fürstlich bewirtet«, erklärte sie.

Mit vor der Brust verschränkten Händen, wie ein Kind vor dem Weihnachtsbaum beobachtete sie Ben und Georg beim Auspacken ihrer Geschenke. Sie hatte für jeden der beiden ein Poloshirt gekauft, mit sicherem Gefühl für Farbe, Größe und Qualität. Das, was sie bisher bei Ben und seinem Vater an Kleidungsstücken gesehen hatte, sah nicht danach aus, als würden sie sich öfter etwas Neues leisten, sondern nach typisch männlicher Unlust, regelmäßig einkaufen zu gehen. Vermutlich hatten sich früher ihre Frauen darum gekümmert. Außerdem hatte sie für beide etwas zu lesen besorgt. In Georgs Bücherregalen hatte sie mehrere wertvolle Kunstbände entdeckt, und sie hatte ihn auch schon in einem davon schmökern sehen. Georg starrte sprachlos den Kunstband von Chagall an, den Penny für ihn gekauft hatte. Ben hatte einen ähnlich teuer aussehenden Bildband über Jazz bekommen. Sie war in drei Geschäften gewesen, bis sie ihn aufgetrieben hatte. »Penny«, meinte Ben mit belegter Stimme. »Du solltest wirklich nicht ...«

»Ich wollte es aber«, unterbrach sie ihn leichthin. »Ihr sollt euch freuen, nicht meckern, klar?«

»Komm her«, befahl Georg ihr sanft.

Sie ging folgsam zu ihm, kniete sich vor den Rollstuhl und nahm seine Hände.

»Penny, ich muss dir etwas sagen. Ich freue mich wahnsinnig über das Hemd. Ich glaube, ich habe seit Jahren kein neues mehr bekommen, früher hat Magdalena immer auf diese Dinge geachtet. Und der Chagall-Band ist herrlich, du hast genau das Richtige für mich getroffen. Aber noch viel mehr freue ich mich über dich selbst, über deinen Besuch hier bei uns, und dafür möchte ich dir am meisten danken. Ich glaube, ich habe mich noch nie über einen Gast so gefreut.«

Penny sah mit leuchtenden Augen zu ihm hoch. »Oh, das ist … du bist so *nett,* Georg! So was Nettes hat noch *nie* jemand zu mir gesagt, ehrlich!«

Sie drehte sich zu Ben um und schaute ihn an, erwartungsvoll und aufgeregt. Er drehte das Buch in den Händen. »Es ist toll, danke, Penny.«

Das war nicht genug, er merkte es selbst. Es hörte sich lahm und dürftig an. Für das Buch und das Hemd war es vielleicht ausreichend, aber nicht für Penny. Aber was sollte er ihr sagen? Danke, dass du wie der Frühling bist? Danke, dass du mich zum Lachen bringst? Danke, dass du bei mir schläfst und dass du mich verrückt machst, so sehr, dass ich zittere, wenn ich dich nur berühre?

»Ich … Penny, kommst du mit rein? Papa, ich möchte kurz allein mit ihr sprechen, wenn du nichts dagegen hast.«

Georg lächelte ihn an, und als sein Sohn und Penny durch die Terrassentür gingen und im Haus verschwanden, wurde sein Lächeln breiter. Er schnitt ein Stück von seinem inzwischen kalt gewordenen Rippchen ab, schob es in den Mund und kaute vergnügt darauf herum.

»Es gefällt mir sehr gut, was du für mich mitgebracht hast. Du hast dir viel Mühe gemacht, es auszusuchen, das habe ich gleich gesehen.« Ben setzte sich auf das Sofa im

Salon und klopfte einladend neben sich auf das Leder. Penny setzte sich aufrecht hin, dicht an seinem Oberschenkel, die Hände auf die Knie gestützt.

»Ich bin übrigens derselben Meinung wie mein Vater«, fuhr er fort. »Es ... es macht mir Spaß, mit dir zusammen zu sein. Es ist schön, dass du hier bist, dass du Leben in die Bude von zwei Krüppeln bringst.« Er legte wie unabsichtlich einen Arm um ihre Schultern und beugte sich zu ihrem Gesicht.

»O Ben, sag doch so was nicht!« Sie wich zurück und blickte bestürzt auf sein Bein. »Du bist doch nicht ... das ist überhaupt nicht ... Wie kannst du das nur sagen!« Unvermittelt hellte sich ihre Miene wieder auf. »Ach, ich hab's doch schon wieder vergessen! Ich hab noch mehr für dich, ich hol's schnell her!« Sie schüttelte seinen Arm ab, sprang auf und lief hinaus, um ihre Handtasche zu holen. Eifrig darin herumwühlend kam sie zurück und setzte sich wieder neben ihn. Sie hielt eine in Glanzpapier verpackte Schachtel hoch. »Das ist für dich.«

»Was ist das?« An der Schleife entdeckte Ben das kleine Emblem eines bekannten Münchner Juweliers.

»Mach's auf!« Gespannt sah Penny ihm beim Auspacken der Schachtel zu.

Er hielt den goldgefassten Beryll an der Kette hoch und blickte stirnrunzelnd auf den kleinen Schmuckkäfer, der noch in der Schachtel auf seinem Schenkel lag. »Penny, also weißt du ...«

»Warte«, sagte sie schnell. »Das ist ein zweckgebundenes Geschenk, sozusagen. Du brauchst mir nicht zu sagen, dass du auf solchen Firlefanz nicht stehst, das weiß ich doch. Obwohl ... der Ohrring, den du früher ... aber lassen wir das. Ich hab's nur besorgt, um dich zu schützen, Ben.«

»Schützen?« Er ließ den Anhänger in seine Handfläche rutschen und betastete die glatte, schimmernd polierte Oberfläche des goldfarbigen Steins.

»Ja, genau. Einige von den Menschen, mit denen wir heute Nacht zusammentreffen, sind alles andere als normal, das wissen wir beide. Sie sind verrückt, und das ist noch das wenigste. Ich weiß auch, dass Paddy nicht mehr lebt, Ben. Ich habe es geträumt. Er ist tot.«

Er atmete scharf ein. »Wie kannst du …«

»Er ist tot«, schnitt sie ihm das Wort ab. Sie sah ihn ernst an. In ihren Augen stand Schmerz, aber Ben sah noch etwas anderes darin.

»Penny …«

»Nein, hör mir zu. Paddy ist tot, aber du sollst leben. Ich werde es verhindern, dass sie … dir etwas antun. Der Stein, den du da in der Hand hältst, ist ein Goldberyll. Es ist ein Edelstein, der dem Mond zugeeignet ist.«

Sie legte ihre Hand über seine, deckte den Stein in seiner Handfläche mit der ihren zu, presste ihn gegen seine Haut. Ben glaubte, einen schwachen elektrischen Schlag zu fühlen, schob es aber sofort auf die Tatsache, dass er sexuell erregt war, seit sie neben ihm saß. Penny nahm ihm die Kette aus der Hand und beugte sich näher zu ihm. »Ich lege sie dir um, ja? Du darfst sie nicht abnehmen, nicht, bevor ich es sage. Versprichst du's?«

Ben roch den Duft ihrer Haut, sah das funkelnde Grün ihrer Augen dicht neben seiner Wange. »Ich versprech's«, sagte er rau. »Und der kleine Käfer hier ist ein Skarabäus«, erklärte Penny. »Du kannst ihn auch an der Kette tragen, aber ich finde, das sieht dann überladen aus. Am besten steckst du ihn in die Hemdtasche oder in die Jeans. Er gibt dir ebenfalls Schutz. Es ist ein Symbol der Schöpfung, für Wiedergeburt und Unsterblichkeit.« Sie ließ ihn in seine Hemdtasche gleiten. »Sieh mal!« Sie griff sich in den Ausschnitt. Ben verfolgte ihre Bewegung, und ihm wurde warm, als er sah, dass sie einen Anhänger zwischen ihren vollen Brüsten herauszog.

»Das ist ein Turmalin.« Penny ließ den tiefgrün schillernden Stein vor seinen Augen pendeln. »Den habe ich für mich gekauft. Er ist ein Musenstein und verleiht geistige Kraft. Ich bin im Zeichen der Jungfrau geboren, und bei Jungfrauen entfaltet dieser Stein seine volle magische Wirkung.«

Ben blickte auf ihre Brüste. »Du willst mir doch nicht erzählen, dass du an diesen Blödsinn glaubst?«

»Du hast es versprochen, Ben. Denk dran. Es trifft sich übrigens gut, dass du allein mit mir sprechen wolltest. Ich hätte dich sonst hereinbitten müssen. Ich habe dir noch etwas zu sagen, aber ich wollte nicht, dass Georg es mitbekommt. Es hätte ihn bestimmt aufgeregt. Er wirkt stark, aber viel davon ist nur ... er leidet schwer, Ben. Ich glaube, er ist labiler, als manch einer denkt.«

»Das weiß ich. Ich denke, keiner weiß das so gut wie ich. Was ist es, das er nicht wissen soll?«

»Ich habe heute den Chefzauberer gesehen.«

»Was?« Ben schrie es beinahe.

»Ja. Als ich aus dem Juwelierladen kam. Er stand auf der anderen Straßenseite und hat mich angestarrt. Er hatte mich schon vorher angestarrt, als ich in dem Geschäft war. Ich habe es ... gespürt, dass er da war. Er ist so weiß wie die Hexe in dem Esoterikladen. Er sieht ihr ähnlich, und ich vermute, dass er ihr Vater ist. Er hat rote Augen, das heißt, dass er ein Albino ist. Er hat Paddy getötet.«

Ben konnte Penny nur fassungslos anstarren.

Sie sah ihn traurig an und fuhr mit schwerer Stimme fort: »Ich weiß nicht, ob er es selbst getan hat, aber er ist der Mörder. Er hatte Paddys Schlüsselbund, Ben. Er wollte sich damit Zutritt zu Paddys Wohnung verschaffen. Es ist keine Frage, dass er es war. Er hat einen verkrüppelten Fuß und geht am Stock.«

»Hat er irgendwas gesagt? Ist er auf dich zugekommen?«

Penny schüttelte den Kopf. »Ich stand da, wie angewachsen. Es war wie ein Schlag in den Magen, ich war praktisch k.o. Keine Ahnung, wie lange ich dort gestanden habe, ohne mich zu rühren, ohne Luft zu holen. Doch auf einmal drehte er sich um und hinkte weg.«

Ben befingerte nervös den Anhänger auf seiner Brust. »Das ist dieser Typ, dieser von Stauf. Ihm gehört der Laden, und er leitet den Coven. Dass er hinkt, rundet die Sache ab. Die weiße Hand, die du im Türspalt gesehen hast, der Schlüsselbund, den er verloren hat ... es passt gut zusammen. Vermutlich wollte er sich nur vergewissern, dass sie beim ersten Mal in der Wohnung nichts von Bedeutung übersehen hatten.«

»Beim ersten Mal?«

»Sie müssen schon mal dagewesen sein. Paddy hatte sich Bücher aus der Bibliothek ausgeliehen, und er hatte nicht alle zurückgegeben. Wo hätten sie sonst sein sollen, außer bei ihm zu Hause? Sie haben sie geholt, um Hinweise zu verwischen, so, wie sie auch alles andere geholt haben.«

»Das Notizbuch?«

»Das auf jeden Fall. Er wird es nicht bei sich gehabt haben, soviel steht fest, denn damit hätte er unweigerlich Verdacht erregt. Er wird ihnen schwerlich verraten haben, dass er für eine Zeitungsstory recherchieren wollte. In dem Notizbuch sind sie dann vermutlich auf die Zeitungsausschnitte gestoßen. Er hat ja ständig welche ausgeschnitten und da reingelegt. Dieser von Stauf wollte sich offensichtlich die dazugehörigen Zeitungen aus Paddys Wohnung holen. Pech für ihn, das du an dem Nachmittag zufällig dort warst.«

»Du glaubst auch, dass mein Bruder tot ist.« Es war eine Feststellung, keine Frage. Ben legte die Hand auf ihre Schulter. »Penny ...«

»Lass nur. Ich weiß es eigentlich schon, seit ich die Träume habe, aber ich habe es bis heute Nachmittag nicht wahrhaben wollen. Ich werde weinen, wenn ich ihn begrabe.«

»Vielleicht finden wir ihn nie.«

»Kann sein. Aber ich will die Leute kriegen, die ihn auf dem Gewissen haben.«

»Das könnte verdammt schwierig werden. Wir haben keinerlei Beweise. Wenn wir das alles der Kripo erzählen, lachen die nur müde.«

»Sicher, das brauchst du mir nicht zu sagen, Ben. Ich bin mir darüber im Klaren, dass wir es allein probieren müssen. Ich würde es auch ohne dich versuchen, wenn du Angst hast. Ich bin es Paddy schuldig.«

»Wenn ich Angst habe ...«, wiederholte er langsam. »Penny, du hast doch selbst Angst bis zum Umfallen. Ich seh's dir doch an. Du bist wirklich ... immer wieder für eine Überraschung gut, weißt du das?« Er lächelte plötzlich. »Sag mir doch ... wie würdest du es anfangen, wenn ich aus lauter Angst nicht mitmachen würde?«

»Ich wüsste schon, wo ich ansetzen würde. Dieser Coven ... sie haben bestimmt alle mitgemacht, darauf könnte ich wetten. Ich habe darüber gelesen. Das ist eine eingeschworene Gemeinschaft, und sie folgen den Befehlen ihres Gottes. Der wird durch den Hohepriester personifiziert, das heißt, dessen Wort ist Gesetz. So, wie ich diesen Typ am Stock einschätze, ist er der Chef der Truppe, sprich der Hohepriester. Wir müssen rausfinden, wer sonst noch alles bei diesem Zirkel mitmischt, und dann eine schwache Stelle finden. Bei einem guten Dutzend Leute dürfte das doch nicht unmöglich sein.«

»Penny, ich glaube, du bist eine begabte Detektivin«, lobte Ben sie. Er stand auf und reichte ihr die Hand, um sie hochzuziehen. »Eigentlich hatte ich eine andere Art von Unterhaltung im Sinn, als ich allein mit dir sprechen wollte«, stellte er mit Belustigung in der Stimme fest. »Aber was soll's. Aufgeschoben ist schließlich nicht aufgehoben. Und wenn ich mich recht entsinne, hatten wir zwei außer dem Alraunengraben für heute Abend noch andere Pläne.«

Ben starrte durch den dichten Zigarettenqualm auf die Bühne. Er hatte die Hände um sein viertes Glas Bier gelegt. Es fühlte sich glatt und feucht unter seinen Handflächen an, und in seinem Magen rumorten die Rippchen mit dem Bier und den Rhythmen von der Bühne um die Wette. Er hatte Schmerzen, aber das war seine eigene Schuld; das rechte Bein war sein Taktbein, und sein Fuß unter dem Tisch war emsig bei der Arbeit. Er hätte es nicht lassen können, selbst, wenn er es gewollt hätte. Im Rückblick schien es ihm manchmal fast so, als ob er in den ersten Monaten nach dem Unfall überhaupt kein rechtes Bein mehr gehabt hatte – nicht nur wegen der schweren Verletzungen. Der Takt, der Rhythmus waren weg gewesen, zerbrochen mit den Knochen. Er hatte sie in den drei Jahren nicht wieder finden können.

Heute war es anders als sonst. Sein Bein schien ein Eigenleben zu führen. Sie hatten einen anderen Schlagzeuger dabei, vielleicht lag es daran. Es zuckte in Bens Fuß, als er den Takt mitklopfte, bis hoch in den schmerzenden Schenkel. Dieser Bursche war gut, verdammt gut, wenn auch nicht so gut wie Paddy. Bens Finger bewegten sich unruhig um das rutschige Bierglas. Vielleicht wäre er sogar in die Session eingestiegen, wenn er seine Trompete dabeigehabt hätte.

An manchen Abenden beschränkte sich die Band auf Kompositionen, meist alte Stücke aus den glorreichen Zeiten des Jazz, den zwanziger und dreißiger Jahren, als New Orleans und Kansas City Städte von vitaler, überbordender schwarzer Musik waren. Heute Abend improvisierten sie, und sie waren in Hochform.

Penny nahm einen Schluck von ihrem Mineralwasser. Sie war mit Fahren dran, weil Ben zu Hause schon ein Bier zu viel getrunken hatte – um sich fürs Alraunengraben fit zu machen, wie er betont hatte. »Die Musik gefällt mir«, sagte sie verbindlich. Ben dachte offensichtlich genauso, denn er konnte seine Blicke nicht von der Bühne wenden. Dabei hatte er vorher nur Augen für sie gehabt. Sie hatte ihre aufreizenden Klamotten angelassen und lediglich die flachen Slipper gegen die neuen grünen Pumps vertauscht. Als sie die Kneipe betreten hatten, waren für einige Sekunden alle Gespräche verstummt, und auf der Bühne hatte es ein paar peinliche Misstöne gegeben. Ben hatte das perplexe Gaffen registriert und Penny sofort besitzergreifend untergefasst, um sie zu einem freien Tisch zu bringen, aber danach schien er sich nur noch für die Musik zu interessieren.

»Hast du gehört?«, fragte sie lauter. »Es gefällt mir.«

Ben nickte. »Der Schlagzeuger ist Spitze. Er hat den richtigen Swing drauf.«

»Was heißt das?«

Er runzelte die Stirn. »Das ist wirklich schwer zu sagen. Darüber habe ich noch nicht nachgedacht. Es ist ... eine Frage des Feelings, denke ich. Jazz muss swingen, sonst ist er nichts. Jo Jones hat es mal so gesagt: Ob ein Jazzer swingt oder nicht kann man am leichtesten daran erkennen, ob er jeder Note ihren vollen Wert gibt. Ob bei ihm zum Beispiel eine ganze Note vier Schläge, eine halbe Note zwei Schläge und eine Viertelnote einen Schlag hat. Schließlich besteht jeder Takt aus vier Schlägen, die gleichmäßig kommen müssen. Wenn du voraus denkst beim Spielen, verkrampfst du dich und wirst nervös, dann swingst du nicht. Verstehst du das?«

Penny schüttelte lächelnd den Kopf. »Es gefällt mir trotzdem. Wann wirst du wieder spielen?«

Er blickte auf die Bühne. »Sehr bald, denke ich.«

»Ich wünschte, du würdest es noch tun, solange ich in München bin. Ich möchte es nicht verpassen. Weißt du, dass ich früher alles drum gegeben hätte, mal mit dir und Paddy losziehen zu können, euch bei einer Session erleben zu können oder mit euch in ein Jazz-Konzert zu gehen? Paddy hat immer so geschwärmt davon, er hat richtig ... geleuchtet vor Begeisterung.«

»Er war der beste Schlagzeuger, mit dem ich je gespielt habe.« Er *war*. Penny gab sich Mühe, die Fassung nicht zu verlieren. Er *war*. Wann war es dazu gekommen, dass es im Zusammenhang mit Paddy nur noch ein *war* gab? Sie dachte an das Schlagzeug, das irgendwo verwaist in einem Übungsraum stand, in einem Schuppen, einem Keller, einer alten Garage – irgendwo, wo ihn eine mitleidige Seele proben ließ, bis er es wegen des Lärms wieder wegschaffen musste. Ihre Mutter hatte Paddys Musik gehasst, wie sie überhaupt das meiste an ihm gehasst hatte. Zu Hause hatte er niemals üben dürfen. Penny erinnerte sich an eine der zahlreichen Auseinandersetzungen aus nichtigem Anlass, kurz bevor Paddy endgültig auszog. Ihre Mutter hatte mit flammenden Augen und steifer Oberlippe an der Tür gestanden und sie geöffnet. »Wenn du da rausgehst und nicht wieder reinkommst, werde ich dem Herrn auf Knien danken, Patrick.« Und Paddy, der grinsend und auf den Fersen wippend in die Tür trat und im Rahmen stehen blieb. »Jetzt bin ich nicht drin und nicht draußen. Was hast du dir für diesen Fall überlegt? Lass dir was sagen, *Mutter.* Ich gehe weg, aber ich komme wieder. In eurem Haus gibt es nicht viel, worüber man auch nur ein Wort verlieren müsste. Aber etwas gibt es doch, etwas, das ich niemals aufgeben werde. *Niemals,* hörst du.«

Als er das Haus verließ, hatte Penny, die atemlos und entsetzt auf dem Treppenabsatz lauschte, für einen Moment seine Augen gesehen, die sein freches Grinsen Lügen straften. Sie glänzten, aber nicht vor Freude oder Genugtuung, sondern weil Tränen darin standen. Ihr Herz flog ihm nach, und sie weinte herzzerreißend, weil sie genau wusste, *was* er niemals aufgeben wollte. *Leb wohl. Vergiss mich nicht.*

Penny schluckte hart. Sie trank von dem Wasser, aber die Enge in ihrer Kehle löste sich nicht.

»Wo ist eigentlich sein Schlagzeug?«, fragte sie in angestrengtem Tonfall.

»Keine Ahnung«, meinte Ben achselzuckend. Die Band machte eine kurze Pause, und es wurde plötzlich unangenehm still im Lokal. Er trank von seinem Bier und schaute interessiert in ihren Ausschnitt.

Sieh mal an, er merkt doch noch, dass du auch hier bist. Penny war nicht dazu aufgelegt, die stichelnde Stimme der Vernunft zu ignorieren oder sich abzulenken. Nicht im Moment. Paddy steckte ihr in den Knochen. Sie zog ihr Top etwas nach oben und stützte die Ellbogen vor ihrem Busen auf. »Wer könnte es denn wissen?«

»Was? Ach so, das Schlagzeug. Vielleicht Zack. Sicher weiß er es. Paddy hat ein paar Mal in den letzten Monaten bei ihnen mitgemacht, bis sie einen Neuen hatten. Die Band hätte ihn fest gewollt, aber das war nichts für ihn. Es hätte seinem Gefühl von Freiheit widersprochen, fest in einer Gruppe zu spielen, hat er mir mal gesagt. Er war immer wild darauf, in irgendwelche Sessions einzusteigen.

Wenn er hörte, da läuft irgendwo was, konntest du wetten, dass er ans Schlagzeug gesprungen ist, sobald der Drummer mal aufs Klo musste. So war er eben.« Ben hatte sein Glas leergetrunken und betrachtete trübsinnig die am Rand klebenden Schaumschlieren. Jetzt, wo die Musik aufgehört hatte, schien seine Laune sich rapide zu verdüstern. Penny seufzte. Der Abend entsprach nicht der Vorstellung, die sie sich von ihrem ersten Date mit Ben gemacht hatte.

»Und wer, wenn ich fragen darf, ist Zack?«

»Da vorne ist er, der Typ, der mit dem Bier in der Hand auf uns zukommt. Hab schon drauf gewartet, dass er hallo sagen will. Er ist der Pianist und heißt eigentlich Zacharias.«

Zack war ein rundgesichtiger, gedrungener Mittdreißiger mit Stirnglatze und sanften braunen Augen. Seine Hände wirkten für seine kräftige Statur erstaunlich feingliedrig.

»Hi!« Er hob sein Glas und prostete ihnen zu, während er sich setzte. »Willst du mich nicht vorstellen, Ben?«

»Penny, das ist Zack. Zack, das ist Paddys Schwester Penelope.«

Penny lächelte Zack freundlich an.

»He«, sagte dieser bewundernd. »Wenn das mal nicht eine tolle Schwester ist! Wo steckt denn der gute alte Paddy überhaupt? Ich habe ihn schon seit … zwei? … ja, bestimmt seit zwei Wochen nicht gesehen. Er müsste doch schon wieder da sein aus seinem Urlaub.«

Ben stellte mit einem hörbaren Knall sein Glas auf die Tischfläche. »Urlaub? Wieso Urlaub?«

Zack hob die Schultern. »Na, er wollte doch wegfahren, oder nicht? Stimmt was nicht?« Er blickte erstaunt von Penny zu Ben und wieder zu Penny, die ihn mit weit aufgerissenen Augen anstarrte.

»Es ist okay«, erklärte Ben mühsam. »Du wolltest uns gerade was von Paddys Urlaub erzählen, oder?«

»Ja, aber … Soll das heißen, ihr wisst nicht, wo er ist, oder was?«

»Zack, tu mir einen Gefallen und rede endlich. Ich will was über den Urlaub hören. *Urlaub!«*

Zack blinzelte und nahm einen Schluck Bier. Listig meinte er: »Und was kriege ich dafür? Umsonst ist der Tod, Mann!«

»Ich kann dir sagen, was du kriegst. Sofort und in bar. Eins in die Fresse, das kriegst du.«

»Das hatte ich heute schon«, erwiderte Zack ungerührt und begegnete Bens zornfunkelnden Augen ohne Anzeichen von Besorgnis. »Meine Alte hat mir eine verpasst, weißt du. Morgens ist sie besonders scharf, aber ich war nicht in Form, Mann. Dann musste sie sich eben anders abreagieren und knallte mir eine. So ist sie, verstehst du?«

Penny nestelte hektisch in ihrer Tasche herum und zog ihre Brieftasche heraus. »Ich habe nicht viel mit, Herr ... Zacharias, aber ich könnte Ihnen schon mal ...« Sie suchte mit zitternden Fingern nach Geld und zuckte heftig zusammen, als Zack seine Hand auf die geöffnete Brieftasche legte.

Sie blickte mit schwimmenden Augen zu ihm auf.

»Hören Sie«, sagte er bestürzt. »Was tun Sie denn da bloß? Kindchen, Sie glauben doch nicht etwa ...«

»Was soll sie denn sonst glauben?«, fuhr Ben wutschnaubend dazwischen. »Also, spuck aus, was du willst, dann sehen wir weiter.«

»Ach, lass nur«, winkte Zack kleinlaut ab. »Ich dachte nur, es wäre eine gute Idee ... Verdammt, *warum* kommst du nicht wieder, Ben? Es ist nicht mehr genauso, wenn du nicht dabei bist.«

»Also das ist es. Dachte ich's mir doch.« Zu Pennys Erstaunen verzog sich Bens Gesicht zu einem strahlenden Lächeln, und er war wieder der hübsche Junge von zwanzig, bei dessen Anblick ihr Magen einen Purzelbaum schlug. »Du willst mich so dringend dabeihaben, dass du sogar zu Erpressung greifst, was?«

»Wir wollen *alle,* dass du wiederkommst, das weißt du genau«, verteidigte sich Zack mit rotem Gesicht. »Aber ich sag dir natürlich, was ich von Paddys Urlaub weiß. Das hätte ich doch sowieso getan. Wir hatten einen Gig, für echt gutes Geld, bei irgendeiner Maifeier. Paddy hätte gern mitgemacht, aber es ging nicht. Hat gesagt, er hätte schon lange was gebucht für diese Nacht, einen Trip nach Cornwall.«

»Cornwall?« Ben wechselte einen nachdenklichen Blick mit Penny.

»Ja, Cornwall. Keine Ahnung, was er da wollte. Halb beruflich, halb privat, hat er gesagt, mehr war nicht aus ihm rauszukriegen. Hat gesagt, er schreibt mir vielleicht eine Karte. Aber das war bloß Jux. Was ist denn mit Paddy? Ist er verschwunden oder so?«

Ben nickte. »Ja«, sagte er knapp. »Er ist seit zwei Wochen weg, und wir versuchen rauszufinden, wo er geblieben ist.«

Zack schnalzte mit der Zunge und schüttelte den Kopf. »Das ist ein Hammer, Leute. Zwei Wochen ... das ist verdammt viel, selbst für so einen Sumpfer wie Paddy. Wart ihr schon bei den Bullen? Klar wart ihr das, das ist ja das erste in solchen Fällen. Aber wer könnte euch sonst schon helfen? Ts, ts. So ein Mist, ehrlich. Aber was ist denn mit dem Mädchen? Ist die auch verschwunden?«

»Welches Mädchen?«, fragte Ben überrascht.

»Na, diese Blondine, die er in letzter Zeit schon mal dabei hatte. Sie wollte doch auch mitfahren.«

»Ja, das wollte sie wohl, aber es ist nichts daraus geworden, denn Paddy wollte alleine weg.«

»Wie bitte?« Penny sah misstrauisch von einem zum anderen. »Wovon redet ihr denn da, um alles in der Welt?«

»Ich hab's dir nicht erzählt«, erklärte Ben gereizt.

»Was nicht erzählt?«

»Von seiner ... Freundin. Nichts Festes. Sie arbeitet auch bei der Zeitung, eine gewisse Uschi. Ich habe mit ihr gesprochen. Sie konnte mir nicht weiterhelfen.«

»Und warum hältst du es nicht für nötig, mir vom Ergebnis deiner Ermittlungen zu berichten? Glaubst du, dass du im Alleingang besser bist?« Pennys Augen schossen zorngrüne Blitze. Gefährlich leise fuhr sie fort: »Du bist heute schon wieder bei dieser Bücherziege gewesen, glaub ja nicht, dass ich es nicht bemerkt hätte. Ich weiß nicht, was du an ihr findest, doch von mir aus kannst du jeden Tag hinrennen. Aber das ist auch *mein* Fall, und wir ermitteln gemeinsam, als Partner, das hast du selbst gesagt. Du kannst tun, was du für richtig hältst. Doch ich verlange, dass … du … es … mir … sagst!« Ihre Stimme schnellte in die Höhe, und sie hieb bei jedem Wort mit der flachen Hand auf den Tisch. Ben starrte sprachlos auf ihre Brüste, die dabei in reizvolle Schwingungen gerieten.

»Ich unterbreche euren hochinteressanten Krach nur ungern, aber ich glaube, du liegst da ein bisschen falsch«, mischte sich Zack ein.

Ben löste widerstrebend seinen Blick von Pennys Anatomie. »Womit falsch?«

»Ich weiß nicht, ob es was Festes war. Aber dass sie mitfahren wollte, weiß ich. Nein, das ist nicht ganz richtig, sie wollte nicht nur mitfahren, sie *sollte* mitfahren. Die zwei haben hier am Tisch gesessen, genau wie ihr beiden jetzt, und Paddy hat wortwörtlich gesagt: Uschi und ich hatten schon lange vor, an diesem Wochenende nach Cornwall zu fahren. Und: Uschi und ich schreiben dir eine hübsche Karte. Das war an dem Abend, bevor sie fahren wollten.« Er schob sein leeres Bierglas von sich und hob die Hand mit drei ausgestreckten Fingern. »Drei hier rüber, aber pronto!«, brüllte er in Richtung Theke. »Mehr kann ich euch nicht erzählen, das ist alles, was ich weiß. Muss gleich wieder rüber, Leute. Die Pause hat lang genug gedauert. Kann ich mit dir rechnen, Ben? Nächste Woche?«, fragte er hoffnungsvoll.

Die Kellnerin brachte drei Pils, und Zack trank eines davon gleich aus, schob das zweite Glas Ben hin und stand auf, vom dritten Glas den Schaum abschlürfend. »Kann ich oder kann ich nicht?«

»Du kannst.« Ben hob sein Glas. »Auf den Swing, Zack. Spiel uns einen Blues, okay?«

»Wird gemacht.« Zack nickte Penny zu. »Mach's gut, Lady. Wenn du irgendwo Paddy treffen solltest, sag ihm, dass er der Beste war.«

Der Beste *war,* Penny schloss die Augen und lauschte den langsamen Klängen von der Bühne. Zack spielte eine sentimentale Melodie, voll von Trauer und unvergessenen Tränen.

Penny steuerte den Wagen geschickt durch die Dunkelheit in Richtung Ottobrunn.

»Morgen knöpfen wir uns als erstes diese Uschi vor«, kündigte sie grimmig an. »Diesmal gehe ich mit. Vielleicht ist sie wirklich mitgefahren und hat es dir verheimlicht. Es gibt Frauen, die lügen besser als sie die Wahrheit sagen. Und öfter. Manche sind so dran gewöhnt, zu schwindeln, dass es direkt auffallen würde, wenn sie es mal nicht tun. Aber ich weiß sofort, was Wahrheit und was Lüge ist. Ich werde es merken, falls sie lügt. Ich werde es *riechen*!« Wie zum Beweis krauste sie die Nase. »Wenn du mich fragst, hat sie gelogen«, führte sie ihre Überlegungen weiter aus. »Schließlich hat sie *definitiv* gewusst, dass Paddy nach Cornwall fahren wollte, aber zu dir hat sie gesagt, sie wüsste es nicht. Also lügt sie. Könnte natürlich auch sein, dass sie's nicht zugeben wollte. Dass Paddy sie versetzt hat zum Beispiel. Wie würde es sich anhören, wenn eine Frau erzählt: Wir beide wollten zusammen übers Wochenende nach Cornwall, aber dann hat er mich doch nicht mitgenommen? Schlecht würde sich das anhören, das ist wohl klar. No Sir, ich würde so was nicht zugeben. Na, ich krieg's schon raus, verlass dich drauf.«

Halb liegend, halb sitzend hing Ben neben ihr im Beifahrersitz. Er hatte den Kopf auf die Seite gelegt und schaute sie unverwandt an, träge ihrem Geplapper lauschend.

»Weißt du, dass du eine unglaublich schöne Frau bist?« Seine Stimme klang undeutlich.

»Du hast zu viel getrunken.«

»Meinst du, dass du deswegen so schön bist?«, grinste er.

»Findest du mich hübscher als die Bücherziege?«

»Viel hübscher.«

»Ben?«

»Ja?«

»Darf ich dich mal was fragen?«

»Mhmm.«

»Ich ... Es ist aber persönlich.«

»Frag halt.«

»Deine Frau«, platzte Penny heraus. »Wie war sie? Ich meine, war sie hübsch? Wie alt war sie? Wie hat sie ausgesehen?«

Du blöde Gans, wieso musst du ihn das fragen? zischte die Stimme der Vernunft. Doch Penny wusste, wieso. Weil es ihr schon seit Tagen im Kopf herumging, deshalb. Und weil sie es einfach irgendwann fragen *musste*.

Ben schloss für einen Moment die Augen, und als er sie wieder aufschlug, drückten sie eine Mischung aus Wehmut, Spott und Belustigung aus.

»Ich schätze, dass dich das mehr beschäftigt, als dir lieb ist, stimmt's?«

Penny zuckte die Achseln, doch dann nickte sie widerstrebend.

»Warum soll ich's dir nicht sagen? Sie war hübsch, eine kleine, zierliche, temperamentvolle Person, sie hatte dunkle, lockige Haare und braune Augen. Sie war Französin und zwei Jahre älter als ich. Ich habe sie im Urlaub kennen gelernt.«

»Du musst sie sehr geliebt haben.«

»Ja, allerdings.«

»Musst du noch viel an sie denken?«

»Ab und zu. Am Anfang fast immer, aber es ist jetzt drei Jahre her. Es wird einfach seltener, die Erinnerungen verblassen, der Schmerz wird schwächer. Als ich das gemerkt habe, fand ich mich zum Kotzen. Aber ich glaube, Georg hat Recht. Es muss einfach so sein. Warum sollte man sonst noch leben? Als wandelnder Schrein für Erinnerungen? Ich war gestern auf dem Friedhof, Penny. Ich habe zum ersten Mal nicht geweint.«

»O Ben!« Sie sah ihn mit schmerzlichem Mitgefühl an.

»Was heißt hier: O Ben? Warum sagst du nicht: Wie schön für dich, Ben?«

»Ist es das denn?«

»Ja, sicher. Oder weinst du etwa gerne?«

»Nein, natürlich nicht.« Sie schwieg eine Weile. »Ben?«

»Hm?«

»Wenn ... wenn du mich so schön findest, warum ...?«

»Warum ich dich nicht küsse? Dich nicht in meine Arme nehme? Dich anfasse, endlich das mit dir mache, wonach ich die ganze Zeit verrückt bin?«

Ihr wurde heiß, und ihre Hände am Lenkrad zitterten plötzlich.

»Ich kann's dir sagen«, fuhr er mit belegter Stimme fort. »Weil du gerade fährst, und da könnte es gefährlich werden.« Er räusperte sich. »Du könntest natürlich auch anhalten.«

Ihr blieb nichts anderes übrig. Das Herz hämmerte rasend gegen ihre Rippen, und sie konnte nicht richtig atmen. In ihren Handflächen brach der Schweiß aus, und ihre Füße fanden die Pedale nicht mehr. Ruckartig und schlingernd fuhr sie an den Straßenrand und brachte den Wagen abrupt zum Stehen. Der Motor erstarb mit einem blubbernden Protestgeräusch, und der Wagen machte noch einen Satz nach vorn. Ohne das Lenkrad loszulassen, starrte Penny mit weit aufgerissenen Augen durch die Windschutzscheibe in die Dunkelheit. »Ich ... hör zu, nicht, dass du meinst, ich hätte angehalten, weil ich von dir geküsst werden will oder so was. Es ist bloß so ... Auf einmal habe ich einen Schwindelanfall gekriegt, und dann ist mir was ins Auge geflogen, und ich habe das Gefühl, meine Kontaktlinsen sind verrutscht, und du weißt doch, dass ich ohne Linsen so blind wie ein Maulwurf bin, dass ich praktisch überhaupt nichts sehe, und im Dunkeln ist es noch viel schlimmer ...«

Ihr Redefluss riss ab, denn seine Lippen pressten sich auf die ihren, und seine Zunge drang in ihren Mund ein. Er griff mit beiden Armen nach ihr und zog sie zu sich herüber, auf seinen Schoß. Pennys Gedanken setzten aus, und sie schlang stöhnend ihre Arme um seinen Hals. Sein Mund war heiß und feucht, und als seine Hand sich unter ihr Hemd schob und eine Brust umfasste und sie sanft zu kneten begann, glaubte sie, bewusstlos zu werden. Ihre Kenntnisse und Vorstellungen über Petting erfuhren eine drastische Erweiterung, als in den folgenden Minuten seine Hände und seine Lippen überall gleichzeitig zu sein schienen.

Bens dreijährige Abstinenz und Pennys biegsamer, bereitwilliger Körper in seinen Armen zündeten bei ihm einen Sprengsatz von besinnungsloser sexueller Raserei. Ben konnte sich nicht erinnern, je in seinem Leben so erregt gewesen zu sein, so messerscharf. Sie fasste ihn nicht dort an, wo er es am dringendsten gebraucht hätte, aber er hatte trotzdem das Gefühl, dicht vor der Explosion zu stehen. Der süße, warme Geruch ihrer überhitzten Haut brachte ihn um den Verstand, und seine drängenden Liebkosungen wurden härter, aggressiver. Er riss ihr das Hemdchen über die Brüste nach unten, schob ihren Rock hoch bis über die Hüften, versuchte, ihre Schenkel zu öffnen und gleichzeitig an den Reißverschluss seiner Jeans zu gelangen, während sein Mund sich wild saugend an ihren Brustwarzen zu schaffen machte.

Penny keuchte und schrie leise auf, als er sie biss, und dann schrie sie noch einmal, diesmal lauter, als sie seine suchenden Finger zwischen ihren gespreizten Beinen spürte. Er vergrub sein Gesicht an ihrem Hals, lutschte an ihrem Ohrläppchen, ließ schließlich seine Zunge in ihr Ohr gleiten. Sein kratziger Bartschatten scheuerte an ihrer zarten Haut, und Penny stand kurz vor einer Ohnmacht. Ihr Kopf fiel in den Nacken, und ihre Glieder wurden weich wie Butter, als seine Hand den Weg in ihr Höschen fand und sie rieb. Eine Minute später kam sie in einer Eruption aus Hitze und Feuchtigkeit zum Höhepunkt; mit einem gepressten Aufschrei sank sie schwach auf ihm zusammen. Er merkte es zuerst gar nicht in dem Taumel betäubender, zügelloser Gier, der ihn gefangen hielt.

Penny zerrte an seinen Händen, versuchte, ihn von sich zu schieben.

»Ben! Ben, was machst du da? Hör auf, lass das! Bitte lass mich los! Jeden Moment könnte jemand vorbeikommen! Wir stehen direkt unter einer Laterne. O mein Gott! Wie konnten wir bloß … Ben? Hörst du mich überhaupt?«

Ächzend ließ er von ihr ab und fiel schweratmend zurück in den Sitz, fassungslos ihren halbnackten Körper auf seinen Oberschenkeln registrierend. Er verkrampfte sich und fluchte unterdrückt, als sie ihre Kleidung zurechtzupfte und gelenkig auf den Fahrersitz zurückkrabbelte.

Penny starrte verlegen aufs Lenkrad. Sie ahnte vage, dass die hitzige Fummelei, die ihr so viel Lust verschafft hatte, bei Ben nicht den gleichen Erfolg gehabt hatte.

Ben seinerseits schwankte zwischen Ärger und qualvoller sexueller Frustration. *Sie* war ganz offensichtlich fertig, und er konnte zusehen, wo er blieb.

»Hat's *dir* wenigstens gefallen?« Er gab sich keine Mühe, seinen Sarkasmus und seine Enttäuschung zu verbergen.

Sie fuhr zusammen und wurde glühend rot, aber das konnte er in dem schwachen Dämmerlicht, das im Inneren des Wagens herrschte, nicht sehen.

»Ich … ich nehme an, dir hat's wohl nicht viel Spaß gemacht, oder?«, fragte sie mit dünner Stimme. »Ich bin … ich habe nicht viel Erfahrung in diesen Dingen, weißt du«, setzte sie tapfer hinzu. »Tut mir leid, Ben.«

Das war wie ein Schlag ins Gesicht. Sein Gewissen meldete sich, spät, aber dafür umso schmerzhafter. Ihm wurde blitzartig klar, was sich da vorhin abgespielt hatte. Er hatte versucht, mit einem unerfahrenen Mädchen auf dem Vordersitz seines Autos eine schnelle Nummer zu schieben, wie auf dem Straßenstrich. Er war über sie hergefallen wie ein Wahnsinniger, hatte sie begrapscht und ihr die Sachen vom Leib gerissen. Er hatte sich benommen wie ein hemmungsloses, brünstiges Tier.

Dass sie einen Orgasmus gehabt hatte, änderte daran nichts, denn er hatte diese Tatsache sofort gegen sie verwendet und sie damit erst recht in Scham und Unsicherheit gestürzt, bloß weil er wütend darüber war, dass er es nicht mehr rechtzeitig hingekriegt hatte, ihr seinen Schwanz reinzustecken.

Er wischte sich mit dem Handrücken den Schweiß von der Stirn und atmete geräuschvoll aus. Dann nahm er Pennys Hände vom Lenkrad und hielt sie fest umschlossen. Sie lagen wie kleine, starre Puppen in seinen Handflächen, kalt und unbeseelt. Pennys ängstliche Betroffenheit über seine rücksichtslose, kränkende Bemerkung schien sich ihm über ihre Hände mitzuteilen, über die unbeweglichen, steifen Handgelenke und die regungslosen Fingerspitzen. Er fühlte ihre Fingerkuppen, die abgekauten Nägel, und wurde plötzlich von einer fast schmerzlichen Zärtlichkeit übermannt.

Penny blickte auf und sah ihn an, verstört, verletzt, niedergeschmettert. Ben erwiderte ihren Blick wortlos, versuchte ihr stumm sein Bedauern und seine Reue mitzuteilen, weil er wusste, dass jede Entschuldigung, jedes Wort nur wie eine leere Floskel klingen würde, was auch immer er vorbringen mochte.

Penny erkannte sofort, was seine Augen ausdrückten. Ihr angespanntes Gesicht wurde weich, und in ihren Mundwinkeln zuckte es, bis sie schließlich zaghaft lächelte. »Ben?«

Jetzt konnte er es sagen; sie forderte ihn mit ihrem Lächeln dazu auf. »Penny«, flüsterte er heiser. »Kannst du mir verzeihen?«

Sie nickte leicht und schaute ihn abwartend an, immer noch vorsichtig lächelnd.

»Ich habe mich entsetzlich benommen«, sagte er leise. »Es gibt keine Entschuldigung dafür. Ich kann es nur darauf schieben, dass ich jahrelang keinen Sex hatte, aber das ist auch schon alles, was ich zu meinen Gunsten anführen kann. Ich schäme mich, Penny. Ich kann dir gar nicht sagen, wie sehr ich mich schäme.«

Sie wussten beide, dass er damit nicht das wilde Gefummel von vorhin meinte, sondern das, was er danach zu ihr gesagt hatte. »Ist schon gut«, sagte sie sanft. Sie legte eine

Hand gegen seine Wange, wie sie es schon einmal getan hatte. Er hielt ihre Hand mit seiner fest, drückte sie gegen seine unrasierte, stoppelige Haut und versank in den dunkelgrünen, geheimnisvollen Tiefen ihrer Augen.

»Du hast mir vorhin eine Frage gestellt, Ben.« Penny senkte die Wimpern und zwang sich zu einem breiteren Lächeln.

»Was?«, fragte er verwirrt.

»Na, ob's mir gefallen hat. Es hat, und wie. Von mir aus könnten wir's jederzeit wieder tun.«

XII

Die restliche Fahrt nach Ottobrunn legten sie schweigend zurück. Penny sah angestrengt geradeaus und tat so, als bemerkte sie seine Blicke nicht, mit denen er sie, halb reuevoll, halb begehrlich taxierte. Sie hatte zwar über die ganze Sache gewitzelt, dabei jedoch nicht die geringste Belustigung empfunden. Ben hatte ihr diese wundervolle, beglückende Empfindung, die sie zum ersten Mal in den Armen eines Mannes erfahren hatte, im Nachhinein gründlich verdorben. Dass es ihm Leid tat, machte es auch nicht besser. Ihre Kehle war wie zugeschnürt, und sie hätte sich am liebsten irgendwo verkrochen und geheult. Wenn Paddy nicht gewesen wäre, hätte sie sich auf der Stelle ins nächste Flugzeug gesetzt.

Paddy. Das Kratzen in ihrer Kehle wurde noch schlimmer. Sie dachte an das bevorstehende nächtliche Alraunengraben. Was auch immer dieser Ausflug bringen mochte – sie hatte bereits jetzt heftige Angstgefühle, die immer schlimmer wurden, je näher sie dem Esoterikladen kamen. Als sie in die einsame Straße einbogen, in der sich der Laden befand, tastete Penny nach ihrem Glücksbringer, der auf ihrer Brust lag. Der Turmalin schien in ihrer geschlossenen Faust ein eigenes, knisterndes Leben zu entfalten.

Sie brachte den Wagen etwa dreißig Meter von dem Laden entfernt zum Stehen, hinter einer Reihe anderer Fahrzeuge, die bereits am Straßenrand parkten. Vermutlich waren etliche der Workshopteilnehmer schon eingetroffen; es war fast elf Uhr. Penny starrte auf das alte Haus. Die Firmeninschrift über dem Eingang wurde matt vom Licht des vollen Mondes erleuchtet. Johannes von Stauf. Der Albino. Der Oberhexer. Der Mörder. Sie öffnete die Faust und betrachtete den grünschimmernden Stein auf ihrer Handfläche. Dann lehnte sie sich im Fahrersitz zurück und schaute aus dem Seitenfenster, hoch zum Himmel. Das fahle runde Gesicht des Mondes leuchtete kalt vor dem tiefschwarzen Firmament und warf ein gespenstisches Licht auf die seltsam erstarrt wirkende Szenerie der menschenleeren Straße.

Der Stein in Pennys Hand war plötzlich von einem eigenartigen Glimmen erfüllt. Penny hatte das Gefühl vollständiger Verlassenheit; sie saß allein im Wagen, war allein in der Straße, in der Stadt, umhüllt von Schweigen und vom Licht des Mondes, in einem Land unendlicher Einsamkeit. Klagende Stimmen jenseits der Grenzen heulten und flehten, sie riefen nach ihr, aber sie waren dünn und schwach, fast unhörbar leise. Der Stein in ihrer Hand schien größer und härter zu werden. Sie schloss die Faust um den grünen Tropfen und hob die Augen noch einmal zum Mond, bevor sie mit gesenktem Kopf für einige Augenblicke in sich hineinhorchte. Sie spürte das namenlose Böse, das von dem Haus ausging. Irgendetwas war dort, tief unten, wartend, lauschend, lauernd, einsam wie sie.

»Penny?« Bens Stimme klang unsicher. »Es fängt gleich an. Wir sollten reingehen. Oder willst du …«

Sie schüttelte den Kopf. »O nein, diesmal nicht. Ich gehe mit. Ich werde jetzt immer mitgehen, das habe ich dir doch gesagt. Hast du deinen Stein und den Skarabäus?«

Er nickte und klopfte grinsend auf seine Brust und seine Gesäßtasche. »Alles dabei. Die bösen Geister werden mich nicht fressen.« Er stieg aus und ging um den Wagen, um ihr zu öffnen. Diesmal blieb sie sitzen und wartete auf ihn. Es war mehr für sie als eine Geste der Höflichkeit, als er ihr die Hand reichte, um ihr aus dem Wagen zu helfen. Sie empfand es als Schutz, als Sicherheit, seine Hand zu fühlen. Als er sie loslassen wollte, hielt sie ihn fest. Ben blickte erfreut zu ihr herunter und drückte ihre Hand.

»Penny, komm mal her.« Er zog sie in seine Arme und umschlang sie sanft, und als sie ihr Gesicht emporhob, küsste er sie, warm und tröstlich. Sein Mund zitterte vor unterdrückter Leidenschaft. »Ich pass auf dich auf. Ich versprech's dir«, flüsterte er an ihren Lippen.

»Halt mich nur fest«, wisperte sie zurück.

Sie gingen Hand in Hand zum Laden. Ben spürte, wie sie sich versteifte, als er den Messingtürklopfer umfasste und die dämonische Fratze mit den nadelspitzen Fängen gegen das dunkle, rissige Holz schlug. Einen Sekundenbruchteil später wurde die Tür aufgerissen, die Türglocke bimmelte schwach, und Balbina stand vor ihnen, die schlohweißen Haare offen herabzüngelnd bis auf ihre Schultern, die hochgewachsene, schlanke Gestalt in fiebriges Purpur gehüllt. Ihre Augen waren hinter der getönten Brille versteckt.

»Na, wenn das nicht unsere letzten Teilnehmer sind«, meinte sie gedehnt. Ihre Lippen verzogen sich zu einem maliziösen Lächeln und entblößten makellose Zähne. Sie reichte Penny eine spitzfingrige, weißhäutige Hand. Penny ergriff sie, und Balbina zuckte leicht zusammen und zog ihre Hand rasch zurück.

»Kommen Sie!« Mit schwingenden Hüften ging sie voraus, eilte durch die dunklen Reihen der deckenhohen Regale in den hinteren Teil des Ladens und stieß eine Tür auf. Sie führte in einen großen, dämmerigen Raum mit niedriger Decke. Ben war bei seinem letzten Besuch nicht aufgefallen, dass es außer den beiden Räumen, die er schon gesehen hatte, noch ein weiteres Zimmer in diesem Laden gab. In zwangloser Gruppierung standen oder saßen etwa ein Dutzend Leute herum und unterhielten sich in gedämpftem Tonfall. Als Balbina den Raum betrat, gefolgt von Ben und Penny, stockten die Gespräche für einen Moment, und die Neuankömmlinge wurden von den Anwesenden abschätzend und neugierig gemustert.

»Nun, da alle Teilnehmer anwesend sind, ist es an der Zeit, dass wir anfangen.« Balbinas rauchige Stimme füllte mühelos den Raum.

Die Leute verstummten und wandten sich ihr aufmerksam zu. »Zwei oder drei von Ihnen haben schon einmal beim Alraunengraben mitgemacht, und andere kenne ich von früheren Workshops. Die, die heute zum ersten Mal mitmachen, möchte ich herzlich willkommen heißen zu dem völlig neuartigen Erlebnis, das Ihnen bevorsteht, zu einem einmaligen esoterischen Ereignis, an das Sie gern zurückdenken werden, wie Ihnen die erfahrenen Teilnehmer sicher bestätigen können.« Sie blickte Beifall heischend in die Runde, und einige der Anwesenden nickten wissend und nachdrücklich.

»Bevor wir uns zu unseren Fahrzeugen begeben und in einer Kolonne zur Grabungsstätte fahren, einer recht langsamen Kolonne, denn wir wollen uns auf der Fahrt nicht hetzen, sondern uns sammeln und auf das vor uns Liegende einstellen, möchte ich Ihnen noch ein, zwei Dinge zur Vorgehensweise mitteilen. Erstens: An dem geheiligten Ort der Grabungen wollen wir nicht miteinander reden. Es ist ein Platz, an dem dunkle, starke Mächte wirken, die schlummernden Kräfte der Alraune im Erdreich. Ihnen ist bekannt, dass sie genährt worden sind von den Auren der Gerichteten, die an dieser Stelle in längst vergangenen Zeiten ihr Leben aushauchten. Diese Kräfte sind von extremer Stärke, wie wir alle wissen, und nur dem, der keine Fehler macht, können sie in Zukunft Glück bringen.« Sie schloss hinter ihrer getönten Brille die Augen und wandte das Gesicht andächtig zur Decke empor. Mit ausgebreiteten Armen setzte sie hinzu: »Wer aber fehlt, wird getötet.« Sie ließ die Hände sinken und starrte die Anwesenden eindringlich an, einen nach dem anderen. Ben wich ihrem Blick aus, aber Penny erwiderte ihn und hielt ihn fest, bis Balbina die Augen senkte. »Natürlich ist das auf einer übertragenen Ebene zu verstehen. Der Alraunenschrei, von dem Sie alle wissen … es weiß doch jeder davon, oder?« Alle nickten ehrfurchtsvoll, bis auf Ben, der kaum ein Grinsen unterdrücken konnte, und Penny, die nicht zuzuhören schien, sondern sich unruhig bewegte und in die Ecken und auf den Fußboden starrte.

»... Nun, also der Alraunenschrei tötet auf subtile Weise. Wer sich nicht schützt, den trifft sein Schrei im tiefsten Inneren, auf einer astralen Bewusstseinsebene, jenseits der Wahrnehmungsgrenze. Dort wird er gewissermaßen gespeichert und entfaltet seine unheilvolle Botschaft. Der Alraunenzauber verkehrt sich so aufs fürchterlichste in sein Gegenteil und verbrennt dem Unglücklichen buchstäblich die Seele. Der physische Kollaps ist dann nur noch eine Frage der Zeit.« Sie machte eine bedeutungsvolle Pause.

»Zweitens. Ich werde jedem von Ihnen nachher Wachs für die Ohren geben, das Sie unter gar keinen ... ich wiederhole: gar keinen ... Umständen entfernen dürfen, solange die Grabung fortdauert. Sie dürfen weder reden noch lachen. Wir verständigen uns durch Handzeichen. Wenn jemand einen Alraun ausgemacht hat, gibt er mir das zu verstehen, und ich werde alles Weitere veranlassen. Jeder bekommt einen Alraun, sofern für alle genug gefunden werden.«

»Was ist, wenn nicht genug da sind?«, wollte eine Frau wissen. »Es werden sicher genug dort sein. Die Stelle wird nur selten aufgesucht. Wenn doch für einen von Ihnen keine Wurzel dabei ist, bekommt der Betreffende selbstverständlich auf Kosten des Veranstalters einen anderen Alraun gestellt.« Balbina fuhr fort, über die Mandragorawurzel im Allgemeinen und im Besonderen zu referieren, über ihre Geschichte durch die Jahrtausende hindurch, ihre tief greifende magische Bedeutung. »Noch Fragen?«, schloss sie dann.

»Was ist mit dem schwarzen Hund?«, fragte Ben dreist. Penny zuckte zusammen, und er drückte beruhigend ihre Hand, die er immer noch in seiner hielt.

»Der Hund ...« Balbina sah ihn mit geblähten Nüstern an. »Natürlich ist ein Hund dabei. Das ist bekannt.«

»Ist das nicht Tierquälerei?«, meinte eine andere Frau zweifelnd.

»Selbstverständlich nicht«, erwiderte Balbina kühl. »Das Tier ist von Geburt an taub.«

Ben bekam einen heftigen Hustenanfall und hielt sich die freie Hand vor den Mund.

»Wenn dann alle Fragen geklärt sind, können wir zum Geschäftlichen kommen, das wäre drittens. Wer den Teilnehmerbeitrag noch nicht entrichtet hat, kommt bitte mit mir zur Kasse, damit wir das erledigen können, bevor wir aufbrechen.« Sie winkte mit dem bleichen Zeigefinger und ging in den benachbarten Raum. Ben drückte kurz Pennys Hand und folgte ihr dann zusammen mit den anderen Teilnehmern, die ihre Beiträge noch bezahlen mussten. Penny dachte nur flüchtig an die ärgerliche Ausgabe von sechshundert Mark für sie beide, während sie sich umschaute und versuchte, die bedrohlichen Ausstrahlungen, die hier im Inneren des Hauses diffuser, aber zugleich stärker waren, zu lokalisieren. Das Gefühl einer von dumpfem Bewusstsein erfüllten Wesenheit schien von unten her zu kommen. Es wirkte schwächer als noch vor ein paar Tagen, als sie zum ersten Mal in die Nähe des Hauses gekommen waren, so, als würde das Wesen schlafen; der Trieb, zu töten, zu zerfleischen, Blut zu trinken, wurde durch oberflächlichen Schlummer gefiltert und berührte Pennys Nervenenden wie winzige Nadeln aus Eiskristallen. Sie schlug fröstelnd die Arme um sich.

»Ist Ihnen kalt, Kindchen?«, fragte eine mitleidige Stimme rechts von ihr. Eine elegant gekleidete, silberhaarige Frau in mittleren Jahren – die meisten Teilnehmer waren Frauen; Penny hatte außer Ben nur zwei Männer gesehen – lehnte neben ihr an der weißgetünchten Wand und begutachtete neugierig Pennys Erscheinung in dem kurzen Rock und dem knappen, weit ausgeschnittenen Top. Penny schüttelte den Kopf. »So schlimm ist es nicht. Ich habe außerdem eine Jacke im Auto.«

»Sie sind zum ersten Mal dabei, oder?«, meinte die Frau leutselig. »Ich habe schon einmal beim Alraunengraben mitgemacht. Es ist wirklich etwas Besonderes, das kann ich Ihnen versichern. Die Ausgabe lohnt sich allemal. Meine Wurzel hat mir so viel Glück gebracht, das glaubt man gar nicht. Jetzt möchte ich unbedingt noch einen Alraun für meine Tochter haben. Sie erwartet ihr erstes Kind, und ich möchte, dass alles gut geht.«

Penny nickte zerstreut und blickte durch die offene Tür ins Nebenzimmer, nach Ben Ausschau haltend. Die Frau schien Pennys Desinteresse nicht zu bemerken und fuhr in angeregtem Gesprächston fort: »Ich habe hier auch schon bei anderen Workshops mitgemacht, einen über Kräuter, wie man sie sucht und anwendet, und einen über Chiromantie. Das ist Handlesekunst, wissen Sie. Und dann natürlich Tarot, das war im letzten Jahr. Hochinteressant. Ach ja, und ein Seminar über Hildegard-Medizin, das habe ich neulich auch besucht, aber nicht hier, sondern bei einem anderen Veranstalter.«

»Hildegard?«, murmelte Penny geistesabwesend.

»Ja, Hildegard von Bingen, die Äbtissin im Mittelalter, die kannte sich unheimlich gut in Kräuterheilkunde aus, und in der Edelsteinmedizin war sie unerreicht. Zum Beispiel gegen Jähzorn und Trunksucht empfiehlt sie, einen Diamanten im Mund zu tragen. Ich habe es ausprobiert, es beruhigt ungemein, das muss ich schon sagen.«

»Und, haben Sie das Trinken auch aufgegeben?«, fragte Penny höflich.

»Wie?«, fragte die Frau irritiert. »Ach ... ich trinke überhaupt nicht. Aber der Diamant kann nicht schaden, denke ich mir. Es gibt ja so viele unglaublich *interessante* esoterische Phänomene«, schwärmte sie. »Ich habe jetzt, wo ich mit dem dritten Reiki-Grad fertig war, was ganz Tolles gebucht: Imagineering. Das muss sensationell sein, habe ich gehört. Ich bin ja so gespannt. Danach will ich mich unbedingt mit Qi-Gong beschäftigen, etwas ganz Neues. Obwohl ... kann sein, dass es so was Ähnliches ist wie Tai-Chi, bloß im Sitzen, oder vielleicht wie Joga. Das habe ich nämlich letztes Jahr schon gemacht, ich meine Tai-Chi, und Joga natürlich schon vor zehn Jahren, mindestens. Das war ... keine Ahnung, ich hab's vergessen. Muss Anfang der Achtziger gewesen sein, damals hatte ich auch den Töpferkurs und den Bauchtanzkurs, und das war noch vor dem Autogenen Training und der Seidenmalerei ...«

Penny ließ das unaufhörliche Geschnatter über Aura, Soma, Huma, Chakra, Omra, Tantra und Prana an sich vorbeirauschen. Hörte sie sich auch so an, wenn sie manchmal ohne nachzudenken drauflos plapperte? Armer Ben. Erleichtert stellte sie fest, dass er zurückkam. Sie merkte nicht, dass die Frau ihren Wortschwall für einen Moment unterbrochen hatte und sie mit schräggelegtem Kopf betrachtete. »Hören Sie, Kindchen, wenn ich Sie so ansehe … ich finde, Sie haben große Ähnlichkeit mit dem netten jungen Mann, der schon ein paar Mal bei den anderen Workshops mitgemacht hat.«

Ben hörte es und humpelte mit wenigen Schritten eilig an Pennys Seite. Er griff nach ihrer Hand und tauschte alarmierte Blicke mit ihr.

»So?«, fragte Penny betont gleichgültig.

»Ja, und wie. Er hatte auch rote Haare, genauso wie Sie. So ein fuchsiges Rot sieht man selten. Ist es echt?«

»Ja, es ist echt. Kennen Sie den jungen Mann? Haben Sie mit ihm geredet? Ist er aus München? Vielleicht ist er mit mir verwandt. Ich habe viele Cousins, die meine Haarfarbe haben und mir auch sonst sehr ähnlich sehen«, behauptete Penny. »Allein vier von ihnen leben hier in München. Ein paar wohnen auch in Norddeutschland. Die roten Haare und die Gesichtszüge scheinen sehr dominant in unserer Familie zu sein, sogar in den Seitenlinien mütterlicherseits. Dasselbe gilt für das Interesse unserer Familie an esoterischen Strömungen. Wann haben Sie ihn denn zum letzten Mal gesehen, und an welchen Workshops hat er teilgenommen?«

Ben öffnete überrascht den Mund. Ihr Seemannsgarn hörte sich vollkommen glaubwürdig an. Unvermittelt fiel ihm ein, dass sie ihm auf der Herfahrt einige ihrer Lebensweisheiten über verlogene Frauen zum Besten gegeben hatte. Offenbar hatte sie sehr genau gewusst, wovon sie gesprochen hatte.

»Er hat bei ein, zwei Sachen mitgemacht, im letzten Monat erst. Da habe ich ihn auch kennen gelernt. Davor war er, glaube ich, noch nicht hier. Wann habe ich ihn zuletzt gesehen? Warten Sie ... ja, das war ganz zufällig, vor gut zwei Wochen, ich habe mir gerade ein paar Kräuter und einen Talisman hier besorgt, für meine Tochter, sie kriegt ja das Kind, ich hatte es Ihnen doch erzählt, oder? In der Schwangerschaft ist es von vitaler Bedeutung, schädliche Einflüsse von Mutter und Kind fernzuhalten. Es war sogar ein Rutengänger da, und meine Tochter musste ihr Bett woanders aufstellen, letzte Woche erst, das ist ganz *besonders* wichtig, denn die Zeit im Mutterleib muss frei von schädlichen Strahlen verlaufen, das ist von immenser Wichtigkeit für eine spätere gesunde Entwicklung des Säuglings.«

Penny knirschte mit den Zähnen, und ihre Miene verfinsterte sich zusehends. Ben kniff, nur für Penny sichtbar, ein Auge zusammen, so als wollte er sagen: Jetzt siehst du mal, wie das ist.

»Sie waren gerade dabei, uns zu erzählen, wo und wann Sie ihn zuletzt gesehen hatten«, erinnerte er freundlich.

»Was? O ja, natürlich. Er war auch hier im Laden. Er sprach mit der Meisterin. Will sagen, mit Fräulein von Stauf. Es sollte wohl auf eine Fahrt nach England gehen, zum Beltaine. Soviel habe ich im Vorbeigehen mitbekommen. Mehr leider nicht. Ich weiß noch nicht mal, wie der junge Mann heißt. Er hat sich mir nicht vorgestellt, wissen Sie.« Sie brach ab und reckte den Kopf. »Es geht los!«, meinte sie erfreut und steuerte auf den Ausgang zu. Penny drängte sich an ihre Seite und hielt mit ihr Schritt. »Beltaine? England?«

»Ja, Beltaine. *Bel,* der Sonnengott, *taine,* das Feuer. Irisch. Das Maifeuer.«

»Und wo sollte dieses Beltaine stattfinden?«, fragte Penny.

»Keine Ahnung, leider. Ich würde auch gern bei so was mitmachen, das muss so herrlich archaisch sein, primitiv und wild, dabei wird bestimmt der innerste Kern des Ich freigesetzt, das muss eine *unglaublich* reinigende, spirituelle Erfahrung sein. Kommen Sie, die anderen steigen schon ein. Ich muss mir im Wagen noch andere Schuhe anziehen.« Vielsagend blickte sie auf Pennys hochhackige Pumps. »Bis nachher.« Sie eilte zu einer langen Luxuslimousine und riss schwungvoll die Fahrertür auf. Verschwörerisch legte sie einen Finger auf die Lippen. »Und nicht vergessen: kein Wort reden!«

»Das dürfte ihr schwer fallen«, bemerkte Penny respektlos, als die Tür des Luxusschlittens zugefallen war. Sie gingen weiter zu Bens Wagen und stiegen ein.

»Diese ganze Truppe ist nicht besonders ergiebig, fürchte ich«, meinte Penny seufzend. »Von denen ist sicher keiner ein Mitglied des Covens, so, wie die alle geguckt haben. Als wollten sie die höchste Weihe empfangen, die ein Mensch sich nur erträumen kann. Eine Herde esoterischer Schafe. Diamanten im Mund!«, schnaubte sie verächtlich.

»Oder auf der Brust«, stichelte Ben.

»Sei bloß still, du hast keine Ahnung«, fauchte sie. »Man muss differenzieren können, das ist das ganze Geheimnis dabei.« Sie umfasste instinktiv den Turmalin und lauschte. Die unheimliche, beängstigende Ausstrahlung war hier draußen wieder schwächer, fast nicht zu spüren. Aber sie war noch da. Stumm ließ sie den Motor an und scherte vom Parkstreifen aus.

»Wollen wir diesen Blödsinn, der jetzt kommt, wirklich unbedingt mitmachen?«, wollte Ben wissen.

»Ja«, sagte sie mit Nachdruck. »Ich habe das Gefühl, dass wir heute Nacht noch mehr erfahren.«

Sie fuhren als letztes Fahrzeug der Kolonne durch die leeren, nächtlichen Straßen stadtauswärts, in südlicher Richtung. Nach etwa fünfzehn Minuten bogen die Wagen vor ihnen in einen finsteren Waldweg ein. Penny nahm das Gas weg, als die Reifen über Vertiefungen und Steine rumpelten. Einige hundert Meter weiter befand sich eine größere Fläche, auf der die Teilnehmer des Workshops, einer nach dem anderen, ihre Autos abstellten. Penny parkte Bens Wagen ganz am Ende der Reihe. Sie holte von der Rückbank ihre Lederjacke und ihre Slipper, die sie gegen ihre Pumps vertauschte.

»Alles okay?« Ben schaute sie prüfend an. Die Scheinwerfer der anderen Fahrzeuge erloschen der Reihe nach; im Wald herrschte absolute Finsternis.

Penny nickte. »Hoffentlich haben ein paar von den anderen Taschenlampen mit. Es ist ja fürchterlich dunkel hier.« Sie öffnete die Tür einen Spalt, und die Innenbeleuchtung schaltete sich ein.

»Ich habe eine.« Ben holte eine Stablampe aus dem Handschuhfach und schob sie in die Jackentasche. »Außerdem gehen wir bestimmt auf eine Lichtung, da wird es heller sein.«

»Du hast Recht. Schließlich ist heute Nacht Vollmond.«

Penny griff instinktiv nach ihrem Turmalin und umschloss den glatten, körperwarmen Stein fest mit ihrer Hand. Sie spürte wieder das knisternde, fast elektrische Prickeln in ihrer Handfläche, das der Stein bei jeder Berührung auszustrahlen schien.

Sie stiegen aus. Im Dunkel des Waldes blitzten vereinzelt Taschenlampen auf, vor deren Lichtkegeln sich die Gestalten der nächtlichen Eindringlinge als schwarze Umrisse abzeichneten, die sich in gespenstischem Schweigen hin- und herbewegten. Wie von allein bildete sich eine Marschformation aus lockeren Zweier- oder Dreiergruppen, die hintereinander in die Tiefe des Waldes vorstießen. Ben reckte den Hals; weiter vorn konnte er am Kopf der Gruppe Balbina ausmachen; ihre Haare leuchteten im Licht einer Lampe geisterhaft weiß. Neben ihr, die Nase dicht am Boden, trottete ein kleiner, schwarzer Hund. Das war anscheinend der ominöse Pudel, von dem ihm Annette schon erzählt hatte. Der ist bestimmt genauso wenig taub wie wir alle, dachte Ben. Er nahm Pennys Hand und hielt sie fest. Als er mit seiner eingeschalteten Lampe kurz zu ihr hinüberleuchtete, bemerkte er ihren entschlossenen Gesichtsausdruck. Überrascht stellte er fest, wie ihn unerwartet ein heftiges Verlangen nach ihr erfasste. Es war so stark, dass er fast stehen geblieben wäre, um sie in seine Arme zu ziehen.

Die ganze Situation hatte etwas Irreales. Er marschierte durch einen stockdunklen, unheimlichen Wald, einer »Herde esoterischer Schafe« folgend, von einer Hexe angeführt, an deren Fingern vielleicht Blut klebte, das Blut seines besten Freundes. Und das Ziel dieses Marsches war eine Unternehmung, die man selbst bei größtem Wohlwollen nur als hirnverbrannt bezeichnen konnte. Trotz – oder vielleicht gerade wegen? – dieser verrückten Sache, in der sie steckten, konnte er an nichts anderes denken als daran, Penny die Kleider vom Leib zu reißen und sich auf sie zu werfen. Ben malte sich aus, wie er sie in seinen Armen hielt, diesmal in seinem Bett, und diesmal sie beide nackt. Er fühlte förmlich ihre Brüste unter seinen Händen, ihre feuchte, heiße Haut an seiner. Penny zerrte unruhig an seiner Hand. Anscheinend hatte er in seiner Erregung zu fest zugedrückt. Er ließ sie los und zog sie stattdessen an sich, um seinen Arm um ihre Schultern zu legen. Sein Herz schlug rasend gegen seinen Brustkorb, als er ihren warmen, geschmeidigen Körper an seiner Seite spürte. Sie schob ihren Arm unter seinem Jackett durch und umfasste seine Taille. Ihre Hand lag leicht auf seiner rechten Hüfte. Das war zu viel. Ben blieb stehen und knipste die Taschenlampe aus. Im nächsten Moment presste er seine Lippen auf ihren Mund und küsste sie leidenschaftlich. Sie umschlang ihn und erwiderte begierig seinen Kuss, als hätte sie nur darauf gewartet. Die Gruppe vor ihnen entfernte sich langsam, ein stummes, wogendes Schattengebilde, aus dem Lichtfinger herausstachen und an den schwarzen Baumstämmen am Wegrand entlangstrichen.

Bens Lippen glitten über Pennys Hals. Sie küsste sein Ohr, biss ihn zärtlich ins Ohrläppchen, während ihre Hände unruhig seinen Rücken massierten. »Penny«, stöhnte er heiser. »Wenn wir jetzt nicht sofort aufhören, schleppe ich dich ins Gebüsch!«

»Es ist so schön«, flüsterte sie und riss an seinen Hemdknöpfen. »Und außerdem hast du angefangen. Und was man anfängt, muss man auch zu Ende bringen. Lass es uns vergessen, dieses blöde Alraunengraben!«

Er versuchte mit eiserner Willenskraft, seine Beherrschung wieder zu finden. »Es hat keinen Zweck. Wir müssen es durchziehen. Schließlich hat es sechshundert Mark gekostet.« Er küsste sie erneut, diesmal noch heftiger, und als ihre Zunge der seinen ungestüm antwortete, fuhren seine Hände unter ihr Hemdchen und umfassten ihre Brüste. Mit den Daumenkuppen reizte er ihre Brustwarzen. »Lass uns schnell hinterher gehen.« Er knabberte an der Stelle, wo ihr Hals in die Schulter überging. Sie keuchte vor Wonne. Vier Knöpfe seines Hemdes hatten ihren Bemühungen bereits nachgegeben, und ihre Finger wühlten in seiner Brustbehaarung. Die Träger von Pennys Hemdchens hielten Bens stürmischen Übergriffen nicht länger stand. Erst zerriss der rechte, dann der linke.

»Wenn wir jetzt nicht gehen, kriegen wir keine Alraune mehr«, murmelte Ben dumpf zwischen ihren Brüsten.

»Wer braucht schon Alraune.« Penny presste ihre geöffneten Lippen auf Bens nackte Schulter. »Hat dir schon mal jemand gesagt, wie wunderbar du riechst? Ich könnte immer nur an dir riechen!«

»Du riechst viel besser.« Ben bückte sich und zerrte ihren Rock nach oben. »Und wie du erst schmeckst!« Sie zog scharf die Luft ein und griff haltsuchend in seine Locken, als seine Lippen heiß über ihren Bauch strichen und sich die Hitze seines Mundes gleich darauf ihrer Haut unter der dünnen Seide ihres Slips mitteilte. Ben riss an dem Höschen, und als es eine Sekunde später in Fetzen um ihre Knie hing, schwankte Penny wie ein Schilfrohr im Sturm. Bens Hände umklammerten ihre Hinterbacken, und seine Zunge saugte, lockte, quälte sie. Penny war dieser an Schmerz grenzenden Lust hilflos ausgeliefert. Ihre Beine zitterten, und ihr Kopf rollte kraftlos hin und her. Es ging noch schneller als im Auto, und als ihr Orgasmus mit der

Gewalt einer alles auslöschenden Riesenwelle über sie hereinbrach, gaben ihre Knie endgültig unter ihr nach, und sie sackte zu Boden.

»Penny«, murmelte Ben schweratmend an ihrem Ohr. Er kniete neben ihr auf dem steinigen Weg, und seine Hände glitten fieberhaft über ihren Körper, doch sie kam bereits wieder zu sich und stieß ihn weg.

»Ben, nicht doch! Mitten im Wald! Was ist, wenn jemand kommt? Einer von ihnen könnte zurückkommen! Bestimmt vermissen sie uns schon!« Hastig nestelte Penny an ihrer Kleidung herum. »Ach du liebe Güte! Mein Hemd ist zerrissen und mein Slip auch!«

Ganz zu schweigen davon, dass er völlig durchnässt war. Merkwürdigerweise hatte sie die ganze Zeit schon das Bild eines Gartenschlauchs vor Augen. Vorsichtig versuchte sie aus den Augenwinkeln auszumachen, was Ben, der gerade mit ziemlich missmutigem Gesicht die Lampe wieder einschaltete, über diese Gartenschlauchgeschichte dachte. Ob er auch Henry Miller gelesen hatte?

Ben seufzte laut. Er war aufs äußerste frustriert. Zweimal an einem Abend! In seiner Vorstellung entstand plötzlich ein erschreckend reales Bild: Er selbst mit Penny im Auto, im Wald, im Bett, immer wieder und wieder, wie er sich an ihr zu schaffen machte, geladen bis zum Anschlag, jedes Mal schlimmer, so schlimm, dass er schon Krämpfe bekam. Und Penny, der es kam, kaum, dass er sie anfasste, und die anschließend tausend vernünftige Gründe wusste, warum sie *sofort* aufhören mussten. Vielleicht sollte es so sein. Vielleicht war er dazu verdammt, nie wieder Sex zu haben, richtigen Sex mit allem Drum und Dran, Sex, bei dem er auch zum Ende kam. Er sah sich selbst, einen armen, alten Ben, grau und gramgebeugt in seinem Schaukelstuhl, abgestumpft von tausend misslungenen Versuchen, mit Penny Liebe zu machen, langsam und knarrend hin und her schaukelnd, geschwächt und ausgetrocknet von einem Leben ohne Sex.

»Ben?« Es klang unsicher und ängstlich. Er drehte sich sofort zu ihr herum und nahm sie in seine Arme. »Penny,

Kleines! Du bist wundervoll! *Es* war wundervoll!« Er streichelte ihren Rücken.

»Aber doch bloß für mich«, flüsterte sie verschämt. »Es tut mir Leid!«

»Blödsinn. Es war doch schön, oder? Hat's dir nicht gefallen? Wenn du willst, können wir es sofort noch einmal tun.« *Sag bitte ja!* Ben hielt die Luft an.

»Ach ... vielleicht besser nicht. Lieber später«, wich sie aus. Sie löste sich aus seinen Armen und rappelte sich hoch. »Es würde auch gar nicht gehen. Sieh mal, da kommen welche von den anderen zurück. Genau, wie ich befürchtet hatte.« Sie raffte ihre Lederjacke über ihrem zerrissenen Hemd zusammen, schleuderte hastig die Reste ihres Höschens ins Gebüsch und schubste Ben, der aufstehen wollte, zurück auf den Waldweg.

»Bleib sitzen und lass mich machen!«, zischte sie. Sie sprang auf und schaute dem näher kommenden Lichtschein abwartend entgegen. Es waren drei Alraunengräberinnen, unter ihnen die Frau mit dem Diamanten im Mund. Die drei unterhielten sich im Flüsterton, und als Ben und Penny im Licht der Taschenlampe vor ihnen auf dem Weg auftauchten, kamen sie im Eilschritt näher. Die Frau mit dem Diamanten im Mund erreichte sie als erste.

»Ist etwas passiert?«, wisperte sie erschrocken und musterte Ben von Kopf bis Fuß.

Penny strich sich die Haare glatt und zog ihren Rock tiefer. »Er ist umgeknickt«, erklärte sie im Flüsterton. »Er hat ein steifes Bein, wissen Sie. Da kann das schnell passieren. Er hat entsetzliche Schmerzen. Wir können froh sein, wenn nichts gebrochen ist.«

Soviel zu den Gepflogenheiten schwindelnder Frauen, dachte Ben. Er griff nach ihrem Knöchel und streichelte unauffällig ihren Spann. Penny trat augenblicklich einen Schritt zur Seite.

»Mein Gott, Sie Ärmster!«, flüsterte die Frau mitfühlend. »Ich dachte mir schon, dass dieser Ausflug vielleicht etwas zu viel für Sie sein könnte, mit Ihrer Behinderung. Hatten Sie mal einen Unfall? Oh, und jetzt haben Sie das Graben verpasst! Es war so … so unglaublich esoterisch! Die vielen Alraune, sie wachsen auf dieser Lichtung praktisch kreuz und quer durcheinander!« Sie hielt stolz eine erstaunlich sauber und trocken wirkende Mandragora hoch.

»Es stehen sogar noch Reste von dem uralten Galgen dort«, berichtete eine der beiden anderen Frauen mit gedämpfter Stimme. »Und dieser guterzogene kleine Hund! Nein, wie brav er all die Alraune aus dem Boden gezogen hat! So ein kluges Tier!«

»Wieso haben Sie sich nicht bemerkbar gemacht, als Sie gestürzt sind?«, wollte die Dritte wissen. »Wir hätten Ihnen doch zum Wagen zurückhelfen können.«

»Wir dürfen doch nicht reden«, wisperte Penny. »Wieso reden Sie denn überhaupt? Ist schon alles vorbei? Sie haben ja kein Wachs mehr in den Ohren.«

»Wir waren ganz leise auf dem Rückweg. Und die Alraunenschreie hört man nur im Umkreis von maximal fünfzig Metern, wissen Sie. Die Meisterin hatte es doch erzählt, haben Sie es vergessen?« Die Frau mit dem Diamanten im Mund ging neben Ben in die Hocke. »Kommen Sie, ich helfe Ihnen.«

Ben ließ sich ächzend von Penny und der hilfsbereiten Dame hochziehen und humpelte, von ihnen gestützt, langsam und unter schmerzreichen, gemurmelten Flüchen zum Wagen zurück. Penny verfrachtete ihn fürsorglich auf den Beifahrersitz und bedankte sich artig bei den drei Frauen, bevor sie selbst einstieg. Die ersten Fahrzeuge verließen bereits den Parkplatz. Die Frau, die Ben behilflich gewesen war, klopfte an die Scheibe. Penny kurbelte das Fenster herab. »Was gibt's?«

»Ich wollte Ihnen nur sagen, dass ich Sie gerade eben bei Fräulein von Stauf entschuldigt habe. Sie lässt Ihnen ausrichten, dass es ihr Leid täte, die Sache mit dem Bein, meine ich. Sie möchten aber bitte wie alle anderen nach Hause fahren, weil das Alraunengraben vorbei ist. Der arme Hund ist erschöpft, und die Alraune scheinen alle zu sein. Sie können sich aber in den nächsten Tagen entweder Ihren Beitrag zurückerstatten lassen, oder, wenn Ihnen das lieber ist, sich im Laden die Ihnen zustehenden Alraune abholen.« Sie winkte und verabschiedete sich mit einem liebenswürdigen Lächeln.

»Na, das war's dann wohl«, stellte Ben fest. Er betrachtete die vorbeifahrenden Wagen, die mit abgeblendeten Scheinwerfern nach und nach den Wald verließen. »Jetzt bleibt uns nur noch eins zu tun.«

»Und das wäre?«

»Ab in die Heia.« Er musterte Penny mit glitzernden Augen. »Wieso stehen wir hier noch rum? Alle anderen sind schon weg. Wollen wir hier übernachten? Ich glaube, in meinem Bett gefällt es mir besser.« Er legte anzüglich seine Hand auf ihr Knie.

Penny schob sie weg, als seine Finger begannen, sich an ihrem Schenkel hochzuarbeiten. »Lass das jetzt.« Sie starrte angestrengt in das Dunkel des Waldes, mit weißen Knöcheln ihren Turmalin umklammernd.

»Warum?«, protestierte Ben. »Diesmal kann niemand kommen und uns zusehen. Ich *möchte* dich anfassen. Ich möchte endlich … du weißt schon, was. Du machst mich verrückt, Frau.«

Penny drängte seine Hand von ihrem Busen weg und lauschte durch das offene Wagenfenster in die Dunkelheit. Ben beugte sich zu ihr und zupfte spielerisch mit den Lippen an ihrem Ohrläppchen, hob die Masse ihrer Haare aus ihrem Nacken und biss sie zärtlich in den Hals. Penny erschauerte seufzend, entzog sich ihm aber.

»Hör auf damit, Ben. Das ist genug für heute.« Sie streckte den Kopf aus dem Fenster, um besser hören zu können.

»Für dich vielleicht, aber nicht für mich!« Er hatte mindestens fünf Hände zu viel, und alle fummelten an ihr herum.

»Nicht doch, Ben. Hör doch mal! Hörst du nichts?«

»Mhmm«, machte er zerstreut an ihrem Nacken. Seine zahlreichen Hände wanderten unbeirrt über ihren Körper und fanden alle empfindlichen Stellen.

»Ben!«

»Pssst! Ich hör dich ja, Liebes.«

»Nein, mich doch nicht. Verflixt, du bist wie ein Oktopus! Nimm endlich deine Hände weg, wie soll ich mich sonst konzentrieren?«

»Du brauchst dich nicht zu konzentrieren, Süße. Das heißt, du sollst dich schon konzentrieren, aber auf das einzig Richtige.« Irgendwie hatte er es geschafft, dass ihr zerrissenes Hemd und ihr heraufgerollter Rock einen Wulst um ihre Mitte bildeten, der, abgesehen von den Schuhen, ihre einzige Bekleidung darstellte.

»Ben, ich glaube, es geht gleich los!«

»Darauf kannst du wetten.« Er zog den Reißverschluss an seiner Hose auf. Noch einmal würde ihm so etwas wie vorhin nicht passieren. Er würde nicht im Schaukelstuhl sitzen!

Penny nutzte die Gelegenheit, aus dem Wagen zu springen und sich, so gut es ging, zu bedecken. Sie riss ihre Jacke von der Lehne des Fahrersitzes und warf sie über.

»Mach schon, komm!«, zischte sie ins Wageninnere.

Die Jeans bis zu den Knöcheln hinabgeschoben, starrte Ben entgeistert aus dem Fenster. »Was? Wieso denn schon wieder draußen? Hier drin ist es doch viel gemütlicher.«

Statt einer Antwort pirschte sie langsam vom Wagen weg. Fluchend zerrte Ben seine Hose wieder über die Hüften, einen unterdrückten Schrei ausstoßend, als seine Erektion schmerzhafte Bekanntschaft mit dem Reißverschluss machte. Er stieg aus und folgte ihr ins Dunkel des Waldes, mehrmals über Steine und trockene Äste stolpernd.

»Penny?«, rief er leise. Er konnte ihre schattenhafte Gestalt wenige Meter vor sich erkennen. Sie duckte sich hinter einen Baum und schien zu horchen, und als er näher kam, winkte sie ungeduldig mit der Hand, dass er still sein möge.

»Was ist los, verdammt?«, flüsterte er ihr ins Ohr. Ihm ging auf, dass sie keineswegs mit ihm ins Gebüsch wollte, um eine Neuauflage ihrer Spielerei von vorhin zu erleben, sondern dass sie etwas völlig anderes im Sinn hatte. Er lauschte nun ebenfalls, und jetzt hörte er es. Ganz in der Nähe erklangen Stimmen.

»Balbinas Wagen ist als einziger noch hier«, wisperte sie.

»Heute Nacht wird sich hier noch was tun, Ben.« Sie schlich zwischen den dicken Stämmen hindurch, tiefer ins Dickicht hinein, bemüht, möglichst wenig Lärm zu machen.

»Was denn, um Himmels willen?« Ben blieb ihr dicht auf den Fersen.

»Aua«, jammerte er, als ein zurückschnellender Ast ihn im Auge traf.

»Hast du vergessen, dass heute Vollmond ist? Mach nicht solchen Krach, Mensch!«

»Sag mal, wie schaffst du es eigentlich, hier in dem Gestrüpp irgendwas zu erkennen? Hast du Katzenaugen? Und von welchem Mond redest du überhaupt? Mir kommt es hier so finster vor wie im Bauch eines Walfischs.«

»Wart's ab, du kriegst ihn noch zu sehen. Und alles andere auch.«

»Wovon um alles in der Welt redest du bloß, Penny?«

Sie blieb wie angewurzelt am Rand einer großen Lichtung stehen. Die schimmernde Kugel des Mondes schien direkt über den hoch aufragenden, im Wind schwankenden Baumwipfeln zu hängen, vor einem samtschwarzen, von unzähligen funkelnden Sternen übersäten Himmel. Das Mondlicht hüllte die Bäume in einen nebelartigen Schimmer und übergoss die gesamte Fläche der Lichtung mit bleichem, silbrigem Licht.

»Davon rede ich«, hauchte Penny. »Heut Nacht ist Hexensabbat!«

XIII

Ben stieß einen erschrockenen Laut aus, als er die gespenstische Szenerie vor sich sah.

Sei still! Er wusste nicht, ob Penny es wirklich zu ihm gesagt hatte, aber er empfand es so deutlich, als hätte sie es ihm ins Ohr geschrien. Sie schob sich halb vor ihn, den Stein auf ihrer Brust umkrampfend.

Ben versuchte, über ihre Schulter hinweg Einzelheiten zu erkennen.

Auf dem weiten Kreis der Lichtung befanden sich ein rundes Dutzend Personen, von denen nicht einer, soweit Ben es beurteilen konnte, auch nur den dünnsten Faden am Leib trug. Er ließ rasch seinen Blick über die Gesichter gleiten. Von allen Anwesenden erkannte er nur Balbina. Doch dann stockte ihm unvermittelt der Atem, als er ein weiteres bekanntes Gesicht sah.

Die Körper der Versammelten wirkten seltsam weiß und teigig im Licht des Mondes. Der flackernde Widerschein von vier Bodenfackeln, die um die Gruppe herum aufgestellt waren, erzeugte unwirkliche, zuckende Schatten auf den nackten Leibern. Fast durchscheinend weiß wirkte die Gestalt Balbinas, die, mit der Rechten einen Gegenstand weit von sich streckend, einen großen Kreisbogen um die Lichtung herum abschritt. Ben kniff die Augen zusammen, und als sie an einer der Fackeln vorüberging, erkannte er, dass der Gegenstand in ihrer Hand ein Dolch war, mit breitem, vorn spitz zulaufendem Heft. Dieses Messer musste das Athamen sein, der Hexendolch.

Ein nackter Mann folgte Balbina und zog etwas durchs Gras; Ben glaubte einen Moment lang, dass es eine weiße, sich ringelnde Schlange sei, aber dann war zu sehen, dass es ein Seil war, mit dem offenbar der Bannkreis um die Gruppe in der Mitte markiert werden sollte. Die Menschen auf der Lichtung begannen unter leisem, monotonem Sprechgesang, sich hin- und herzuwiegen und sich mit langsamen, kreisenden Bewegungen die Oberkörper einzureiben. Die schwache nächtliche Brise trug den Geruch zu Penny und Ben hinüber; es roch durchdringend scharf, wie bittere Medizin, mit einem Unterton von Fäulnis.

Auf der von ihnen am weitesten entfernten Seite, im Norden der Lichtung, befand sich innerhalb des inzwischen vollendeten Kreises eine Art Plateau, vermutlich ein Baumstumpf, der mit einem riesigen weißen Laken bedeckt war und auf dem allerlei Gerätschaften ausgebreitet waren.

Zu dem Sprechgesang und dem leise heulenden Gesumme der Menschen im Kreis setzte ein hohles, primitives Getrommel ein; zwei oder drei der Mitglieder des Covens hielten kleine, mit Tierhaut bespannte runde Trommeln in den Händen. Während Balbina sich an dem altarähnlichen weißen Aufbau am anderen Ende der Lichtung zu schaffen machte, steigerte sich das Getrommel in einen wilderen Rhythmus, und mit gemessenen Schritten trat plötzlich eine männliche Gestalt aus der Mitte der Menschenansammlung hervor. Ben sah das schlohweiße Haar, die geisterhafte Blässe und den hinkenden Gang, und ihm war sofort klar, wer dieser Mann war. Balbina hielt ihm eine Schüssel oder Schale hin, und der Hohepriester warf etwas hinein, woraufhin Balbina mit der Schale zum dröhnenden Takt der Trommeln den Kreisbogen abschritt und von dem Inhalt der Schale etwas in jede Himmelsrichtung streute. Penny wusste, worum es sich dabei handelte. Es war Salz, als Sinnbild des Wesens der Erde.

Als die fahle Erscheinung mit den flatternden weißen Haaren sich ihrem Versteck näherte, wich sie tiefer ins Gehölz zurück und stieß dabei gegen Ben, der hinter ihr stand.

Der Hohepriester ging mit einem Räuchergefäß ebenfalls den Kreis ab und schwenkte es unter dumpfem Gemurmel hin und her; danach humpelte er zum Altar und holte von dort eine Kerze, mit der er abermals an dem weißen Seil entlangging. Ben sah, dass sein Fuß verbogen und missgebildet war. Er war wesentlich kürzer als der andere und auf groteske Weise verkrümmt. Das verkrüppelte Bein stand in merkwürdigem Gegensatz zu der gutproportionierten, wenn auch hageren Figur des Mannes und dem alterslosen, glatten Gesicht. Nachdem er die Kerze zum Altar zurückgebracht hatte, schritt er zu einem in der Mitte des Kreises aufgeschichteten Holzstoß und zündete ihn mit einer der Fackeln an. Balbina stellte sich unterdessen am Nordende der Lichtung auf, in der Nähe des Altars, und begann mit hallender, getragener Stimme eine Rezitation, von der Ben und Penny jedoch nur einzelne Wortfetzen verstanden, ebenso wie von der Anrufung, die sie unmittelbar darauf an der Ostseite der Lichtung vornahm.

Ben hielt die Luft an, als sie schließlich auf der ihnen am nächsten gelegenen Seite Stellung bezog. Ihre schneeweiße Gestalt war von vollendeter, reifer Weiblichkeit, mit schweren Brüsten, schlanker Taille und breiten Hüften. Das Schamhaar war schneeweiß, und ihre Brustwarzen waren vollkommen unpigmentiert. Mit volltönender, rauchiger Stimme rief sie aus: »Seid gegrüßt, ihr Herrscher des Südens, sei gegrüßt, Herr des Feuers. Ihr Geister der Flammen, kommt, schützt und begleitet diese Zeremonie und verleiht uns den Kelch der Heilung!«

Unter dem unablässigen Getrommel und dem heulenden Gesang folgten alle Versammelten Balbinas Blickrichtung; dreizehn starre, funkelnde Augenpaare schienen sich direkt auf die heimlichen Beobachter zu richten. Penny flüsterte tonlos Gebete vor sich hin; mit einer Hand umklammerte sie den Turmalin, mit der anderen Hand tastete sie hinter sich und griff nach Bens Arm. Er rückte dicht an sie heran und umfasste beruhigend ihre Schultern. Ihr Herz schlug rasend, und ihre Haut war schweißfeucht und kalt. Wie auf Kommando atmeten sie beide erleichtert auf, als Balbina sich abwandte und die bedrohlichen Blicke der anderen ihr folgten, als sie an der Westseite der Lichtung eine letzte Beschwörung ausrief.

Gebannt beobachtete Ben das weitere Geschehen. Balbina reckte den breiten Dolch hoch zum Himmel und presste ihn dann inbrünstig gegen die Lippen und gegen die Brust.

Ben sah, dass sie den Mond anstarrte, halb sehnsüchtig, halb angstvoll, bevor sie mit hängenden Schultern zum Altar zurückkehrte und zwei Gegenstände aufnahm. Er wusste, worum es sich dabei handelte, ebenso wie Penny, denn beide hatten über die Einzelheiten dieses Rituals genug gelesen. Balbina stand mit dem Rücken zum Altar, das Gesicht ihnen zugewandt. In der rechten Hand hielt sie den Stab, die hölzerne Nachbildung eines Phallus, und in der linken die Geißel. Sie kreuzte die Arme vor der Brust, als ihr Vater vor sie hintrat und niederkniete. Murmelnd beugte er sich tiefer und küsste sie auf beide Füße, die Knie und schließlich auf die Scham. Als sein Mund auf ihrer Vulva war, spreizte Balbina weit die Beine und streckte seitlich steif die Arme aus. Ihre Taille umklammernd zog der Hohepriester sich hoch und küsste ihre Brüste und ihren Mund.

Ben fühlte, wie Penny unter seinen Händen heftig zitterte, als die beiden bleichen Gestalten einander umarmten, wobei sie die Füße miteinander verschränkten. Er sah deutlich, wie der missgestaltete und der gesunde Fuß des Mannes sich zwischen und gegen die Füße der Hohepriesterin schoben und die farblose Haut ihrer beider Glieder miteinander zu verschmelzen schien.

Plötzlich ging der Mann erneut in die Knie. Er vollführte mit den Händen magische Bewegungen über den Brüsten und dem Bauch der Hohepriesterin und rief mit lauter Stimme aus: »Ich beschwöre dich und rufe dich an, unser aller Mächtige Mutter, Geberin der Fruchtbarkeit, bei Same und Wurzel, bei Knospe und Stiel, bei Blatt und Blüte und Frucht, bei Leben und Liebe beschwöre ich dich, in den Körper dieser deiner Hohepriesterin und Dienerin herabzusteigen.« Seine Stimme wurde leiser, und er bückte sich zu Boden, um abermals die Füße der Frau zu küssen. Sich aufrichtend, beendete er mit kraftvoller, sonorer Stimme die Beschwörung: »... und mein Gebet steigt auf mit dem Rauch. So schenke uns deine Liebe, du Machtvolle, steige herab, um uns zu helfen.«

Er blieb hochaufgerichtet stehen und starrte die bleiche Frau an, die unbeweglich vor ihm stand.

Der Gesang erreichte höhere Tonlagen, er wurde durchdringend und heulend, und der Trommelrhythmus wuchs zum Stakkato an. Die nackten Gestalten begannen sich zu winden und zu hüpfen, immer höher. Sie warfen die Arme empor und stampften auf die Erde. Zwei oder drei von ihnen wälzten sich im Gras, mit krampfartig zuckenden Gliedern. Sie zischten, heulten und schnatterten in tranceartiger Raserei durcheinander. Diejenigen, die hüpften und emporsprangen, bildeten eine lockere Kreisformation um das Feuer. Sie tanzten und hüpften, sich beugend und streckend, immer wieder um die züngelnden Flammen herum.

Penny straffte sich in Bens Armen. Einen Moment lang glaubte er, sie wolle sich ihm durch eine ruckartige Bewegung entziehen, aber sie stand nach wie vor an derselben Stelle, dicht vor ihm. Ihr Körper vibrierte unter seinen Handflächen wie eine festgezurrte Bogensehne; eine fast elektrische Spannung ging von ihr aus und übertrug sich auf Ben. Er blickte fassungslos auf sie nieder, plötzlich den bitteren Geschmack von Angst auf der Zunge. Ihre Haarspitzen standen senkrecht vom Kopf weg, eine tiefrote Strahlenwolke, wie von einem verrückten Magnetismus vom Kopf wegstrebend. Ben konnte ihr Gesicht nicht sehen, aber dafür ihre Hände. Sie hatte sie ausgebreitet, weit von sich gestreckt, und ihre Fingerspitzen glühten in einem unwirklichen bläulichen Licht.

Die Highlander-Manifestation, schoss es ihm durch den Kopf. Er dachte an die Nacht im Garten, als sie regenüberströmt und vom Widerschein längst verblasster Blitzschläge erleuchtet im huschenden Schatten der alten Ulme gestanden hatte. Die Furcht war wie splitterndes Eis in seinem Magen. Pennys Hände schienen immer heller zu glimmen, und ein weiteres Glühen ging von ihrer Brust aus. Es war der Turmalin, der plötzlich aufflammte wie eine winzige grüne Laterne und ohne jedes Zutun hin- und herpendelte.

Penny flüsterte seltsame, unverständliche Worte vor sich hin. Ben beugte sich instinktiv näher zu ihr herunter. *»Mein ist die Geißel, mein ist das Messer, mein ist die Rache. Ihr Blut für deines. Ich vergesse dich nicht. Ich vergesse dich nicht …«* drang es tonlos über ihre Lippen. Das Entsetzen lähmte ihn, als er diese Worte hörte. Ben bemühte sich, seine aufkommende Panik zu unterdrücken, aber es war zwecklos. »Mein Gott«, presste er zwischen zusammengebissenen Zähnen hervor. »O mein Gott!« Dann sah er etwas, das seinen Atem zum Stillstand brachte. Sein Herz schien einige Takte zu pausieren, um dann mit der Macht eines Presslufthammers wieder einzusetzen.

»O nein, nein, nein!«, stammelte er. Er versuchte, Penny rückwärts zu ziehen, von der Lichtung weg. Alle, aber auch *alle* Personen, die sich im Kreis auf der Lichtung versammelt hatten, waren wie auf ein Kommando hin erstarrt und hatten sich den beiden Lauschern am Waldrand zugewandt. Diesmal gab es keinen Zweifel. Ben war sicher, dass sie nicht in Blickweite waren, dafür hatten sie sich zu gut versteckt, weit genug weg von der Lichtung, tief hinter den Bäumen; auch das bläuliche Glimmen war sicher nicht stark genug, um das starke, meterbreite Dickicht zu durchdringen. Aber die Menschen auf der Lichtung hatten *etwas* bemerkt, das war deutlich zu erkennen. Ihre Augen waren dunkel glitzernde Kiesel, und ihre Gesichter leuchteten schrecklich im weißen Mondlicht, wie fahle, erstarrte Masken. Die Nüstern waren aufs äußerste gebläht und bebten witternd.

Die beiden nackten Albinos kamen mit vorgereckten Hälsen näher, weg vom Altar, in die Richtung ihres Verstecks. Sie bewegten sich wie geschmeidige Katzen. Selbst das Humpeln des Mannes hatte etwas Gleitendes, Elegantes. Es bewirkte nicht die geringste Störung bei diesem synchronen, raschen Dahinpirschen der beiden.

»Allmächtiger!« Unterdrückt stöhnend zog Ben erneut an Pennys Schultern, diesmal kräftiger, doch sie rührte sich kaum von der Stelle. Lautlos, vor dem tanzenden Feuerschein hin- und herschwankend, bewegten sich die anderen Menschen auf sie zu. Ein durchdringendes, unmenschliches Heulen durchschnitt plötzlich die Luft, unterbrochen von kläffendem Gewinsel und Geknurre. Ben sah den Pudel, der in der Nähe des Altars an seiner Leine zerrte, mit der er an einem der Bäume festgebunden war.

Ein Windstoß fegte über den Platz, drückte das Feuer zusammen und ließ Funken aufstieben, die über die ganze Lichtung flogen. Die heranrückenden Gestalten waren einige Sekunden lang von einem Schauer glühender Partikel umgeben. In der Ferne ertönte ein machtvoller Donnerschlag, und die Luft schien mit einem Mal eiskalt und feucht zu sein.

»Mein, mein, mein ist die Geißel …«, wisperte Penny und hob die Arme höher. Ihre steil aufgerichteten Haare knisterten statisch. Nun versuchte sie, sich loszureißen und auf die Lichtung zuzugehen. Sie begann zu wimmern, als Ben sie zurückhielt, und er befürchtete das Schlimmste. Wenn er jetzt mit ihr kämpfen müsste, um sie aus ihrem tranceartigen Zustand herauszureißen, wie in jener Nacht im Garten, würden diese Teufelsanbeter sie in null Komma nichts schnappen.

Entschlossen drehte er sie in seinen Armen herum, kurz zurückzuckend vor dem blauen Glühen um ihre Fingerspitzen, die ihn streiften und ihm einen deutlich spürbaren elektrischen Schlag versetzten. Dann traf seine Faust ihr Kinn, und sie sackte bewusstlos gegen ihn. Das blaue Leuchten verschwand augenblicklich, und ihre Haare glätteten sich wie von Zauberhand.

»Tut mir leid, Kleines!«, murmelte Ben, als er sie auf seine Arme hob.

Die witternden, suchenden Gesichter auf der Lichtung drehten sich unruhig hin und her. Ben hörte Laute des Unwillens, erregtes Gerede und schrilles, empörtes Rufen. Er warf einen letzten Blick auf die von Mondlicht überspülten Gestalten. Der Albino streckte den Arm aus, ziemlich genau in die Richtung, wo er mit Penny stand. Er rief etwas mit befehlender Stimme, und einige der Gestalten setzten sich erneut in Bewegung. Einer der Männer band den Pudel los und schloss sich ihnen an, als sie zielstrebig direkt auf den Waldrand zusteuerten.

»Sechzig Meter, alter Junge«, keuchte Ben, als er mit Riesenschritten durchs Unterholz brach. So viel Vorsprung hatte er ungefähr, und er gedachte, diesen Vorsprung auszubauen, indem er rannte – soweit man den plumpen, hinkenden Trab so nennen konnte –, wogegen die anderen nur gingen. Hoffentlich.

Diesmal konnte er keine Rücksicht darauf nehmen, ob er Lärm machte oder nicht. Jetzt kam es nur darauf an, wie schnell er war. Wenn nur sein Bein mitmachte! Ein Fehltritt, und er würde umknicken. Dann würde sich das bewahrheiten, was Penny den Frauen vorhin auf dem Waldweg vorgeflunkert hatte. Es würde ein trockenes Knacken geben, nicht von geborstenen Ästen, sondern von seinem morschen, vielfach geflickten Knochen, und sie würden Penny in ihre Gewalt bringen. Um sich selbst hatte er merkwürdigerweise überhaupt keine Angst. Vielleicht würde er im Hexenkessel landen, aber mit Penny würden sie sicher schlimmere Sachen anstellen. Er sah sie vor sich, dieses süße, liebevolle Mädchen, inmitten all der Wahnsinnigen dort in dem verfluchten Bannkreis; er sah sie als vielfältiges, willkommenes Objekt finsterer Riten, als lebenden Altar, als Blutopfer, als Braut des Hohepriesters.

Ben atmete stoßweise und hechelte wie ein Wolf auf seinem Weg durch das Dickicht. Von den Bäumen herabhängende Äste peitschten in sein Gesicht, und die scharfen, gezackten Blätter von Ilexbüschen zerkratzten die Haut seiner Arme. Hinter sich hörte er Schreie und Kläffen. Die Meute war ihm auf den Fersen. Das Blut kochte und sang in seinen Adern, und er konnte förmlich fühlen, wie ein weiterer Adrenalinstoß in seinen Kreislauf gepumpt wurde. Seine Lungen rasselten, und seine Füße rissen eine Bresche von geknickten Zweigen in das Gestrüpp. Er hielt sich nicht damit auf, die Last in seinen Armen anzusehen. Er nahm sie nicht einmal wahr, so beherrscht war er von dem alles andere ausklammernden Fluchtinstinkt. Er war ein gejagtes Wild, ein mächtiger Hirsch, in dessen Geweih sich die belaubten Äste verfingen und unter dessen Hufen Reisig zerbarst und Moos zerquetscht wurde. Das Kläffen war direkt hinter ihm, er hörte das Gebell aus wenigen Metern Entfernung. Großer Gott, waren sie schon so nah? Er hatte den Parkplatz fast erreicht. Ein silbernes Bündel Mondstrahlen fiel durch die finsteren Baumkronen und funkelte auf der schwarzen Kühlerhaube von Balbinas Limousine. Sein eigener Wagen stand etwa fünfzig Meter weit entfernt, am anderen Ende des Waldparkplatzes, nur als schwacher Umriss erkennbar.

Das Kläffen war unmittelbar an seinen Fersen. Ben warf einen hastigen Blick hinter sich, aber er sah den Hund nicht. Im nächsten Augenblick spürte er einen reißenden Schmerz an der rechten Wade. Der Pudel verbiss sich mit nadelspitzen Zähnen in seinem Fleisch und stemmte die Pfoten gegen den steinigen Boden, um seinen Lauf zu bremsen.

Ben kümmerte sich nicht darum. Den Schmerz ignorierend taumelte er weiter, auf seinen Wagen zu. Der Hund raste und knurrte; wie ein auf- und niederhüpfender Gummiball wurde er in einer wirbelnden Staubwolke hinter dem Bein hergezerrt, in das er seine Zähne geschlagen hatte. Ben spürte, wie sich die Speichelflocken des geifernden Mauls mit seinem warmen Blut mischten und den Stoff seiner Jeans durchtränkten.

Er ertappte sich dabei, wie er dachte: Zum Glück ist es nicht das linke. Gott sei Dank ist es das rechte. Sonst hätte ich jetzt zwei kaputte Beine. Das rechte ist sowieso schon kaputt.

Der Hund ließ nicht locker, ein herumfliegendes Fellbündel an Bens Wade. Er winselte und grollte, tief in der Kehle.

»Gleich bist du dran, wart's ab!«, stieß Ben hervor. Er war am Wagen und verlagerte Pennys Gewicht in seinen Armen. Zuerst musste er sie irgendwie in den Wagen hineinbugsieren, sie in Sicherheit bringen. Er drückte ihren Körper halb gegen die Motorhaube, um sie abzustützen, während er mit der freien Hand nach dem Schlüssel suchte. *Der Schlüssel!* Wo um Himmels willen war der Schlüssel? Fieberhaft zuckten seine Finger in den Jackentaschen herum, in den Hosentaschen. Er tastete die Hemdtaschen ab, die Gesäßtaschen. Nichts. Er hatte den gottverdammten Schlüssel verloren!

Der Hund hatte aufgehört zu knurren; er schnaubte und verbiss sich mit zuckender Schnauze fester in die Muskulatur. Ben hievte Penny auf die Motorhaube; ihr Kopf lag inmitten einer Lache dunkelroter Haare auf dem Blech, während ihre Beine von den Hüften abwärts über den Rand baumelten.

»Dann eben zuerst du«, sagte Ben kalt zu dem Pudel, der an seinem Bein hing und mit glimmenden Augen zu ihm hochstarrte. Ben konnte ihn schlecht treten, weil er sich an der Außenseite seines rechten Beines verbissen hatte. Aber seine Hände waren genauso gut. Er bückte sich, und mit raschem Griff brach er dem Tier das Genick. Die Kiefer lösten sich erst, als er sie gewaltsam aufbog. Mit einem leisen Krachen brachen sie auseinander, und Ben schleuderte den Kadaver einige Meter weit über den Weg.

Er blickte sich erneut um. Die Verfolger waren den Geräuschen im Unterholz nach zu urteilen nicht mehr weit entfernt. Das Knacken der Zweige unter ihren Schritten und die gedämpften Rufe kamen immer näher. In ein paar Sekunden würden sie den Weg erreicht haben.

Hastig tastete Ben erneut seine Taschen nach dem Schlüssel ab. Er war weg, verschwunden, verloren. »Verdammt, verdammt, verdammt!«, presste er hervor. Penny begann sich stöhnend zu regen.

Ein Stein musste her! Er würde die Seitenscheibe zertrümmern und die Zündung kurzschließen. Zum Teufel, schließlich war er jahrelang beim Einbruchsdezernat gewesen, und seine speziellen Kunden hatten ihm mehr als einmal stolz ihre Künste gezeigt. Der beste hatte es in weniger als zwanzig Sekunden geschafft. Ben hatte sehr aufmerksam zugesehen, wie der Knacki es an einem sichergestellten Wagen demonstriert hatte. Er selbst würde vielleicht eine Minute dafür brauchen. Aber dafür musste er zuerst im Wagen sein. Wo, um alles in der Welt, sollte er auf die Schnelle einen anständigen Stein herkriegen? Verzweifelt fuhr er mit den Händen abermals in die Taschen, als hätte er dort zufällig ein paar passende Steine im Faustkeilformat vorrätig.

In seiner rechten Jackentasche fand er die Taschenlampe, und vor unsäglicher Erleichterung atmete er tief und zischend aus. Das stabile Metallgehäuse der Lampe tat es genauso. Er holte entschlossen aus.

»Stopp!«, flüsterte eine scharfe Stimme direkt neben seinem Ohr. Es war wie ein Tritt in den Magen, und Ben würgte unwillkürlich. Der Schreck lähmte ihn; sein Arm hing wie festgefroren in der Luft.

Der Schlüssel baumelte vor seiner Nase, gehalten von einer schlanken weiblichen Hand. Hilflos stöhnend blickte Ben sich um. Penny stand schwankend dicht hinter ihm, die Augen riesig in dem leichenblassen Gesicht, die Hand an ihr schmerzendes Kinn gepresst. Er riss ihr wortlos den Schlüssel aus der Hand, schloss in rasender Eile den Wagen auf und stieß sie hinein. Sie rutschte sofort durch, auf die Beifahrerseite, und er sprang hinterher, auf den Fahrersitz. Drei Sekunden später machte der Wagen einen Satz vorwärts und raste mit durchdrehenden Reifen in halsbrecherischem Tempo den Waldweg entlang. Ben warf einen flüchtigen Blick in den Rückspiegel. Die Verfolger traten gerade zwischen den Baumstämmen hindurch auf den Weg. Sie waren bereits weit hinter ihnen, kaum erkennbare, verwischte hellere Flecken vor den schwärzlichen Schatten der Bäume.

Er gab noch mehr Gas und schaltete mit den Zähnen die Taschenlampe ein. »Hier, leuchte damit den Weg aus«, befahl er Penny. Sie gehorchte kommentarlos. Sie hätte ihn fragen können, warum er die Scheinwerfer nicht einschaltete, aber sie tat es nicht. Sie wusste ebenso gut wie er, dass dann das Nummernschild deutlich sichtbar gewesen wäre. Immerhin bestand hinlänglicher Grund zu der Annahme, dass sie unerkannt entkommen waren. Niemand hatte sie direkt gesehen, und im nächtlichen Dunkel des Waldes sahen alle Wagen gleich aus. Außer ihnen hätte jeder andere auch das Hexentreiben beobachten können. So, wie es aussah, waren sie dem Teufel und seinen Anhängern noch einmal von der Schippe gesprungen.

»Das sieht nicht gut aus, Ben.« Penny musterte prüfend die Wunde an seinem Bein. Zwei der Löcher in seinem Fleisch waren besonders tief; die Wundränder hatten sich bläulichrot verfärbt und waren ziemlich dick geschwollen. Ben zuckte zusammen und rutschte auf dem Wannenrand hin und her, als Penny antibiotischen Puder auf die Bissmale streute.

»Halt schon still, sonst geht die Hälfte daneben«, schalt sie, während sie einen leichten Verband um seine Wade wickelte. Sie legte die Hand auf seinen nackten, von zahlreichen Narben bedeckten Oberschenkel und sah ernst zu ihm auf. »Du musst dir auf jeden Fall morgen eine Tollwutspritze geben lassen.«

Ben zuckte die Achseln und betrachtete ihre Hand auf seinem Bein. »Der Köter war nicht tollwütiger als ich. Er war schlicht und einfach vom Teufel besessen.«

»Dann aber mindestens eine Tetanusspritze«, beharrte Penny. »Sonst gibt's womöglich noch eine Blutvergiftung, und das muss dann aufgeschnitten werden.«

»Noch mehr Narben?«, meinte er belustigt. »Als ob's darauf ankäme!«

»Ben, was soll das!«

Er legte seine Hand auf die ihre. »Sieh dir dieses Bein an, und sag mir, was du dabei denkst.«

»Ich denke nichts!« Penny beugte sich vor und küsste ihn zärtlich auf jede Narbe, auf die zwei langen, senkrechten Operationsnarben, die von der Hüfte abwärts in einer Länge von etwa dreißig Zentimetern an der Außenseite des Schenkels verliefen; sie küsste ihn auf die anderen Narben, die kleinen und großen, die gezackten, geschlängelten, gekerbten oder wulstigen Linien, von denen manche noch rot leuchteten, und andere, die verblasst und durch die dunkle, lockige Behaarung nur noch schwach sichtbar waren. Sie küsste jede einzelne von ihnen. Es waren viele Küsse. Dann richtete sie sich auf und küsste ihn auf den Mund. »Wenn du glaubst, dass mir dein Bein was ausmacht … vergiss es einfach. Vergiss dein Bein. Vergiss die Narben.« Sie lächelte leicht. »Soweit ich das beurteilen kann, bist du ein guter Detektiv, ein guter Koch und ein guter Liebhaber … wie gesagt, natürlich nur, soweit ich es beurteilen kann. Du bist alles Mögliche, aber bestimmt kein abgehalfterter Krüppel. Und die Sache mit dem Altersabstand hatten wir ja schon geklärt. Du weißt doch: doppelt minus sieben.«

Schweigend starrte er auf die Schwellung an ihrem Kinn, die sich bereits dunkel färbte. Er legte sanft seine Handfläche gegen ihre Wange. »Ich glaube, diese Handicaps hatte ich sowieso schon abgehakt«, meinte er schließlich. »Wenn wir beide nicht so restlos ausgepowert wären, würde ich es heute Nacht noch mal probieren.«

»Das ›Du-weißt-schon-was‹?«, kicherte sie.

»Mhmm.« Er stand unbeholfen auf und holte aus dem Medizinschränkchen zwei Tabletten. »Eine für dich, eine für mich. Wir schlafen wie die Murmeltiere, und über das ›Du-weißt-schon-was‹ reden wir morgen. Einverstanden?«

»Einverstanden. Aber in deinem Bett.« Penny ließ Wasser in ein Zahnputzglas laufen und schluckte ihre Tablette. »Was meinst du mit: in meinem Bett? Schlafen oder das ›Du-weißt-schon-was‹?«

»Beides«, erwiderte sie errötend.

Ben legte seinen Arm über ihre Schultern und stützte sich auf sie, als sie in sein Schlafzimmer gingen. Sein Bein schmerzte höllisch, und vermutlich würde es morgen steif wie Holz sein. Er sollte wirklich so schnell wie möglich zum Arzt gehen wegen des Bisses.

In seinem Zimmer prüfte er die Fensterverriegelung, bevor er, nur mit seiner kurzen Pyjamahose bekleidet, zu Penny ins Bett stieg. Sie trug das zu der Hose gehörende Oberteil, das sie entschieden besser kleidete als ihn, vor allem, weil er wusste, dass sie nichts darunter anhatte. Er legte sich zurück in die Kissen und zog sie zu sich herüber. Sie kuschelte sich seufzend an ihn, bereits schläfrig von der Tablette.

Ben ging im Geiste noch einmal alle Sicherungsmaßnahmen durch. Hatte er die Haustür abgeschlossen? Die Alarmanlage eingeschaltet? Die Keller- und Gartentüren verriegelt, die Läden herabgelassen?

Das Haus war gegen Eindringlinge bestens geschützt. Die Anlagen waren auf dem neuesten Stand, und Ben überprüfte sie ständig. Es war eine Art Marotte von ihm, ein Relikt aus seiner Zeit beim Einbruchsdezernat, als er laufend mit diesen Dingen zu tun gehabt hatte. Außerdem gab es einige wirklich wertvolle Gemälde und Kunstgegenstände im Haus.

Auf die Alarmanlage verzichtete er meist, weil es ein paar Mal zu Fehlalarmen gekommen war, aber in dieser Nacht hatte er sie eingeschaltet. Vielleicht hatte einer der nächtlichen Verfolger im Wald besonders gute Augen. Vielleicht hatten sie es sich irgendwie zurechtgereimt, wer die heimlichen Zuschauer waren. Ben dachte an das zweite bekannte Gesicht, das er im Kreise des Coven gesehen hatte, und ihm wurde plötzlich sehr kalt. Er fröstelte stärker, als er an Pennys elektrifizierte Haare, den leuchtenden Turmalin und die bläulich glühenden Finger dachte. Sie wusste nichts mehr darüber, was sich in den grauenhaften Momenten ereignet hatte, kurz bevor er sie bewusstlos geschlagen hatte. Als er ihr auf der Rückfahrt davon erzählt hatte, hatte sie stumm und entsetzt geweint.

Ben überlegte, was er morgen als erstes tun sollte. Flüchtig kam ihm die Polizei in den Sinn, aber er verwarf den

Gedanken wieder. Sie würden ihn für verrückt halten. Vielleicht *war* er verrückt. Außerdem gab es keinerlei Beweise für eine strafbare Handlung. Nein, er würde das einzige tun, was ihn in dieser ganzen verworrenen Geschichte weiterbringen würde. Er würde den Menschen aufsuchen, der ihm sagen konnte, wie Paddy gestorben war.

Annette war an diesem Morgen wie immer spät dran. Seit ihrer Scheidung vor zwei Jahren fand sie morgens schlecht aus dem Bett, genau wie in der Zeit vor ihrer Ehe. Das frühe Aufstehen war nie ihr Ding gewesen. Als Kind war sie morgens nach dem Wecken meist noch mindestens einmal eingeschlafen, und nur ihrer aufmerksamen Mutter hatte sie es zu verdanken, dass in den Zeugnissen beim Eintrag: »zu spät gekommen« nicht ein hämisches »immer« vermerkt war.

Während des Studiums war es ähnlich gewesen. Sie hatte unzählige der Achtuhrvorlesungen verpasst, weil niemand sie weckte. Erst als sie Jens, ihren späteren Mann kennen lernte, war das pünktliche Aufstehen wieder gesichert. Man konnte gegen Jens viel sagen, aber darin war auf ihn stets Verlass gewesen. Wecken, Frühstückmachen, gute Laune gehörten für ihn nach dem Aufwachen zum Standardprogramm. Es gab jeden Morgen ein Küsschen und manchmal auch mehr im Bett – zumindest am Wochenende, wenn sich Annettes morgendliche Muffeligkeit in Grenzen hielt –, und es kam nie vor, dass sie sich verspätete. Leider war Jens nicht nur bei ihr so gut aufgelegt. Er verteilte seine Küsschen und sonstigen liebenswürdigen Aufmerksamkeiten großzügig auch unter anderen weiblichen Wesen, die seiner bedurften, und so war ihre Ehe nach nur einem Jahr wieder zu Ende gewesen. Sie sahen sich ab und zu und waren gute Freunde, aber im Bett spielte sich nichts mehr ab, so dass Annette selbst dafür sorgen musste, rechtzeitig aufzustehen. Es gab demzufolge Wecker in ihrer ganzen Wohnung, im Schlafzimmer zwei –

beide so platziert, dass man sie unmöglich vom Bett aus erreichen konnte – und in den übrigen Räumen weitere zwei, die zehn Minuten nach den anderen klingelten, für den häufig vorkommenden Fall, dass sie einmal die Schlafzimmerwecker abstellte und sich für einen kleinen Nachschlaf ins Bett zurückschleppte. An diesem Morgen waren die beiden Zusatzwecker ihre Rettung. Sie raste ins Bad und zog ein reduziertes Pflegeprogramm durch. Anschließend streifte sie sich hastig Kleid und Schuhe über, während sie sich gleichzeitig unter geschickten Verrenkungen Kaffee aus der Thermoskanne eingoss. Kaffeekochen kostete ebenso wie Duschen zu viel Zeit, so dass beides regelmäßig am Abend stattfand. Nur Schminken und Kämmen ließen sich schlecht verlegen; diesen letzten Schliff verpasste sie sich daher meist im Auto an irgendeiner roten Ampel.

Das plötzliche schrille Klingeln der Türglocke jagte ihr einen heftigen Schreck ein, riss es sie doch völlig unvermutet aus ihrer genau festgelegten morgendlichen Hektik. Sie musste um acht Uhr in der Bibliothek sein, und zwar um Punkt acht, vielleicht etwas früher, aber auf gar keinen Fall später. Das war in diesem Monat schon dreimal vorgekommen, und ihr Chef hatte beim letzten Mal bereits eine bissige Bemerkung fallenlassen. Sollte sie irgendwann einmal das Bedürfnis nach einem beruflichen Tapetenwechsel haben, würde ihr nächster Arbeitgeber mit Befremden auf folgenden Passus in ihrem Zeugnis stoßen:

Frau Annette B. bemühte sich stets, gewissenhaft und pünktlich zu sein. O nein, nicht mit ihr. Fieberhaft überlegte sie, wer geklingelt haben konnte und wie sie es umgehen konnte, mit dem Betreffenden länger als dreißig Sekunden zu reden, und zwar im Vorbeimarsch auf dem Weg zur Tiefgarage. Sie schnappte sich ihre Handtasche und riss die Tür auf. »Was ...?« Entgeistert starrte sie den vierschrötigen Mann an, der sie nachlässig vor die Brust stieß, in die Wohnung kam und die Tür hinter sich zuzog.

»Na? Ich sehe, du kennst mich noch. Zumindest vom Sehen her, oder? Weißt du überhaupt, wie ich heiße? Nicht? Ach ja, wir sind uns noch nicht vorgestellt worden. Hatte ich ganz vergessen. Ich bin der liebe Bodo, nur der Ordnung halber. Ordnung muss sein, findest du nicht auch?«

»Was wollen Sie?«, fragte sie verstört.

»Ich möchte mich ein bisschen mit dir unterhalten, Annette. Siehst du, ich weiß sogar deinen Namen. Klar, er steht auf dem Türschild. Aber ich wusste ihn schon vorher.«

»Was soll das? Was tun Sie hier in meiner Wohnung? Raus hier! Ich rufe die Polizei!«

»Kannst du dir nicht denken, weshalb ich hier bin?«

»Ich habe nichts damit zu tun!«

»Aha, du weißt also genau, worüber ich rede, stimmt's?«

»Keine Ahnung. Lassen Sie mich vorbei. Ich muss zur Arbeit. Wenn ich nicht komme, wird jemand nach mir sehen!«

»Erzähl mir nichts. Niemand wird dich vermissen, vorläufig jedenfalls nicht. Du lebst allein, und an Verwandten hast du hier in München niemanden. Ich weiß das alles, verstehst du.«

»Was wollen Sie überhaupt von mir? Ich werde schreien!« Sie versuchte, sich an ihm vorbeizudrängen, aber Bodo stieß sie mit mehreren groben Püffen immer weiter zurück, bis ins Schlafzimmer. Er schloss die Tür hinter sich ab. »Da sind wir doch genau im richtigen Zimmer. Hübsches Bett. Leg dich drauf. Nein, zieh dich zuerst aus, aber langsam!«

»Bitte, ich ...« Sie wich verängstigt zur Wand zurück.

»Aufs Bett, habe ich gesagt!« Er packte sie am Arm und drückte sie grob auf das Bett. »Und jetzt ausziehen, mach schon.« Er hob die Hände. »Ich kann dich auch zwingen. Wäre dir das lieber? Sieh dir diese Hände an!«

Zitternd begann sie, sich auszuziehen. Sie öffnete ihr Kleid und streifte es ab, ebenso die Strumpfhose.

»Alles.«

In ihren Augen stand nackte Angst, als sie mit ungeschickten Fingern ihren BH aufhakte und den Slip nach unten zog.

»Was wollen Sie denn überhaupt von mir?«, fragte sie mit überkippender Stimme.

»Ich denke, das ist klar, oder? Ich will nichts wissen, wenn du das meinst.« Bodo knöpfte sein Hemd auf und zog es rasch aus, ebenso wie seine Hose. »Wie hübsch du bist!«, murmelte er. Er setzte sich aufs Bett und griff nach ihren Brüsten, um sie derb zu kneten. »Nicht besonders viel, aber auch nicht zu wenig.«

Sie wimmerte, tief in der Kehle. »Warum denn? Was habe ich Ihnen bloß getan?«

Er umfasste mit seiner breiten, schaufelartigen Pranke ihren Hals und drückte leicht zu, gerade so stark, dass sie nur keuchend und mühsam Luft bekam.

»Was du getan hast? Das kann ich dir sagen. Du hast zu viel Blödsinn angerichtet, das hast du getan. Als du damals rumgeschnüffelt hast, haben wir dir das noch durchgehen lassen. Wir haben uns sogar ein paar Exemplare von deinem Buch besorgt, von diesem Häretiker- und Wicca-Quatsch. War nichts drin über uns, deshalb haben wir deine Schnüffelei auf sich beruhen lassen. Bei anderen waren wir nicht so gnädig, musst du wissen.« Er sagte nicht, bei welchen anderen, doch sie wusste sofort, wen er meinte. Etwas fester zudrückend erklärte er: »Dann bist du leider übermütig geworden. Du hast noch mehr neugierigen Leuten Bücher und Tipps gegeben, und das war unklug von dir. *Sehr* unklug, Annette.« Er beugte sich über ihre Brüste und nahm eine von ihnen in den Mund. »So süß«, murmelte er. »Du hast mir damals schon so gut gefallen.«

Sie rang nach Luft unter dem brutalen Griff um ihre Kehle, mit hochrotem Gesicht und hervorquellenden Augen. Krampfhaft versuchte sie, die Hand von ihrem Hals wegzuzerren, aber ihre Hände konnten gegen die klobigen Finger und die dicken Muskelstränge an seinem abnorm langen Arm nichts ausrichten. Sie würgte, einer Ohnmacht nahe, als er sich, den Mund immer noch auf ihren Brüsten, über sie schob und sie sein geschwollenes Glied an ihrem Bauch spürte. Instinktiv, planlos spannte sie sich an und zog ruckartig die Beine hoch, um sie im nächsten Moment mit aller Kraft wieder von sich zu stoßen. Sie traf ihn mit dem rechten Knie genau in die Leiste. Er ließ sofort ihren Hals los und fiel mit wütendem Schmerzgeheul zurück aufs Bett.

Annette wand sich unter ihm durch, sprang aus dem Bett und rannte zur Tür. »O Gott!«, schluchzte sie. »O Gott, bitte, bitte!«

»Sie ist abgeschlossen, du Dummerchen.« Bodo war aufgestanden und folgte ihr. Seine tiefliegenden Augen glitzerten bösartig unter den buschigen Brauen, als er den Schlüssel vor ihrem Gesicht hin- und herschwenkte. Er streifte mit einer lässigen Handbewegung das fettige, braune Haar aus der merkwürdig höckrigen Stirn und baute sich breitbeinig vor ihr auf.

»Warum rennst du weg? Ich kann dir was bieten!« Vielsagend blickte er an sich herab.

Sie stieß einen schrillen Schrei aus und hämmerte mit beiden Fäusten gegen die Tür. Mit einem Satz war er bei ihr und umklammerte erneut ihre Kehle. Ihr Kopf knallte gegen die Türfüllung, und er drückte sich gegen ihren nackten Körper und rieb sich an ihr. »Wieso schreist du so? Wir wollen doch nur ein bisschen Spaß haben.« Er lachte rau. »Zum Schreien gebe ich dir hinterher noch genug Grund. Wenn du dann noch schreien kannst.«

XIV

Penny erwachte von den Sonnenstrahlen, die sie an der Nase kitzelten. Bens Schlafzimmer war von hellem Tageslicht durchflutet, und Penny kniff geblendet die Augen zusammen. Ben war bereits aufgestanden. Auf seinem zerwühlten Kopfkissen lag ein Zettel, genau in der Mulde, die sein Kopf hinterlassen hatte. Ben hatte ihr offensichtlich eine Nachricht dort hingelegt, aber ohne Brille oder Linsen würde sie es in hundert Jahren nicht entziffern können. Sie sprang eilig aus dem Bett, stolperte ins Bad und setzte dort rasch ihre Kontaktlinsen ein. Anschließend rannte sie zurück ins Schlafzimmer und hielt sich mit zitternden Fingern den Zettel vors Gesicht.

Liebste Penny, leider ruft mich heute die Pflicht, sprich meine Klienten. Wir verschieben das Du-weißt-schon-was auf heute Abend. Geh bitte NICHT aus dem Haus. Ich habe deinen Fototermin schon für dich abgesagt. Du hast die Grippe. Spätestens zum Abendessen bin ich wieder da. Sag Georg, er soll was Gutes kochen. Tschüs, Ben.

P.S. Ich weiß, dass wir erst seit ein paar Tagen zusammen sind, und ich weiß, dass es verrückt ist, aber ich glaube, ich liebe dich.

P.P.S. Du mich hoffentlich auch.

Penny fiel mit wackligen Knien aufs Bett. Er liebte sie!

Bist du sicher? Vielleicht will er dich nur damit in sein Bett kriegen!

Sie überhörte die Stimme der Vernunft geflissentlich. Schließlich hatte er sie sowieso schon in seinem Bett, es fehlte sozusagen nur noch der letzte Vollzug. Sie hätte es auch ohne Liebeserklärung mit Freuden getan, und das wusste Ben sicher genauso wie sie.

Penny jauchzte übermütig und hüpfte auf einem Fuß durch den Gang ins Bad. Unter der Dusche sang sie laut und falsch. Sie hätte nicht gedacht, dass sich ihre Freude noch steigern ließe, aber als die Waage ihr ganze dreiundfünfzigkommadrei Kilo bescheinigte, hob sie ab und schwebte auf einer rosaroten Wolke davon, die Treppe hinunter und in die Küche zu Georg, der dort bereits mit einem Riesenfrühstück auf sie wartete.

»Ich liebe ihn auch!«, platzte sie glücklich heraus. Georg blickte sie verwirrt an, und sie wurde dunkelrot. »Äh … ich meine …«

»Du redest nicht etwa zufällig von meinem Sohn?«, fragte er amüsiert, während er ihr Kaffee eingoss und reichlich Milch dazutat.

Penny zuckte die Achseln und schwieg. Schließlich nickte sie verschämt.

»Keine Angst, ich verrat's ihm nicht. Du kannst es ihm selbst sagen, wenn du ihn das nächste Mal siehst. Nimmst du Eier mit Speck? Das wäre genau das richtige für einen vernünftigen Brunch. Mittagessen lassen wir heute ausfallen. Es ist sowieso schon fast zwölf. Wie hast du geschlafen? Keine üblen Träume diesmal?«

»Nein, zum Glück nicht. Ich habe gestern eine Schlaftablette genommen.« Sie nahm ihm die Eier und den Speck aus der Hand und trat an den Herd. »Ich mach das schon. Du weißt ja, im Eierbraten bin ich …«

»… unschlagbar«, ergänzte Georg lächelnd. »Wie war's gestern in der Kneipe?«

»Nicht besonders. Was hat Ben erzählt? Von gestern, meine ich.«

»Alles.«

Penny schaute ihn erschrocken an und ließ ein Ei in die Pfanne fallen. »Alles?«

»Alles über den Hexensabbat. Ihr hattet Glück, dass ihr rechtzeitig entwischt seid. Ich bin mit Ben einer Meinung, dass du heute besser nicht aus dem Haus gehst. Dieser Hexenmeister hat dich bereits einmal beobachtet, und es kann wohl als sicher gelten, dass er in Paddys Wohnung eindringen wollte und dort zumindest deine Stimme gehört hat. Dasselbe gilt für diese Balbina. Beide kennen Paddy, und niemandem kann es entgehen, wie sehr du und Paddy einander ähnlich seht.«

»Ich weiß«, räumte Penny verdrossen ein. »Es war vielleicht verkehrt, dass ich mit zu diesem dämlichen Alraunengraben gegangen bin. Sogar eins von diesen verrückten esoterischen Schafen hat meine Ähnlichkeit mit Paddy bemerkt. Ich hätte nicht gedacht, dass es dermaßen auffällt. Jetzt sind wir praktisch aufgeflogen. Wahrscheinlich denken sie auch, dass Ben und ich gestern den Sabbat beobachtet haben.«

»Mach dir deswegen keine Gedanken. Hier bei uns bist du sicher. Die Mauer ist über zwei Meter hoch und mit Sensoren gespickt, und das Tor reagiert nur auf ein bestimmtes Signal. Und nicht zu vergessen, die Alarmanlage ist in Betrieb. Hier kommt keiner rein, der nicht angemeldet ist. Außerdem glaube ich nicht, dass sie so frech sind, in die Offensive zu gehen. Sie wissen ja nicht, was ihr wisst, und wer alles von euren Nachforschungen informiert ist.« Den Gedanken, dass sie versuchen könnten, es auf gewaltsame Weise in Erfahrung zu bringen, verschwieg Georg Penny wohlweislich. Ben war heute Morgen aufs äußerste besorgt gewesen und hatte ihm dringend eingeschärft, keine unangemeldeten oder unbekannten Besucher aufs Grundstück zu lassen. Bevor er gegangen war, hatte er eine seiner Pistolen eingesteckt und eine andere hinter die kleine Diana-Statuette im Salon gelegt.

»Sie ist geladen und entsichert. Ich bin wahrscheinlich erst heute Abend wieder hier. Lass Penny nicht aus dem Haus. Du bist mir für sie verantwortlich. Pass auf sie auf, Papa. Sie bedeutet mir sehr viel.«

Georg verschränkte seine Hände auf dem Schoß, als er daran dachte, wie ernst sein Sohn bei diesen Worten ausgesehen hatte. Doch dann hob er unvermittelt den Kopf und schnupperte. »He, die Eier! Wo bleibt die unschlagbare Eierköchin?«

»Oh!« Penny kratzte mit hochroten Wangen die dunkelbraunen Eier aus der Pfanne. »Ich hab geschlafen!«

»Macht nichts. Ich esse sie gerne kross«, erklärte Georg großmütig.

Penny verteilte die Eier und den Speck, anschließend setzte sie sich. Gedankenverloren bestrich sie eine Semmel mit Butter, dann ließ sie das Messer sinken und schaute Georg sorgenvoll an. »Hat er dir auch die Geschichte mit dem blauen Licht und der elektrischen Aufladung erzählt?«

Er seufzte. »Ja, allerdings. Ich muss dir ganz ehrlich sagen, dass ich nicht so recht weiß, was ich davon halten soll. Wenn man es nicht selbst gesehen hat, neigt man wohl dazu, Dinge dieser Art für eine Halluzination oder Fata Morgana zu halten. Andererseits kenne ich meinen Sohn als einen rationalen, nüchternen Menschen, der mit beiden Beinen fest auf der Erde steht. Er war nie ein Phantast oder Spinner. Er hatte nicht mal als Kind in der Geisterbahn Angst.«

Penny musste lachen. Sie stellte sich den hübschen kleinen Jungen vor, mit dunklen, ungebärdigen Locken, trotzigen blauen Augen und schokoladeverschmiertem Mund, der inmitten der aufgeregt und verängstigt schnatternden Kinderschar völlig unbeteiligt, mit herablassendem Gesichtsausdruck und kerzengeradem Rücken am Ende der Höllenfahrt aus dem Geisterbahnwaggon ausstieg.

»Ich weiß es wirklich nicht, Penny«, fuhr Georg stirnrunzelnd fort. »Vielleicht hatte Faust doch recht, irgendwie. Wer kann das heute mit letzter, absoluter Gewissheit sagen? Das Übernatürliche hatte zu allen Zeiten Konjunktur, und wer meint, dass es früher stärker war als heute, der täuscht sich gewaltig. Natürlich, die Zahl der Atheisten steigt ständig und ist sicher beträchtlich, aber sie ist verschwindend gering gegenüber denjenigen, die *glauben*. Damit meine ich Religiosität im allerweitesten Sinne. Praktisch jede Religion fußt auf einem Prinzip, dass der Naturwissenschaftler nur als metaphysisch, eben als übernatürlich, übersinnlich bezeichnen kann. Darauf, dass es eben doch Phänomene außerhalb der Schulweisheit zwischen Himmel und Erde gibt, etwas anderes, als die Dinge, die wir sehen, hören, schmecken, riechen und fühlen können. Kirchendogmatiker und Moraltheologen würden mich vielleicht dafür vors Jüngste Gericht zerren, wenn ich es so platt ausdrücke, aber ich tu's trotzdem: Nimm einfach mal die Wunder aus der Bibel. Sie sind nach Auffassung der Kirche tatsächlich geschehen, also *real,* nicht etwa bloß als eine Art Sinnbild zu verstehen. Millionen und Abermillionen glauben es, sie glauben fest, dass es geschehen ist, dass Jesus über das Wasser wandelte, aus Wasser Wein und aus ein paar Broten Tausende gemacht hat. Dass er Tote erwecken konnte. Dass er in den Himmel aufgestiegen ist. Zauberei? Hexerei? Du lieber Himmel, wer würde das so formulieren? Es wäre Häresie, Blasphemie. Vor dreihundert Jahren wäre ich sofort als Ketzer verbrannt worden. Wahrscheinlich hätten die Inquisitoren mich vorher noch ordentlich mit glühenden Zangen gezwickt. Und die ganze Bibel ist voll von Wundern dieser Art. Wer wird schon an all das glauben? Ich meine, *wirklich* glauben? Selbst eingefleischte Katholiken und Theologen rütteln an den Dogmen. Was soll ich als zivilisationsverwöhnter Mensch ohne Jenseitsaffinität erst davon halten?« Er hob ergeben die Hände und lächelte schief. »Aber ich bin kein richtiger Agnostiker, das ist mein Problem. Ich liebe die Musik, und ich lebe mit ihr. Die Musik ist praktisch schon ein Stück vom Himmel, weißt du. Wenn ich meiner Frau beim Spielen zugehört habe, wusste ich, es gibt einen Gott. Verstehst du das? Sie hatte eine Gabe, eine ... man kann es nicht anders ausdrücken. Es war eine Gottesgabe. Eine Gnade. Ja, sie hatte begnadete Hände. Und dann denke ich an deine Hände, Penny. Es ist ... ich weiß nicht recht, wie ich es treffend beschreiben soll ... Doch, eigentlich ist es dasselbe. Du hast auch begnadete Hände. Alles, was du darüber gesagt hast, ist wahr. Das würde ich jederzeit beeiden, auch vor dem Jüngsten Gericht. Meine Schmerzen oder Nichtschmerzen sind etwas, das ich selbst beurteilen kann, aus eigenem, unmittelbarem Erleben heraus. Du *hast* mir geholfen. Natürlich, jeder Arzt würde sagen, es ist entweder Zufall oder ein Placebo-Effekt, aber nicht für mich. Für mich ist es wahr, und es bleibt wahr. Vielleicht sind doch ein paar von den Wundern in der Bibel wahr. Vielleicht siehst du auf einer anderen Bewusstseinsebene Dinge, die genauso wahr sind, Dinge von blauem Feuer und übermächtiger, fremdartiger Kraft. Ja, ich denke, es ist so. *Vielleicht* ist es so.«

Penny zog nachdenklich die Brauen zusammen. »Von dem, was du da erzählst, habe ich ein paar Sachen nicht richtig verstanden.« Sie schüttelte den Kopf und fuhr langsam fort: »Ich glaube aber nicht, dass das, was ich verstanden habe, mir gefällt. Ich glaube, du bist ein ...« Verwirrt suchte sie nach Worten. »Du legst dich nicht fest ... ich meine, du beziehst in Wahrheit keinen Standpunkt. Wie nennt man das?«

Georg lachte gutmütig. »Keine Ahnung. Wahrscheinlich kommt ›Sophist‹ dem, was du meinst, noch am nächsten.«

»Was bedeutet das?«

»Ein spitzfindiger Scheingelehrter«, grinste er. »Jetzt iss endlich dein krosses Ei, Kind. Und vergiss die Semmel nicht. Ich könnte schwören, dass du in den paar Tagen, seit du hier bist, schrecklich dünn geworden bist.«

Ben drückte ungeduldig auf die Türklingel, wieder und wieder. Er verlagerte sein Gewicht stärker auf den Stock; sein Bein fühlte sich vom Knie abwärts heiß und geschwollen an. Vermutlich hätte er doch besser zum Arzt gehen sollen, anstatt den Morgen damit zu verbringen, Sicherheitssysteme für die Villa eines seiner Klienten (wie gut sich das anhörte!) auszusuchen und mit einem weiteren Klienten dessen Anliegen zu besprechen.

Er hörte Geräusche aus der Wohnung, also war jemand da. Den Finger auf dem Klingelknopf, pochte er zusätzlich mit dem Knauf seines Stockes gegen die Tür.

Nach dem fünften Klingeln öffnete sich endlich die Tür, und Uschis Gesicht lugte hinter der Sicherheitskette hervor. Ihre schönen großen Augen wirkten rot und geschwollen. Offensichtlich hatte sie geweint.

»Was wollen Sie?«, fragte sie unfreundlich.

»Ich glaube, wir haben einiges zu bereden, Uschi.«

»Ich warte.«

»Ich auch. Machen Sie schon auf, wir können das nicht zwischen Tür und Angel besprechen.«

Uschi blickte ihn mit verengten Augen einige Sekunden lang an. Dann lehnte sie die Tür an und öffnete die Kette. Ben ging, auf den Stock gestützt, an ihr vorbei in die kleine Diele und sah sich um.

Sie deutete auf eine offene Tür. »Gehen wir ins Wohnzimmer. Fallen Sie nicht um, es ist nicht aufgeräumt.«

Das war noch erheblich untertrieben. Überall türmten sich Kleiderstapel, Jacken, Schuhe, Reisetaschen und Koffer in wildem Durcheinander.

»Wollen Sie verreisen? In der Redaktion sagte man mir, dass Sie Urlaub haben.«

»Sieht so aus, oder? Also, was wollen Sie? Nein, sagen Sie's nicht. Ich kann's mir denken. Aber bei mir sind Sie verkehrt, wirklich. Ich kann Ihnen absolut nichts über Patrick sagen, nicht das Geringste.«

»Da bin ich nicht so sicher«, entgegnete Ben mit kalter Stimme. Er machte sich nicht die Mühe, in dem Wirrwarr der herumliegenden Sachen nach einer Sitzgelegenheit zu suchen.

»Wissen Sie, wo ich gestern Nacht war?«, fragte er. »Na, raten Sie es?«

Uschi starrte ihn schweigend an. In ihren Augen glomm Angst auf.

»Ich sehe schon, Sie haben's erraten. Richtig, auf dem Hexensabbat. Es war hochinteressant. Ich weiß auch, wo Sie den Sabbat davor gefeiert haben, den in der Walpurgisnacht. Sie waren in Cornwall, nicht? Haben Sie da das Kind getötet? Nein, das war ja schon vorher. Aber Paddy, der musste dort dran glauben.«

Bingo, dachte Ben befriedigt. Uschi wurde weiß wie die Wand, die großen Augen wirkten wie himmelblaue Farbkleckse in ihrem totenbleichen Gesicht.

»Aber ich ... Wie können Sie ... Balbina hat mir versprochen, dass ...«

»Was? Was hat Sie Ihnen versprochen, Uschi?«, fragte Ben mit seidenweicher Stimme.

»Sie hat gesagt, sie wollten ihm nichts tun. Ihm nur einen Schreck einjagen, und ihm sein Material wegnehmen.« Sie senkte den Kopf und flocht nervös ihre Finger ineinander. »Ich durfte nicht mit. Sie haben mich seitdem nicht mehr teilnehmen lassen.« Ben sah, dass Tränen über ihre Wangen liefen und auf ihre Hände tropften.

»Das stimmt«, bestätigte er. »Sie waren gestern nicht dabei. Warum? Sind Sie nicht mehr willkommen? Ein Sicherheitsrisiko, wie Patrick Donner?«

Sie zuckte die Achseln und blickte sich plötzlich fahrig um. »Ich ... ich muss mich beeilen. Mein Flug geht in zwei Stunden.«

»Sie hauen ab, stimmt's? Es wird Ihnen zu gefährlich in München, was? Wo genau waren sie in Cornwall, und wer war mit dabei? Wie haben sie es gemacht?«

Sie sah ihn groß an. »Sie wissen es nicht?« Ihr Gesicht verschloss sich. »Von mir erfahren Sie nichts.« Sie setzte sich mit verschränkten Armen auf das Sofa, zwischen zwei Handtuchstapel.

Ben trat auf sie zu und baute sich in voller Größe vor ihr auf. Sie blickte halb ängstlich, halb trotzig zu seiner hochgewachsenen, kraftstrotzenden Gestalt auf. »Machen Sie sich keine Mühe, Herr Röder!«

»Mühe? Warum sollte es mir Mühe machen, die Polizei zu rufen? Ich bin sicher, dass Sie in einer hübschen Zelle schnell zur Besinnung kommen. Da hätten Sie dann auch ausreichend Zeit und Gelegenheit, sich Gedanken zu machen. Wissen Sie, worüber? Furchtbar einfach. Darüber, was wohl passiert, wenn Ihre Hexenkollegen Angst bekommen, dass Sie sie verpfeifen. Was der gute von Stauf dann wohl unternimmt? Ich meine, um ganz sicher zu gehen, dass Sie nicht doch etwas ausplaudern. Worauf würden Sie tippen?«

Ben machte unter dem Durcheinander einer Ansammlung von Schuhen das Telefon aus und nahm den Hörer ab. »Ich kenne die Leute bei der Kripo sehr gut, schließlich war ich selbst jahrelang dort. Einer meiner besten Freunde ist übrigens Leiter der Mordkommission.«

»Bitte nicht«, flüsterte sie. »Lassen Sie mich gehen! Ich habe Angst!«

»Selbstverständlich«, erwiderte er höflich. »Sie können Ihrer Wege gehen, wohin immer es Sie zieht ... nachdem Sie mir meine Fragen beantwortet haben.«

Mutlos ließ sie sich zurücksinken. »Der Ort heißt Creanough. Der Tanzplatz ist hoch oben auf den Klippen, etwas außerhalb. Er ist nicht zu verfehlen. Es ist ein kreisrunder Platz inmitten einer uralten Formation aus Menhiren. Das sind ...«

»Felsen, ich weiß. Warum dort?«

»Die Felsen haben unermessliche magische Kraft. Es gibt dort einen besonders auffällig geformten Stein, er sieht aus wie eine liegende Frau. Vielleicht war es einmal eine Statue, vor Tausenden von Jahren. Man kann heute nicht mehr erkennen, ob es sich um eine natürliche, zufällig durch Erosion entstandene Form handelt oder ob es ein Artefakt ist. Wir nennen diesen Felsen Moonrock, nach der Mondgöttin, und jedes Jahr zu Walpurgis begehen wir dort den Großen Ritus zu Ehren der Göttin. Der Stein ist merkwürdigerweise nicht bekannt, obwohl er eine gewaltige Energie in sich birgt. Von Stauf hat ihn irgendwie gefunden. Ich glaube, er ist in uralten keltischen Dokumenten darauf gestoßen. Es gibt eine Legende darüber. Wenn ein reines Wesen, mit dem die Göttin ist, den Felsen berührt, so erlangt es Unsterblichkeit. Ihm wird große Magie zuteil und unvorstellbare Macht.«

»Wie hübsch«, kommentierte Ben sarkastisch. »Bei von Staufs Hexentruppe scheint es bisher wohl nicht funktioniert zu haben. Na ja, man kann diese Typen wohl auch nicht gerade als rein bezeichnen. Mich interessiert aber eigentlich etwas ganz anderes viel mehr. Patrick Donner. Wer hat es getan, und wie? Wo ist die Leiche?«

»Ich weiß es nicht«, sagte Uschi tonlos. »Von Stauf war dabei, und Balbina, und auch die meisten anderen, das steht fest. Mir haben Sie kurz vor der Abreise verboten, mitzukommen. Ich musste eine Krankheit vorschützen, damit Paddy keinen Verdacht schöpfte. Mein Gott, es tut mir so leid! Ich hätte nie gedacht, dass sie so weit gehen könnten!«

»Und das Neugeborene, sind sie damit nicht schon weit genug gegangen?«, fragte er bitter.

Ihre Augen weiteten sich vor Entsetzen. »Ich schwöre, dass ich davon nichts wusste! O mein Gott, ich hätte doch nie ...«

»Der Coven zelebriert doch auch Schwarze Messen, oder nicht?« Ben durchbohrte sie mit seinen Blicken.

Sie rang die Hände und schlug sie schließlich vors Gesicht. »Ja«, sagte sie dumpf zwischen ihren Fingern hindurch. »Aber ich habe niemals gesehen, dass dabei ... O bitte, lassen Sie mich gehen!«

Ben seufzte. Sein Bein schmerzte vom langen Stehen, und er fegte einen Berg Unterwäsche von einem der Sessel und ließ sich stöhnend hineinfallen. »Erzählen Sie mir alles, von Anfang an«, befahl er. »Wie Sie da reingeraten sind. Wie Patrick da reingeraten ist. Ich will alles wissen.«

Uschi nahm die Hände vom Gesicht. Mit einem der Handtücher aus dem Stapel neben ihr wischte sie sich die nassen Augen und putzte sich die Nase. »Ich bin seit zwei Jahren dabei«, schniefte sie. »Ich war bei verschiedenen Workshops, die werden ja immer in den einschlägigen Esoterik-Magazinen angeboten. Kräuterkunde, Chiromantie, Tarot. So kam eins zum anderen. Es war für mich ... eine ganz neue, herrliche Welt, voller Wunder und fremdartiger Schönheit und Harmonie. Ich wollte mehr davon, und ich bekam es. Balbina nahm mich eines Tages mit in den Coven, und das war der Beginn. Ich wurde schnell eingeweiht. Es ist ... unbeschreiblich!« Ihre Augen leuchteten ekstatisch, und ihr Mund öffnete sich verzückt. »Niemand wird ermessen können, was das bedeutet, der es nicht selbst erlebt hat. Dieses einzigartige Wunder, das Einssein, das Verschmelzen mit den Alten Göttern, die Kraft dieser Hingabe, die Erfüllung ...«

»Schon gut, ich glaub's auch so. Was war jetzt mit Patrick ... wie kam er ins Spiel?«

Ihre Miene verdüsterte sich. »Es hört sich verrückt an, aber ich habe ihn dort getroffen, im Laden meine ich. Ich kannte ihn natürlich aus der Redaktion, aber er ist nicht durch mich zur Esoterik gekommen, wenn Sie das meinen. Er war eines Tages da, und als er mich sah, schien er ziemlich ... verlegen, fast erschrocken. Er druckste ein bisschen herum, erzählte mir, dass er schon immer einen Hang zum Okkulten gehabt hätte, und ich sollte bloß keinem seiner Bekannten was davon verraten, sonst hätte er für alle Zeiten bei denen verspielt. Ich sagte, klar, kein Problem, ist doch toll, warum nicht. Im Traum wäre ich damals nicht auf die Idee gekommen, dass er für eine Story recherchieren wollte. Ganz schön dämlich von mir, was? Aber vielleicht *wollte* ich es auch gar nicht so genau wissen, wer weiß. Ich fand ihn schon immer nett, habe ihn monatelang aus der Ferne angehimmelt, und jetzt war er auf einmal da. Er ging mit mir aus, wir sprachen fast nur über die Esoterik und die Gruppe. Er war so wissbegierig und wollte unbedingt da mitmachen, und ich dumme Gans fand das auch noch wunderbar. Er ging mit mir ins Bett, und danach hätte ich *alles* für ihn getan. Ich habe Balbina angebaggert, ob er nicht mal mitmachen dürfte. ›Er ist bei der Zeitung?‹ fragte sie. ›Das ist ja sehr interessant, Uschi. Was genau arbeitet er denn da? Soso, Lokalredaktion, das wird ja immer interessanter.‹ Ich wusste erst gar nicht, was sie damit meinte, und als ich es endlich begriff, wollte ich es nicht glauben. Überlass das uns, sagte Johannes zu mir. Er darf bei uns mitmachen, natürlich darf er das. Wir werden ihm schon irgendwie klarmachen, dass es über uns nichts zu erzählen gibt. Mehr hat er nicht zu mir gesagt. Kurz bevor es losgehen sollte, rief Johannes mich zu Hause an und verbot mir, mitzufahren. Patrick war es herzlich egal, als ich ihm sagte, ich hätte die Grippe. Er wollte auf jeden Fall mit. Er war ganz heiß darauf.«

Ben hatte ihr aufmerksam zugehört. Er war sehr blass, und an seinem Kinn zuckte ein Muskel. »Wer hat es getan? Und wie? Wo ist die Leiche?«

»Ich sagte Ihnen doch schon, ich weiß nichts!« Sie erwiderte verzweifelt seinen Blick, und ihm war klar, dass sie die Wahrheit sagte. Armes, dummes, esoterisches Schaf, dachte er. Auf der Flucht vor der Schlachtbank.

Auf einmal kam ihm eine Idee. »Wo steigen denn die Mitglieder des Covens ab, wenn's zur Walpurgisnacht nach Creanough geht?«, wollte er wissen.

»Im Dorf. Da gibt's ein Landgasthaus, dort haben wir jedenfalls letztes Jahr übernachtet. Balbina sagte damals, dass sie dort immer logieren, wenn sie zum Beltaine hinfahren.« Sie sprang auf. »Ich kann Ihnen die Adresse aufschreiben, wenn Sie wollen.« Sie wühlte in dem Durcheinander auf dem Fußboden herum, fischte ihre Handtasche heraus und entnahm ihr ein Notizbuch und einen Kugelschreiber. Sie kritzelte etwas hinein, riss die Seite heraus und gab sie ihm. Mit scheuem, abgewandtem Gesicht sagte sie: »Ich muss jetzt packen. Bitte gehen Sie.«

Ben erhob sich schwerfällig und stützte sich auf seinen Stock. Seine rechte Wade pochte schmerzhaft. »Wo finde ich Sie, wenn ich Sie brauche?«

Sie schüttelte den Kopf. »Ich weiß, was Sie meinen. Vergessen Sie's. Sollten Sie sie jemals überführen, welcher Tat auch immer ... ich werde niemals eine Zeugin der Anklage sein. Ich wäre tot, genau wie jeder, der das versuchen würde. Glauben Sie mir. Bitte glauben Sie mir. Hören Sie auf, Nachforschungen anzustellen. Es ist Ihr Verderben, Ihr sicherer Tod. Hören Sie auf mich und lassen Sie es sein. Vielleicht ist es noch nicht zu spät!«

Sie sah ihn ernst und traurig an. Mit einer fast flehenden Geste hielt sie ihm die Hand hin. Er ergriff sie und drückte sie. »Werden Sie denn überhaupt wiederkommen?«

»Wahrscheinlich nicht. Nicht, solange ich Angst habe. Und wahrscheinlich werde ich immer Angst haben, nach dem, was sie mit Paddy gemacht haben und mit dem Baby. Natürlich weiß ich es nicht definitiv, das ist richtig, aber ich fühle es, hier drin.« Sie drückte ihre Hand auf ihre Brust. »Ich habe eine große empathische Begabung, wie alle Hexen. O bitte, nicht dieser mitleidige Blick. Ich weiß wirklich, wovon ich rede, Benjamin Röder. Ich bin eine Hexe, so wahr Sie und ich hier in diesem Zimmer einander gegenüberstehen.« Ihre Augen wirkten riesengroß in dem schmalen, blassen Gesicht. »Und es ist gut, nicht schlecht, eine Hexe zu sein. Es ist nicht böse, ganz egal, was Sie darüber gehört und gelesen haben mögen. Es ist eine Wahrheit, ein Naturereignis, es ist wie schwarze Haare oder grüne Augen. Es ist eine Kraft, und man hat sie, ob man will oder nicht. Ich habe sie, und andere haben sie auch.«

Ben sah sie unverwandt an und hatte plötzlich das Gefühl, schlecht Luft zu bekommen. Penny, dachte er. *Grüne Augen. Es ist wie grüne Augen. Es ist eine Kraft, und man hat sie, ob man will oder nicht. Mein Gott, wieso muss ich jetzt an Penny denken?*

»Manche missbrauchen die Kraft, verzerren sie, pervertieren sie«, fuhr Uschi fort. »Das habe ich in den letzten Tagen und Wochen lernen müssen. Aber das ist die Ausnahme, bitte glauben Sie mir.«

Ben räusperte sich. »Eine Art Mendelsche Zufallsauslese der Schlechten? Oder ein schwarzes Schaf unter Tausenden weißen?«

Sie lächelte mühsam. »Das schwarze Schaf trifft es eher.« Eine Herde esoterischer Schafe, dachte Ben. Immer wieder schien es darauf hinauszulaufen. Vor seinem geistigen Auge erschien ein merkwürdiges, scharf umrissenes Bild: Ein Altar, nass vom dunkelroten, frischen Blut eines weißen Schafes. Das Blut lief und tropfte zäh und schimmernd über die Fläche und die Seiten des Steinblocks. Er sah jede Vertiefung, jeden Riss, jede Linie in der verwitterten Oberfläche, das flimmernde Sonnenlicht, das sich in der glänzenden Blutlache widerspiegelte. Das weiße Schaf war tot; mit zerfetzter Brust lag es neben der Opferstätte, das helle, wollige Fell von langen, roten Schlieren durchzogen.

Uschi starrte ihn mit weit aufgerissenen Augen an und fasste sich an die Kehle. Er hielt ihren Blick fest, und in der Tiefe ihrer Augen erkannte er, dass sie dasselbe sah wie er. Empathie. Wieder musste er an Penny denken. »Ich muss gehen«, sagte er schroff, wandte sich unvermittelt ab und humpelte zur Tür. Im Flur hing eine Pinnwand; im Vorbeigehen sah Ben, dass ein Flugticket daran befestigt war. Ein rascher Blick, und er wusste, wohin ihre Reise gehen würde. Qantas Airlines. Also vermutlich Australien. Oder Neuseeland. Das war wirklich weit genug weg für ein Opferlamm. Hoffentlich.

Als er gegangen war, lauschte sie ein paar Sekunden seinen sich entfernenden Schritten, dem *Tok-tap, Tok-tap, Tok-tap,* das sein Stock in Verbindung mit seinen Schuhsohlen erzeugte. Nach einer Weile hörte sie andere Schritte, die sich ihrer Wohnungstür näherten, rasch, geschmeidig, sicher. Die Schritte des Wolfs, der gekommen war, um sich das Lamm zu holen.

Einen Augenblick lang drückte sie ihre Stirn gegen die Tür und wappnete sich. Sie hatte es gewusst, seit dem Moment, als Patricks Freund ihr das erste Mal gegenüber gesessen hatte, in der Cafeteria des Verlagshauses. Sie hatte versucht, davonzulaufen. Innerlich hatte sie aber stets mit sicherer Überzeugung gewusst, dass es zwecklos war. Trotzdem hatte sie Angst, vor den Schmerzen, der Scham, der Verzweiflung, die ihrem Tod vorausgehen würden. Sie wusste, wen sie ihr geschickt hatten und was ihr bevorstand. Plötzlich hob sie den Kopf. Es gab eine Möglichkeit, es zu verhindern. Große Göttin, warum hatte sie nicht schon eher daran gedacht? Die Schritte waren fast vor ihrer Tür angekommen; sie musste sich beeilen. Rasch huschte sie in die Küche, öffnete eine Schublade und nahm das große Tranchiermesser heraus. Sie ging zurück in den Flur und wartete.

»Mach auf, Uschi«, sagte Bodo mit sanfter Stimme.

»Nein«, entgegnete sie tonlos.

Die Tür barst mit einem Knall nach innen, und Bodos mächtige Gestalt schob sich mit schlenkernden Armen in die Diele. »Für diesen Extraaufwand muss ich mir eine besondere Strafe überlegen«, kündigte er vergnügt an. »Ich habe heute schon schwer geackert, aber ich schätze, bei dir könnte ich trotzdem noch mal zu Höchstform auflaufen!«

Uschi wich zurück bis zur Wohnzimmertür. »Ich habe ihm nichts erzählt«, beteuerte sie und hielt seinen Blicken offen stand. Er musterte sie nachdenklich. »Komisch, das glaube ich dir sogar. Du kannst einfach nicht lügen, nicht so ein dummes kleines Schaf wie du.«

Schaf, dachte sie. Blutiges, totes Schaf. Der Griff des Tranchiermessers in der Hand hinter ihrem Rücken wurde rutschig.

»Na, dann sollte ich doch schnellstens dafür sorgen, dass du auch in Zukunft niemandem was erzählen kannst, nicht wahr? Aber vorher unterhältst du dich noch ein bisschen mit dem lieben Bodo!« Er kam mit wiegenden Schritten näher. Sie zog das Messer hinter ihrem Rücken hervor und hielt es vor sich. »Keinen Schritt weiter, oder ich muss es benutzen!«, sagte sie entschlossen.

Bodo kicherte. »So was!«, meinte er kopfschüttelnd. »Wenn das nicht ein richtig schlimmes Messer ist!« Unbeirrt kam er auf sie zu. »Mach schon, zeig's mir, stoß zu!« Er feixte mit weit offenem Mund, die farblosen Augen in bösartiger Vorfreude zusammengekniffen.

Und sie zeigte es ihm. Ihre Augen wurden riesig und seltsam stechend. Die hellblaue Iris schillerte, schien zu rotieren. Sie fixierte eine Stelle auf seiner Nasenwurzel. »Ich verfluche dich!«, zischte sie. »In ihrem Namen seist du verflucht in alle Ewigkeit. Du sollst zu Staub und Asche zerfallen, noch ehe dieser Tag sich wendet. Bei Isis, Diana, Artemis, Melusine, Dione. Bei Tanitha, der Großen Mutter. Du bist tot, tot, tot!« Sie spie die letzten Worte förmlich hervor, und Bodo glotzte entgeistert in die fremdartig funkelnden, phosphoreszierenden Augen, wie von einem Schlag ins Gesicht getroffen. Genau genommen hatte ihn tatsächlich ein Schlag getroffen. Sie hatte den Bösen Blick angewendet und ihn völlig unvorbereitet erwischt. Er schnaubte vor Zorn und machte das überlieferte Abwehrzeichen.

»Zu spät!«, flüsterte sie. »Das war der wirksamste Schadenszauber. Der Fluch war perfekt, auch ohne Übung. Weißt du, wieso?« Ihre Lippen wölbten sich zu einem höhnischen Lächeln. »Weil ich ihn im Angesicht des Todes über dich verhängt habe!«

»Na warte, du Flittchen ...« Er trat drohend auf sie zu. Sie hob das Messer und stieß zu, mit aller Kraft. Es drang durch Muskeln, Sehnen und Fleisch, bis tief ins Herz, das augenblicklich zu schlagen aufhörte. Als sie zu Boden sank, war sie bereits tot. Bodo starrte fassungslos auf sie herab; ein Speichelfaden rann über seine Unterlippe, tropfte von seinem Kinn. Sie lag zu seinen Füßen, wie eine zerbrochene Puppe, die Augen im Tod verdreht, den Mund zu einem stummen, triumphierenden Schrei geöffnet. Das Schaf war der Schlachtbank entkommen. Der Wolf spürte bereits das Würgen des mächtigen Todesfluchs in der Kehle.

Um das breite, scharfe Heft des Messers in der Brust der Toten bildete sich ein schnell größer werdender roter Fleck. »Miststück«, knurrte Bodo. »Miststück, du!« Er gab ihr einen Tritt in die Seite, bevor er sich wutentbrannt umdrehte und die Wohnung verließ.

Die beiden von Staufs, Vater und Tochter, befanden sich im Hinterzimmer des Esoterikladens. Von Stauf saß zurückgelehnt in einem Ohrensessel in einer Ecke des dämmerigen Raumes. Er hatte die Augen geschlossen und meditierte. Balbina, die an dem breiten, lang gestreckten Tisch unter dem zerbrochenen Kellerfenster arbeitete, drehte sich von Zeit zu Zeit um und warf einen Blick auf ihren Vater. Es war ein Mittwoch, der Tag der Erkenntnis, und deshalb trug er eine grünschimmernde Robe. Vor seiner Brust baumelte eine mehrreihige Glasperlenkette, in der winzige Quecksilberkügelchen mit aufgereiht waren, und der schwere Siegelring an der Hand war ein Achat.

Balbina ordnete auf dem Tisch Blumen in einer Vase an: Narzissen, Lilien und Majoransträußchen. Einer Schale entströmte durchdringender Benzoegeruch.

Balbina selbst trug ein regenbogenfarbiges Gewand, das um die Taille gegürtet war. Die Gürtelschließe war ein großes, rundes Pentakel aus Holz. Um ihre nackten Füße strich ihr Kater Pyewacket, schnurrend und sich kräftig an ihrer Haut reibend. Sie genoss das Gefühl des seidenweichen Fells an ihrer bloßen Haut und bückte sich von Zeit zu Zeit, um das Tier hinter den Ohren zu kraulen.

Sorgfältig arrangierte sie die Blumen zu einem gefälligen Gesteck. Sie liebte diese täglichen Rituale. Jeder Tag der Woche hatte andere magische Ziele mit unterschiedlichen Düften, Metallen und Farben. Schließlich war das Blumenarrangement vollendet. Zufrieden schob sie die Vase zur Seite und sah sich fragend zu ihrem Vater um. Er hatte die Augen geöffnet und nickte. Balbina überprüfte mit dem Zeigefinger die Temperatur der dampfenden Flüssigkeit, die in einem flachen Tiegel über einem Bunsenbrenner warmgehalten wurde, bevor sie sie in die vorbereitete Form goss. Das gelbliche Wachs erstarrte rasch in der Puppenschablone, und schon nach kurzer Zeit konnte Balbina die fertige kleine Gestalt aus der Form lösen. Sie hielt sie murmelnd hoch ins Licht, begutachtete sie von allen Seiten und ritzte schließlich mit dem Fingernagel eine Kerbe in das linke Bein der Figur. Einer anderen Schale entnahm Balbina vorsichtig mit Daumen und Zeigefinger einen winzigen Stofffetzen, den sie in die Kerbe drückte und mit ein paar Tropfen von dem flüssigen Wachs befestigte. Der Fetzen war ein Stück blutverkrusteter Jeansstoff, der von Bens Hose stammte. Sie hatte ihn in der vergangenen Nacht unter Tränen der Trauer und Qual aus dem Maul ihres kleinen geliebten Impie geklaubt. Ein größeres Stück mit mehr Blut daran, ein paar Haare oder ein wenig Haut, ein Tuch mit Speichel oder Sperma wäre noch besser gewesen, aber der kleine Fetzen Stoff tat es auch. Der Mörder ihres treuen Impie würde grauenhafte Schmerzen leiden; ihre spitze Nadel würde seinen Körper viele Male durchbohren, bevor sie sein Herz traf. Sie blickte zu ihrem Vater hinüber; sein hagerer Schädel war im Halbschatten vor dem dunklen Samt des Sessels wie ein geisterhafter, durchscheinender Lampion. »Mir ist lieber, du besprichst sie, Johannes.«

Er erhob sich geschmeidig, hinkte zum Tisch und nahm ihr die Puppe aus der Hand. Der Stoff seiner Seidenrobe fiel über seinen Unterarm zurück und entblößte sein bleiches Gelenk, als er prüfend die Figur auf der Handfläche wog. Er legte ihr die andere Hand schwer auf die Schulter. »Ich gebe dir Recht. Ich werde es für dich tun. Deine Kraft ist schwach. Sie ist kaum zu spüren.«

»Die Göttin hat mich verlassen!«, stieß sie verzweifelt hervor. »Die Beschwörung ist nicht gelungen, obwohl ich nicht selbst invoziert habe. *Du* hast Sie diesmal gerufen, aber Sie ist zu diesem … diesem dummen, naseweisen Ding gekommen!«

»Sei vorsichtig in der Wahl deiner Worte«, warnte er sie. »Du sprichst von unserer künftigen Hohepriesterin.« Seine schmalen, blutleeren Lippen dehnten sich zu einem grausamen Lächeln. »Und von meiner lieben Braut.«

Sie schmollte. »Ich glaube das nicht. Ich will sie nicht bei uns haben. Lass sie sterben, wie ihren Bruder. Ein Opfer.« Ihr Gesicht erhellte sich, und eifrig setzte sie hinzu: »Das wird die Göttin versöhnen … ein jungfräuliches Opfer! Unsere Kraft wird größer denn je sein!«

Er schüttelte den Kopf. »Vergiss es. Erinnere dich an unsere letzte Divination. Die Karten sprechen eine andere Wahrheit.« Tief unter ihnen stieg ein Ton empor, ein dumpfes, rollendes Knurren, erzeugt von nichtmenschlicher Kehle. Balbina zuckte zusammen. »Er ist unruhig! Bei der großen Mutter, er muss besänftigt werden!«

»Ich kümmere mich darum. Ich werde ihn vorbereiten für die kommende Nacht. Er wird seiner neuen Herrin bereitwillig dienen.« Er nahm etwas vom Tisch und hob es hoch. Ein Sonnenstrahl fiel durch das Loch in der Scheibe und brachte die weiße, zerfetzte Seide von Pennys Slip in seinen Händen zum Leuchten.

In Bens Wade pulsierte der Schmerz mit einem dumpfen Klopfen, als er nach dem Besuch bei Uschi zurück in sein Büro kam. Er betastete vorsichtig den Verband. Das Bein fühlte sich dick und taub an. Kein gutes Zeichen. Er ließ sich hinter seinen Schreibtisch fallen und hörte den Anrufbeantworter ab. Einer seiner neuen Klienten teilte ihm mit, wo und wann der angeblich bettelarme Schuldner, den er beschatten sollte, zum Roulette, zum Pferderennen und ins Bordell ging. Ben notierte sich alles gewissenhaft.

Danach rief er zu Hause an. Mathilde war am Apparat, und nach ein paar belanglosen Bemerkungen bat er sie, Penny zu rufen. Sie meldete sich atemlos. »Ben?« Es klang zittrig und aufgeregt.

»Alles in Ordnung?«, fragte er beunruhigt. »Ich … ja, natürlich, wieso?«

»Du hörst dich ziemlich außer Atem an. Bist du gerannt?«

Natürlich war sie gerannt. Ihm fiel der Zettel ein, den er ihr aufs Kopfkissen gelegt hatte. Grinsend fragte er sie: »Bist du mir böse?«

»Warum sollte ich dir böse sein?«

»Weil ich deinen Fototermin gecancelt habe. Dieser Mike war ganz schön sauer.«

»Das macht nichts. Mein Vertrag ist wasserdicht. Keine Shootings, wenn ich krank bin. Ich brauche nicht mal ein Attest. Natürlich kriege ich auch kein Geld, das ist der Nachteil.«

»Hast du mir sonst nichts zu sagen?«, neckte er sie.

»Ich … äh … also, ich weiß nicht«, stammelte sie verlegen.

»Schon gut«, lächelte er. »Wir warten bis heute Abend. Gibst du mir ‘nen Kuss durchs Telefon? Mit Gefühl?«

Penny schwieg, und Ben wusste, dass sie glühend rot wurde. Trotzdem war ihm, als würde er ihre Lippen auf den seinen spüren.

»Gleichfalls«, raunte er in den Hörer. Dann wurde er unvermittelt ernst. »Noch eins, Penny. Bleib zu Hause, ja? Lasst niemanden rein.«

»Schon gut, wir passen auf. Es ist auch bisher niemand gekommen, außer Mathilde. Und den Gärtnern. Hörst du den Rasenmäher? Fleißige Leute. Dafür sind wir drei umso fauler. Wir spielen übrigens gerade Memory, Georg, Mathilde und ich. Ich habe schon fünfmal gewonnen.«

»Was?«, fragte er fassungslos.

»Ja, es ist eins von deinen alten Kinderspielen. Ich hab's auf dem Dachboden gefunden.«

Ben durchzuckte ein schwacher Stich. Der Dachboden. Erinnerungen. Yvonne ...

»Ich hab mir die Alben angesehen, Ben«, bekannte Penny.

»Ich weiß, dass du nichts dagegen gehabt hättest. Deine Frau ... Sie war reizend, Ben.« Sie hielt inne, in banger Erwartung, doch er stellte überrascht fest, dass er wirklich nichts dagegen hatte. Vielleicht würde er sich sogar irgendwann einmal selbst wieder alles ansehen können, ohne den Schmerz, der die Trauer bis vor kurzem so unerträglich gemacht hatte. »Es ist okay«, sagte er rau. Ein heftiges Gefühl der Zuneigung überwältigte ihn plötzlich, und er umfasste den Hörer fester. »Ich hab dich lieb, Penny.«

»Ich dich auch, Ben!«, flüsterte sie. Dann räusperte sie sich. »Hast du viel zu tun?«

»Genug. Eigentlich zu viel für einen alleine«, flachste er. »Ich brauche ganz entschieden demnächst eine Sekretärin. Wir reden nachher darüber. In zwei Stunden bin ich zu Hause, so um drei etwa. Dann will ich einen richtigen Kuss.« Bevor er sich von ihr verabschiedete, brachte er sie noch einmal in Verlegenheit, indem er ihr mitteilte, was er sonst noch von ihr wollte. Nachdem er aufgelegt hatte, machte er sich daran, seine Post zu sichten. Unter all den

Reklamesendungen, die er unten aus dem Briefkasten beim Eingang gefischt hatte, befand sich ein neuer Auftrag: Annettes Großmutter bat ihn in einem kurzen Brief, der in einer steilen, braven Sütterlinschrift abgefasst war, ihren französischen Besatzungsoffizier für sie ausfindig zu machen. Dem Brief war ein Foto beigefügt, eine – offensichtlich vom Originalbild abfotografierte – Aufnahme eines schneidig aussehenden jungen Mannes in Uniform, die Brust voller Orden. Ben pfiff lautlos durch die Zähne, als er in dem Briefumschlag noch etwas fand: Einen Scheck über fünftausend Mark – für die ersten Unkosten, wie die alte Dame schrieb. Ben starrte den Scheck an und blinzelte. Sein erstes Honorar! Er musste schlucken. Monatelang nichts, buchstäblich nicht der Hauch eines Falles, und nun das. Innerhalb von wenigen Tagen kam alles ins Rollen, und er war ein richtiger Detektiv mit Klienten (Klienten in der Mehrzahl!). Plötzlich wünschte er sich sehnlichst, dass Penny hier wäre, um an diesem Erfolgserlebnis teilhaben zu können. *Ich habe mir das so für dich gewünscht, wenn du wüsstest, wie sehr ich mir das für dich gewünscht habe!*

Ben schluckte abermals, als er an ihre Worte dachte, und wie sie ihm um den Hals gefallen war, als er ihr von seinem ersten Klienten erzählt hatte. Penny hatte es sich für ihn gewünscht. *Sehr* gewünscht.

Es ist wie schwarze Haare oder grüne Augen, wisperte eine Stimme in seinem Inneren. *Es ist eine Kraft, und man hat sie, ob man will oder nicht.*

Penny? Er dachte an ihre Hände, kleine, grazile Hände, schmal und zart wie die eines Kindes, wie sie ihn gestreichelt hatten, sich vertrauensvoll um seinen Nacken geschlungen hatten, sich nachts an ihm festgeklammert hatten. Und dann dachte er an sein Bein, und daran, dass es nicht mehr wehtat. Natürlich schmerzte es ihn jetzt, nach der brutalen Beanspruchung der letzten Nacht, aber nicht schlimmer als an jedem beliebigen Tag während der vergangenen Monate und Jahre. Eher weniger. Genau genommen schmerzte es hauptsächlich dort, wo ihn der Hund gebissen hatte. Seine Hand, mit der er noch den Scheck hielt, zitterte plötzlich. Verdammtes blaues Licht. Verdammte, irrsinnige Hexenbande! Verdammte Geschichte, in die er da hineingeraten war!

Ben drehte den Scheck nervös in den Händen. Auf einmal dachte er an Annette. Eigentlich müsste er sich bei ihr für den Auftrag bedanken. Dann fiel ihm noch etwas anderes ein. Er erinnerte sich an das bekannte Gesicht, das er bei der Hexenversammlung gesehen hatte. Die höckerige Stirn, die langen, baumelnden Arme, die monströsen Muskelpakete des Mannes, sein im Mondlicht wie Talg glänzender Körper. Es konnte kein Zufall gewesen sein, dass der Typ vor der Bibliothek herumgelungert hatte. Diese Truppe war von Anfang an darüber im Bilde gewesen, dass er etwas ganz anderes im Sinn hatte als Alraune auszugraben. Warum, zum Teufel, hatte er Penny nur gestattet, gestern Abend mitzugehen? Warum hatte er nicht an ihre Ähnlichkeit mit Paddy gedacht? Warum, warum, warum. Er zerfleischte sich seit dem gestrigen Abend mit Selbstvorwürfen, weil er nicht besser nachgedacht hatte. Wie weit würden dieser von Stauf und seine Leute gehen, um noch mehr unerwünschte Nachforschungen zu verhindern? Was würde er tun? Penny und ihn beschatten, um ihnen immer einen Schritt voraus zu sein? Einmal hatte von Stauf Penny aufgelauert, und einmal hatte dieser Neandertaler ihm hinterher geschnüffelt. Das ergab ein klares Muster, und es betraf nur die beiden Male, von denen er wusste. Ben rollte gedankenverloren den Scheck zu einer dünnen Hülse zusammen. Es war an der Zeit, diese Sache zu einem Abschluss zu bringen, so oder so. Am besten heute noch. Er könnte heute Abend schon in Cornwall sein. Ein Foto von Paddy, die Beschreibung der Albinos, ein paar Pfund in die richtigen Hände gedrückt – er könnte morgen bereits so viel Material haben, dass die Polizei zumindest Ermittlungen aufnehmen würde. Ben strich den Scheck auf seinem Schreibtisch wieder glatt. Er lächelte unwillkürlich, weil ihm der schnittige kleine Papierflieger einfiel, den er in der Bibliothek gebastelt hatte.

Die Bibliothek. Ben riss den Kopf hoch. Allmächtiger, die Bibliothek!

»Oh, verdammt!«, stieß er hervor. »Verdammte Scheiße!« Er sprang auf und stöhnte, als der Schmerz wie ein Rasiermesser in seine Wade schnitt. Ohne sich die Mühe zu machen, seine Jacke mitzunehmen, raste er zur Tür. Im Aufzug trat er zappelig von einem Fuß auf den anderen. Wie hatte er das Nahe liegende nur übersehen können? Hatte dieses Hexengeschmeiß ihm das Gehirn weichgezaubert? Ben humpelte eilig zu seinem Wagen und fluchte, weil er erst auf eine Lücke im Verkehr warten musste.

Der Neandertaler, dieser verfluchte Affe! Natürlich hatte er ihm nachspioniert, das lag auf der Hand. Aber da war noch mehr, er hatte es nur nicht kapiert. Himmel, wie konnte er bloß so dämlich sein. Es hätte ihm gleich auffallen müssen, dass dieser hässliche Zeitgenosse nicht nur an ihm, sondern auch an jemand anderem interessiert war. Warum sonst hätte er vor dem Eingang der Bibliothek stehen bleiben sollen, nachdem Ben schon längst gegangen war?

In der Bibliothek fand er sie nicht. Eine der Angestellten verwies ihn an den Chefbibliothekar. Ben riss sich zusammen und fragte ihn in angestrengt ruhigem Ton nach Annette. »Krank? Nein, keine Ahnung, ob sie krank ist«, erklärte Annettes Vorgesetzter. »Sie hat sich jedenfalls nicht entschuldigt. Versuchen Sie's morgen wieder.«

Ben kramte auf dem Weg zu seinem Wagen hastig den Zettel mit ihrer Adresse aus seiner Brieftasche. Während der Fahrt, für die er etwa zehn Minuten brauchte, betete er, dass seine Befürchtungen grundlos waren, aber als er vor dem Apartmenthaus mehrere Polizeifahrzeuge und eine Ambulanz stehen sah, erstarrte er innerlich zu Eis. Mechanisch fuhr er den Wagen auf den Parkstreifen, stieg aus und betrat das Gebäude durch die offen stehende Haustür. Er stieg mühsam ohne Stock die zwei Treppen zu ihrem Apartment hoch und stieß die angelehnte Tür auf. In der Wohnung wimmelte es von Leuten.

»Was wollen Sie denn hier?«, herrschte ihn einer der Uniformierten an.

»Was ist mit ihr passiert?«, fragte Ben statt einer Antwort drängend.

Ein Mann löste sich aus einer Gruppe, die im Wohnzimmer stand, und kam auf Ben zu. »Wer sind Sie? Was wollen Sie hier?«

»Mein Name ist Röder, Benjamin Röder. Annette ist eine Bekannte von mir.«

»Benjamin Röder? Sind Sie zufällig Privatdetektiv?«

Wie konnte dieser Bulle das wissen? Achselzuckend meinte Ben: »Ja, warum?« Er sah sich suchend um. Sein Gesicht war bleich und verkniffen. Die Leute, die sich hier herumtrieben, rochen verdammt nach Mordkommission und Spurensicherung. Hatten sie ihre Leiche schon weggebracht?

Der Kriminalbeamte nahm eine durchsichtige kleine Plastiktüte vom Tisch und hielt sie hoch. Ben sah, dass eine Visitenkarte darin steckte. Seine Visitenkarte, die er Annette gegeben hatte, damit sie ihrer Großmutter seine Anschrift mitteilen konnte.

»Sehen Sie das?«, fragte der Beamte mit kalter Stimme. »Genau die gleiche haben wir vor etwa einer Stunde bei einem anderen Mordopfer gefunden. Herr Röder, Sie sind vorläufig festgenommen.«

XV

Ben wich instinktiv einen Schritt zurück. »Anderes Mordopfer? Wer denn, um Himmels willen? Los, sagen Sie schon, Mensch!« Sein Herz dröhnte zum Zerspringen. *Nicht Penny. Nicht sie. Sie kann's nicht sein. Vor einer Stunde – da habe ich noch mit ihr telefoniert. Bitte, bitte, bitte …*

»Verdammtes Arschloch, spuck's aus!«, brüllte er außer sich, als der Mann ihn abschätzend von oben bis unten ansah.

Der Beamte verschränkte die Arme vor der Brust und wippte auf den Zehen. Er blickte vielsagend in die Runde. Sämtliche Anwesenden waren abrupt verstummt und hatten sich Ben zugewandt. »Das kannst du morgen den Haftrichter fragen. Oder übermorgen«, erklärte der Beamte gönnerhaft. »Wenn du ganz brav bist und nicht mehr schreist, versteht sich.«

Nein, nicht Penny. Sie nicht. Uschi! Sie hatte auch seine Karte; er hatte sie ihr in der Cafeteria gegeben. Es musste Uschi sein. Großer Gott! Jetzt wusste er, wie weit von Stauf gehen würde! Ihm war speiübel, und er musste einen starken Brechreiz unterdrücken.

Der Kriminalbeamte machte eine nachlässige Kopfbewegung. »Schafft ihn ins Präsidium. Ich will ihn mir gleich vorknöpfen, wenn ich hier fertig bin.«

»Bitte«, sagte Ben mit erzwungener Ruhe, »ich möchte kurz meinen Vater anrufen. Er ist querschnittsgelähmt und auf fremde Hilfe angewiesen. Hören Sie, ich schwöre, dass es wahr ist. Sie können das leicht überprüfen. Ich war auf dem Weg nach Hause, und wenn ich nicht gleich komme, macht er sich große Sorgen. *Bitte!«* Das letzte ›bitte‹ klang flehend.

Der andere musterte ihn kurz und sah unschlüssig zum Telefon, das auf einem Tischchen neben ihm stand. Dann zog er ein Taschentuch aus der Brusttasche seines Jacketts, umfasste damit vorsichtig den Telefonhörer und fragte: »Die Nummer?«

Ben sagte sie ihm, und der Beamte wählte. Ben verfolgte aufmerksam die Finger des Mannes auf den Tasten des Apparates. Als das Freizeichen erklang, hielt der Polizist den Hörer so, dass Ben es ebenfalls hören konnte. Er ließ es zehnmal klingeln, dann legte er auf. »Wahrscheinlich ist dein Papi ein bisschen spazierenrollen, was?«, fragte er hämisch. »Ab mit ihm!«

Sie schafften es erst draußen auf dem Gang, ihn niederzuringen. Er wütete wie ein Berserker, schlug und trat um sich, brüllte wie ein Rasender, von Sinnen vor Angst und Entsetzen. Sie brauchten vier Mann, um ihn außer Gefecht zu setzen, und als schließlich die Handschellen auf seinem Rücken zuklickten, waren seine gespaltene Oberlippe und seine geplatzte Augenbraue nicht die einzigen Blessuren, die zu beklagen waren.

Penny, Georg und Mathilde saßen im Salon und starrten auf das Telefon wie auf eine Giftschlange. Als das letzte Klingeln verklang, seufzten sie wie aus einem Mund. Penny tauschte einen Blick mit Georg. Er wirkte zutiefst verzweifelt. Sie spürte, dass er sich die Schuld gab.

»Es ist gut, Georg«, sagte sie sanft. »Du kannst nichts dafür. Mach dir keine Vorwürfe. Bitte, ich will nicht, dass du das tust. Es ist nicht deine Schuld!«

»Nein«, kicherte Bodo, »das ist es wirklich nicht!« Er saß auf dem Couchtisch, inmitten der Memorykarten, mit lässig übereinandergeschlagenen Beinen; in der Rechten hielt er entspannt Bens Pistole, die er Georg nach einem kurzen Handgemenge entwunden hatte.

Georgs linkes Auge war zugeschwollen, und aus seiner Nase strömte Blut.

Sein Versuch, die Pistole hinter der Statuette hervorzuholen, war kläglich gescheitert. Er hatte kaum seine Hand um den Kolben gelegt, als auch schon Bodos Faust in sein Gesicht gekracht war. Im selben Moment hatte das Telefon zu klingeln begonnen.

»So, nachdem wir so weit sind, könnten wir uns eigentlich empfehlen, was?« Bodo riss das Telefonkabel aus der Wand und blickte gutgelaunt von einem zum anderen. Er war in Hochstimmung; sein Plan, zusammen mit den Gärtnern auf das Grundstück zu gelangen, hatte bis aufs i-Tüpfelchen geklappt. Er hatte sogar fachmännisch den Rasenmäher bedient. Die Gärtner waren nach der Arbeit wieder abgezogen, und er hatte einfach an der offenen Terrassentür gewartet, bis sich das Tor hinter ihnen geschlossen hatte.

»Komm mit!«, sagte er freundlich zu Penny und hob die Pistole ein wenig. Sie schüttelte eigensinnig den Kopf.

»Nicht? Ts, ts!« Er schnalzte bedauernd mit der Zunge. »Na, dann will ich doch gleich ...«

Er stand auf. »Mal sehen, ob dich das umstimmen kann.« Er trat vor Mathilde, die sich ängstlich auf dem Sofa zusammenkauerte, griff ihr in den Ausschnitt und riss ihr mit einem Ruck die Bluse auf. Die Knöpfe spritzten in alle Richtungen und landeten mit einem leisen Prasseln auf dem polierten Parkett. Er packte sie bei den Haaren, zerrte sie vom Sofa hoch und stieß sie brutal auf den großen, niedrigen Rauchglastisch. Georg stieß einen gequälten Laut aus und setzte seinen Rollstuhl in Bewegung. Die Memorykarten flatterten durch die Luft. Mathilde schrie schmerzgepeinigt auf, als Bodo sich über sie beugte, ihren BH zerfetzte und roh ihre Brüste quetschte.

»Nicht schlecht, Alte, gar nicht schlecht«, grunzte er. »Ich glaube, ich bring's heute noch mal fertig!« Er drehte sich um und richtete drohend die Pistole auf Georg. Mathilde weinte entsetzt, und Penny sprang aus dem Sessel auf. »Schluss damit! Aufhören, bitte! Ich komme ja mit!«

Er richtete sich grinsend auf. »Na also. Ist besser, dem guten alten Bodo zu gehorchen, was?« Er führte sie in die winzige, fensterlose Speisekammer neben der Küche, wobei er sie am Arm festhielt. Sein Griff war nicht grob, im Gegenteil, man konnte ihn beinahe als vorsichtig bezeichnen.

»Schön hier drin auf mich warten, Kindchen, dann passiert dir nichts!«

Es hörte sich großspurig an, aber Penny fiel auf, dass ein unsicherer Tonfall in seiner Stimme mitschwang. Bevor er sich abwandte, sah sie ihm eindringlich in die Augen, und da senkte er die Blicke, eindeutig verlegen, so, als schämte er sich vor ihr.

»Warum soll ich hier warten? Was ist mit den anderen?« Die Tür fiel zu, und sie hörte, wie von außen der Schlüssel gedreht und abgezogen wurde.

»Die anderen«, flüsterte Penny. Kaltes Entsetzen kroch in ihr hoch. Er wollte sie nicht dabei haben! Lieber Gott, er wollte ihnen etwas antun, aber er wollte nicht, dass sie dabei zusah! Sie krampfte die Finger um ihren Glücksstein. Der Turmalin knisterte elektrisch in ihrer heißen Faust, und Penny starrte mit brennenden Augen auf den Türknauf.

Mathilde hatte sich wieder in die hinterste Ecke des Sofas verkrochen; sie hatte die Knie vor die Brust gezogen und umklammerte sie mit den Händen. Mit schreckhaft geweiteten Augen sah sie zu Georg hinüber, der kreidebleich und stumm in seinem Rollstuhl saß. Die Knöchel seiner Finger, die sich in die Armlehne krallten, waren schneeweiß.

»Du bist verletzt«, wisperte sie. »Hast du Schmerzen?«

Er schüttelte mit zusammengepressten Lippen den Kopf.

»Aber die wird er gleich kriegen, verlass dich drauf«, kündigte Bodo strahlend an, als er in den Salon zurückkam. Er legte die Pistole und den Schlüssel von der Speisekammer auf den Kaminsims und baute sich mit schlenkernden Armen vor Mathilde auf. »Aber zuerst haben wir ein bisschen Spaß zusammen, Alte. Du bist echt 'ne Sünde wert, und wenn dein Rollerboy da drüben zuschaut, wird's noch mal so gut.« Er drehte sich zu Georg um. »Und du solltest dir eins merken, Rollerboy: Wenn du auch nur eine Umdrehung in meine Richtung machst, wirst du ein Knacks hören. Soll ich dir sagen, was knacks macht?« Er bückte sich, zog Mathilde zu sich hoch, legte seine Pranke um ihren Hals und sah sich abermals zu Georg um, bedeutungsvoll mit dem Auge zwinkernd. Langsam ihre Kehle zudrückend, erklärte er: »Das mache ich nur, damit du nicht schreist. Wir wollen doch unsere kleine Mondprinzessin nicht beunruhigen, was? Das ist streng verboten, müsst ihr wissen. Also, nicht schreien.« Mit der freien Hand knöpfte er seine Hose auf und streifte sie rasch herab. Während er Mathildes Rock hob und mit einem Ruck ihren Slip zerfetzte, wandte er sich erneut zu Georg. »Denk an das Knacks, Rollerboy.« Er drückte Mathilde auf den Teppich nieder und schob sich schnaufend über sie.

»Schluss damit!« Pennys Stimme klang wie ein Peitschenknall. Sie sprang auf seinen Rücken und trommelte mit den Fäusten auf ihn ein. »Du Schwein, du Vieh, du widerlicher Drecksack, du Abschaum, du verkommenes Monster, du ...«

Bodo richtete sich verblüfft auf, und Mathilde nutzte die Gelegenheit, rasch von ihm wegzurobben. Sie kroch zu Georgs Rollstuhl und grub schluchzend ihre Nägel in seinen Arm. In seinem Gesicht zuckte und arbeitete es; er starrte mit mahlenden Kiefern zuerst Mathilde, dann Penny an, die Bodo immer noch mit Fausthieben und Tritten traktierte.

Er wich ihr aus und streckte abwehrend die Hände von sich. »Nicht doch. Nicht doch, Engelchen. Lass das! Nicht den alten Bodo ärgern. Schau mal, ich tu's nicht, einverstanden? Sei schön friedlich, ich bitte dich!«

Penny stand hochaufgerichtet vor ihm, die Haare zurückgeworfen, das hübsche Gesicht verzerrt vor Wut und Angst.

Georg beobachte Bodo angespannt, voller atemloser Sorge, was dieser Psychopath als nächstes unternehmen würde. Doch zu seiner unermesslichen Erleichterung stellte er sofort fest, dass Bodo offenbar gar nicht daran dachte, Penny irgendetwas zu tun. Er schien sich unter ihren flammenden Blicken zu ducken, in sich hineinzukriechen.

»Ich gehe mit dir, du widerwärtiges Stinktier.« Pennys Stimme zitterte und strafte ihre unerschrockenen Worte Lügen. »Ich weiß, warum du gekommen bist. Du sollst mich holen. Aber ich komme nur mit, wenn du diesen beiden Menschen hier kein Haar krümmst.«

Bodo wand sich. Es war ihm deutlich anzumerken, dass dieses Ansinnen im Gegensatz zu seinen Anweisungen stand. Georg wurde augenblicklich klar, dass der Mann ihn und Mathilde töten sollte. Wenn er nicht so ein perverses Verlangen danach gehabt hätte, vorher eine schwache, verängstigte Frau vor den Augen eines hilflosen Krüppels zu vergewaltigen, wären sie beide jetzt mit Sicherheit tot. Sie wären vermutlich in diesem Moment auch so tot – wenn nicht Penny rechtzeitig zurückgekommen wäre. Georg sah sie scharf an. Er hatte gehört, wie Bodo sie in der Speisekammer eingesperrt hatte. Er hatte außerdem gesehen, wie er den Schlüssel zusammen mit der Pistole oben auf dem Kaminsims abgelegt hatte. Wie war sie dort herausgekommen? Bodo schien sich dieselbe Frage zu stellen. Er schaute ungläubig zum Kamin hinüber. »He, wie bist du … Ich hatte doch …« Dann blickte er von Penny zu Georg und Mathilde. Ratlos kratzte er sich am Kopf, sichtlich überfordert von den Problemen, mit denen er sich momentan herumschlagen musste. Warum hatte er die beiden nicht gleich kaltgemacht, wie Johannes es ihm aufgetragen hatte? Dann hätte er mit der Prinzessin jetzt schon im Auto sitzen können! Penny wurde selbstsicherer. Sie trat einen Schritt näher zu ihm heran. »Ich mache dir keine Schwierigkeiten«, schmeichelte sie. »Ich werde mich nicht wehren. Wenn du willst, bin ich auch … *nett* zu dir!«

Bodo schluckte mit hüpfendem Adamsapfel und stierte auf ihre vollen runden Brüste, die sich deutlich unter ihrem T-Shirt abzeichneten. Die Versuchung war gewaltig, größer als je zuvor in seinem Leben. Vielleicht lag es daran, dass ihm der Tod sicher war, falls er dieser Versuchung nachgeben würde. »Ich … äh …«, stammelte er dümmlich.

Penny ging zu ihm und stellte sich dicht vor ihn hin, jetzt deutlich Herrin der Lage. Ihre grünen Augen lockten und baten. »Es ist doch kein Problem«, erläuterte sie ihm sanft. »Du bist so *stark …«* Sie legte ihre Hand auf seinen Bizeps, und er zuckte zusammen. »Du kannst ihn sicher tragen.«

»Tragen? Wen?«, fragte Bodo verständnislos.

»Ihn.« Sie wies auf Georg. »Du nimmst ihn auf deine *starken* Arme«, sie drückte leicht seinen Oberarm, »und trägst in ihn den Keller. Am besten in den Weinkeller, der hat eine abschließbare Stahltür und kein Fenster. Dort sind sie weit weg vom Schuss, das musst du zugeben. Sieh mal …«, sie schlug die Augen zu ihm auf, »wenn du ihnen was tust, … ich meine, du hattest doch vor, ihnen was zu tun, stimmt's? … dann bist du schneller dran, als du glaubst. Du hast dich als Gärtner hier eingeschlichen. Alle Nachbarn wissen, dass mittwochs die Gärtner kommen. Also wird die Polizei als erstes die Gärtner befragen. Vielleicht haben die sich sowieso schon gewundert, dass sie auf einmal einen neuen Kollegen hatten. Was glaubst du, ob sie der Polizei eine gute Beschreibung von dir liefern werden? Ich würde mein letztes Hemd drauf verwetten, dass sie das tun, lieber *Bodo.«* Sie trat einen Schritt zurück, und ihre Stimme wurde scharf. »Wenn du ihnen etwas zuleide tust, werde ich diesem Albino bei der Großen Göttin schwören, dass du Hand an mich gelegt hast!«

Bodos Wangen färbten sich dunkelrot, und er riss die Augen auf. »Du kannst nicht …«

»O doch, ich kann. Ich schlage vor, du tust, was ich gesagt habe. Dann gehe ich widerspruchslos mit, und heute Abend können wir schon außer Landes sein.«

Georg und Mathilde lauschten wie gebannt Pennys Worten. Außer Landes? Große Göttin? Wovon redete sie da bloß? Sie wirkte in diesem Moment fremd und mysteriös, wie ein Mensch, den sie vorher nicht gekannt hatten.

»Ich weiß, wofür ihr mich wollt«, sagte Penny emotionslos. »Ich werde es tun. Ich werde mit euch gehen und den Felsen berühren. Was danach sein wird, weiß die Göttin allein. Ich rate dir, es nicht mit mir zu verderben, Bodo. Das Blut meines Bruders schreit nach Vergeltung.«

Georg hielt die Luft an. Sein Gesicht war versteinert, als er diese Worte hörte. Flüchtig dachte er an ihr Gespräch heute Mittag. War das wirklich erst vor nicht einmal zwei Stunden gewesen? Wer war dieses Mädchen? Ihr kindlich schönes Gesicht war ernst, von erhabener Strenge. Sie war eine Königin, und Bodo war Staub unter ihren Füßen.

»Ich tu's«, sagte Bodo heiser. »Aber ihr müsst machen, was ich sage.« Er hob Georg aus dem Rollstuhl und trug ihn wie ein Kind zur Kellertreppe. »Ihr müsst beide mitkommen«, verlangte er. Es klang … demütig?

Penny setzte sich sofort in Bewegung, und Mathilde folgte ihr, innerlich von den widerstreitendsten Empfindungen zerrissen, die vom Bedürfnis reichten, schreiend aus dem Haus zu laufen, bis hin zu dem fast unwiderstehlichen Verlangen, zum Kamin zu rennen und die Pistole zu holen. Penny schien es zu spüren. Sie wandte den Kopf. »Lass es. Es wird alles gut, glaub mir. Komm mit.«

»Okay, es ist jemand zu eurem Haus unterwegs.« Frank Heller legte den Hörer auf und sah seinen Freund, der ihm auf dem Besuchersessel in seinem Büro gegenübersaß, kopfschüttelnd an. »Ben …«

»Glaubst du's nun oder nicht?«, fragte Ben drängend. Er sah wie das Opfer eines Raubüberfalls aus. Auf seinem Gesicht klebte gestocktes Blut, die Lippe war doppelt so dick wie sonst, und die Wunde an seiner Augenbraue klaffte.

Frank schüttelte abermals den Kopf. »Ich glaube dir natürlich, was denkst du denn. Ich meine, dass du in deinem ganzen Leben keinen kaltmachen könntest, und schon gar keine Frauen. Dafür haben wir beide lange genug zusammen Streife geschoben. Frieder war da wohl ein wenig voreilig. Andererseits ... du hast Arschloch zu ihm gesagt, und er verträgt nun mal schlecht die Wahrheit, das ist sein Problem. Und abgesehen davon kennt dich von den Kerlen keiner. Aber musstest du gleich vier Typen von der Kommission k.o. schlagen? Ich warne dich, Ben, das kostet dich zehn Kisten Bier, wenn ich dich heute noch laufen lasse. Die werden so sauer auf mich sein, dass ich mich wochenlang nur noch unter dem Teppich hier im Präsidium fortbewegen kann!«

»Geschenkt«, sagte Ben wegwerfend. »Außerdem bist du der Chef dieses Saftladens. Du solltest diesen Chaoten lieber ein bisschen Disziplin beibringen.«

Frank grinste. »Aber es darf kein Weißbier sein. Das hab ich über bis zum Kotzen. Ich will Starkbier, und zwar englisches, das wird dich eine Stange kosten, und außerdem kriegst du es nicht überall.«

»Ich habe meine Beziehungen. Jetzt erzähl mir, was der Arzt gesagt hat.«

Frank zuckte die Achseln. »Es sind nur vorläufige Ergebnisse da. Die von heute morgen wurde übel zugerichtet. Vergewaltigt, gewürgt, schwer verprügelt. Wirklich eine ganz, ganz schlimme Sache. Todesursache war vermutlich der Genickbruch. Der Tod dürfte zwischen sieben und neun Uhr morgens eingetreten sein. Die Zugehfrau hat sie um elf Uhr gefunden. Die andere Frau ist ziemlich genau um zwölf gestorben, plus minus eine halbe Stunde, also kurz, nachdem du da warst. Du bist übrigens gesehen worden, das dürfte noch ein kleines zusätzliches Problem geben, denn den Neandertaler, den du mir beschrieben hast, hat niemand kommen oder gehen sehen. Sie wurde auch nur so schnell gefunden, weil die Tür eingetreten war.«

»Nichts leichter als das«, höhnte Ben mit einem Blick auf sein Bein.

»Schon gut, ich verdächtige dich ja nicht. Der zweite Mord ist möglicherweise auch gar keiner.«

Ben runzelte überrascht die Stirn, und Frank nickte. »Doch, wir konnten's auch erst nicht glauben. Es schien so schön zu der ersten Sache zu passen. Zwei an einem Tag, das ist selbst für München selten. Aber sie hatte den Messergriff noch umkrampft, als sie gefunden wurde, und auch sonst gab es keine Anzeichen für Gewalteinwirkung. Ein Tritt in die Seite, aber der wurde ihr erst nach ihrem Tod beigebracht, sagt der Arzt. Keine Schläge, keine sexuellen Übergriffe wie bei der anderen. Kann wirklich sein, dass sie sich selbst erstochen hat. Vielleicht aus Angst vor diesem Kerl. Wenn es stimmt, was du mir erzählt hast ... schon gut, schon gut, ich glaube ja, dass es stimmt! ... dann kannte sie diesen Neandertaler aus dem Hexenzirkel und konnte sich denken, was er mit ihr anstellen würde. Die Obduktion wird uns näheren Aufschluss darüber geben. Ich brauche dich noch fürs Phantombild, Ben.« Er musterte bedenklich den Riss in Bens Braue. »Obwohl – wenn ich mir das so anschaue, solltest du wohl lieber zuerst einen Arzt bemühen, der sich mit Nadel und Faden auskennt.«

Ben verzog das Gesicht. »Ich muss zuerst wissen ...«

»Okay, okay, sie rufen bestimmt gleich an, und alles löst sich in Wohlgefallen auf. Vermutlich führt irgendjemand ein Dauergespräch bei euch zu Hause.«

»Es ist seit zwanzig Minuten besetzt.«

»Findest du das lange?«, grinste Frank. »Da solltest du mal meine neue Freundin beim Telefonieren erleben!«

In diesem Augenblick klingelte das Telefon auf seinem Schreibtisch, und immer noch grinsend hob Frank ab.

»Ja?« Er lauschte einige Sekunden, und Ben sah, wie das Lächeln vom Gesicht seines alten Freundes wich, als hätte jemand eine Lampe ausgeknipst. Er beugte sich angespannt vor und bohrte seine Finger in Franks Unterarm. Sein Herz raste, und der Schweiß brach ihm aus allen Poren, als Frank auflegte und ihn verstört ansah.

»Die Jungs sind bei euch im Haus. Das Tor war zu, also sind sie über die Mauer, wie du es wolltest. Es ist aber niemand drin. Ben, ich ... es tut mir leid ... Der Kollege hat gesagt, gerade als sie ankamen, hätten sie einen Wagen wegfahren sehen. Es saß ein Typ am Steuer, der aussah wie Boris Karloff. Und neben ihm saß ein Mädchen mit roten Haaren.«

Frank fuhr mit Ben nach Grünwald. Er hatte noch von seinem Büro aus eine Streife in Marsch gesetzt, zum Esoterikladen, und sie warteten jede Minute auf Nachricht. Ben war wie betäubt. Er machte sich nicht die geringsten Hoffnungen, dass dort noch irgendjemand anzutreffen wäre. Er war verrückt vor Sorgen, um seinen Vater, Mathilde – und Penny.

Als sie die Einfahrt zum Röder-Anwesen erreichten, wartete Ben gar nicht erst, bis Franks BMW ausgerollt war, sondern riss die Tür bereits auf, als Frank die Fahrt verlangsamte. Frank fluchte lauthals, weil er sich zu einer Vollbremsung gezwungen sah, damit Ben sich beim Herausspringen nicht den Hals brach. Mit Riesenschritten humpelte Ben die geschwungene Auffahrt zum Portal hinauf, zwischen den blühenden Rabatten und den Streifen aus Sonne und Schatten hindurch, die die hohen alten Bäume auf den kiesbestreuten Weg warfen.

Die Haustür war verschlossen, aber aus der geöffneten Terrassentür kamen ihm bereits Polizisten entgegen. Einer der Männer winkte aufgeregt.

»Sind Sie Herr Röder? Kommen Sie schnell! Ich glaube, wir haben eine gute Nachricht für Sie! Wir haben Ihren Vater gefunden! Er lebt!«

Ben weinte fast vor Erleichterung. Er hinkte eilig durch die Terrassentür in den Salon. Georg lag auf dem Sofa, lang ausgestreckt. Die Flecken geronnenen Blutes auf seinem Gesicht bildeten einen scharfen Kontrast zu der schneeweißen Haut. Eine seiner Hände hing schlaff herunter, bis auf den Fußboden, die andere lag entspannt auf seiner Brust. Die Augen waren geschlossen, der Mund geöffnet, wie im Schlaf.

»Papa?«, rief Ben unsicher. Er bekam keine Reaktion und schaute sich nach dem Polizisten um, der ihn in Empfang genommen hatte.

Er kniete sich neben das Sofa. Der Schmerz schoss aus seiner Wade hoch bis in die Hüfte, wie eine Stichflamme, und gleichzeitig sprangen ihm Tränen in die Augen. Er nahm die bleiche, herabhängende Hand. Sie fühlte sich kalt an, leblos. »Mein Gott, Papa!«

»Er ist bewusstlos.« Der Polizist trat hinter ihn. »Wir haben ihn und die Frau im Weinkeller gefunden, die Tür war von außen abgesperrt. Der Schlüssel steckte noch. Die Frau ist in einem ähnlichen Zustand.« Er deutete auf den dicken Teppich vor dem Kamin. Mathilde lag dort, ohne ein Lebenszeichen, blass und wie tot.

»Wir haben schon einen Arzt benachrichtigt«, meinte der Beamte sachlich. »Es scheint, als wären sie narkotisiert worden, mit einer Spritze oder k.o.-Tropfen. Sind beide total weggetreten, wir haben schon probiert, sie wachzumachen ... nichts. Keine Verletzungen, wenn man von der blutigen Nase und dem Veilchen bei Ihrem Vater mal absieht ... jedenfalls keine, die man auf den ersten Blick sieht. Die Ambulanz wird sicher gleich kommen.«

»Ben?« Frank kam von der Terrasse in den Salon. Er wirkte besorgt. »Du hattest Recht. In dem Laden ist niemand.«

Ben ließ sich auf die Fersen zurücksinken und drückte den Handballen gegen die Stirn. Sein Bein protestierte gegen die ungewohnte Beanspruchung, aber er verharrte in dieser Stellung, stoisch den Schmerz ertragend, so, als wäre das Reißen und Ziehen und Stechen in seinem Bein ein willkommener Freund, der ihn von seinen inneren Qualen ablenkte.

»Du brauchst was zu trinken«, entschied Frank. Er marschierte durch das angrenzende Esszimmer in die Küche, rumorte kurz dort herum und kam mit einem halbvollen Cognacglas wieder.

»Hier, ex, Benny.« Er drückte Ben das Glas in die Hand.

Ben ließ die ölige, bernsteinfarbene Flüssigkeit ein paar Mal kreisen und stellte den kurzstieligen Schwenker dann, ohne etwas zu trinken, auf den Couchtisch, der von durcheinander geworfenen Memorykarten übersät war. Der Fuß des Glases bedeckte eine Karte mit einem großen, rotbackigen Apfel. Er erinnerte sich plötzlich so deutlich an den Apfel, dass es wehtat. Magdalena, Georg und Benny am runden Tisch in der Küche.

Nein, das ist nicht der Apfel, das ist der Pfirsich, Benny, mahnte Magdalenas Stimme, in der unterdrücktes Lachen mitschwang.

Aber er sieht genauso aus wie der Apfel – oder fast genauso, verteidigte Georg seinen Sohn, der schmollend die beiden Kärtchen an die Brust presste.

Dann Magdalenas perlendes, musikalisches Lachen, als Benny begeistert krähte: *Ich habe gewonnen, ich habe gewonnen!*

Schließlich Pennys fröhliche Stimme. *Ich habe schon fünfmal gewonnen!*

Wo hatte dieses Natterngezücht Penny hingebracht? Was hatten sie mit ihr vor?

Ein explosionsartiger Schmerz durchraste Bens Bein, und mit einem Aufschrei fiel er rücklings gegen den Tisch, knallte mit dem Hintern unsanft aufs Parkett.

»He, was hast du?« Frank war mit einem Satz bei ihm und half ihm auf.

»Ich hätte mich nicht so dämlich hinhocken dürfen. Mein Bein nimmt das übel, das ist alles.« Ben rieb sich die Wade, das Knie, den Schenkel. Der Schmerz verklang allmählich, und nur ein dumpfes Pochen blieb zurück. Er setzte sich auf den Tisch, mitten zwischen die Karten und beobachtete seinen Vater, während er auf den Arzt wartete.

»Was für ein Glück, dass Sie Ihren Pass dabeihaben«, säuselte Balbina Penny entgegen, den Rücken gegen den von der Mittagssonne erwärmten Leib der zweimotorigen Propellermaschine gelehnt.

»Ich habe ihn immer dabei, wenn ich verreise.« Penny umfasste den Schulterriemen ihrer Handtasche fester. Mit der anderen Hand hielt sie ihre Reisetasche, in die sie unter Bodos Aufsicht Sachen für ein paar Tage geworfen hatte. »Also, wo ist der dämliche Felsen? Ich will's hinter mich bringen.«

Balbina wirkte beunruhigt. »Woher … Hat Bodo Ihnen …«

»Nein. Ich wusste es schon. Ich hatte davon geträumt. Die Göttin ist mir in der letzten Zeit jede Nacht im Traum erschienen.« Penny musterte die Albinofrau mit klinischer Gründlichkeit, so, als wüsste sie genau, womit sie sie am besten treffen könnte.

Balbinas Gesicht verzerrte sich vor Hass. »Dann trifft es sich ja gut, dass Sie bald Ihrer wahren Bestimmung zugeführt werden.«

»Ich werde den Felsen berühren, wenn Sie das meinen.«

Balbina lachte kurz und gehässig. »O ja, natürlich. Aber das ist doch nur der Anfang, Liebes.«

Jetzt war es Penny, die unsicher wirkte. Balbina merkte es mit katzenartigem Instinkt. Mit falscher Teilnahme bemerkte sie: »Es tut natürlich weh, das ist wahr.« Sie schnüffelte mit zuckenden Nüstern. »Sie sind immer noch Jungfrau, stimmt's? Trotz der unermüdlichen Anstrengungen des verhinderten Meisterdetektivs. Aber es ist nur beim ersten Mal schmerzhaft, das kann ich Ihnen aus eigener Erfahrung zum Trost sagen. Viel schlimmer wird es, wenn Sie erst das Kind der Götter gebären, den Prinzen des Mondes und der Sonne.«

Penny wich unwillkürlich einen Schritt zurück. Die Geräusche des Flughafens um sie herum verstummten schlagartig, und die Gerüche nach verbranntem Gummi, Benzin und Öl wichen dem schweren, kalten Dunst der Angst, der langsam und in unerbittlichen Schwaden über das Rollfeld kroch. Bodo, der dicht hinter ihr stand, legte seine schaufelartigen Hände auf ihre Schultern. Sie blieb stehen, als sie gegen seinen breiten Brustkasten stieß. Noch vor einer Stunde hätte sie geschrien, wenn sie so mit ihm in Berührung gekommen wäre. Aber jetzt war es anders. Er war ein Psychopath und ein Mörder, soviel war sicher, aber er war ein Mensch. Sein Gehirn war verdreht, voll gestopft von tödlichen Trieben und Zwängen, doch das waren *menschliche* Zwänge, pathologische, aber immerhin begründbare Charakterzüge, abnorm, jedoch nicht fremdartig. Das Wesen vor ihr dagegen war unvorstellbar andersartig, umso angsteinflößender, weil keine rationale Einschätzung von Motiven und Aktionen möglich war.

Das Kind der Götter. Penny wusste, was Balbina damit andeuten wollte. Sie hob flatternd die Lider und blickte die fahlhäutige Frau an, deren weiße Haarfransen leuchtend vor dem regenbogenfarbigen, kaftanähnlichen Gewand in der heißen Luft auf- und abwehten. Balbina hatte sich diesmal keine Mühe gemacht, die Augen hinter einer dunklen Brille zu verbergen. Das tiefe Rot der Iris hob sich von der teigigen Blässe ihres Gesichts ab wie zwei blutige Untiefen.

»Jaaa«, hauchte Balbina, ohne die Lippen zu bewegen, »ein kleiner Hexensohn von Johannes …« Sie zog das ›S‹ am Schluss zischend in die Länge, es hörte sich an wie *Johannesss,* der Laut einer giftigen, bösartigen weißen Schlange vor dem Zustoßen.

Doch das war noch nicht alles. Penny wich unwillkürlich weiter zurück, drückte sich instinktiv gegen Bodo, den Mörder, den Menschen. Über das Rollfeld kam ein Lieferwagen. Penny starrte ihm mit weit aufgerissenen Augen entgegen. In ihrem Inneren riss etwas. Ihre Hand flog an die Kehle, und die abgebissenen Fingernägel krallten sich in ihre Haut.

»Nein«, formten ihre Lippen, aber ihre Stimmbänder versagten ihr den Dienst.

»Ach ja, das hätte ich beinahe vergessen«, meinte Balbina mit trügerischer Sanftmut. »Johannes bringt unseren Reisegefährten. Der darf natürlich nicht fehlen bei unserem kleinen Vorhaben. Unser privater Dämon.«

Ben setzte sich auf den Besucherstuhl an das Krankenhausbett. Der Zustand seines Vaters war unverändert. Er schlief einen totenähnlichen Schlaf, ebenso wie Mathilde, die in einem anderen Zimmer untergebracht war.

Frank schaute durch die offene Tür ins Zimmer. »Ich habe mich um das Telefon gekümmert. Es wird gleich freigeschaltet, du kannst direkt rauswählen. Sobald ich was höre, weißt du Bescheid. Ach ja, ich habe alle Linien- und Chartermaschinen am Flughafen abchecken lassen ... leider nichts dabei.« Er zögerte, als er das zerquälte Gesicht seines Freundes sah, und ging entschlossen zu ihm. Er hatte eigentlich vorgehabt, gleich wieder zu verschwinden, aber jetzt zog er sich einen weiteren Stuhl heran und streckte seine kräftige, hochgewachsene Gestalt darauf aus. Er war mit Ben zwei Jahre lang durch die Alltagshölle eines Streifenpolizisten gegangen, und heute, im Rückblick auf sein bisheriges Leben, wusste er mit unumstößlicher Sicherheit, dass es keine härtere Bewährungsprobe für eine Freundschaft gibt als den gemeinsamen Streifendienst. Doch – vielleicht noch der Krieg, das Ausharren mit Kameraden in einem Schützengraben, unter dem Dauerfeuer einer feindlichen Sturmtruppe. Das kam dem Streifendienst ziemlich nahe. Aber sonst gab es sicher nicht viel Vergleichbares. »Ben«, sagte er und legte die Hand auf seine Schulter, »es wird wieder, komm schon, Junge. Die Fahndung läuft auf Hochtouren. Die Beschreibungen sind bereits unterwegs. So eine Gruppe kann nicht unbemerkt untertauchen. Wir kriegen sie schon. Und du hast selbst gesagt, dass sie sie nicht umbringen werden.«

»Nein, umbringen nicht«, erwiderte Ben mit flacher Stimme. »Wahrscheinlich etwas Schlimmeres.«

Frank überging es und deutete fragend auf Georg. »Was hat der Arzt gesagt?«

»Dein Kollege hatte Recht. Anscheinend eine rasch wirkende Kombination. Ein Betäubungsmittel, nichts allzu Gefährliches. Er muss einfach nur ausschlafen. Ich habe gefragt, ob man ihn nicht irgendwie Wachkriegen könnte. Man könnte schon, hat der Arzt gesagt. Aber es würde nichts dabei rauskommen. Er könnte nichts Vernünftiges reden, nur Schwachsinn. Einer der Bestandteile des Medikaments scheint ein hochwirksames Halluzinogen zu sein. Er würde nur phantasieren.«

»Wie lange hält die Wirkung denn an?«, wollte Frank wissen. »Da wollte er sich nicht festlegen. Wenn du mich fragst, haben sie ihm Acid verpasst. Er könnte morgen noch schlafen.«

»Willst du solange an seinem Bett sitzen?«

Ben schüttelte den Kopf. »Nein, bestimmt nicht. Ich muss mir einfach nur eine Strategie überlegen. Aber mir fällt nichts ein, mein Kopf ist wie leergefegt, verstehst du. Es ist alles so ... über mich hereingebrochen. Heute Mittag habe ich noch in meinem Büro gesessen und habe mir überlegt, was diese Typen wohl machen, wie sie reagieren, um unsere Schnüffelei abzublocken, und ... rummms! ... sind auf einmal zwei Frauen tot, die ihnen auf irgendeine Weise nicht in den Kram passten!«

»Dein Vater und seine Freundin passten ihnen sicher auch nicht in den Kram. Wieso hat Freund Neandertaler sich die Mühe gemacht, die beiden nur zu betäuben und in den Keller zu schleppen? Zumindest deinen Vater musste er doch runterschleppen, oder nicht? Er hätte sie gleich an Ort und Stelle kaltmachen können, das wäre viel einfacher gewesen. Zumal dein Vater uns bestimmt eine hervorragende Beschreibung von dem Kerl liefert, sobald er aufwacht.«

Ben hob ratlos die Schultern. »Ich habe auch schon darüber nachgedacht. Die plausibelste Erklärung scheint mir noch zu sein, dass Penny was damit zu tun hat. Sie scheint freiwillig mit dem Neandertaler abgezogen zu sein, nach dem, was deine Leute beobachtet haben. Vielleicht hat sie mit dem Typ eine Art ... Deal gemacht. Sie geht freiwillig mit, wenn er Georg und Mathilde nichts tut. Er hat die beiden in den Keller geschafft und ihnen dort das Dope verpasst, das er ursprünglich für Penny dabeihatte ... für den Fall, dass sie keine Lust gehabt hätte, mitzukommen.«

»Hört sich erstklassig kombiniert an«, stimmte Frank zu. »Aber damit kommen wir nicht weiter in der Frage, wohin sie verschwunden sind.«

»Nein«, meinte Ben düster. »Hast du einen Durchsuchungsbeschluss beantragt?«

Frank strich sich über die kurz geschnittene hellblonde Igelfrisur und rieb mit einem schiefen Grinsen sein Kinn. Die Bartstoppeln unter seinen Fingern knisterten hörbar. Ben sah überrascht auf. Er kannte diese Bewegung und dieses Grinsen. Es bedeutete immer, dass Frank haarscharf entlang der Legalität operierte – natürlich immer nur dann, wenn er es für unumgänglich und dem Dienst der guten Sache zuträglich hielt.

»Ja, weißt du ...« Frank räusperte sich. »Das Haus gehört natürlich diesem von Stauf, und gegen den liegt absolut nichts vor. Wir wissen ja nicht mal, ob der Neandertaler definitiv dort verkehrt hat. Aber der gute Herr von Stauf ist zufällig nicht zu Hause, und niemand weiß, wo er ist. Ich gehe einfach davon aus, dass er ein braver, loyaler Staatsbürger ist und jede Gelegenheit nutzt, mit den Behörden nutzbringend zusammenzuarbeiten. Und außerdem war hinten ein zerbrochenes Kellerfenster. Es war nicht auszuschließen, dass sich jemand dort unbefugt Zutritt verschafft hatte, zum Zwecke eines Einbruchs oder für Schlimmeres. Eine Art Anscheinsbeweis, sozusagen. Was bleibt der Polizei da zu tun? Schweigend an dem Loch im Fenster vorbeigehen? Was hättest du als pflichtbewusster Bulle gemacht, Benny?«

Ben lächelte schwach. »Sind deine pflichtbewussten Bullen fündig geworden?«

»Sie wühlen noch. Der Laden ist jedenfalls leer. Bloß Bücher und all dieser Okkultkram. Die ganze Hexenbande ist ausgeflogen. Nur so ein schwarzes Katzenvieh ist ums Haus rumgestrichen.« Er klopfte auf das Funktelefon in seiner Jackentasche. »Ich krieg sofort Bescheid, wenn sie irgendwas Bedeutsames aufstöbern. Eigentlich wollte ich gleich selbst mal vorbeifahren.« Er erhob sich und trug den Stuhl zurück zu der dem Bett gegenüberliegenden Wand. »Das wird heute noch ein verflucht langer Tag für mich. Wenn nur nicht immer der Scheißinnendienst dazukäme. Ich denke bloß an die ganzen Berichte! Mord, Entführung, Freiheitsberaubung, Körperverletzung, Nötigung … hab ich was vergessen?«

»Wie wär's mit Einbruch und Hausfriedensbruch?«

»Ich hoffe, du meinst damit den Neandertaler und nicht etwa unsere kleine Suchaktion in dem Esoterikladen.« Frank seufzte und ging zur Tür. »Zehn Kisten sind im Grunde viel zu wenig für all den Ärger!«

»Ich besorge zwanzig, und wir saufen sie gemeinsam«, erklärte Ben. Er winkte Frank kurz zu, und als die Tür hinter seinem Freund ins Schloss gefallen war, stand er ebenfalls auf. Er ging ans Fenster und schaute hinaus. Das Krankenhaus war von einer weitläufigen, parkartigen Anlage umgeben. Unter den ausladenden, schattigen Bäumen standen Bänke, auf denen Patienten und Besucher saßen. Die Patienten erkannte man an Bademänteln oder Trainingsanzügen. Bens Auge war durch viele Monate Übung geschult darin, Patienten von Besuchern zu unterscheiden, ebenso wie er geübt war in der Prognose des Genesungsfortschritts. Es war einfach eine Frage der Kleiderordnung; es gab so etwas wie eine Rangfolge in den Patientenuniformen. Am Anfang stand das Krankenhaushemd. Davon gab es wiederum verschiedene Versionen, zuallererst das hinten offene, wegen der Bettpfanne, dann das normale, wenn man wieder in der Lage war, sich aufzusetzen, aber noch nicht herumlaufen durfte und sich noch nicht selbst waschen konnte. Beide Hemdarten waren von einem hässlichen, steifleinenen, groben Weiß, gebleicht in den Laugen zahlloser Desinfektionsbäder. Georg trug eines dieser scheußlichen Hemden, denn er war eine Notfalleinlieferung, und Ben hatte nicht daran gedacht, einen Pyjama für ihn einzupacken, als die Ambulanz kam. Den Notfällen wurde automatisch ein solches Hemd angezogen, es sei denn, es stand eine Operation bevor – dann gab es nur Tücher, dunkelblaue oder dunkelgrüne, und danach erst das hinten offene Hemd. Dann, nach dieser leichenhemdähnlichen Bekleidung, ganz langsam, arbeitete man sich zum eigenen Pyjama hoch. Man durfte zur Toilette schlurfen, wurde präsentabel für Besuch aus dem Freundes- und Bekanntenkreis. In dem hässlichen Krankenhaushemd sahen einen zumeist nur nahe Angehörige, denn welcher Bekannte wollte schon einen wimmernden, kaum ansprechbaren, im besten Fall unter dem Einfluss von Medikamenten dahindämmernden Patienten besuchen?

Nach dem Pyjama kam schließlich, o Wunder, der Bademantel. Das bedeutete Cafeteria, Kiosk, Bücherei, Friseur – alles im Hause.

Der Trainingsanzug war dann schon fast die Freiheit. Er war der Ausweis für den Park, zusammen mit den beiden grauen Krücken und einem linken Turnschuh für das gesunde Bein eine Fahrkarte für die Passage vom *Drinnen* ins *Draußen*.

Ben rieb sich das rechte Bein und wandte sich entschlossen vom Fenster ab. Es hatte wahrhaftig keinen Sinn, hier herumzusitzen. Für Georg konnte er hier außer Händchenhalten nichts tun, und vielleicht waren zu Hause noch irgendwelche Anhaltspunkte aufzuspüren. Er ging zurück zum Bett, beugte sich über seinen Vater und drückte ihm einen kurzen Kuss auf die Wange. Dann, nach einem letzten Blick auf die regungslose Gestalt unter der Decke verließ er den Raum.

XVI

Ben nahm sich ein Taxi und ließ sich zu Uschis Wohnung fahren, um dort seinen Wagen abzuholen. Beim Einsteigen musste er sich wieder zuerst mit dem Hintern auf den Sitz fallen lassen und dann die Beine nachhieven. Als er mit dem rechten Knie gegen den Schalthebel stieß, ächzte er schmerzerfüllt. Das Gasgeben funktionierte einigermaßen, aber sobald er bremsen musste, biss er die Zähne zusammen. Er ärgerte sich, dass er im Krankenhaus nicht rasch den Hundebiss hatte behandeln lassen und einen Arzt wegen der Platzwunde an der Braue aufgesucht hatte; es wäre ein Aufwasch gewesen. Aber er hatte es schlicht vergessen, weil seine Gedanken ständig um Penny kreisten. Penny. Süße, rothaarige Göre. Seine gute Fee. Ja, das war sie, eine Märchenfee aus einem fernen Märchenreich.

Ben fiel ein, dass er vielleicht ihre Mutter benachrichtigen sollte. Er dachte eine Weile darüber nach, kam aber dann zu dem Schluss, dass er es noch eine Weile aufschieben konnte. Sie war erst seit knapp zwei Stunden verschwunden, und es konnte sich schnell alles zum Guten wenden – wenn er Glück hatte und Hinweise fand, wohin von Stauf sich mit Penny abgesetzt hatte.

Das Haus lag wie ausgestorben in der rötlichen Spätnachmittagssonne. Ben sammelte die Memorykarten vom Tisch und vom Fußboden, legte sie in die Schachtel zurück und trank dann entschlossen den Cognac, der noch auf dem Couchtisch stand. Der Alkohol wärmte ihn innerlich, aber das hielt nicht lange vor. Als er bei flüchtigem Durchsuchen des Salons auf dem Kaminsims seine Pistole fand, spürte er wieder diesen Krampf im Magen. Neben der Pistole lag ein Schlüssel. Er untersuchte rasch alle Türen im Erdgeschoß; der Schlüssel gehörte zur Tür der Speisekammer, die offen stand. Als Ben den Knauf berührte, durchfuhr ein eigenartiges Zucken seine Hand, wie ein schwacher, elektrischer Schlag. Befremdet schob er den Schlüssel wieder ins Schloss und holte seinen Stock, um in den Keller zu gehen.

Als er die Kellertreppe hinabstieg, beschlich ihn ein Gefühl der Bedrohung, es war wie eine alle Bewegungen lähmende Kälte. Der Weinkeller war dunkel und kühl. Ben knipste das Licht an; die Glühbirne an der Decke beleuchtete gespenstisch matt die langen Reihen der Flaschen, die staubüberzogen in den Weinregalen lagerten. In einer Ecke lagen ein paar Decken auf dem Betonboden. Ben erkannte in ihnen alte Gefährten aus Freibad-, Camping- und Picknicktagen wieder. Jemand musste sie aus einem der anderen Kellerräume hervorgekramt haben. Vermutlich war es Mathilde gewesen, die genau wusste, wo jedes Ding in diesem Haus seinen Platz hatte.

Ben humpelte in die Ecke und sah sich das Deckenlager aus der Nähe an. Es war zerwühlt, und die Decken lagen auf einem unordentlichen Haufen. Anscheinend hatte der Neandertaler nicht gewartet, bis das Mittel wirkte, sondern hatte Georg und Mathilde eingesperrt und war dann schnell mit Penny verschwunden.

Ben bückte sich, mit der Hand wie gewohnt das Bein abstützend, aber er fand auf dem Boden keinerlei Hinweise, die ihm weiterhalfen. Er zog die Decken auseinander, schüttelte sie aus – nichts. Die Staubflocken rieselten durch die Luft, stiegen ihm in die Nase und verursachten einen heftigen Niesreiz. Die Schüttelbewegungen fächelten auch eine Menge Staub von den Flaschen. Ben hustete trocken und hielt sich die Hand vor den Mund. Er wollte schon wieder den Raum verlassen, als er abrupt stehen blieb. An der gegenüberliegenden Wand, oberhalb des Deckenlagers, erkannte er im trüben, funzligen Licht der Glühbirne schwache Spuren im staubigen Überzug des grauen Putzes. Eilig hinkte er wieder dorthin. Ja, da war es; eindeutige Schriftzüge, offensichtlich mit dem Finger in den Staub gemalt. Angestrengt versuchte er, Einzelheiten zu erkennen, aber es war zu dunkel. Er ging schnell hinüber in einen der Abstellkeller und kramte mit fahrigen Bewegungen in Bergen von altem Gerümpel herum, bis er gefunden hatte, was er suchte: eine Sturmlampe. Er zündete sie hastig an und ging zurück in den Weinkeller. Die Lampe dicht an die Wand haltend, betrachtete er erneut die Schrift. Es waren große Druckbuchstaben, schief und sichtlich unsicher gezeichnet, aber diesmal gelang es Ben, sie zu entziffern. Es war nur ein Wort: Fels. Der letzte Schwung von dem ›S‹ endete in einem herabgezogenen, nach unten deutenden Bogen, so, als hätte seinen Vater – oder Mathilde die Schwäche übermannt, kaum, dass das Wort vollendet war.

Fels? Was, um alles in der Welt sollte das bedeuten? War es vielleicht nur der Anfang eines Wortes, die ersten Buchstaben? Hatte für den Rest die Kraft gefehlt? Fels …

Ben überkam ein vages Gefühl des Begreifens. Er hatte vor kurzem schon einmal etwas über Felsen gehört … Das war erst heute gewesen! Mit einem Mal fiel ihm die Unterhaltung mit Uschi an diesem Mittag wieder ein. Schlagartig erinnerte er sich an ihre Beschreibung des Felsens, der die Form einer liegenden Frau hatte.

Moonrock. Der mächtige Stein der Großen Göttin, hoch über den Klippen an der Küste von Creanough.

Sein Vater wollte einen Hinweis über Pennys Verbleib hinterlassen, soviel war klar. Anscheinend hatte dieser Neandertaler oder Penny selbst etwas gesagt, das Georg darauf brachte, ihr Ziel könnte mit einem Felsen zu tun haben. Ben war auf einmal absolut sicher, dass von Stauf mit seinen Leuten unterwegs nach Creanough war, und dass sie vorhatten, irgendeinen Ritus dort abzuhalten, einen Ritus, bei dem Penny die Hauptrolle zugedacht war. Er umklammerte seinen Stock und wischte sich die staubigen Locken aus der plötzlich schweißnassen Stirn, als er mit rasendem *Tok-tap, Tok-tap* die Treppe hinaufstieg. Im Salon ließ er sich zitternd aufs Sofa fallen, griff zum Telefon und wählte. Als er merkte, dass die Leitung tot war, stemmte er sich fluchend hoch und ging an den anderen Apparat im Schlafzimmer seines Vaters. Während er Franks Nummer wählte, huschten Bilder des Wahnsinns vor seinem inneren Auge vorbei. Penny, weißgewandet, mit lang herabfallenden roten Haaren am Rand der Klippe, ihre Gestalt umtost vom gischtigen, wilden Sturmwind; die fahlen, schleichenden Schatten der beiden Albinos, die in grauenerregendem Gleichschritt aus der nächtlichen Schwärze traten, Penny ergriffen und zu dem magischen Stein zerrten, sie dort festbanden und mit irrsinnigen, dem Mond zugewandten Gesichtern zischelnde Beschwörungen ausstießen, während der breite schwarze Hexendolch im Licht des silbernen Mondes über der blassen Kehle des Opfers funkelte.

Ben presste die Faust gegen die geschlossenen Augen, aber es gelang ihm nicht, die erschütternden Bilder in seinem Kopf auszulöschen.

Endlich meldete Frank sich. Er war mit seinem Wagen unterwegs, zurück in sein Büro. Aufmerksam hörte er sich Bens Entdeckung an.

»Hör zu«, meinte er dann. »Ich weiß, was du vorhast, auch ohne, dass du es offen aussprichst. Ich würde an deiner Stelle genauso handeln. Alles andere würde zu lange dauern; bis morgen würde sich kein Aas um diese Sache kümmern. Und ich habe außerdem den dumpfen Verdacht, dass diese Hexensippe sich einfach unsichtbar macht, wenn auf einmal in diesem Kaff die Bobbys herumschnüffeln. Siehst du das genauso?«

»Exakt genauso. Hast du noch was in dem Laden erreicht?«

»Das war ein Volltreffer, Benny. Wir haben eine nette kleine Kartei gefunden, von allen Kunden und Mitgliedern dieses Vereins. Du glaubst es nicht, Junge, und wir haben es auch nicht geglaubt, aber der Fortschritt macht selbst in der Hexerei nicht halt. Wenn man von dem Laden raufgeht, in den ersten Stock, kommt man sich vor, als hätte man drei Jahrhunderte übersprungen. Oben ist alles vom

Feinsten. Designermöbel, hypermodern, schick, teuer bis zum Abwinken. Die müssen schwer Kohle haben, so, wie die ihr privates Domizil ausgestattet haben. Mein Geschmack ist's ja nicht, aber da drin wurde an nichts gespart, wenn du weißt, was ich meine. Unter anderem haben die dort ein Arbeitszimmer, ausgestattet mit allen Schikanen, modernstes Büroequipment vom Fax bis zum PC. Akten oder so was gab's dort nicht, und da bin ich auf das einzig Richtige verfallen.«

»Du hast in den Daten rumgeschnüffelt«, mutmaßte Ben folgerichtig.

»Hab ich getan. Es war codiert, aber ziemlich stümperhaft. Sie haben ein Modem, und ich habe mir von meiner Sekretärin einen Passwortknacker rüberdaten lassen. Und schon hatten wir eine nette Liste von mindestens hundert Leuten, und etliche von denen haben freundlicherweise hinter ihren Namen ein großes ›C‹ stehen. Ich hatte irgendwie nicht den Eindruck, dass dieses C was mit Vitaminen zu tun hat. Es sind mit den beiden von Staufs dreizehn Leute, und da musste ich sofort an das denken, was du mir erzählt hast.«

»Das ›C‹ steht für Coven«, stellte Ben fest.

»Eben, das meinte ich auch. Einer von den C's war die arme Uschi. Ich habe schon eine Streife losgeschickt, die die anderen Adressen abklappert. Vielleicht ist der eine oder andere noch nicht untergetaucht, und damit kriegen wir sie dran. Bei so vielen fällt immer einer um. Sind übrigens honorige Leute dabei, sogar Akademiker! Man sollte doch meinen ...«

»Das Faustsche Prinzip«, unterbrach ihn Ben. »Je mehr manche Leute studieren, umso süchtiger werden sie nach Übersinnlichem. Das hat jedenfalls Georg gemeint.«

»Kann sein. Wie soll's jetzt weitergehen?«

»Ich für meinen Teil werde jetzt sofort zum Flughafen fahren, eine Maschine chartern und nach Creanough aufbrechen.«

»Das ist bestimmt nicht billig, Ben.«

»Mir egal. Ich verkauf mein Bein.«

»Dafür kriegst du nicht viel. Ist doch bloß Schrott. Hast du mal den Arzt draufschauen lassen?«

»Hab's vergessen. Frank?«

»Ja?«

»Versprich mir, dass du sie drankriegst, die ganze Bande. Ich meine, nur für den Fall ...«

»Für welchen Fall? Was erzählst du denn da? Natürlich krieg' ich sie dran! Ich hab' dir doch schon gesagt, dass für mich der Tag noch verflucht lang wird. Bei all den Berichten, die ich noch schreiben muss ... Doch wozu gibt's Laptops? Ich hole das Ding schnell aus dem Büro, und in einer Stunde treffen wir uns am Flughafen. Aber mein Ticket zahlst du.«

Johannes von Stauf musterte die winzigen, klaren Scheiben auf seiner flachen Hand. Es waren Pennys Kontaktlinsen, die er zwischen ihren dichten Wimpern hervorgefischt hatte, bevor sie endgültig herausfallen und verloren gehen konnten. Seltsam, dachte er, ein Makel am sonst vollkommenen Körper des Mädchens. Er lächelte über diese Ironie. Sie war kurzsichtig, und gleichzeitig sah sie doch um vieles besser und schärfer als andere.

Balbina, die neben ihm in der engen Passagierkabine der Cessna saß, starrte von Zeit zu Zeit mit zusammengekniffenen Augen auf die Linsen. Sie hatte Pennys geöffnete Handtasche auf dem Schoß und wühlte darin herum, mit fieberhafter Neugier. Von Stauf nahm es amüsiert zur Kenntnis. Schließlich holte er ein Tuch aus seiner Brusttasche, wickelte die Linsen sorgfältig hinein und schob es in die Tasche seines flaschengrünen Jacketts.

Mit gerümpfter Nase holte Balbina Pennys Brille aus der Tasche.

»Sieh dir das an!« Sie wies mit Abscheu auf die dicken Gläser. »Sie muss blind wie ein Maulwurf sein. Soviel zu deiner These einer genetisch makellosen Mutter!«

Von Stauf zuckte die Achseln. »Alle Gene sind besser als deine«, sagte er sarkastisch.

Balbina ließ die Brille wieder in der Tasche verschwinden und blickte mit schmalen Lippen aus dem Fenster, hinab auf das eintönige, unbewegte Grau des Ärmelkanals. Sie wusste, dass er alle bisherigen Fehlschläge bei der Erzeugung von Nachkommen auf sie schob. Dabei war es einfach eine zwangsläufige Folge biologischer Unverträglichkeit. Von Stauf war nicht nur Balbinas Vater, sondern zugleich auch ihr Bruder – sie hatten dieselbe Mutter. Von Stauf hatte die inzestuöse Beziehung, die er mit seiner Mutter unterhalten hatte, mit seiner Tochter/Schwester Balbina fortgesetzt, sobald er sie – mit siebzehn – für alt genug dafür hielt. In den zwanzig Jahren dieser unseligen Vater-Bruder/Tochter-Beziehung war es zu acht Schwangerschaften gekommen. Drei davon hatten mit einer Totgeburt geendet, samt und sonders scheußliche, nicht lebensfähige Missbildungen, farblose, durchscheinende Materieklumpen ohne Geschlecht und ohne Gehirn. Balbina hatte sie selbst gesehen, da sie stets zu Hause entbunden hatte. Johannes scheute die Gefahr ärztlichen Misstrauens – wie sich im Laufe der Jahre herausgestellt hatte, zu Recht. Man wäre zwangsläufig auf sie aufmerksam geworden.

Vier weitere Schwangerschaften waren gnädigerweise durch frühzeitige Aborte beendet worden, Abgänge blutiger, roter Schleimfetzen, ohne die geringste Spur von weißer, bleicher Haut.

Einmal hatte sie nicht so viel Glück gehabt. Das war beim letzten Mal gewesen, vor rund acht Jahren. Das Kind war lebend zur Welt gekommen, äußerlich vollkommen, wenn auch ein Albino wie seine Eltern. Nach einigen Wochen mussten sie jedoch feststellen, dass es rettungslos schwachsinnig war.

Heute lebte ihr Sohn als sabbernder, hilfloser Idiot in einem teuren Heim in der Schweiz.

Danach hatte Balbina kein Kind der Inzucht mehr empfangen. Ohne das Wissen ihres Vaters hatte sie dafür Sorge getragen, dass es nicht mehr dazu kam. Er hatte nach dem letzten Mal seine inzestuösen Bemühungen noch eine Weile fortgesetzt, aber schließlich zu ihrer großen Erleichterung damit aufgehört. Dennoch war es immer sein oberstes Ziel gewesen, ein göttliches Kind zu zeugen; er war durchdrungen von der Wahnvorstellung, ein unsterbliches, mit höchster göttlicher Macht beseeltes Wesen hervorzubringen. Jetzt hatte er sich diese rothaarige Hexe als Niststätte seines göttlichen Samens auserkoren. Balbina war von widersprüchlichen Empfindungen zerrissen, sie spürte Hass, Angst, Eifersucht, Neid.

Die Gefühle entsprangen weniger der Tatsache, dass Johannes sich einer anderen zuwenden wollte, sondern ausschließlich ihrer verlorenen Beziehung zur Göttin. Ihr hatte sie sich immer nah gefühlt, hatte stets die Verbindung mit ihr in ihrem Inneren gespürt und sie kultiviert. Jetzt war sie innerlich tot. Sie war wie ein Empfänger, an dem jemand die Frequenz verstellt hatte, um ihr den Zugang zum magischen Äther zu verschließen. Und schuld daran war nur die rote Hexe, die zuerst ihren niederträchtigen, intriganten Bruder als Spion in den Coven geschleust und dann sich selbst ins Spiel gebracht hatte. Aber sie hatte mit ihrem Bruder keinen Erfolg gehabt, und Balbina war entschlossen, dafür zu sorgen, dass sie auch sonst keinen Erfolg haben würde. Sie würde sich nicht zwischen die Göttin und Balbina stellen! Balbina ließ die Lider über die roten Augen sinken und döste eine Weile vor sich hin. Unterschwellig empfing sie die Unruhe und das tonlose Murren aus dem Zwinger im Frachtraum. Ihre Lippen verzogen sich unbewusst zu einem Lächeln, als sie daran dachte, wie die rote Hexe beim Anblick des abgehängten Käfigs zusammengebrochen war. Bodo hatte sie auf seinen Armen in die Kabine getragen, wo sie immer noch lag, ausgestreckt auf der hinteren Sitzbank. Sie hatte das Bewusstsein noch nicht wiedererlangt, denn Balbina hatte auf Weisung Johannes' ihrer Ohnmacht mit einer Spritze Nachdruck verliehen. Nach dieser kleinen Zusatznarkose würde sie mindestens bis zu ihrer Ankunft weiterschlafen.

Johannes wandte sich zu Bodo um, der zu Pennys Füßen saß und blicklos aus dem Fenster starrte. »Du hast mir noch nicht berichtet, Bodo. Hast du alles weisungsgemäß erledigt?«

»Ja. Ich habe allerdings den Mann im Rollstuhl und die Frau nicht getötet.« Er wand sich. »Es … es war nicht nötig. Ich habe sie im Keller eingeschlossen. Sie werden mich beschreiben können, aber das ist auch alles. Die Gärtner können mich schließlich genauso gut beschreiben. Vielleicht haben mich auch Leute bei Uschi gesehen oder bei der Bibliothekarin. Es ist allein mein Risiko.« Seine letzte Bemerkung klang fast trotzig.

Von Stauf schien eine Weile nachzudenken. Dann sagte er sanft: »Ich hoffe sehr, dass du meine Anweisungen niemals mehr in Frage stellst oder nach eigenem Gutdünken abwandelst, Bodo. Das hoffe ich zu deinem eigenen Besten.« Er schwieg bedeutungsvoll. Schließlich fuhr er leichthin fort: »Nun, in diesem speziellen Fall hast du sicher recht. Es hätte keinen Unterschied gemacht, und es ist tatsächlich allein dein Risiko. Und wie du mir bestätigt hast, kann niemand etwas über unser Ziel wissen.«

»*Sie* weiß es aber«, platzte Balbina unvermittelt heraus.

»Sie weiß etwas vom Berühren eines Felsens, aber nicht, wohin wir reisen«, berichtigte von Stauf sie herablassend. »Also weiß auch sonst niemand etwas davon.«

Bodo schloss unbehaglich die Augen und lauschte dem Motorengedröhn der Maschine. Er dachte an Uschi, und daran, dass der Hinkende sie heute Mittag, kurz bevor er selbst zu ihr gegangen war, aufgesucht und mit ihr geredet hatte. *Davon* wusste von Stauf nichts. Uschi war bisher nicht, wie zum Beispiel dieser Reporter, als akutes Risiko, sondern nur als potentieller Unsicherheitsfaktor eingestuft gewesen, und ihre Liquidierung stellte in von Staufs Augen eine reine Vorsorgemaßnahme dar, weil der Hinkende bereits einmal Kontakt zu ihr aufgenommen hatte. Warum erzählte er von Stauf nichts von dessen heutigem Besuch? Warum hatte er nichts vom Bösen Blick erzählt, mit dem er geschlagen war? Er öffnete die Augen wieder und betrachtete das schlafende Mädchen neben sich. Sie lag zusammengerollt da, eine blasse kleine Hand unter die Wange geschoben. Der Turmalin war verschwunden; sie hatten ihn ihr weggenommen. Durch eines der kleinen Kabinenfenster fiel die Sonne, brachte ihr flammend rotes Haar zum Aufleuchten und überzog die milchweiße Haut ihrer nackten Arme und ihres schmalen Halses mit dem Schimmer von Perlen. *Ich rate dir, es nicht mit mir zu verderben, Bodo. Das Blut meines Bruders schreit nach Vergeltung.*

Er schrak hoch, als von Stauf ihn wieder ansprach. »Und was dein persönliches Risiko angeht – zu deiner Beruhigung kann ich dir sagen, dass wir ohnehin nicht mehr zurückkehren werden.« Von Stauf lächelte gönnerhaft. »Wir fangen ein ganz neues Leben an, auf einem neuen Kontinent, mit neuen Menschen, neuen Zielen. Von Zeit zu Zeit gebietet das Leben die Erneuerung, das Abstreifen alter Zwänge, das Verlassen gewohnter Kreise. Du bist herzlich eingeladen, mit uns von vorn anzufangen, Bodo!«

Darauf lief es also hinaus, dachte Bodo erstaunt. Deshalb war es von Stauf relativ egal, dass es in München langsam zu unsicher für sie geworden war. Inzwischen war der Boden dort sicher richtig heiß, und von Stauf hatte das einkalkuliert.

»Aber die anderen ...«

»Sind erwachsene, mündige Menschen«, winkte von Stauf ab. »Brüder und Schwestern im Geiste. Sie werden das tun, was sie tun müssen.«

Das einzige, was sie tun müssen, ist wahrscheinlich, in den Knast zu wandern, dachte Bodo respektlos. Sie werden singen wie die Vögel. An Balbinas unmerklichem, spöttischem Lächeln merkte er, dass sie dasselbe zu denken schien.

»Und wenn sie nicht das Richtige tun«, fuhr von Stauf mit schicksalhaft erhobenen Händen fort, »werden sie eben die Konsequenzen daraus ziehen müssen.«

»Was haben Sie da drin?«, fragte der Zollbeamte mit routinierter Kontrollstimme.

»Optische Geräte«, erklärte Frank zuvorkommend und mit grauenhaftem Akzent.

»Aufmachen, bitte.« Der Zöllner reckte interessiert den Hals und musterte die kompliziert aussehenden Teile in dem mit Samt ausgeschlagenen Koffer, nahm vorsichtig ein poliertes, röhrenartiges Gebilde heraus und besah es sich von allen Seiten. »Well«, meinte er dann und nickte. Frank packte die Röhre selbst wieder ein und schloss den Koffer. Dann musste er noch seinen Laptop aufklappen. Ben wurde anstandslos durchgewinkt.

In der Nähe des Flughafens fanden sie eine Autovermietung. Sie nahmen einen Landrover, und am Anfang ihrer Fahrt gab es einige halsbrecherische Ausweichmanöver, weil alle entgegenkommenden Autos auf der falschen Seite fuhren, wie Frank fluchend konstatierte.

»Was waren das für optische Geräte?«, wollte Ben wissen, den Haltegriff über dem Seitenfenster umklammernd.

»Na, optische Geräte eben. Oder meinst du, ich würde einen Zollbeamten belügen?«

»Ist schon klar, aber welche denn nun?«

»Ein Panzernachtsichtgerät. Hübsches Ding, aus russischen Beständen. Habe ich voriges Jahr auf einer Dienstreise in Thüringen beim Trödler billig bekommen. Macht die Nacht zum Tag. Praktische Sache.«

»Und das andere Ding? Auch ein optisches Gerät?«

»Klar. Ein Zielfernrohr. Ist doch einwandfrei optisch, oder nicht?«

»Und wo hast du den Rest davon?«

Frank grinste und klopfte auf seine Brusttasche und deutete mit der anderen Hand auf seine Reisetasche. »Ein erstklassiges Präzisionsgewehr. Schießt auf zweihundert Meter einer Fliege das Auge aus.«

»Welches?«

»Such dir eins aus. Was ist mit dir? Bist du unter die Pazifisten gegangen oder was? Sag bloß, du hast vor, den Erfolg dieses Unternehmens dem Zufall zu überlassen?«

Ben schüttelte den Kopf. »Nein, bestimmt nicht. Aber du hast weiter gedacht als ich. Das ärgert mich irgendwie. Ich meine, dass du auf das IR-Gerät gekommen bist und ich nicht.«

»Du hättest dir doch auf die Schnelle gar keins besorgen können. Solltest dir aber so was anschaffen. Gut für dein Geschäft. Wenn nachts der untreue Ehemann vom Seitensprung heimkommt, erkennst du ihn garantiert sofort. Was hast du dabei?«

»Meine Knarre und eine Uzi. Vollautomatisch.«

Frank pfiff durch die Zähne. »Nicht schlecht. Mutig, mutig.«

»Nein, ich habe mich ja extra vorher rasiert. Ich wirke absolut vertrauenswürdig, das sagt jeder. Wie ein Geistlicher in Zivil.«

»Da musst du noch an dir arbeiten. Dir fehlt eindeutig der zölibatäre Touch. Du wirkst zu stark auf die Weiber.«

»Mein animalischer Charme fällt bei den Zolltypen nicht auf; das waren ja alles Kerle.«

Sie flachsten eine Weile herum, bemüht, ihre Nervosität und Besorgnis zu überspielen. So hatten sie es früher schon immer gehalten, wenn sie zu einem gefährlichen Einsatz unterwegs waren. Frank hatte auch schon Kollegen erlebt, die sich in solchen Situationen anschwiegen, sich still konzentrierten auf das, was sie erwartete. So war es bei ihnen nie gewesen; sie hatten einander stets überboten in Schnodderigkeit und dem Reißen lässiger Witzchen vor brenzligen Aktionen.

Als sie das Ortsschild von Creanough nach einer knappen Stunde Fahrzeit erreichten, verstummten sie jedoch. Ben ließ seinen Blick über die sanft gewellte englische Landschaft gleiten. Langsam zog die Abenddämmerung herauf und tauchte alles in ein malerisches, sanftgraues Licht, rosig erhellt von dem breiten leuchtenden Streifen, den die untergegangene Sonne am Horizont über den Hügeln zurückgelassenen hatte. Die Umgebung des Städtchens war ländlich-idyllisch, wie aus einem Urlaubsprospekt für ungetrübte stressfreie Erholung auf dem Land.

Sie fanden schnell das Gasthaus, dessen Adresse Uschi Ben aufgeschrieben hatte. Es war im Cottage-Stil gehalten und wirkte ebenso robust und bäuerlich wie die meisten der aus roten Ziegeln erbauten, schindelgedeckten Häuser in der Straße. Frank parkte den Wagen in einiger Entfernung.

»Mein Englisch ist zwar zum Fürchten, aber ich glaube, dass wohl besser ich reingehe«, stellte er fest. »Außerdem muss ich telefonieren. Vielleicht gibt's schon was Neues von der Hexenfront in Deutschland.«

Er stieg aus, und Ben legte den Kopf zurück gegen die Nackenlehne. Er war todmüde. War es wirklich erst letzte Nacht gewesen, dass er Pennys warmen Körper in seinen Armen gehalten hatte? Und heute morgen hatte er nach dem Aufwachen lange ihr reizendes, im Schlaf gelöstes Gesicht betrachtet und mit sich gehadert, ob er sie wecken sollte zum Du-weißt-schon-was. Edelmütig hatte er sich schließlich dagegen entschieden und ihr stattdessen den Zettel aufs Kopfkissen gelegt. Er wollte es richtig machen, mit Champagner und Kerzen, sie ganz langsam in Stimmung bringen. Er hatte sich geschworen, dass es auf keinen Fall so ablaufen sollte wie gestern Abend, so schnell und überfallartig. Beim nächsten Mal sollte alles perfekt sein, perfektes Timing, perfektes Licht, perfekte Liebe. Und danach wollte er befriedigt in ihren Armen einschlafen und nicht aus dem Bett springen müssen, weil Arbeit auf ihn wartete. Er nahm den Gedanken an die perfekte Liebe mit Penny und den danach folgenden geruhsamen Schlummer mit in den Schlaf. Er wusste nicht, wie lange und wie tief er geschlafen hatte, als ein plötzliches Unbehagen ihn aufschrecken ließ. Sein Kopf zuckte hoch, und er sah sich verwirrt um. Es schien dunkler geworden zu sein, aber das konnte auch täuschen. Frank war noch nicht wieder aufgetaucht, also konnte nicht allzu viel Zeit vergangen sein. Dann blinzelte er, zweimal, dreimal, presste fest die Augen zusammen und öffnete sie ruckartig wieder. Eine seltsame Prozession bewegte sich, von der anderen Seite kommend, durch die dämmerige Straße auf das Gasthaus zu. Ben rutschte unwillkürlich tief in den Sitz und lugte nur wenige Zentimeter mit der Stirn über die Frontablage, um Einzelheiten sehen zu können. Es war zweifelsfrei von Stauf, der am Kopf der kleinen Gruppe auf das Gasthaus zusteuerte. Schräg hinter ihm, etwa zwei Meter entfernt, folgte Balbina, in ein weites, seltsam schillerndes Gewand gekleidet. Dahinter folgte der Neandertaler, das grobe, höckerige Gesicht verkniffen und ausdruckslos. Aber Penny! Mein Gott, sie war nicht dabei! Ben schluckte und zog scharf die Luft ein. Er ließ hektisch seine Blicke umherwandern, suchte die Straße ab, musterte jeden schattigen Winkel. In einiger Entfernung, in der Richtung, aus der die Gruppe kam, parkte ein großer dunkler Lieferwagen. Waren sie damit gekommen? Hatten sie Penny vielleicht darin versteckt? Oder war sie bereits im Hotel? Da die von Staufs und der Neandertaler in jedem Fall gleichzeitig mit ihm und Frank eingetroffen waren, wahrscheinlich sogar schon eher, musste er davon ausgehen, dass sie ebenfalls geflogen waren. Vermutlich mit einer Privatmaschine, denn nur so konnten sie der Überprüfung, die Frank angeordnet hatte, entgangen sein. Möglicherweise lag Penny im Hotel oder dort vorn im Wagen, betäubt und bewusstlos, so wie sein Vater und Mathilde.

Ben stöhnte und biss sich in die Fingerknöchel, als er sah, wie Frank das Gasthaus verließ, mit desinteressierter Miene an der Gruppe vorbeimarschierte und ungerührt auf den Mietwagen zuhielt. Mein Gott, war der Junge abgebrüht! Du hast Nerven, dachte Ben nicht ohne Neid. Er rutschte noch tiefer in den Sitz, als er sah, wie von Stauf neugierig der hochgewachsenen, breitschultrigen Gestalt nachblickte. Frank schwang seinen langen Körper hinter den Fahrersitz, startete ohne Umschweife den Motor und wendete den Landrover, um in entgegengesetzter Richtung loszufahren.

»Uff«, ächzte Ben, als sie ausreichend Entfernung zwischen sich und das Gasthaus gebracht hatten. Frank fuhr um ein paar Ecken und hielt dann wieder an. Stirnrunzelnd schaute er seinen Freund an.

»Und?«, fragte Ben gespannt.

»Nichts und«, meinte Frank unbehaglich. »Ich habe nichts rausgekriegt. Ich habe mich nicht mal getraut, zu telefonieren. Diese Alte da drin … weißt du, wie sie ausgesehen hat?«

»Sag's nicht, lass mich raten. Wie Kim Basinger, der du schon immer mal live begegnen wolltest. Es hat dir einfach die Schuhe ausgezogen, und du hast kein Wort mehr rausgebracht und vergessen, wozu du eigentlich da reingegangen bist.«

Frank schüttelte den Kopf. »Nein, total daneben. Sie hat eher ausgesehen wie die böse Stiefmutter bei Aschenputtel oder die alte Hexe bei Hänsel und Gretel. Und weißt du, wie sie mich angesehen hat?«

»Wie Hänsel?«

»Genau. Irgendwie dachte ich, gleich holt sie den Schlüssel zum Käfig hinterm Tresen hervor und sperrt mich ein zum Mästen.«

»Verdammt, wozu hast du dann so lange gebraucht?«

»Wie kommst du darauf? Bist du eingepennt? Ich war doch höchstens zwei Minuten da drin. Ich hatte gleich so ein komisches Gefühl … mein spezieller Riecher, du weißt schon, der für Gefahr im Verzug, der Junge-da-ist-was-faul-Riecher. Die Frau da im Gasthaus steckt mit drin, Benny-boy.«

»Verdammt. Was hast du gemacht?«

»Ich habe den liegen gebliebenen Touristen gespielt. Lady, can you tell me the way to the next Autowerkstatt. Wir haben ein bisschen palavert, bis ich raushatte, dass Autowerkstatt car repair shop heißt, und dann hat sie mir erklärt, wie ich eine finde. Hab so getan, als hätte ich's verstanden und bin gleich wieder raus. Du kannst dir vorstellen, wie mir war, als ich diesem Albino und seinem Anhang fast in die Arme gelaufen bin. Ich dachte, ich schreie gleich Zeter und Mordio, als ich den Neandertaler sehe. Und du weißt, dass ich nervenmäßig echt was abkann.«

»Man hat dir nichts angemerkt«, beruhigte ihn Ben, selbst alles andere als ruhig. »Meinst du, die Frau hat dir die Story von der Panne abgekauft?«

»Keine Ahnung, will's hoffen. Was nun? Wollen wir mit der Knarre unterm Arm da reinspazieren und nach deiner Kleinen suchen?«

Ben schüttelte den Kopf. Er musste Frank nicht erst erklären, wieso diese Idee nichts taugte. Ein Überraschungsangriff war nur dann etwas wert, wenn man die Trümpfe in der Hand hatte. Es reichte nicht aus, bewaffnet zu sein, sondern sie mussten zuerst wissen, wo Penny sich aufhielt und wie sie bewacht wurde. Es juckte ihn in den Fingern, die Bande sofort aufzumischen, aber überstürztes Handeln konnte Pennys sofortigen Tod bedeuten. Fanatische Verbrecher neigten naturgemäß zu Kurzschlussreaktionen, unter anderem auch zum Geiselmord, wenn sie ihr Unternehmen durch bewaffnetes Eingreifen der Polizei zum Scheitern verurteilt sahen.

»Nein«, meinte Ben, »nein, wir werden nicht da reinspazieren. Ich glaube, wir machen's wie die Indianer.«

»Indianer?«

»Wir legen einen Hinterhalt.«

XVII

»Hier oben ist es verdammt kalt und zugig«, beschwerte sich Frank. Er zog die Kragenenden seiner Lederjacke fester um den Hals zusammen. Ben fröstelte ebenfalls. Der feuchte Wind fegte vom Meer herein, den Geschmack von Salz mit sich bringend. Sie hatten sich für ihren Hinterhalt eine kleine Felsformation landeinwärts gesucht, etwa hundert Meter von dem Tanzplatz entfernt. Den Wagen hatten sie in sicherer Entfernung abgestellt; um sicherzugehen, dass er keine unliebsame Aufmerksamkeit erregte, hatten sie ihn eine Viertelstunde Fußmarsch weit weg geparkt, im Schutz eines kleinen Wäldchens.

Den Platz selbst hatten sie recht schnell gefunden. Die hoch aufragenden Felsen waren schon von weitem sichtbar, und das hohle Donnern der Brandung an den Klippen drang tief ins Landesinnere vor, wurde ihnen vom Wind zugetrieben, ebenso wie die salzige Gischt.

Ben hatte sich lange den Moonrock angeschaut. Uschi hatte recht gehabt; die Formen waren andeutungsweise weiblich, wie bei einer liegenden Frauengestalt. Das Gestein war verwittert und von zahlreichen Stürmen ausgewaschen. Es hatte eine bleiche, stumpfe Färbung. Probehalber legte Ben die flache Hand darauf. Einen Moment lang glaubte er, einen vagen Eindruck nächtlicher, sternenklarer Weite zu empfangen, von erhabener Größe und Stille, das Gefühl von Andacht und gesammelter Erwartung, wie in einer Kathedrale vor der Messe. Er warf einen Blick in die Runde und wandte sich dann ab. Über den vom nahezu noch vollen Mond silberhell erleuchteten

Platz schien ein trauriges, seufzendes Geräusch zu schweben, nicht lauter als der Hauch des Windes.

Sie warteten jetzt bereits seit fast zwei Stunden. Inzwischen war es stockfinster, weil der Mond hinter Wolken verschwunden war. Es ging auf Mitternacht, und Ben war der festen Überzeugung, dass sie noch vor zwölf Uhr hier aufkreuzen würden, mit Penny.

Frank war sich nicht so sicher. »Was ist, wenn sie es erst morgen Nacht durchziehen wollen?«, gab er wispernd zu bedenken. »Dann können sie sich heute noch ausruhen und in aller Ruhe drauf vorbereiten. In der komischen Herberge wird ihnen niemand in die Suppe spucken, wenn diese Landlady mit den Hexentypen unter einer Decke steckt.«

»Sie machen es heute, wegen des Mondes«, meinte Ben eigensinnig. »Heute Nacht ist er voller als morgen, und das ist für den Kult von größter Bedeutung. Ich hatte es dir doch erklärt.«

»Wir könnten aber pennen. Abwechselnd, meine ich. Nur für alle Fälle.«

»Nur zu. Wenn du hier bei dem Durchzug schlafen kannst ... tu dir keinen Zwang an. Ich übernehme die erste Wache. Die zweite und dritte auch, wenn's sein muss.«

Frank rollte sich seufzend zusammen, wie ein Igel. Er wälzte sich eine Weile brummelnd und schimpfend hin und her. Schließlich richtete er sich wütend wieder auf. »So ein Scheiß. Zwanzig Kisten ist nicht annähernd genug! Ich habe letzte Nacht schon nicht gepennt.«

»Ich besorge dreißig Kisten, gleich beim nächsten Getränkehändler. Immerhin sind wir hier direkt an der Quelle, sozusagen. Wieso hast du letzte Nacht nicht gepennt? Warst du im Einsatz?«

»Und wie. Ich hab doch 'ne Neue. Hatte ich dir schon von ihr erzählt? Sie hat doch diese sagenhafte ...«

»Pssst!«, zischte Ben erregt. Er hörte ein Motorengeräusch. Frank hörte es ebenfalls und lauschte angestrengt. Ein Wagen näherte sich auf der Küstenstraße, die in einiger Entfernung an der felsigen Klippe vorbeiführte. Das

Geräusch näherte sich, wurde lauter und brach dann ab. Der Wagen wurde in der Nähe abgestellt, und Ben und Frank hörten den dumpfen Knall zufallender Autotüren.

»Sie kommen«, flüsterte Ben. Eilig überprüfte er noch einmal alle bereitliegenden Waffen. »Wann warst du das letzte Mal auf dem Schießstand?«, wollte er wissen.

»Letztes Jahr irgendwann.«

»Scheiße«, sagte Ben. Er selbst war sich keineswegs sicher, auf diese Entfernung eine Fliege, geschweige denn ihr Auge treffen zu können.

»Ich kann's noch, keine Sorge«, tröstete ihn Frank.

Und dann schwiegen beide, denn aus der Nacht tauchten schwankende Schatten menschlicher Gestalten auf. Frank hob das Nachtsichtgerät an seine Augen.

»Vorn geht der Albino«, flüsterte er. »Dieses weiße Weibsbild direkt dahinter. Sie hat ein Vieh an der Leine. O mein Gott! Großer Gott!«

»Was ist? Verdammt, was ist denn? Gib mal her!« Ben entriss ihm das Gerät und schaute hindurch. Er erstarrte, als er sah, was Frank meinte. An Balbinas Seite trottete ein monströses Wesen einher, eine riesenhafte, zottige, tiefschwarze Kreatur mit einem großen, plumpen Schädel und mächtigem Knochenbau. Die Augen glühten seltsam im Sucher des Infrarotlichts. Das Geschöpf schien einer Horrorstory über Werwölfe zu entstammen. Es war zu groß für einen Hund und zu klein für einen – ja, was? Dämon? Es wirkte wie eine riesenwüchsige Mischung aus Dobermann, Bernhardiner, Mastino und Bulldogge, ein hundeähnliches Ding mit zu langen Zähnen, zu zottigem Fell, zu glühenden Augen – Augen, die in einem schwefligen Gelb leuchteten, das direkt aus der Hölle kam.

Ein tiefes, kehliges Grollen drang zu Ben und Frank herüber. Ben zwang sich, seine Blicke woandershin zu richten. Da, der Neandertaler! Er kam hinter Balbina in Sicht, und auf seinen Armen trug er Pennys schlaffen Körper.

Ben bemühte sich, ruhig zu atmen und dem wilden Verlangen zu widerstehen, dem Neandertaler den Kopf wegzupusten und mit der Uzi die Albinos niederzumähen. Sie mussten warten, bis Penny aus der unmittelbaren Schusslinie verschwunden war.

»Der Neandertaler hat sie«, flüsterte er Frank zu. Er musste sich zwingen, das, was er sah, zu beschreiben, denn nur so konnten sie die Lage im Griff behalten. Sie hatten nur ein Gerät, aber sie mussten beide wissen, was dort vor ihnen geschah. »Ihr Kopf fällt nach hinten, so, als wäre sie ohne Bewusstsein«, flüsterte er weiter. »Jetzt breitet der Albino ein weißes Laken neben dem Moonrock aus und packt seine Hexenutensilien aus. Kerze, Dolch, Weihrauch und all den Kram. Hab's dir ja erzählt. Sieht nicht so aus, als wollte er ein Feuer machen. Schade, dann könntest du's genauso sehen. Er legt Penny auf den Boden.« Er verstummte, denn es war nicht nötig, dass er weiterredete. Im selben Moment riss die Wolkendecke auf, und die riesige Scheibe des Mondes warf ihr volles Licht auf die Klippen. Die Szenerie war in unwirklichen Silberglanz getaucht, von Bündeln feenhafter, matter Strahlen übergossen.

Pennys reglose, in weiße Seide gehüllte Gestalt lag flach auf dem Rücken, die Haare wie ein Schleier unter ihrem Kopf ausgebreitet. Der Riesenköter schob seinen wuchtigen Schädel über sie und schnüffelte an ihr. Balbina sagte etwas, das sich trotz der großen Entfernung in Bens Ohren deutlich verärgert anhörte. Von Stauf erwiderte ihre Bemerkung in demselben scharfen Tonfall. Der Neandertaler stand schweigend und mit baumelnden Armen daneben. Er starrte auf Penny hinab; seine fettigen Haare hingen ihm in die höckerige Stirn, der Mund war zu einer schmalen Linie zusammengepresst.

»Jetzt macht er ja doch ein Feuer!«, flüsterte Frank. Von Stauf schüttelte aus einem Sack etwas in eine flache Schale und zündete es an. Vermutlich eine Art Kohle. Es brannte mit schwacher Rauchbildung und entwickelte sich rasch zu einem flackernden Feuer. Der Wind trug einen betäubenden, durchdringenden Geruch in ihr Versteck.

»Himmel, was verbrennen die denn da? Das stinkt ja wie …« Frank schnupperte angewidert.

»Mit diesem stinkigen Zeug schmieren sie sich auch ein. Damit erhöhen sie ihre Trancefähigkeit. Und sie bilden sich ein, dass sie fliegen können«, sagte Ben leise. »Allerhand giftiges Zeug. Tollkirsche, Bilsenkraut, Stechapfel ...«

»Da gibt's aber heutzutage besseres Dope«, widersprach Frank. »He, sieh mal da, deine Kleine steht ja auf!«

Ben hielt den Atem an. Penny erhob sich mit einer graziösen, fließenden Bewegung, den Kopf hoch erhoben, das Gesicht dem Mond zugewandt. Ben sah durch das Nachtsichtgerät ihre weit aufgerissenen Augen, die im Mondlicht glitzerten. Sie war entrückt, nahm nichts von ihrer Umgebung wahr. Wie im Wald und im Garten, durchfuhr es Ben. Sie war in tiefer Trance. Das hundeähnliche Geschöpf warf seinen Riesenschädel zurück und heulte, dumpf und hallend. Es hörte sich an wie der Klageschrei aus den Kehlen tausender Verdammter. Ben erstarrte, ebenso wie Frank, als sie diesen Laut vernahmen. Ben hatte noch niemals etwas so Grauenhaftes gehört. Penny nahm es dagegen anscheinend nicht wahr. Sie stand unbewegt, in der Nähe des Moonrock, und blickte mit geweiteten Augen den Mond an.

Die beiden Albinos streiften sich rasch die Kleider ab, ebenso der Neandertaler. Sein Körper wirkte gegen die bleichen Leiber der Albinos dunkel. Er bückte sich und hob eine kleine, runde Trommel auf, die er mit rhythmischen, kräftigen Bewegungen zu schlagen begann. Zusammen mit Balbina stimmte er einen summenden, beschwörenden Sprechgesang an, in dessen Takt sich sein breiter, gedrungener Körper hin- und herwiegte. Balbina führte sodann eine ähnliche Zeremonie durch wie auf der Waldlichtung. Sie schritt einen Kreis ab, wobei sie den Dolch weit von sich streckte und ihn zum Schluss an ihre Lippen und ihr Herz drückte. Ihr Vater folgte ihr hinkend, die Altarkerze in der Hand. Penny stand unbeweglich da, während Balbina in allen vier Himmelsrichtungen Geister herabbeschwor. Der Hundedämon zerrte unruhig an seiner Kette; klirrend streifte sie über den Felsen, an dem er festgebunden war. Von Zeit zu Zeit hob er den Kopf und stieß wieder sein Geheul aus; es klang wie sehnsüchtiger, gequälter Totengesang aus dem Fegefeuer.

Ben und Frank lagen ohne sich zu rühren in ihrem Versteck, gebannt von der irrealen, übernatürlichen Szenerie, die sich vor ihnen entfaltete. Nackt und deutlich erregt ging von Stauf zu Penny hinüber und ergriff ihre Hand. Ben zuckte zusammen und griff hastig nach dem Gewehr, aber Frank legte blitzschnell seine Hand an den Kolben. »Warte!«, zischte er. Ben ließ zögernd die Waffe los. Frank hatte Recht. Er konnte nicht schießen, solange Penny so dicht bei der Gruppe war. Atemlos verfolgte er die Bewegungen von Staufs, der Penny an der Hand zum Rand der Klippe führte und sie so drehte, dass sie mit dem Gesicht zum Meer stehen blieb. Er stellte sich neben sie und starrte sie erwartungsvoll an. Ben bewegte sich unruhig. Ihre schmale Silhouette zeichnete sich scharf vor der sternenübersäten Kuppel des Firmaments ab, und vereinzelte Böen zerrten an der weißen Seide ihres Gewandes und wehten den Stoff eng um ihren Körper. Schwach drang das Rollen der Brandung an sein Ohr. Er spürte den salzigen Geschmack der Gischt auf den Lippen und nahm den leicht modrigen, fischigen Geruch nach Tang wahr. Seine Fingerspitzen waren in der kühlen Nachtluft gefühllos geworden, und er presste sie heftig gegeneinander und rieb sie, um die Blutzirkulation anzuregen.

Er überlegte, ob jetzt der Moment gekommen sei. Die beiden anderen standen beim Feuer und schwankten rhythmisch hin und her, atonal summend. Balbinas weibliche, gespensterweiße Gestalt und Bodos vierschrötiger Körper bewegten sich langsam und stampfend um das flackernde Feuer; die züngelnden Flammen schienen gierig nach ihnen zu lecken. Ben beobachtete wieder von Stauf, der neben Penny an der Klippe stand. Die Schusslinie war nicht ideal, aber wenn Frank sorgfältig zielte, konnte er den Albino mit einer Kugel in den Abgrund schicken, während er selbst mit der Uzi die anderen übernahm. Aber sofort entstand ein Bild vor ihm, das ihn augenblicklich zu

Eis erstarren ließ: Penny, die zusammenzuckte von dem lauten, peitschenähnlichen Knall direkt neben ihrem Ohr, gewaltsam aus ihrer Trance erwachte und in plötzlichem Erschrecken über den Rand der Klippe taumelte. Oder von Stauf, von der tödlichen Kugel getroffen, wie er haltsuchend nach Penny griff und sie mit sich in den Tod riss.

Die Entscheidung wurde ihm aus der Hand genommen. Von Stauf rückte dichter an Penny heran. An Schießen war vorerst nicht zu denken.

Der Rhythmus der Trommel änderte sich, wurde schärfer, lauter, schneller, Balbina und Bodo begannen zu hüpfen, zu rasen, wild um das Feuer herumzutanzen. Der Hund zerrte rasselnd an seiner Kette. Von seinen gebleckten Fängen tropfte in großen Flocken der Schaum.

Penny hob langsam die Hände, mit ausgebreiteten Armen und in den Nacken gelegtem Kopf stand sie dort. Ben hörte, dass Frank neben ihm ungläubig die Luft ausstieß, als das bläuliche Glühen begann, ihre Fingerspitzen zu umzucken, um ihre Hände waberte und schließlich bis hinauf zu ihren Schultern reichte. Frank bewegte die Lippen in tonlosem Gebet, und Ben war versucht, es ihm gleichzutun. Er wünschte sich weit weg, wünschte sich verzweifelt, Patrick und Penelope Donner niemals gekannt zu haben. Er wollte wie ein Kind unter die Decke kriechen, und wenn er am nächsten Morgen aufwachte, wäre der ganze Spuk vorbei und die nächtlichen Alpträume vergessen.

Aber es gab keine Decke, unter der er sich verstecken konnte, und Penny war die Frau, die er liebte. Der Moment des Zauderns verging so schnell, wie er gekommen war.

Jetzt hüllte der blaue, zuckende Schein Pennys ganzen Körper ein. Von Stauf trat einen Schritt von ihr zurück; sein Gesicht war eine gefrorene Maske höchster Verzückung, und seine Erregung war sichtlich stärker geworden. Ben knurrte und griff reflexartig nach der Uzi, die schussbereit neben ihm lag. Frank merkte es und gab ihm einen warnenden Tritt gegen die schmerzende Wade. Dann nahm er sein Gewehr und legte an. »Warte!«, flüsterte Ben verängstigt.

»Schon gut, ich werd nicht schießen, solange sie so dicht an der Klippe steht«, brummte Frank zurück.

Balbinas und Bodos schrilles Kreischen durchdrang die Nacht; untermalt von dem hohlen Getrommel und den schaurigen Klängen des dämonischen Höllengeheuls bildete es eine grässliche Kakophonie des Wahnsinns und des Schreckens. Ben schmeckte Blut auf seiner Zunge und in seiner Kehle, als er sah, wie Penny sich plötzlich umwandte und traumwandlerisch hinüber zum Felsen schritt. Von Stauf folgte ihr auf dem Fuße; hinkend schlurfte er dicht hinter ihr her. Seine rotglühenden Augen bekamen einen metallisch blauen Schimmer, als sie vom Widerschein des flimmernden Lichts getroffen wurden, das Pennys Gestalt umhüllte.

Bens Finger suchten nach dem Goldberyll, der warm auf seiner Haut lag. »Der Felsen«, flüsterte er. »Jetzt wird sie gleich den Felsen berühren. Verdammt, wir haben keine Zeit mehr!« Ihm war klar, was danach kommen würde. Von Staufs Erektion ließ keinen Zweifel darüber zu. Er stand kurz davor, sich über sie herzumachen. Sie würden nicht schießen können, ohne Gefahr zu laufen, Penny zu verletzen.

Frank spannte den Finger um den Abzug, als Penny sich über den Felsen beugte. In dem Moment, als sie sich bückte und von Stauf als weißleuchtender Umriss hinter ihr aufragte, zischte Ben: »Jetzt!« und Frank drückte ab. Der Rückschlag warf Frank nach hinten, und der laute Knall machte sie beide für einen Moment taub. Von Stauf war getroffen, er fiel nach vorn, auf den Felsen, und begrub Penny unter sich. Frank gab sofort den nächsten Schuss ab, auf den Neandertaler. Bodo stürzte, aber es war schwer zu sagen, ob er getroffen war oder ob er sich in Deckung geworfen hatte. Balbina bückte sich und riss an der Kette des Hundewesens. Frank schoss erneut, und Balbina duckte sich hinter einen Felsen.

»Verdammt, ich hab das Weib verfehlt«, schrie Frank. »Der Hund … siehst du den Hund?«

»Nein!«, brüllte Ben. »Er ist weg, sie hat ihn losgebunden. O Scheiße! Komm!«

Sie sprangen auf und rannten auf das Feuer zu. Ben sah, dass von Stauf sich auf Pennys regungsloser Gestalt bewegte, wie seine bleichen Hände über ihre Schultern und ihren Rücken glitten. Er schrie auf und versuchte schneller zu laufen. Sein Bein pochte und stach und brannte, und die Uzi war rutschig in seiner schweißfeuchten Faust.

Frank hatte zwei gesunde Beine; er hatte einen Vorsprung von etwa zwanzig Metern, als ein riesiger, lang gestreckter schwarzer Schatten aus der Dunkelheit heranjagte und in rechtem Winkel auf ihn traf. Ben sah im Mondlicht gebleckte Fänge und rollende glühende Augen, dann hatte die Kreatur Frank unter sich begraben und wühlte und suchte, hechelnd und winselnd vor Blutgier. Die Uzi gab ein helles Stakkato-Geräusch von sich. Ben hatte einfach aus vollem Lauf geschossen. Es war nur ein kurzer Feuerstoß, aber es waren mindestens ein Dutzend Geschosse gewesen. Er konnte nur beten, dass er Frank nicht getroffen hatte, und wenn doch, dann wenigstens nicht allzu schwer. Dennoch waren Franks Chancen in jedem Fall besser, als wenn er nicht geschossen hätte. Mit einer zerrissenen Kehle konnte kein Mensch überleben, mit einer Kugel im Leib schon. Keuchend erreichte er den schwarzen, fellbedeckten Körper, der sich zuckend auf Frank wand und ihn vollständig bedeckte. Ben warf sich zu Boden und jagte im Liegen eine weitere MP-Salve direkt in die Flanke des Tiers. Es wurde meterweit zur Seite geschleudert, begleitet von einem Regen aus heißem Blut und Büscheln zerfetzten Fells.

»Frank?!« Ben wälzte sich zu ihm und stützte sich auf. »Frank!!« Er griff mit angehaltenem Atem und zitternder Hand an Franks Hals. Frank schlug die Augen auf und wischte Bens Hand stöhnend beiseite. »Mich hat's erwischt!«, krächzte er.

»Wo?« Ben tastete ihn fieberhaft ab.

»Das Bein. Unterschenkel rechts.«

Ben sackte vor Erleichterung zusammen. Dann hob er den Kopf und schaute zum Feuer hinüber. Von Stauf kniete benommen auf dem Boden; mit einer Hand stützte er sich auf dem Felsen ab, die andere Hand hatte er an den Bauch gepresst. Sein Kopf hing kraftlos vornüber. Balbina beugte sich über den Felsen und zerrte an Pennys Arm. Das blaue Leuchten hatte aufgehört; Penny hatte offensichtlich das Bewusstsein verloren.

Ben sah auf Franks Bein und dann wieder zu Penny. Wo war der verdammte Neandertaler?

»Mach schon«, ächzte Frank. »Lauf rüber und schnapp sie dir!«

»Dein Bein ...« Ben richtete sich unentschlossen auf.

»Es ist keine Arterie getroffen, glaube ich, aber ich bind's vorsichtshalber ab. Es ist nichts, was ich nicht zehn Minuten lang selbst im Griff behalten könnte. Jetzt hau schon ab!«

Stöhnend und mit schmerzverzerrtem Gesicht zerrte er seinen Gürtel aus den Schlaufen.

Ben hatte sich bereits abgewandt und humpelte mit Riesenschritten auf das Feuer zu. Balbina versuchte nicht länger, Penny von dem Felsen herabzuziehen. Sie huschte zu der weißen Decke, wo ihre Hexenutensilien lagen, und bückte sich nach ihrem schwarzen Athamen. Den Dolch in der hocherhobenen Hand schlich sie näher, die rotglänzenden Augen triumphierend geschlitzt. Ihre weißen Haare flatterten; der Wind war stürmischer geworden und trug einen feinen Nebel tröpfelnder Gischt über den Klippenrand. Das Feuer zischte und prasselte in der feuchten Bö. *»Mein ist die Geißel, mein ist der Kuss!«*, kreischte Balbina mit überkippender Stimme. Der Dolch blitzte schwach, als sie zu einem wuchtigen Hieb ausholte. »Nein, nein, nein, bitte, lieber Gott!«, betete Ben laut. Er warf sich auf die Knie, ohne seinen Lauf abzubremsen, schlitterte auf den Knien auf dem steinigen Boden weiter und brachte gleichzeitig die MP in Anschlag. Im selben Moment, als der Dolch herabzuckte, spie die Uzi Feuer und Tod, und Balbina flog in weitem Bogen rückwärts, mit ausgebreiteten Armen, die Einschüsse wie zahlreiche schwarze Nieten auf weißem Zink.

Ben versuchte aufzustehen, um die restlichen zwanzig Meter zum Felsen zurückzulegen, aber er schaffte es nicht.

Sein Bein hatte bei dieser letzten Aktion etwas abbekommen. Es fühlte sich an, als sei es das Knie. Aber es konnte auch der Oberschenkel sein. Oder beides. Ben wollte nicht darüber nachdenken, woher das Knacken gekommen war, das er gehört hatte; er wollte nur zu Penny, die immer noch bewegungslos auf dem Felsen der Großen Göttin lag. Er zog und schob sich auf den Unterarmen vorwärts, über Geröll und scharfes Gras, den Lauf der Uzi zwischen den Zähnen.

Als er etwa zehn Meter von den zwanzig geschafft hatte, stemmte sich von Stauf taumelnd hoch, die Hand gegen seinen blutenden Bauch gedrückt. Ben blieb liegen, wo er war, und griff nach der Uzi. Regungslos, die Hand um die Waffe gekrampft, belauerte er den Albino. Unbeholfen, mit abgehackten Bewegungen hinkte von Stauf zum Felsen und ging mit einem lauten Schmerzensschrei in die Knie. Ben klemmte sich die Waffe wieder zwischen die Zähne und robbte unbeirrt weiter. Er hörte ein leises, wildes Knurren, und einen Augenblick glaubte er, der Hund hätte die MP-Salve überlebt. *Ein Werwolf!* Er war wieder zusammengewachsen, die Löcher in seinem Fell zugeschmolzen. Im Magazin war keine Silberkugel gewesen, dachte Ben hysterisch. Nicht eine einzige! Das Biest pirschte durchs Gras, suchte Deckung hinter den Felsen und lauerte, um ihn aus dem Hinterhalt anzuspringen und ihm die Kehle zu zerfleischen. Das Knurren hörte abrupt auf, und Ben kam sich wie ein Idiot vor, als er merkte, dass er selbst es war, der geknurrt hatte.

Der Albino, von dem er geglaubt hatte, dass er endgültig zusammengebrochen sei, kam schwankend erneut auf die Füße. Er hatte lediglich etwas aufheben wollen. Ben erkannte in der blutigen Hand den schwarzen Hexendolch. Den Mund zu einem breiten, klaffenden Lächeln geöffnet, kam er hinkend auf Ben zu. Ben lag flach auf dem Bauch, die Uzi immer noch zwischen den Zähnen und starrte dem irrsinnig grinsenden Albino fassungslos entgegen. Er griff nach der Waffe und hob sie an. »Tu's nicht!«, warnte er den Verrückten. Von Stauf, der bis auf drei Meter herangekommen war, hörte es nicht. Das weiße, blutgesprenkelte

Haar wehte zerfleddert um sein hageres, plötzlich von tiefen Falten durchfurchtes Gesicht. Er lächelte glücklich und hob den Dolch mit beiden Händen hoch. Ben sah die Schusswunde im Bauch. Die Projektile von Franks Gewehr hatten eine hohe Durchschlagskraft; die Kugel musste von Stauf neben der Wirbelsäule getroffen haben. Sie hatte den Bauchraum vollständig durchschlagen und war neben dem Nabel wieder ausgetreten. In das Loch hätte Ben seine Faust stecken können. Wieso lebte der Mann noch? Herr im Himmel, dachte Ben. Er hielt die Uzi vor sich, den Finger am Druckpunkt. Wie konnte dieser Mensch noch aufrecht stehen? Es war nicht möglich, und trotzdem stand er dort. Vielleicht war er gar kein Mensch.

»Bleib stehen!«, schrie Ben ihn an. Von Stauf lächelte immer noch, strahlend, unbeeindruckt. »Du nimmst sie mir nicht weg!«, sagte er mit glitzernden roten Augen.

Er torkelte die wenigen Schritte zu Ben hinüber. Ben drückte den Abzug, aber der erwartete Feuerstoß kam nicht. Ben zog erneut ab, aber wieder tat sich nichts. Eine Ladehemmung. Die Waffe hatte eine Ladehemmung! Soweit er wusste, kam das bei einer Uzi praktisch niemals vor. War es nicht sogar bei diesem Waffentyp überhaupt ausgeschlossen? Er wusste es nicht. Er wusste plötzlich überhaupt nichts mehr. Der Albino kicherte. Ben brüllte und griff nach der Pistole in seinem Schulterhalfter. »Zu spät«, fauchte der Albino. Seine Augen waren sehr rot, viel röter als sein Blut. Wie ein weißleuchtender, befleckter Racheengel ragte er über ihm auf, den schwarzen Dolch mit beiden Händen weit über den Kopf erhoben. Er legte seine ganze Kraft in den Stoß, den er auf Bens Nacken niedersausen ließ. Ben lag regungslos, die rechte Hand um den Griff der Pistole gekrampft, die er nicht mehr rechtzeitig hatte ziehen können, die linke Hand in sinnloser Abwehr ausgestreckt.

Der Dolch fiel klappernd auf einen Stein, und der Albino stürzte wie ein nasser Sack auf Bens Rücken. Ben spürte die Zuckungen und das Beben des Körpers auf sich, das warme Blut, das in seine Kleidung lief. Aber es war nicht sein Blut. Stöhnend wälzte er sich herum, den immer noch zuckenden Körper abstreifend. Was war geschehen? Hatte von Stauf doch noch die Kraft verlassen? Dann erkannte Ben die winzige, schwärzliche Stelle in der Halsgrube. Zuerst hatte er es für einen Blutspritzer von der riesigen Bauchwunde gehalten, aber es war ein Einschussloch. Er setzte sich auf und spähte zu Frank hinüber. Im Mondlicht sah er den funkelnden Lauf des Gewehrs, das sein Freund hochhielt.

»Alles klar?«, brüllte Frank.

Ben musste schlucken. Er öffnete den Mund, aber es kam nichts. Er räusperte sich heftig und versuchte es erneut. »Alles klar!«, brüllte er zurück. Dafür hatte Frank noch was bei ihm gut. Bevor er sich zurück auf den Bauch rollte, um weiter zum Felsen zu robben, warf er einen letzten Blick auf von Stauf. Noch während er hinsah, starb der Albino. Zwei-, dreimal drangen pfeifende Geräusche zischelnd durch das Loch im Hals, die fahle, blutüberströmte Brust hob sich, senkte sich – dann kam nichts mehr, kein Laut, keine Bewegung. Ben legte kriechend die wenigen Meter bis zum Felsen zurück. Im Licht der schwächer werdenden Flammen erkannte er, dass Penny sich regte. Beunruhigt sah er sich um. Er konnte nirgends den verdammten Neandertaler entdecken.

»Hier bin ich!« Es klang hämisch. Ben warf den Kopf herum, aber der Kerl war nicht zu sehen.

»Hier, du großer Detektiv!« Der Neandertaler lachte keckernd und hob kurz seinen Kopf über den Rand des Felsens, hinter dem er sich verborgen hatte. Der Wind wehte ihm von hinten das Haar ins Gesicht, und er strich es nachlässig aus der unförmigen Stirn. Ben schaute zum Himmel. Eine dunkle Wolkenwand zog herauf und ballte sich zusammen. Der bleiche Hof des Mondes schrumpfte, als die ersten Ausläufer der Regenfront sich vor ihn schoben. In einer Minute, vielleicht auch schon in wenigen Sekunden würde es stockfinster sein.

Er zog seine Pistole. »Komm da raus. Ich weiß, dass du keine Waffe hast. Wenn du dich ergibst, passiert dir nichts.«

Bodo lachte laut. »Und wie soll das gehen? Willst du mich abführen? Natürlich, ich könnte dich dabei tragen. Darin hab ich Erfahrung, das geb ich zu. Aber ich weiß nicht, wie du auf die Idee kommst, dass ich keine Waffe habe. Pass mal auf!« Ben hörte nichts und sah auch nichts. Dafür aber fühlte er etwas – einen rasenden, reißenden Schmerz in seinem Bein. Nicht etwa in seinem rechten Bein. Das war seit seiner halsbrecherischen Bremsaktion völlig taub und gefühllos, ein Anzeichen dafür, dass, sobald der Adrenalinpegel abgesunken wäre, der Schmerz mit umso grausamerer Heftigkeit einsetzen würde. Nein, der Schmerz, den er in dieser Sekunde spürte, tobte durch sein anderes Bein, das linke, gesunde, dem überhaupt nichts fehlte. Ben schrie. Er hatte noch nie solche Schmerzen erlebt. Es war, als risse ihm jemand bei lebendigem Leib das Bein aus der Gelenkpfanne. Dann hörte der Schmerz wieder auf, so plötzlich, wie er angefangen hatte.

»Na, war das nichts?«, kicherte Bodo amüsiert hinter seinem Felsen hervor. Penny stöhnte schwach. Sie hob benommen eine Hand und tastete über den Stein, auf dem sie lag.

»Ich hab sie von Balbina. Du hast ihren Imp umgebracht, das hättest du nicht tun sollen. Johannes wollte, dass ich dich kaltmache, aber sie wollte dich vorher ein bisschen leiden lassen. Eigenhändig. So zum Beispiel.«

Wieder durchpflügte ihn der Schmerz. Die Hände eines gefühllosen, brutalen Riesen rissen und quetschten und zerpressten sein Bein, verdrehten es, bis Ben das Knacken der Gelenke und das Reißen von Sehnen und Muskeln spürte. Ben brüllte und wand sich zuckend am Boden. In dem Moment, als er glaubte, vor Schmerzen das Bewusstsein zu verlieren, hörte es wieder auf – so, als sei nichts gewesen.

»Balbina hat's schon unterwegs probiert, aber da scheint es nichts gebracht zu haben. Es wirkt sowieso besser, wenn das Opfer ganz in der Nähe ist.«

»Penny?«, stammelte Ben. Sie hatte sich aufgesetzt und blickte sich verstört um.

»Bist du wach?«, fragte Ben drängend.

Sie nickte zögernd und hielt sich die Hand an die Stirn. »Ben, was …«

»Penny, hör zu!«, sagte er schnell. »Steh auf und lauf weg, so schnell du kannst!«

Er wies in die Richtung, wo Frank lag. »Lauf da rüber. Da liegt ein Mann, er ist verwundet, aber er hat ein Gewehr und wird dich beschützen, notfalls mit seinem Leben. Lauf nur schnell, damit … Aaaaaaahhhhhhh!« Er schrie und tobte, warf den Kopf zurück und wälzte sich in hilflosen, konvulsivischen Krämpfen herum. Riesige Stücke Fleisch wurden aus seinem linken Bein gerissen, eins nach dem anderen; er spürte, wie die Haut aufplatzte, die Muskeln zerrissen, der blanke Knochen freigelegt wurde.

Penny sah voller Grauen, wie Ben sich ohne ersichtlichen Grund in kreischender Agonie auf dem von Geröll übersäten Boden wand. Sie stand auf und strauchelte, fing sich wieder und lief unbeholfen, aber so schnell sie konnte auf ihn zu. Sie fiel neben ihm in die Knie und legte ihre Hände auf sein linkes Bein, das in sonderbarem Winkel steif und zuckend vom Körper abstand. Augenblicklich hörten die Krämpfe auf. Sie fühlte, wie Ben erschlaffte. Er blieb schwer atmend liegen, mit schweißnassem Gesicht und geschlossenen Augen.

»Bodo?«, fragte sie misstrauisch. Als sie aufgewacht war, hatte sie geglaubt, seine Stimme zu hören. »Bodo!«, rief sie. »Ich weiß, dass du hier bist. Ich höre dich. Ich *rieche* dich. Komm sofort da raus!«

Er gab keine Antwort, aber sie hörte trotz des heulenden Windes und der rollenden Brandung seinen keuchenden Atem, und sie roch die scharfe Ausdünstung seines Angstschweißes. Sie sprang auf und war mit einem Satz hinter dem Felsen, wo er sich verbarg. Hoch aufgerichtet stand sie vor ihm. Der Wind riss an ihren Haaren, die im ersterbenden Schein des fast erloschenen Feuers aufflammten. Dann war das Feuer tot. Er sah zur ihr auf. Die Nacht war jetzt dunkel; die Wolken bildeten eine undurchdringliche Wand vor dem Auge der Göttin. Aber die Göttin sah ihn trotzdem. Ihre Augen leuchteten wie grünes Glas. »Steh auf!«, befahl sie.

Die Puppe fiel unbeachtet aus seiner Hand, als er sich erhob. »Du musst jetzt gehen, Bodo«, sagte sie sanft. Er nickte und ging. Seine Arme schlenkerten, wie bei einem Affen, als er mit gleichmäßigen Schritten in die Richtung ging, die sie ihm gewiesen hatte. Als er den Klippenrand erreicht hatte, ging er einfach weiter. Er fiel ohne einen Schrei.

Penny folgte ihm bis zum Rand der Klippe. Sie warf den Kopf in den Nacken und blickte zum Himmel auf. Das Auge der Göttin war nicht zu sehen. Sie richtete die Blicke aufs Meer, in die tintenschwarze Nacht, lauschte dem rauschenden Lärm der Brandung. Sie breitete die Arme aus und bot ihren Körper den Elementen dar. Schwach bläuliches Licht glimmte um ihre Finger, wie ein kurzer Reflex, glühte heller und verlosch wieder, diesmal endgültig. Der Wind wurde stärker, er heulte und raste, wuchs an zum Sturm. Die Haare flogen wild um ihr Gesicht, und Tropfen der heranspritzenden Gischt setzten sich wie Kristalle darin fest. Die weiße Seide legte sich um ihren Körper, wurde knatternd von einer heftigen Bö hinter sie gepresst, mit der Macht eines Segels. Sie taumelte einen Schritt rückwärts unter der Kraft des Sturmes. Mit geschlossenen Augen stemmte sie sich gegen die scharfen Böen, und ihr Schrei übertönte das Klagen des Windes, die tosenden Brecher am Fuß der Klippe:

Ihr Blut für deines. Ich vergesse dich nicht. Ich vergesse dich nicht.

Nach einer Weile kam Regen auf, und der orkanartig aufbrausende Wind trieb ihr die ersten Schauer ins Gesicht. Die salzigen, kalten Tropfen rannen über ihre geschlossenen Lider und vermischten sich mit ihren Tränen.

Frank legte die Illustrierte beiseite, als er vom Nachbarbett ein Stöhnen hörte. Gespannt blickte er zu seinem Zimmergenossen hinüber, lauschte den gequälten Geräuschen und beobachtete die unwillig verzerrten Gesichtszüge. Ben schien sich gegen das Aufwachen zu sträuben. Seine mit Abschürfungen bedeckten Hände bewegten sich wie unruhig flatternde Vögel über die Bettdecke, zuckten hoch und sanken wieder herab. Frank lächelte mitleidig. Er wusste, wie sich Ben jetzt fühlen musste. So ähnlich war es ihm gestern auch gegangen. Er wartete geduldig, bis sein Freund zu sich kam. Endlich schlug Ben die Augen auf und suchte die Zimmerdecke ab.

»Da oben wirst du nichts finden«, meinte Frank trocken.

»Wo bin ich?«, flüsterte Ben undeutlich. Er suchte nach dem Ursprung der Stimme, und als er den Kopf zum Nachbarbett drehte, überwältigte ihn die Übelkeit wieder. Er stöhnte erneut. »Ich glaube, ich muss kotzen!«

»Nimm die Schale, da, direkt neben dir, auf dem Kopfkissen!«, befahl Frank ihm.

Ben gehorchte mit letzter Kraft. Er würgte und würgte, aber außer etwas Speichel brachte er nichts hervor. Mit zittriger Hand stellte er die Pappschale auf den Nachttisch.

»Mein Gott, hatte ich einen beschissenen Traum«, ächzte er. Frank hätte ihm sagen können, dass alles wirklich geschehen sei, aber das würde Ben früh genug selbst herausfinden.

»Ich habe deine Frage noch nicht beantwortet«, meinte Frank stattdessen. »Du bist im Krankenhaus. Wir sind noch in England, leider, muss ich sagen, denn wenn's irgendwas gibt, das das Krankenhausessen bei uns daheim noch an Geschmacklosigkeit aussticht, so ist es das englische Krankenhausessen. Dafür sollen die Operateure aber erstklassig sein. Habe ich mir sagen lassen. Von den Operateuren. Bei mir waren sie jedenfalls nicht schlecht. Ich werde zwar ein Andenken an deine Uzi zurückbehalten, das ungefähr so groß ist wie ein Zehnpfennigstück, aber ich stimme den Ärzten trotzdem zu.«

»Wieso? Was haben die denn gesagt?«, krächzte Ben.

»Dass es viel größere Münzen gibt. Aber was reden wir über mein Bein. Willst du nicht wissen, was mit *deinem* Bein los ist?«

»Lieber nicht«, stöhnte Ben. Er erinnerte sich vage an grauenhafte Qualen. Unwillkürlich tastete er nach seinem linken Bein, aber es schien noch da zu sein. Es tat auch überhaupt nicht weh. Allerdings konnte das an den Schmerzmitteln liegen. »Stehe ich unter Morphium?«, presste er hervor.

»Keine Ahnung, was man da heute nimmt. Du hattest natürlich eine Narkose, sonst hätten sie ja das Bein nicht operieren können. Das *andere,* Junge, du fummelst andauernd an dem verkehrten Bein rum, an dem ist nicht mal 'ne Schramme. Du hattest eine Unterschenkelfraktur am *rechten* Bein ... sehr vernünftig, wo's sowieso das kaputte ist. Außerdem fand ich das echt solidarisch von dir, immerhin ists bei mir auch der rechte Unterschenkel. Sie haben dich übrigens erst gestern Abend operieren können, weil der Hundebiss an deiner Wade so entzündet war. Ich hatte es dir ja gesagt, aber du wolltest nicht auf mich hören. Wo wir schon dabei sind ... ich habe dir das Leben gerettet, als dieser wahnsinnige Albino mit dem Messer auf dich losgehackt hat, ich wollte dich nur noch mal dran erinnern, für den Fall, dass du's vergessen haben solltest, eigentlich sind dreißig Kisten bei weitem nicht genug, um diese ganze Plackerei ...«

Ben hörte nur noch mit halbem Ohr zu. Er erinnerte sich wieder. »Was ist mit Penny?«, stieß er hervor und richtete sich zitternd auf. »Der Neandertaler ...«

Frank sagte schnell: »Penny geht es gut. Der Neandertaler ist tot.«

Ben ließ sich zurückfallen. »Gott sei Dank! Mensch, Frank, ich ... ich weiß nicht, was ich sagen soll, ich ...« Er stockte und fuhr mühsam fort: »Ich danke dir.«

Frank hätte ihm sagen können, dass der Neandertaler ohne sein Zutun gestorben war. Er hatte genau gesehen, wie es sich zugetragen hatte. Mit dem Nachtsichtgerät hatte er jede Bewegung der Frau und des Neandertalers so deutlich gesehen, als ob es Tag gewesen wäre. Aber er erzählte es Ben nicht. Das war etwas, das Ben nie erfahren musste.

Am Tag davor waren die restlichen Mitglieder des Covens verhaftet worden. Vier von ihnen verübten in der darauf folgenden Nacht in ihrer Zelle Selbstmord. Die anderen fünf gestanden bei der nächsten Vernehmung, gemeinschaftlich an der Ermordung Patrick Donners beteiligt gewesen zu sein. Von Stauf hatte ihn in der Walpurgisnacht mit Rauschgift betäubt und dann seinen riesigen schwarzen Bluthund auf ihn gehetzt. Die Leiche war, mit Steinen beschwert, über den Rand der Klippe geworfen worden. Sie wurde nie gefunden. Zwei Mitglieder des Covens gaben außerdem zu, anlässlich einer Schwarzen Messe im Hause Johannes von Staufs beim rituellen Mord an einem Neugeborenen mitgewirkt zu haben. Die Wirtin des Landgasthauses von Creanough fand man am Morgen erhängt in ihrem Schlafzimmer.

Am Morgen desselben Tages entdeckten Anwohner in der Nähe des Hexenhauses von Ottobrunn, wie es jetzt überall genannt wurde, den Kadaver einer schwarzen Katze. Die Kehle war zerfetzt und die Augen ausgehackt. Eine alte Frau, die in der Nachbarschaft wohnte, schwor, eine schneeweiße Taube gesehen zu haben, die um den Katzenleichnam herumstolzierte. Ihr Gefieder sei blutbesudelt gewesen, und von ihrem Schnabel sei das Blut herabgetropft. Niemand glaubte ihr.

Penny hatte keine Erinnerungen an die Ereignisse der Nacht auf den Klippen. Alles, was sich bis zu ihrem Erwachen auf dem Felsen der Göttin zugetragen hatte, blieb in gnädiges Vergessen gehüllt.

An das, was nach ihrem Aufwachen passiert war, erinnerte sie sich dagegen sehr genau, doch sie wollte nicht darüber reden. Es verstörte sie jedes Mal zutiefst, wenn Ben die Sprache darauf brachte, und nach einer Weile ließ er es sein.

In der Nacht der Geschehnisse auf den Klippen von Creanough war sie, starr und beherrscht wie ein Roboter, mit dem Landrover allein in den Ort gefahren und hatte die Polizei und eine Ambulanz verständigt, die sie und die beiden Männer in ein kleines Krankenhaus in der Nähe brachten. Obwohl Penny äußerlich unverletzt war und gefasst wirkte, bestanden die Ärzte darauf, dass sie über Nacht zur Beobachtung dort blieb. In dieser Nacht hatte sie noch einmal einen grauenhaften Traum. Man fand sie, schrill schreiend, zusammengekauert in einer Ecke des Korridors, aber sie konnte sich an nichts erinnern. Danach träumte sie nicht mehr, obwohl sie sich noch an vielen der folgenden Abende vor dem Einschlafen fürchtete.

Sie nahm sich bei einer freundlichen Frau ein Zimmer, solange Ben im Krankenhaus bleiben musste; sie wollte in seiner Nähe sein. In diesen Wochen war sie still und in sich gekehrt. Stundenlang saß sie schweigend neben seinem Bett, blass und geistesabwesend. Auf Bens und Franks Aufmunterungsversuche reagierte sie einsilbig und höflich. Kein Endlos-Geplapper mehr, kein Schleudertrauma und kein Zähneknirschen. Die muntere, lebenssprühende Penny war verschwunden.

In der zweiten Woche erschien Pennys Mutter, eine elegante, schwarzhaarige Schönheit, die keinen Tag älter als fünfunddreißig aussah, obwohl sie, wie Ben wusste, mindestens zehn Jahre älter sein musste. Sie kam ins Krankenhaus und erdolchte Ben mit ihren Blicken – ohne Frage machte sie ihn für alles, was geschehen war, verantwortlich. Ben begegnete ihren unausgesprochenen Vorwürfen mit stoischer Gelassenheit und griff demonstrativ nach Pennys Hand, was ihre Mutter mit offenkundigem Missvergnügen registrierte. Penny erklärte rundheraus, dass sie volljährig sei und nicht im Entferntesten daran dächte, mit zurück in die Staaten zu kommen. Nein, sie wüsste nicht, wann sie kommen würde. Nein, auch nicht, ob sie überhaupt in nächster Zeit kommen würde. Außerdem hätte sie die längste Zeit als Model gearbeitet. Damit war alles gesagt. Ben sah seine zukünftige Schwiegermutter ohne Bedauern gehen.

Er fieberte dem Tag entgegen, an dem sie endlich heimkehren dürften. Penny unterstützte ihn hingebungsvoll bei seinen gymnastischen Übungen. Am Ende der zweiten Woche, kurz vor seiner Entlassung, bekam er einen Gehgips. Er hatte keine Schmerzen mehr, und das Bein heilte gut, sogar ungewöhnlich gut, wie ihm die Ärzte bestätigten.

Frank, der schon ein paar Tage vor ihm nach Deutschland zurückgekehrt war, rief ihn des Öfteren an und ermahnte ihn, das Bier nicht zu vergessen. Auch Georg rief täglich an. Er wäre gern gekommen, aber Ben verbot es ihm. Er wollte mit Penny allein sein, hoffte verzweifelt auf jedes noch so winzige Zeichen, dass sie wieder sie selbst wurde. Manchmal, wenn sie neben seinem Bett saß und dachte, dass er schliefe oder lese, ertappte er sie dabei, wie sie auf ihre Hände starrte, als gehörten sie nicht zu ihr, als wären es fremde sonderbare Anhängsel; er sah, wie sie die Finger streckte und bog, die Hände zu Fäusten ballte, bis die Knöchel weiß wurden. In solchen Augenblicken streckte er die Arme nach ihr aus und zog sie zu sich auf das unbequeme Bett, und er hielt sie fest, streichelte und liebkoste sie so lange, bis er spürte, dass ihr Zittern nachließ. Er sagte ihr, dass sie nicht mehr daran denken solle, dass sie alles vergessen solle. Er sagte ihr, dass er sie liebe. Er sagte ihr, dass er sich wünschte, sie möge seine Frau werden und seine Partnerin in der Detektei. Er sagte ihr immer wieder, dass sie es zusammen schaffen würden, doch ihre Augen waren weiterhin die eines verwundeten, entsetzten Kindes.

In den Nächten lag er wach und sehnte sich nach ihr, und er wusste, dass sie ebenfalls wach war und an ihn dachte.

Eines Nachmittags kam sie mit einem Riesenkarton in sein Zimmer. Sie stellte ihn auf seine Beine, beugte sich über ihn und küsste ihn zärtlich. »Alles Gute zum Geburtstag, Benny!« Ben starrte perplex auf das Paket. Er hatte seinen Geburtstag vollkommen vergessen. Als er ihren preisgekrönten Kuchen auspackte, sagte sie leise: »Meine Zimmerwirtin hat mich ihren Backofen benutzen lassen. Es war so ein altmodisches Gasding, ich bin vorsichtshalber daneben stehen geblieben.«

Ben war gerührt. »O Penny, Kleines!« Er musste daran denken, wie sie ihm von ihrem Backtalent erzählt hatte, wie süß und jung und unbeschwert sie gewesen war. Seine Augen brannten, und als er zu ihr aufsah, hatten sie die Farbe von Lavendel im Regen.

Sie erwiderte seinen Blick, verlor sich in seinen leuchtendblauen Augen. Ihre Unterlippe zitterte verdächtig. »Penny?«, fragte er bestürzt. Laut aufweinend brach sie in seinen Armen zusammen, fiel auf die Zweite-Preis-Torte und zerdrückte sie. Ben schob den Kuchen beiseite und zog sie an sich. Sie schluchzte herzzerreißend an seinem Hals, an seiner Schulter. Ben spürte, wie ihre Kontaktlinsen in seinen Kragen kullerten. Das würde nachher eine schöne Wühlerei geben. Es war sowieso ihr Ersatzpaar, und er wusste, dass sie sich mit ihrer Brille nie vor jemandem zeigen würde.

Ihr ganzer Körper zuckte, sein Pyjamaoberteil war völlig durchnässt, und sie weinte immer weiter, mit rauen, kehligen Lauten, die tief aus ihrer Brust stiegen. Er schlang seine Arme um ihren bebenden Rücken und presste sie an sich. Sie weinte und weinte, bis sie keine Tränen mehr hatte, und dann weinte sie immer noch, wie ein Kind, das sich nicht beruhigen ließ und immer wieder und wieder von hilflosen, hysterischen Schluchzern geschüttelt wurde. Er hielt sie fest umarmt, bis er spürte, dass sie eingeschlafen war. Und in diesem Moment spürte er noch etwas, mit wunderbarer Gewissheit. Es würde alles wieder gut werden.

Drei Monate später feierten sie einen anderen Geburtstag, wieder im Bett. Ben lag auf dem Bauch neben seiner Frau und fütterte sie mit Kirschtomaten und Käsewürfeln. Zwischendurch hielt er ihr ein Glas Champagner an die Lippen, zum Nachspülen. Sie kicherte, als ihr die perlende Flüssigkeit über die Brüste lief und er mit der Zunge jeden einzelnen Tropfen auffing. »O Ben, was für eine herrlich dekadente Geburtstagsparty!«

»Man wird nicht alle Tage zwanzig«, lächelte er mit unwiderstehlichen Grübchen. »Das sollte denkwürdig sein!«

»Daran werde ich immer denken«, grinste sie. »Vor allem daran, wie du heute früh splitternackt mit deiner Trompete vor dem Bett gestanden und mir ein Ständchen gebracht hast! ›Happy birthday‹ in Jazz-Variationen! Georg war drauf und dran, die Polizei zu rufen. Er hat gedacht, die Alarmanlage wäre losgegangen!«

Ben stellte den Sekt und die Häppchen beiseite und kitzelte sie spielerisch. »Willst du mich ärgern? Wenn du weiter so frech bist, lasse ich dich diese Woche keinen Außendienst mehr machen.«

Sie kitzelte ihn ebenfalls. »Du weißt genau, dass der Innendienst viel langweiliger ist. Das würdest du deiner geliebten Frau niemals antun!«

»Die Klienten sehen aber gern eine Frau im Büro. Vor allem, wenn sie so aussieht wie du! Kein Wunder, dass wir solchen Zulauf haben. Die meisten kommen überhaupt nur deinetwegen zu Röder & Röder.«

Er kitzelte sie immer noch, aber jetzt an Stellen, wo sie zwar empfindlich, aber nicht allzu kitzlig war.

»Wirklich? Wie sehe ich denn aus?«, fragte sie atemlos.

»Kein bisschen dick!« Seine Zunge suchte weiter nach Champagner, auch dort, wo bestimmt keiner hingelangt war.

»Das ist schön ...«, flüsterte sie. Er küsste sie, und dann sagten beide nichts mehr.

Die Nachmittagssonne tauchte das Zimmer in weiches goldenes Licht; vor dem offenen Fenster bauschten sich die weißen Gardinen in der sanften Sommerbrise.

Über dem Garten flimmerte die Augusthitze. Die tiefhängenden Äste der alten Ulme bewegten sich mit leisem Rascheln und warfen gleitende Schatten auf den Rasen.

Die Rabatten sprühten vor Farben, ein wogendes Meer von Sommerblumen in leuchtendem Feuerrot, sattem Violett, glühendem Orange, klarem Gelb. Ein betäubend süßer Duft stieg aus den Beeten und wurde vom Wind mitgenommen.

Am Rosenspalier unter dem Schlafzimmer wuchsen ebenfalls Blumen. Dornige Zweige umrankten das in frischem Grün gestrichene, dünne Metall des sich nach unten hin verjüngenden Spaliers; die meisten der Blütenknospen waren noch geschlossen. Der Stock war erst vor kurzem gesetzt worden, und der Gärtner hatte Zweifel gehabt, dass er sich halten würde. Jetzt gab es keine Zweifel mehr.

An der leicht gebogenen obersten Ranke, die sich dem Fenster über ihr gleichsam entgegenzurecken schien, schimmerte in strahlender Vollkommenheit eine üppig blühende Rose, in makellosem, reinem Weiß.